# *Luft an Land*

Ein Roman von Lili B. Wilms

W0345734

Impressum:
© dead soft verlag, Mettingen 2021
http://www.deadsoft.de

© the author

Cover: Irene Repp
http://www.daylinart.webnode.com
Bildrechte:
© ArtofPhotos – shutterstock.com

1. Auflage
ISBN 978-3-96089-474-2
ISBN 978-3-96089-475-9

# Kapitel 1

## Izaak

Langsam bewegte Izaak seine Finger, seine Zehen. Sanft schob er sein Becken auf der Matte hin und her. Der betörende Duft des Öls an seinen Schläfen kroch ihm in die Nase und am liebsten wäre er auf dem Boden liegen geblieben. Hinter ihm läutete Nadine mit dem Gong das Ende ihrer Unterrichtsstunde ein. Neben ihm streckte sich Tobi, wobei dieser ihn mit seinen Fingern anstupste. Genüsslich tat Izaak es ihm gleich.

Sanfte Klänge ertönten aus den Lautsprechern und er richtete sich widerwillig zum Sitzen auf. Bis zur nächsten Yogastunde war die schöne Ruhe dahin.

Nach einem gemeinsamen »OM« der Yogis zur Verabschiedung sah Izaak sich im Raum um, in dem die Kursteilnehmer ihre Sachen zusammenpackten.

Tobi stöhnte genüsslich auf. »Das hat wieder gutgetan.« Er strich sich die blonden Strähnen aus dem Gesicht und grinste Izaak herausfordernd an. »Na Izi? Bereit für einen Smoothie?«

Izaak verdrehte die Augen und stand betont lässig auf. Er würde Tobis Kommentar und der sich dahinter verborgenen Neckerei keine Bedeutung beimessen. Während alle anderen den Raum nach und nach verließen, hatten er, Nadine und Tobi keine Eile. In aller Ruhe räumten sie die Gurte und Klötze weg, die liegen geblieben waren.

»Danke, Jungs. So bin ich einfach viel schneller.«

»Ist doch selbstverständlich«, erwiderte Izaak.

Tobi hakte sich bei ihm unter, als sie über den Flur in Richtung der Umkleiden gingen. »Kommst du noch mit auf ein Getränk oder musst du los?«, fragte er Nadine.

»Selbstverständlich gehe ich noch mit euch. Ich habe heute auch nichts mehr vor. Wenigstens seid ihr bei meinen Wochenendstunden. Wir sehen uns viel zu selten.«

»Das stimmt. Dann lass uns jetzt das Beste daraus machen.« Izaak freute sich darauf, die Stunde mit seinen Freunden an der Theke des Fitnessstudios ausklingen zu lassen. In der vergangenen Woche hatte er die Kanzlei nie vor einundzwanzig Uhr verlassen. Seine Freunde zu treffen, war keine Option gewesen. Dass der Tresen zusätzlich eine hervorragende Aussicht bot, war nur ein Bonus.

Er ließ Tobis Arm los, damit sie hintereinander die Treppe hinab gehen konnten, ohne die gesamte Breite zu blockieren. Unten angekommen zogen sich die drei auf die Hocker vor der Bar, die den Eingangsbereich entlanglief. An deren einem Ende wurden die Kunden eingecheckt, am anderen konnten sie sich mit Getränken und Obst versorgen lassen. Wie immer herrschte am Wochenende ein großer Andrang im Studio und die Gäste wuselten überall herum.

Verena, die heute anscheinend für den Thekenbereich zuständig war, zwinkerte ihnen zu. »Na Yogis? Wie immer?«

Die drei bestätigten lachend, während Verena ihre jeweiligen Detox-Säfte zubereitete. Izaak zog sich das Stirnband vom Kopf und sein Haar fiel wie ein Vorhang nach vorne auf seine rechte Wange. Mit der Hand fuhr er sich über die abrasierte andere Seite, um einzelne Haare aus den Stoppeln zu befreien. Vorsichtig schielte er zur Glaswand, die seitlich hinter der Theke den Blick zur Fläche mit den Gewichten freigab.

Heißer Atem strich über sein Ohr. »Warum sprichst du ihn nicht endlich an?«

Ohne sich zu Tobi umzuwenden, schob Izaak ihn mit dem Ellenbogen von sich. »Weil ich nicht will.«

»Warum, lieber Izi, kommen wir dann jedes Mal hierher und du kriegst Stielaugen, sodass ich Angst habe, die armen Dinger fallen dir aus dem Kopf?«

»Ich will nur gucken. Das wird doch erlaubt sein.«

»Natürlich ist es das. Aber du willst doch deine kleinen Krallen in den Muskeln von Mr. Muscle vergraben. Das sehe ich dir an. Und hey …«, Tobi hielt die Hände in abwehrender Geste vor sich, »ich versteh dich. Wenn ich mir nicht sicher wäre, dass du ihn für dich willst, hätte ich mich schon längst an ihn rangemacht.«

Mit zusammengekniffenen Augen funkelte Izaak ihn an. »Bitte, bedien dich.« Ihm war klar, dass seine Mimik und seine Worte nicht zusammenpassten. Vor allem konnte er Tobi ohnehin nichts vormachen. Sie kannten sich viel zu gut. Er wusste, Tobi wollte ihn nur reizen. Und dennoch konnte er bei dessen Worten dieses in ihm nagende Gefühl nicht abstellen. Wie ein Kind wollte er aufstampfen und von seinem Freund fordern, er müsse die Finger von dem Spielzeug lassen, das er zuerst gesehen hatte.

Tobi lächelte Izaak mit übertriebenem Augenaufschlag an. Izaak hatte keinen Zweifel, dass der Kerl, dessen Muskeln im permanenten Kampf mit seinem Shirt zu stehen schienen und immer irgendwie drohten es zu zerreißen, keine Chance gegen Tobis Augenaufschlag hätte. Das blonde, lange Engelshaar und die hellblauen Augen gaben ihm mit seinen runden Wangen ein unschuldiges, reines Flair. Hatte er erst mal die Aufmerksamkeit der Kerle, machte er aber keinen Hehl daraus, dass er an nichts Ernstem interessiert war.

Egal, was es war, das sich Izaak gerade nicht eingestehen wollte: Sein Muskelmann musste nicht auch noch auf die Liste seines Freundes wandern. *Oder so.* Lächerlich. Er kannte ja nicht mal seinen Namen. Er hatte keinerlei Anrecht auf ihn.

»Du bist so süß.« Tobi drückte ihm einen Kuss auf die Wange. »Ich wollte nur deine Reaktion sehen. Dein Zögern verstehe ich trotzdem nicht.«

»Wenn ich mal weiß, wie er heißt, überlege ich es mir«, sagte Izaak ausweichend.

Nadine, die ihr Gespräch offensichtlich amüsiert beobachtet hatte, winkte Verena heran. »Ehrlich gesagt muss ich Tobi recht geben, Izi. Woher kommt diese Schüchternheit? Das sind wir nicht von dir gewohnt«, stimmte sie ihrem gemeinsamen Freund zu.

Izaak strich sich die Strähnen hinters Ohr. Er war nicht schüchtern. Er wollte einfach nichts überstürzen.

»Ich will einfach … abwarten.« Er wollte – warten. Worauf, war ihm nicht ganz klar. Seine Erfahrungen mahnten ihn, vorsichtig zu sein. Und dennoch wollte er sich nicht von irgendwelchen Befürchtungen einschränken lassen, sondern ein erfülltes, unbeschwertes Leben führen. Seit Jahren hielten diese widersprüchlichen Empfindungen sein Liebesleben in einer Art Schwebezustand, aus dem er es nicht schaffte, auszubrechen. Er versuchte es immer wieder, jedoch nur mit mäßigem Erfolg. Von seiner Familie arrangierte Dates ödeten ihn an. Wenn er sich auf jemanden einließ, reichte das gegenseitige Interesse meist nicht über einen One-Night-Stand hinaus. So sehr er sich auch bemühte, diese zu genießen, sie hinterließen oft einen schalen Beigeschmack. Oder er interpretierte etwas in diese kurzen Begegnungen hinein, was einfach nicht da war. Auf was er eigentlich wartete, wusste er schon längst nicht mehr. Auf ein Wunder? Auf einen Kerl, der ihm in den Schoß fiel?

Somit würde er zunächst weiter beobachten und genießen. Er legte seinen Kopf schräg und beugte sich weiter über den Tresen, um in den hinteren Bereich sehen zu können. Ah … da war er. Izaak sah ihn nur teilweise und immer nur dann, wenn er das Dings über sich zu seinem Brustkorb zog. Innerlich seufzte Izaak. Selbst der Anblick dieses halben Rückens, der sich unter der Anstrengung immer wieder spannte, versetzte ihn in eine mittelschwere Ekstase. Und er spannte sich wieder. Huch. Da war ihm tatsächlich ein Seufzer entwichen.

»Sag mal, Verena, wie heißt eigentlich der Kerl, den Izi gerade mit seinen Augen auszieht?«

»Nadine!«, zischte Izaak sie an und Verena lachte.

»Das dürfte Fabian sein.«

»Woher willst du das wissen? Du hast dich nicht mal umgedreht, um zu sehen, wen ich angesehen hab.«

Verena senkte das Kinn und ihre Lippen zuckten, bevor sie sich zu einem breiten Grinsen verzogen. »Ist es derselbe blonde Typ, den du immer beobachtest, wenn du hier bist? Derjenige, nachdem du dir den Hals verrenkst, sobald du durch die Eingangstür trittst? Derjenige …«

»Schon gut, schon gut«, unterbrach Izaak sie. Seine Wangen wurden wärmer und er schaute angestrengt auf sein Glas. »So offensichtlich bin ich nun auch nicht.«

Tobi legte ihm die Hand auf den Rücken und zog ihn zu sich. »Überhaupt nicht.«

»Dein Sarkasmus erstickt dich noch mal«, erwiderte Izaak ohne jeglichen Biss in der Stimme.

Verena nahm Izaaks Hand, die neben seinem Getränk lag, bis er zu ihr aufschaute. »Er heißt Fabian.«

»Darfst du mir das überhaupt sagen? Datenschutz und so?«

»Wenn du seine Nummer und Anschrift willst, muss ich passen.«

»Nein, nein, das wollte ich doch gar nicht sagen. Argh. Ihr seid alle furchtbar. Huch, wie die Zeit vergeht, ich wollte eh gerade los.« Unter dem gackernden Gelächter seiner sogenannten Freunde trank er mit dem Papierstrohhalm die Reste seines Saftes aus. Mit eingesogenen Wangen sah er auf, um direkt in die Augen von *Fabian* zu blicken, der die Theke ansteuerte. *Gottverdammt, natürlich.* Izaak entspannte seine Lippen und ließ den Strohhalm dazwischen hervorgleiten. *Sehr elegant.* So als würde er wie Schliemann die Überreste der griechischen Antike aus der Erdoberfläche kratzen müssen, stierte er angestrengt auf den Boden seines Glases. Auf dem sich nichts befand. Vielleicht ein paar Kiwipartikelchen. Konzentriert rührte er mit dem Halm darauf herum, bis sich dieser am Ende immer mehr weitete.

»Hi, Verena, kannst du mir noch ein Handtuch geben?«

»Sicher.« Verena kramte aus einer Schublade unter der Theke eines der flauschigen Schönheiten mit dem Studiologo darauf hervor. Aus dem Augenwinkel konnte Izaak sehen, wie sie es Fabian reichte.

»Ah, brauchst du sonst was? Ein Getränk?«, fragte sie hastig hinterher, bevor Fabian sich abwenden und verschwinden konnte. Izaak sah den beiden aus dem Augenwinkel – gar nicht creepy – zu.

Irritiert schaute Fabian sie an. »Ich, äh, nein, danke.« Er schwenkte seine Wasserflasche und hielt sie ihr hin. »Du kannst aber meine Flasche auffüllen?«

»Selbstverständlich!« Verena schnappte sich die Flasche. Ging zum Becken und spülte sie ausgiebig, ließ sie volllaufen, verschraubte sie, als müsste sie einen Genie in einer Flasche für hundert Jahre einsperren, um sie schließlich mit einem Tuch trocken zu reiben. Und zu reiben. Und zu reiben. Ihr kurzer blonder Pferdeschwanz wippte im Rhythmus hin und her. Angestrengt sah sie auf die Flasche. Neben Izaak fing Tobi zu kichern an.

»Und du bist sicher, dass du nichts trinken magst? Ich könnte dir eine Probe von dem Kiwi-Smoothie geben, den Izi gerade hatte.«

Ohne zu zögern, drehte sich Fabian zu Izaak und sah ihn an. Izaak hatte das Gefühl, sein Herz würde für einen Moment aussetzen, um dann den verpassten Schlag nachzuholen und ihm in den Hals zu springen. Wusste Fabian, wer er war, oder war das einfach Zufall gewesen, dass er ihn angeschaut hatte? Wie von Sinnen streckte Izaak ihm sein Glas hin. »Ist wirklich lecker.«

Fabian sah von Izaaks Gesicht zurück zum Glas und mittlerweile hörte Izaak auch Nadine vor sich hinglucksen. Fabians Miene schien einen Kampf auszutragen, zwischen seinen Wangen, die ein Lachen zurückhalten wollten, und den Lippen, die sich krampfhaft dagegen wehrten. Letztendlich gewann Fabians sinnlicher Mund, der Izaak samt weißer, daraus hervorblitzender Zähne, anstrahlte.

Auch Izaak konnte zwischenzeitlich ein Grinsen nicht mehr vermeiden. Die Situation war zu absurd. Also lieber in Würde untergehen als …? Vor sich hinzugrummeln brachte ja auch nichts.

Aber Fabian schüttelte den Kopf. »So verlockend das auch ist, ich muss mein Set fertig machen und dann los.«

Obwohl Izaak keine konkreten Vorstellungen darüber gehabt hatte, was Fabian auf seine Annäherung hin machen würde, versetzte ihm die Abfuhr einen nicht gerade kleinen Dämpfer. Tapfer lächelte er gegen die Wärme an, die sich aus seinem Nacken über die Wangen zog. »Kein Problem. Lass dich nicht aufhalten.«

Noch bevor Fabian im Durchgang zu den Gewichten verschwinden konnte, hörte Izaak Tobi schon laut und deutlich. »Uuuh …«

Schnell legte er seine Hand auf den Mund seines Freundes. »Halt bloß die Klappe.« Unter seinen Fingern nuschelte Tobi etwas, das sich nach »mhm grmm gnmn« anhörte. Was auch immer das bedeuten sollte. »Bäh! Igitt.« Izaak riss seine Hand zurück und wischte sich Tobis Spucke auf seinen Leggings ab. »Musste das sein? Ablecken? Sind wir im Kindergarten?«

»Das frag ich dich. Wirklich? Den Mund zuhalten?«

»Es musste doch nicht sein, dass er dich auch noch hört.«

»Pfff. Kann er ruhig. Der weiß nicht, was ihm entgeht.«

Izaak zuckte mit den Schultern. Und wenn schon. Gegen ein paar Blicke aus der Ferne würde Fabian hoffentlich auch in Zukunft nichts haben. Er hatte ihn abblitzen lassen, aber er schien nicht verärgert oder wütend über seine Aufmerksamkeit zu sein.

»Vielleicht ist er ’ne Hete und wollte dich nicht irgendwie … hinhalten oder so«, überlegte Nadine laut vor sich hin.

»Nö. Soweit ich weiß, hat er einen Exfreund«, gab Verena ihren Senf dazu. »Ich hab zufällig ein Gespräch von ihm mitgekriegt.«

»Leute! Leute, bitte. Er hat zu tun oder kein Interesse oder was auch immer, und das ist völlig in Ordnung. Ich bin höchst zufrieden, wenn ich hier sitzen und ihn beobachten kann. Solange er mir das nicht untersagt, ist alles gut.«

Fabian machte seine Übungen an den Geräten weiter, die deutlich günstiger in Izaaks Blickfeld lagen als zuvor. Nachdenklich beobachtete Izaak ihn. Das amüsierte Lächeln von soeben war verschwunden und anstelle dessen war diese große Konzentriertheit getreten, die er fast immer vor sich hintrug. Nahezu stoisch absolvierte er seine Einheiten. Hinzu kam eine Ernsthaftigkeit, die Izaak überzeugte, dass sie nicht nur daher rührte, sich an den schweren Gewichten nicht zu verletzen. Die freundlichen Züge wurden durch eine Last getrübt, die Fabian mit sich herum zu tragen schien.

Das war auch das Erste gewesen, was Izaak an ihm aufgefallen war. Nicht die kurzen Haare, die oben am Kopf etwas länger waren als die kurz geschorenen Seiten. Nicht das markante Gesicht, mit dem starken Kinn und der geraden Nase, die sich symmetrisch einfügte und an eine griechische Marmorstatue erinnerte. Auch nicht sein muskulöser Körper. Er stach in diesem Studio weder als übermäßig bepackt noch als sonderlich mickrig hervor. Im Verhältnis zu Izaak war er *enorm.* Und das war nichts, was Izaak normalerweise sonderlich anziehend fand.

Aber diese Gewissheit und Konzentration, die Fabian umgab, in allem, was er im Studio tat, hatte Izaak vom ersten Moment an fasziniert. Er war nicht überrascht, dass diese Albernheit an der Theke Fabian in keiner Weise motiviert hatte, sich zu setzen oder daran wirklich teilzunehmen. Seine Freundlichkeit hatte kurz angetäuscht, was sein könnte. Aber Fabian war sich und seiner Sachlichkeit treu geblieben. Auch wenn ihn die Zurückweisung etwas durchgerüttelt hatte, Izaak würde sich damit zufriedengeben, Fabian weiter aus der Ferne zu bestaunen. Es gab keinen Grund, Trübsal zu blasen.

»Na komm, guck nicht so traurig.« Tobi stupste ihn in die Seite.

»Ich bin nicht traurig. Ich hab nur nachgedacht.«

»Na denn. Hör auf zu denken. Es ist Wochenende. Wir gehen heute aus.«

»Das Einzige, wo ich hingehe …«

»Du kommst mit ins *Fincken.*« Izaak überlegte, wobei sich sein Gesicht zusammenzog, sodass es mit Sicherheit Falten auf seiner Stirn warf. Uagh. Tobi spielte unfair. Izaak konnte zur Bar seines eigenen Bruders nicht nein sagen.

»Von mir aus.«

Während sie versuchten, Nadine zu überzeugen, auch mit in die queere Bar zu kommen, statt daheim zu meditieren, vergaß Izaak fast das Intermezzo mit Fabian. Dieser war anscheinend zwischenzeitlich mit zwei Handtüchern zurück zur Theke gegangen und reichte sie Verena in dem Moment, als Izaak aufsah. Er lächelte Fabian an, der ihn aufmerksam beobachtete. Nachdem ihm die Studiomitarbeiterin die Tücher abgenommen und in den dafür zugehörigen Wäschesack gestopft hatte, ging er überraschenderweise nicht die Treppe nach oben zu den Umkleiden. Den Blick weiter auf Izaak gerichtet, schritt er auf diesen zu und blieb erst stehen, als er direkt neben ihm war. Izaak drehte sich samt Stuhl zu ihm und sah ihn an. Er merkte, wie seine Augen größer wurden, vermochte aber nichts zu sagen. Sein Mund öffnete sich leicht, doch nur ein Hauch kam heraus.

Fabian beugte sich leicht zu ihm und sprach so leise in sein Ohr, dass Izaak ihn kaum verstehen konnte. Oder schlug sich Fabians Nähe auf sein Gehör? Müsste Fabian nach seinem Training nicht mehr nach Schweiß riechen? Aber das, was er ausstrahlte, schienen reine Pheromone zu sein. »Wenn ihr heute ins *Fincken* geht, könnten wir uns aber dort treffen, wenn du magst?«

Izaak suchte Fabians Blick. Er versuchte, aus Fabians Gesicht abzulesen, was ihn zu dieser Frage veranlasst haben könnte. Fühlte er sich verpflichtet, Izaak entgegen zu kommen? Hatte er Mitleid mit ihm? Doch noch bevor er antworten konnte, kam ihm Fabian zuvor. »Ich werde ab etwa halb zehn Uhr da sein. Wir sehen uns dann?«

Und Izaak blieb nur übrig, kurz zu nicken, was Fabian gleichermaßen mit einem kurzen Senken seines Kinns beantwortete, bevor er kehrt machte und zu den Umkleiden nach oben lief.

Geistesabwesend rieb sich Izaak die nassen Handflächen an seiner Hose ab. Ha. Er hatte ein Date.

Stunden später drehte sich Izaak vor dem Spiegel in seinem Schlafzimmer.

»Aua!« Er rieb sich die Pobacke, auf die ihn Tobi nicht zimperlich geklapst hatte.

»Du siehst toll aus. Die Hose sitzt perfekt. Fabian wird nur Augen für dich haben.«

»Darum geht's doch gar nicht. Ich will einfach …«

»Ich weiß, Schatz. Du willst nur …« Tobi wedelte mit der Hand vor Izaaks Gesicht herum und sah ihn mit hochgezogener Augenbraue an.

Izaak strich sich das Haar nach hinten. »Wir gehen jetzt.«

Nadine sprang mit dramatischem Augenaufschlag auf und warf sich gleichzeitig ihre Jeansjacke über die Schultern. »Na endlich. Während ihr trödelt, welke ich vor mich hin.«

Noch bevor sich Izaak und Tobi umsahen, war sie durch den Flur aus der Tür hinaus spaziert. Tobi nahm Izaak an der Hand und zog ihn hinterher. »Du brauchst keine Jacke!«, raunte er ihm zu. »Für die paar Meter.«

Die wenigen hundert Schritte von Izaaks Wohnung zur Müllerstraße legten sie tatsächlich innerhalb kürzester Zeit zurück. Draußen auf dem Gehweg konnten sie den Bass der Musik bereits deutlich wahrnehmen. Izaak holte tief Luft, während Nadine die Tür unter dem Schild mit den zwei Vögeln aufzog. Die Bar seines Bruders war ein wahrer Wohlfühlort für ihn und falls Fabian da war, würde das ein nettes Extra sein. Wenn nicht, war es auch nicht schlimm.

Bereits nach dem ersten Schritt in das Lokal legte ihm jemand eine Hand auf die Schulter und ein flüchtiger Bekannter begrüßte ihn ausgiebig.

Es hatte unglaubliche Vorteile, der Bruder des Chefs zu sein. Aber manchmal wäre er einfach gern Gast, ohne dauernd um einen Gefallen gebeten zu werden, ohne dass sich jemand an ihn ranschmiss, weil man sich irgendetwas erhoffte. Izaak stand bei der Gruppe von Gästen am Eingang bei einem der Stehtische, während Nadine und Tobi bereits voraus zur Theke gingen. Zwischen ihnen lag nun die Tanzfläche, auf der sich schon einige Besucher tummelten.

Während der Kerl, dessen Name ihm nicht einfallen wollte, auf ihn einredete, über irgendein tolles Event, das er plante und für das er die Hilfe von Nick bräuchte, wäre Izaak am liebsten einfach weitergegangen. Doch er setzte sein höflichstes Lächeln auf und trat einen Schritt zurück. »Sobald ich Nick sehe, werde ich ihm sagen, dass du ihn suchst, okay?« Ohne eine Antwort abzuwarten, drehte er sich um und schritt zügig auf seine Freunde zu. Die bekannten Gesichter hinterm Ausschank suchte er vergebens nach seinem Bruder ab. Auf Zehenspitzen reckte er seinen Kopf und sah in den kleinen Gang, in dem sich nicht nur die Toiletten befanden, sondern sich auch das Büro und ein Aufenthaltsraum für die Mitarbeiter anschlossen.

Er winkte Simon, einen der Kellner, zu sich heran. »Ist mein Bruder da?«

»Kommt heute später. Nicht vor Mitternacht. Ich hab aufgemacht. Er macht zu.«

Izaak nickte. Eventuell würde er Nick nicht mal sehen. Je nachdem wie sein Abend verlief, würde er um Mitternacht vielleicht schon schlafen.

Gerade als er seine Füße absenken wollte, tauchte im dunklen Eingang des Flurs ein anderes bekanntes Gesicht auf. Fabian unterhielt sich angeregt mit einem Typen, der Izaak völlig unbekannt war. So offen und befreit lachen hatte er Fabian noch nie gesehen. Um nicht umzufallen, hielt er sich an Tobis Schulter fest und wackelte dennoch erheblich. Langsam verloren seine Fußmuskeln ihre letzte Kraft. Schließlich sank er wieder hinab auf seine Sohlen und konnte nichts mehr sehen außer Köpfe. Fremde Köpfe, die ihn nicht interessierten. Frustriert schnaubte er auf.

»Ich seh schon, was wir in meinen Stunden mehr üben müssen. Du kriegst eine Hausaufgabe auf bis nächstes Mal. Die Übung *der Baum* – oder *mehr Stabilität zum Nachspannen blonder Jünglinge*, wie wir sie ab jetzt nennen – machst du mindestens fünf Mal täglich. Mindestens drei Minuten auf jeder Seite.« Nadine strahlte ihn mit höchst amüsiertem Blick an. »Konntest du ihn sehen?«

Izaak wollte sich nicht eingestehen, dass Fabians Anwesenheit ihn mehr als nur ein bisschen freute. Sein Herz schlug schneller und seine Wangen wurden etwas wärmer. »Ja. Da hinten steht er. Mit irgendeinem Kerl.« Nonchalant wedelte er mit der Hand in die Richtung, in der er Fabian gesehen hatte. Vor ihm grinste ihn Nadine mit weit gedehnten Lippen an, sodass er Sorge hatte, die Mundwinkel rissen ihr ein, während Tobis Mund aufklappte.

»Hi«, hörte Izaak an seinem Ohr.

Mit leicht geneigtem Kopf drehte er sich zu der Quelle des warmen Baritons um. »Hi«, erwiderte er nicht halb so überzeugt, wie er es geplant hatte.

Gewohnt ruhig lächelte ihn Fabian an. »Willst du etwas trinken?«

»Ja, gerne, wir sind gerade erst gekommen. Aber ich kann das übernehmen.«

Noch bevor Izaak einen Kellner heranwinken konnte, wiegelte Fabian energisch ab. »Ich habe dich eingeladen, ich erledige das.«

»Hast du mich wirklich eingeladen?« Wenn es möglich gewesen wäre, hätte Izaak die Worte in seinen Mund zurückgestopft. Er hörte sich needy an. Sie hatten kaum zwei Worte miteinander gewechselt und schon traten seine ganzen Bedenken zu Tage.

Fabian zog eine Augenbraue hoch und musterte Izaak skeptisch. »Na, das dachte ich zumindest bis eben.«

Der unsichere Gesichtsausdruck verursachte bei Izaak sofort ein schlechtes Gewissen. Er legte seine Hand auf Fabians Unterarm und redete eindringlich auf ihn ein: »Ignoriere mich. Da spricht nur meine eigene Unsicherheit. Ich hatte es gehofft. Aber man weiß ja nie.«

Etwas gequält lächelnd nickte Fabian. »Da hast du wohl recht. Was kann ich dir denn holen?«

»Gin Tonic.«

Izaak sah ihm nach, als er sich ganz nach vorne an die langgezogene Bar schob und ihre Bestellung aufgab.

Neben ihm seufzte Tobi. »Na los, Nadine, wir gehen ein bisschen das Tanzbein schütteln. Ich kann mir dieses Gebalze nicht mitansehen.«

»Was redest du?«, fragte ihn Izaak überrascht. »Wir haben bisher nur geredet.«

»Schätzchen, wenn du denkst, es fällt niemanden auf, wie du ihn mit den Augen ausziehst – und er dich – dann täuschst du dich gewaltig.« Er deutete an, sich Luft mit der Handfläche zuzuwedeln. »Die sexuelle Spannung zwischen euch ist so gewaltig, dass ich Angst habe, in Flammen aufzugehen, wenn ich dazwischenkomme.«

Nadine gab einen grunzartigen Laut von sich, den man von einem derart zierlichen, kleinen Persönchen nicht erwarten würde, und schüttelte den Kopf. »Zum Glück bist du nicht dramatisch.«

Mit einer Hand winkend zog Tobi Nadine auf die Tanzfläche. Izaak setzte sich auf den von Nadine verlassenen Barhocker und sah zu Fabian, der nur wenige Meter von ihm entfernt stand. Mittlerweile hatte er zwei Gläser in der Hand. Das mit dem durchsichtigen Inhalt war für Izaak, das mit Cola offenbar für Fabian selbst.

»Wo sind die anderen zwei hin?«

Izaak deutete auf die Tanzfläche, auf der Tobi und Nadine alle Blicke auf sich zogen. Fabian lächelte und schob Izaaks Gin Tonic zu ihm die Bar entlang. Izaak musterte ihn dabei, wie er mit der konzentrierten Miene, die er seit Wochen beobachtete, auch diese kleine Tätigkeit vornahm. Wo war der lachende, strahlende Mann von gerade eben hin?

»Bist du mit jemandem hier?«

Irritiert sah Fabian auf. Er zog die Augenbrauen zusammen und sein Mund öffnete sich leicht, wobei sich gleichzeitig seine Lippen kräuselten. »Was?«

Izaak biss sich auf die Unterlippe und verfluchte sich innerlich. Um seine Reaktion zu überspielen, nahm er einen Schluck aus seinem Glas. Wieso hatte er überhaupt gefragt? »Du, ähm, hast mit deinem Freund vorhin geredet.« *Und gelacht,* dachte Izaak. *Du hast gelacht und dein Gesicht hatte Lach-*

*fältchen um die Lippen und die Augen. Warum bist du jetzt so angespannt?* Das alles verkniff er sich aber. Stattdessen sah er zu, wie sich Fabians Gesichtsmuskeln entspannten.

»Das ist ein Kollege. Er … braucht mich nicht. Der kommt schon allein zurecht.«

»Was …«

Doch Izaak hatte keine Gelegenheit, eine Frage zu stellen. Fabian deutete mit seinem Kinn zur Tanzfläche. »Magst du?«

Dankbar nickte Izaak. Während Fabian sein Getränk in einem großen Schluck leerte, nippte Izaak noch mal an seinem. Er wollte den ganzen Alkohol nicht auf die Schnelle in sich kippen und schob schließlich die Gläser an den Thekenrand, damit die Barkeeper sie leicht abräumen konnten.

Er ergriff die ausgestreckte Hand und gemeinsam gingen sie auf die Tanzfläche. Die Musik war treibend und der Bass durchdringend. Sofort begannen sie, sich im Rhythmus zu bewegen. Als sie auseinanderdrifteten, war Izaak versucht, sofort wieder nach Fabians Fingern zu greifen. Um nicht anhänglich zu wirken, zwang er sich, seine Arme bei sich zu halten. In kleinen Schritten tanzten sie aufeinander zu und wieder voneinander weg. Mit jeder Bewegung im Takt der Musik streiften sich ihre Arme leicht und trennten sich wieder, um sich im nächsten Moment erneut näher zu kommen.

Izaak beobachtete den Oberkörper seines Tanzpartners, wie dieser sich auf ihn zubewegte. Langsam sah er auf in Fabians Augen, die ihn zu fixieren schienen. Während der nächsten Bewegung zueinander, hob Izaak seine Hände und fuhr über die ihm sich nähernden Oberarme. Seine

Finger verfingen sich an den umgenähten Ärmeln, die sich über den Bizeps spannten. Die definierten Muskeln unter seinen Fingern bewegten und spannten sich mit jedem Schritt.

Er war so konzentriert auf die Hautberührung, dass er leicht zusammenzuckte, als er Fabians Hände an seinen Hüften fühlte. Dessen Augen blitzten auf und er bewegte sich noch näher auf Izaak zu.

Izaak spürte warmen Atem an seiner Wange. »Ich will dir nicht zu nahe treten. Du bist interessiert?«

Ein Nicken war alles, was Izaak zu Stande brachte. Fabian konnte ihm durchaus noch näher sein. Jedoch machte dieser genau das Gegenteil. Er trat einen Schritt zurück und musterte prüfend Izaaks Gesicht. Dieser versuchte, durch seinen Ausdruck klarzumachen, dass er völlig mit allem hier einverstanden war. Als sein Gegenüber anscheinend zufrieden war mit dem, was er sah, nickte er und sprach wieder in Izaaks Ohr: »Ich wollte nichts in das, was heute im Studio war, hineininterpretieren.«

Izaak ließ mit einem Ächzen seinen Kopf kurz auf Fabians Brust sinken. Dieser schlang sofort einen Arm um seinen Rücken und zog ihn näher zu sich.

»Das war nun wirklich kein Glanzmoment meinerseits – oder der meiner Freunde.« Über die laute Musik konnte Izaak die Antwort kaum hören. In jedem Fall vernahm er ein tiefes Lachen. Ahhh. Er hatte ihn zum Lachen gebracht. Wie gern hätte er sein Gesicht dabei gesehen. Doch seinen eigenen Kopf gegen Fabians Brustkorb zu lehnen, hatte auch einen ganz eigenen Reiz, den er ebenso wenig missen wollte.

Mittlerweile waren sie komplett aus dem Takt der schnellen Beats und bewegten sich in ihrem eigenen Tempo, das ganz anderen Regeln als der Metrik der Musik folgte. Wichtiger war es für Izaak, die Nähe zwischen ihnen aufrecht zu erhalten und zu fühlen. Er schickte seine Hände über den Mann in seinen Armen und strich sanft über die Muskelstränge, die die Wirbelsäule wie einen Fluss einbetteten. Hinauf zu den Schultern, um sie schließlich der V-Form die Seiten entlang zu streifen. Am unteren Rücken ließ er sie zur Ruhe kommen.

Fabians raue Fingerspitzen in Izaaks eigenem Nacken fühlten sich himmlisch an – wie sie über den Haaransatz in seine Strähnen fuhren. Izaak reckte seinen Kopf ganz leicht nach hinten in die Berührung. Der stärkere Druck über seine Kopfhaut fühlte sich wie eine tiefe liebkosende Verbindung an.

Izaaks Stöhnen wurde in den Kokon der Musik um sie herum aufgenommen, doch er nahm seine eigenen Vibrationen aus seiner Kehle wahr. Wie Wellen schienen die Schwingungen aus seinem Hals zwischen ihren Körpern hin und her zu wandern. Gleich dem gegenseitigen Ertasten und Erkunden des anderen. Dass er mittlerweile hart war, konnte Fabian, der seinen Oberschenkel zwischen Izaaks Beinen platziert hatte, nicht entgangen sein.

Die streichelnde Hand an seinem Hinterkopf griff Izaak und zog ihn vorsichtig aus der Umarmung. Jeglicher Protest, der sich in ihm aufbäumte, verstummte unter Fabians weichen Lippen. Fast zaghaft erwiderte Izaak diese Zärtlichkeit mit sanftem Druck. Sein wild flatterndes Herz brachte für einen Moment seinen Atem zum Stocken. Mit jedem Nippen bemerkte er, wie sich seine Finger weiter in

Fabians Shirt vergruben, und er zog ihn damit noch enger an sich. Offensichtlich unbeirrt davon, blieb Fabian dabei, kurze, trockene Küsschen auf Izaaks Lippen zu setzen.

Küsschen, die ein Verlangen in Izaak hervorriefen, das sich wie elektrische Spannung von seinem Kopf bis zu seinen Füßen ausbreitete. Gierig und sorgsam zugleich ließ er seine Zunge zwischen den Lippen hervorblitzen, sodass er Fabians Oberlippe antippte. Dieser hielt einen Augenblick inne, bevor er seinen Mund öffnete.

Diesmal zögerte Izaak nicht, als er seine Zunge zwischen Fabians Lippen gleiten ließ. Dort wurde er bereits erwartet. Im selben Moment fühlte er wieder diese zärtliche Hand an seinem Hinterkopf. Diesmal so, als wollte deren Besitzer sicherstellen, dass ihre Münder genau in der Position verblieben, in der sie waren. Aufeinander. Ineinander. Miteinander.

Plötzlich unterbrach Fabian den Kuss und sah ihn intensiv an. Sein Mund bewegte sich, doch Izaak verstand zunächst gar nicht, was er sagte. Als er sich ihm entgegenbeugte, wiederholte Fabian es in sein Ohr. »Wollen wir das woandershin verlegen?«

»Ja«, hauchte Izaak atemlos und nickte. Gleichzeitig rasten seine Gedanken. Er war immer noch nicht der Typ für Gelegenheitssex. Es fiel ihm schwer, sich fallen zu lassen und dummerweise kamen ihm oft seine Gefühle in den Weg. Aber das war es doch hier nicht. Er kannte Fabian kaum und lief nicht Gefahr, zu viel in die Situation hineinzuinterpretieren.

Sein Puls pochte wie verrückt an seinem Hals, seine Erektion drückte nahezu schmerzhaft gegen den Reißverschluss seiner Hose. Er hatte das Gefühl, kurz vorm Zerbersten zu sein. Er würde eine Ausnahme machen. Was schadete es, sich ein bisschen zu vergnügen? Ein Hauch von Irritation durchströmte Izaak, als Fabian einen Schritt zurücktrat und ihn mit seiner Hand in Izaaks Rücken in Richtung der Toiletten lenkte.

Wieso hatte Izaak gedacht, sie würden zu ihm gehen oder zu Fabian? Wieso war er manchmal so naiv? Innerlich wies er sich selbst zurecht. Er würde das Beste aus der Situation machen. Es ließ sich aber nicht leugnen, dass ein deutlicher Hauch Enttäuschung mitschwang. Als sie im Flur ankamen, flog Izaaks Blick von der Toilettentür zur Bürotür seines Bruders. Vielleicht konnten sie es wenigstens bequem haben, wenn sie das durchzogen. Die Umgebung sollte es ihm auch eher möglich machen, sich ihrer gegenseitigen Anziehung hinzugeben. Und vielleicht konnte er so die Stimme in sich, die ihn mahnte, vorsichtig zu sein, zum Schweigen zu bringen. Denn wenn er sich schon darauf einließ, wollte er die Sache auch genießen.

Als Fabian die Tür zu den Toiletten aufstoßen wollte, löste sich Izaak von ihm. »Warte kurz.«

Mit schnellen Schritten ging er, am Notausgang vorbei auf Nicks Büro zu. Er drückte den Griff nach unten und schloss schnell die Tür mit seinem Ersatzschlüssel auf, als sie sich nicht öffnete. Ein kleines, schlechtes Gewissen machte sich in seiner Magengegend breit. Es hatte definitiv Vorteile, der Bruder des Eigentümers zu sein; der vertrauensselig genug war, dem kleinen Bruder einen Ersatzschlüssel zu geben, weil er ihm regelmäßig im Büro half. Geholfen hatte. Während des Studiums. Das schon seit über drei Jahren beendet war. Er musste Nick dringend den Schlüssel zurückgeben. Izaak war sich sicher, dass er eine derartige Aktion nicht so schnell wiederholen würde – dennoch. Einmal in Versuchung geführt und sofort gestolpert reichte, sein Gewissen genügend zu belasten.

Hinter sich bemerkte er Fabian, der eine Hand an Izaaks Rücken legte. »Brechen wir ein?«

»Nein. Aber komm schnell rein.« Sein Bruder würde frühestens in zwei Stunden ankommen. Und sein erster Stopp in der Bar wäre sicher nicht das Büro. Bis zur Kassenabrechnung waren es noch Stunden. Fabian und er hatten genügend Zeit. Schnell schlüpften sie in das kleine Zimmer und Izaak knipste das Licht an. Er schloss die Tür wieder hinter ihnen ab, worauf er den Schlüssel vorsorglich im Schloss steckenließ.

Fabian umarmte ihn von hinten und küsste seinen Nacken. Izaak lehnte sich sofort zurück. Er genoss Fabians Arme um seine Mitte, die seinen Oberkörper abtasteten. Einen Arm nach hinten gestreckt, legte er seine Hand in Fabians Nacken und zog ihn zu sich. Fabian setzte seine Küsse nach und nach in Richtung Ohr, bis er schließlich Izaaks Ohrläppchen einsog. Izaak spürte das sanfte Ziehen bis in seine Zehen. Genüsslich drückte er seinen Rücken durch. Auf der Suche nach dem Mund, der seinen Nacken so sehr liebkoste, drehte er sich leicht, sodass Fabian sein Ohr loslassen musste. Gierig streckte sich Izaak ihm entgegen. Sobald sich ihre Lippen trafen, war dieses elektrisierende Gefühl wieder da. Wie ein Schauer lief es über Izaaks Haut. Beide unterbrachen den Kuss, um nach Luft zu schnappen.

Izaak schloss die Augen, während Fabian ihm zärtlich übers Gesicht strich. Vor seinem inneren Auge fühlte er die Finger in seinem Haar, die Kopfhaut entlang.

»Mach die Augen auf.«

Überrascht von der Forderung sah er auf. In dieses sanfte Grau, das ihn so ernst und ruhig und erregt gleichzeitig beobachtete.

»Deine Augenfarbe. Dieses Blau ist … « Doch bevor Fabian seinen Satz beendete, drehte er Izaak an den Schultern um und hielt ihn an den Hüften fest. Das kam … überraschend und für einen Moment kämpfte Izaak damit, wie er reagieren sollte, ohne die Sache sofort zu beenden. Vor ihm war Nicks Schreibtisch. Der PC. Geöffnete Post. Der Stuhl war an die Wand zurückgeschoben und vom Tisch weggedreht. Er dachte krampfhaft nach.

»Kannst du das ausziehen? Kann ich …?« Fabian hatte, während er sprach, seine Hände unter Izaaks Hemd geschoben und fuhr über dessen Seiten nach oben in Richtung seiner Schultern. Izaak schüttelte amüsiert den Kopf und knöpfte zügig die Hemdleiste auf. Der Stoff gab nach und fiel nach hinten über seine Schultern. Fabian sog vernehmbar die Luft ein. Für einen Moment stand Izaak einfach da und lauschte.

Als er sich umdrehen wollte, hielten ihn die Hände an seinen Hüften fest. »Er ist unglaublich. Wirklich, das ist das faszinierendste Tattoo, das ich je gesehen habe.« Izaak fühlte raue Hände seinen Rücken entlang streichen. Ihm war bewusst, dass sein riesiges Meermann-Tattoo die Aufmerksamkeit von jedem, der es entdeckte, auf sich zog.

»Ich hab dich letzte Woche in der Umkleide ohne Shirt gesehen – ich wollte dich nicht so anstarren, aber das ist der Wahnsinn.«

Izaak lächelte. Er liebte sein Tattoo. Es verband ihn mit seiner Heimat. Auch wenn er es nicht immer sehen konnte – er wusste, es war da. Genau wie seine Insel.

Doch so sehr er die Anerkennung seines Körperschmuckes schätzte, so sehr war er nicht deshalb hier. »Wolltest du nur mein Tattoo ansehen, oder hast du noch was anderes vor?«

Fabian ging um ihn herum und lächelte ihn an. »Das war nur der Bonus.« Er rollte seine Lippen ein, während seine Augen auf Izaaks Brustwarzen – vermutlich aber eher auf die Piercingstäbe, die durch diese ragten – gerichtet waren. »Die wollte ich auch noch mal sehen.« Vorsichtig rieb er seine Daumen darüber und Izaak entwich ein Stöhnen. »Komm her!«, forderte Fabian.

Sie verbanden sich in einem innigen Kuss, in einem gegenseitigen Fordern und Ertasten ihrer Lippen. Zu diesem Kontakt zwischen ihren Mündern mischten sich ihre Hände. Tastend über ihre Körper, suchend und liebkosend. Diese Aura von Bestimmtheit und Sehnsucht, die Izaak umgab, wurde von Fabian durchbrochen, als er einen Schritt zurücktrat und ihn mit fragend zusammengezogenen Augenbrauen ansah. Er begleitete seine unausgesprochene Frage, die zwischen ihnen hing, mit seinen Fingern an Izaaks Hosenbund. Ebenso wortlos antwortete dieser mit einem Nicken. Er hob sein Becken leicht gegen Fabians Finger. Der Tanz, der ihrem stummen gegenseitigen Einverständnis folgte, schloss sich nahtlos an.

Izaak spürte, wie der Bund seiner sehr engen Skinny Jeans nachgab, als Fabian den Knopf durch das Loch drückte. Endlich hatte seine pulsierende Erektion Raum und drohte nicht mehr in der Enge seiner Hose zu ersticken. Dies genügte ihm jedoch nicht und auf der Suche nach mehr Hautkontakt, schob er seine Hände unter Fabians T-Shirt. Gierig nach ihm, entledigte er ihn mit schnellen Bewegungen seines Shirts.

Er wurde von Fabians Hand belohnt, die dieser an Izaaks Unterwäsche vorbei schob. Izaak drängte sich in die warme Handfläche, die ihn zärtlich umschloss. Das vorsichtige Ertasten seiner Hoden, die Hodennaht entlang, versetzte ihn in eine aufgeregte Unruhe. Er konnte sich kaum beherrschen, sich nicht wie ein Aal zu winden.

Durch kleine rollende Bewegungen versuchte er, seine Hose los zu werden, um mehr Platz für die Hand zwischen seinen Beinen zu schaffen. Als er die Finger an seinem Damm spürte, sogen sie beide scharf die Luft ein. Er konnte ein Schmunzeln nicht unterdrücken, als er in Fabians von Erstaunen gezeichnetes Gesicht aufsah.

Seine Guiche-Piercings waren nicht auffällig und auch nicht so leicht zu entdecken, wie der Rest seines Körperschmucks. Als Fabian vor ihm auf die Knie ging, drohten seine eigenen, ihn nicht weiter zu tragen. Er hatte das Gefühl, dass sie weich wie Butter wurden, unter den Erkundungen des Mannes vor ihm, der ihm qualvoll langsam die Jeans samt der Unterwäsche über den Hintern zog. Fabian strich einige Male hauchzart über Izaaks Spitze, bis er schließlich seine Hoden anhob und die drei Ringe, die sich dahinter verbargen, ertastete. Sie erklangen kaum hörbar, als sie aneinanderschlugen. Die Berührung an der Stelle befeuerte jedes Verlangen in Izaak und merklich zuckte er vor Fabians Augen. Das zarte Streichen raubte ihm den Atem und gleichzeitig hatte er das Gefühl, er würde jede Sekunde abheben.

»Das ist – wow. Izi, du bist voller Überraschungen.« Mit einem Grinsen sah Fabian wieder zu Izaak auf. »Was erwartet mich als nächstes?«

Mit hochgezogenen Augenbrauen verzog dieser seine Lippen zu einem Schmunzeln. »Wer weiß? Das wirst du wohl erkunden müssen.«

In einer flüssigen Bewegung, die Izaak von Fabian so nicht erwartet hatte, stand dieser auf, wobei er gleichzeitig seine eigene Hose öffnete und diese samt Boxershorts bis auf seine Oberschenkel schob. Der daraus hervorwippende Ständer zog Izaaks volle Aufmerksamkeit sofort auf sich. Bestimmt trat er an Fabian heran und nahm sie beide in die Hand. Einen Moment lang genoss Izaak einfach das Gefühl ihrer beider Erektionen in seiner Hand.

Die Weichheit der Haut und die darunter verborgene Härte schickten ein wohliges Prickeln durch ihn. Das Empfinden dieser exquisiten Kombination an zwei Stellen seines Körpers und doch durch deren Nähe zueinander fast vereint, schien seine Wahrnehmung zu vervielfältigen. Nicht nur unter seinen Fingern, sondern auch an seinem Schwanz, spürte er Fabians Puls. So als hätte er dessen Herzschlag gegen seinen Ständer gedrückt, wollte er Fabian seinen achtsamen Umgang damit beweisen.

Der Rhythmus, den er aufbaute, wurde aber alsbald durch ihre immer heftigeren und unkontrollierten Stöße in Izaaks Faust gestört. Jedoch vereinte sich ihr Stöhnen zu einem erregenden Hintergrundgeräusch, das Izaak weiter anfeuerte.

Er bedauerte, dass es ihm nicht gelang, seinen Blick auf Fabians ekstatisch verzücktes Gesicht zu halten. Sein eigener Orgasmus drohte jede Sekunde über ihn hereinzubrechen. Und mit jedem Strich wurde es schwieriger, sein Bewusstsein auf das, was ihn umgab, zu richten. Er war ganz in sich, als er bemerkte, wie Fabian in seiner Hand anschwoll.

Dessen drängende Stöße wurden schneller, bis sich schließlich warme Flüssigkeit über Izaaks Finger ergoss. Izaak nutzte dieses willkommene Gleitmittel für sich selbst, sodass es ihn mit seiner nächsten Handbewegung ebenfalls zu seinem Höhepunkt trieb. Es schien, als sammle sich all seine Energie aus den Lenden, um in einem gewaltigen Stoß aus ihm heraus zu treten. Die Wucht dessen brachte ihn für einen Moment aus dem Gleichgewicht. Bevor er die Augen öffnen konnte, griff er mit seiner freien Hand nach vorne, um sich abzustützen. Statt einer Wand, die ihm Halt bot, wurde er an seinen Oberarmen gehalten. Seine Augen verfingen sich in Fabians Blick, der ihn durchdringend ansah. Noch nach Luft ringend, atmete Izaak stoßartig ein und aus.

»Ha.« Mit einem erschöpften Lacher entwich ihm ein Laut und Fabian erwiderte ihn mit seinem zurückhaltenden Lächeln. Er schloss die letzte Distanz zu Izaak und nahm ihn in seine Arme. Izaak legte seine Stirn auf Fabians Schulter ab, als er seine Hand von ihrer beider Penisse nahm. Aus dem Augenwinkel sah er die Tücherbox auf Nicks Schreibtisch. Ohne sich von Fabian zu lösen, streckte er sich und zupfte einige heraus.

Er zerknüllte sie in der Hand, bis er schließlich seine zweite hinzunahm, um sich richtig abzuwischen. Fabian strich ihm kurz über seinen Rücken, was einen Schauer über Izaaks Haut schickte, bevor er schließlich einen Schritt zur Seite trat und sich ebenfalls Papiertücher vom Schreibtisch holte.

Noch immer im Rausch nach der kurzen Berührung, konzentrierte sich Izaak aber auf das Notwendige, wischte sich, soweit es möglich war, sauber und warf die gebrauchten Tücher zum Papier in den halbvollen Mülleimer neben dem Aktenschrank. Als er sich wieder umdrehte, hatte sich Fabian bereits vollständig angezogen. Schnell tat er es ihm gleich und hob sein Hemd vom Boden auf. Es war ihm nicht möglich, eine Regung aus Fabians Gesicht abzulesen. Doch Izaak war nicht gewillt, das hier einfach enden zu lassen. Entschlossen ging er auf Fabian zu.

»Das war gut. Toll. Es war toll. Was sagst du dazu, mir deine Nummer zu geben und wir wiederholen das?« Er versuchte, seine Stimme leicht und spielerisch klingen zu lassen, obwohl es ihn einige Mühe kostete.

Wäre Izaak von Fabians Reaktion nicht so sehr überrascht gewesen, hätte sie ihm einen noch schmerzhafteren Stich versetzt, als sie es tatsächlich schaffte. Fabians Gesichtsausdruck konnte nicht anders als panisch bezeichnet werden. Wie auf der Flucht trat er sofort zur Tür und schüttelte energisch den Kopf. »Nein. Lieber nicht. Das passt nicht.«

Izaak wusste nicht, was er erwartet hatte. Diese Antwort allerdings nicht, da er wusste, dass sie nicht stimmte. Was zwischen ihnen gerade stattgefunden hatte, war nicht einfach gewöhnlich gewesen. Das hatte er sich nicht eingebildet.

Jedoch würde er nicht versuchen, jemanden, der ihn offensichtlich nicht wollte, zu irgendetwas zu überreden.

Innerlich schalt er sich. Wieso hatte er überhaupt etwas gesagt? So lief das doch nicht ab. Ihm fehlte die Übung. Er hätte sich von Tobi noch mal das Einmaleins des *casual sex* erklären lassen sollen.

»Oh«, sagte er betont lässig. »Dann habe ich mich wohl getäuscht.«

Nun verzogen sich Fabians Mundwinkel so, dass er aussah, als ob er Schmerzen hätte. »So hab ich das nicht gemeint. Es war toll. Du hast recht. Ich mein nur, es passt nicht, weil ich wirklich nicht auf der Suche nach was Festem bin. Das hat nichts mit dir zu tun.«

Izaak hatte Not, seine Gesichtszüge zu beherrschen, die drohten, in eine sarkastische Grimasse abzurutschen. »Ich verstehe. Es liegt nicht an mir. Es liegt an dir.«

»Ja, genau. Ich bin froh, dass du das verstehst.«

War das Fabians Ernst? Die *es liegt nicht an dir es liegt an mir Nummer*? Aber er sah so … erleichtert aus. *Whatever*. Er war erwachsen genug, eine einmalige Sache nicht unnötig aufzublasen. Schnell knöpfte er sein Hemd zu, wobei ihn Fabian beobachtete, so als wäre er unschlüssig, was oder ob er noch etwas sagen sollte. Schließlich senkte er den Blick auf den Boden und schüttelte mit einem lauten Seufzer den Kopf. Izaak schloss die Tür auf und öffnete sie.

Als Fabian durchging, hielt er inne und legte seine Hand auf Izaaks Unterarm. »Es ist besser so«, flüsterte er und verschwand über den Flur.

Kryptischer Mist. *Es ist besser so.* Er musste sich nichts vormachen. Abserviert zu werden wurde nicht leichter, je öfter es passierte. Wieso konnte er die Zeichen nicht lesen, wenn die Kerle nur Sex wollten? Oder warum ließ er sich trotzdem darauf ein, wenn er es erkennen konnte? Er wusste, dass es ihm nicht guttat. Er fühlte sich stark und selbstbewusst, bis er wieder allein dastand. Im wahrsten Sinne des Wortes. Izaak prustete die Luft über die Lippen aus, als er die Tür sorgfältig verschloss. Seinen Schlüssel steckte er wieder in seine hintere Hosentasche und ging zu den Toiletten. Am Waschbecken wusch er sich die Hände und spritzte sich Wasser ins Gesicht. Nachdenklich beobachtete er sich im Spiegel. *Es ist, wie es ist. Get a grip, Izi.*

Zurück in der Bar begrüßten ihn seine Freunde mit besorgten Gesichtern.

Tobi schlang sofort seine Arme um ihn. »Wir haben Mr. Hard Muscle grade aus der Tür verschwinden sehen. Hm … freuen wir uns, dass er einen Zauberschwanz hat oder hassen wir ihn jetzt, weil er verschwunden ist? Ich bin mir nicht sicher. Erzähl, Schatz. Ich will für dich da sein.«

Nadine sah Izaak mit leicht schrägem Kopf an. »Muss ich jemandem weh tun oder freuen wir uns, weil wir Spaß hatten?«

Izaak mochte kein Drama. Das Leben war zu kurz dafür. Er würde das Positive aus diesem kurzen Intermezzo ziehen. Dass er bei gewissen Typen sofort anhänglich wurde, war nicht Fabians Schuld. Es war auch nicht seine eigene Schuld. Er war nun mal, wie er war, und irgendwann würde er die Konsequenzen daraus ziehen und die richtigen Entscheidungen für sich treffen. »Ich werde euch nichts über seinen Schwanz erzählen. Aber ich denke, wir sind wieder an dem Punkt, dass wir Mr. Muscle aus der Ferne betrachten können und das war’s.«

Mit immer noch unentschlossener Mimik sah ihn Tobi an. »Und wie finden wir das? Na los. Was sagt das Stimmungsbarometer?«

Izaak drückte ihm einen Kuss auf die Wange. »Alles ist gut. Vor allem sprechen *wir* jetzt nicht mehr von *uns*, so als ob du jemand anderen als mich damit meinen würdest. Das ist unheimlich. Ihr seid mir unheimlich. Es ist Tanzzeit.«

# Kapitel 2

## Fabian

Er war ein Idiot. Ein kompletter Idiot. Fabian eilte mit Riesenschritten zu seinem Auto. Wieso lief er weg? Das Nachglimmen seines Orgasmus' konnte er schier noch fühlen, als er durch die kühle Nachtluft ging.

Es war eine völlig harmlose Frage gewesen. Eine Frage, die auch durchaus Sinn ergab. Izi hatte ihn nicht gebeten, sein Leben für ihn zu ändern oder ihn zu heiraten – er hatte lediglich nach seiner Nummer gefragt. Und er war in Panik verfallen.

Er hatte vor allem nur an sich gedacht, ohne darauf zu achten, wie die Zurückweisung dieses klitzekleinen Anliegens bei Izi ankommen würde.

Als er dessen zerknirschtes Gesicht gesehen hatte, hätte er ihn am liebsten wieder in den Arm genommen und einfach gehalten. Ihm gesagt, dass er mit einem Kerl wie ihm, dessen Leben komplett aus den Angeln geworfen war, ohnehin nicht glücklich werden würde. Egal, ob es um ein Sexdate ging oder … Was redete er sich nur wieder ein?

Wütend schüttelte er den Kopf und das letzte postorgasmische Sirren verließ seinen Körper. Izi hatte überhaupt nichts über eine Beziehung oder dergleichen gesagt. Er wollte die Nummer, um die Sache von eben einfach zu wiederholen.

Und Fabian hatte völlig überreagiert. Die ganze Geschichte war ein Desaster gewesen, das nur darauf gewartet hatte, zu implodieren. Wieso ließ er sich mit jemandem aus dem Studio ein? Dem Ort, der ihm heilig war. Sein Rückzugsort, an dem er sich auf sich selbst konzentrieren konnte.

Nur gut, dass Izi absolut zuverlässig ausschließlich zu den Pilates- und Yogastunden seiner Freundin dort auftauchte. Fabian würde es umgehen können, ihn zu treffen. Der Stundenplan hing aus und es war ein Leichtes, seine Trainingseinheiten ein bisschen anzupassen. Hatte er in den vergangenen Wochen sich selbst dabei immer wieder ertappt, just zu den Übungsstunden von Nadine im Studio zu sein, um Izis Ankunft und Abgang mitzubekommen, würde er dies ab sofort vermeiden.

Bereits etliche Meter vor seinem Fahrzeug drückte er wütend den Türöffner. Diese Aktion heute Morgen war so »bezaubernd« gewesen. Er hatte Izi sehen müssen. Wieso konnte er nicht einmal mit seinem Kopf denken? Dem auf den Schultern. Für den zwischen seinen Beinen gab es Apps, mit denen er sein Leben in letzter Zeit hervorragend organisiert hatte. Wieso bitte, musste er ein laufendes System derart ins Wanken bringen? Arbeit, Studio, schneller Sex über irgendeine Plattform und zu seinen Verpflichtungen nach Hause. So schwer war das doch nicht. Aber dennoch. Seit er Izis Augen zum ersten Mal gesehen hatte, waren sie ihm nicht mehr aus dem Kopf gegangen.

Er riss die Autotür auf und ließ sich schwer in den Sitz fallen. Mit einem ordentlichen Rumms ließ er die Tür zu sausen. Den Schlüssel im Schloss, fuhr er sofort an. Es war ein gutes Stück bis in den Vorort, in dem er wohnte. Er hatte heute bereits genügend Zeit mit Blödsinn vertrödelt.

Aber diese Augen. Dieses außergewöhnliche Kristallblau, mit einem Hauch Grün, fast Türkis. Als er das Tattoo auf

Izis Rücken gesehen hatte, als dieser im Studio vom Duschen zurückkam, war ihm die Luft weggeblieben. Die Flosse des Meermannes hatte dieselbe Farbe wie Izis Augen. Die Schuppen strahlten in den unterschiedlichsten Schattierungen und sahen aus, als würden sie glitzern. Jede Bewegung Izis hatte den Schwanz, der bis über seinen Po zu seinem Oberschenkel reichte, aussehen lassen, als ob sich die Schuppen darauf hervorhoben. Fabian hatte sich zwingen müssen wegzusehen. Bei aller Toleranz und Offenheit des Studios, er hatte kein Recht, Izi derart zu begaffen und ihn womöglich damit zu verunsichern.

Fabian trommelte mit den Fingern auf dem Lenkrad herum. Die Ampel stand mindestens seit fünf Minuten auf Rot. Er hatte sich nicht träumen lassen, dieses Kunstwerk in so kurzer Zeit aus der Nähe betrachten zu können. Nicht nur betrachten. Er hatte es berührt. Der Meermann hatte den Rücken durchgedrückt, wobei sein Hinterkopf auf Izis Schulter zu liegen schien. Sein dunkles Haar, das wie wild um ihn schwebte, reichte bis zu Izis Oberarm. Es war das eindrucksvollste Bild, das er je gesehen hatte. Und es passte zu seinem Träger. Nicht auf den ersten Blick zu entdecken, aber hatte man es einmal gesehen, war es nicht mehr möglich, wegzusehen.

Die Ampel neben ihm schaltete und beinahe wäre Fabian seinem Vordermann hinten drauf gefahren. Natürlich. Seine Ampel hatte die Farbe nicht verändert.

Was wäre denn dabei, sich ein paar Mal mit Izi zu treffen? Und wenn sie nur ein freundschaftliches Verhältnis pflegten, wäre dies doch seinem infantilen Abgang vorzuziehen. Alles wäre dem vorzuziehen gewesen. Er drückte sich kurz die Handballen an die Stirn. Und was wäre so tragisch, wenn diese Freundschaft mit ein paar Vorzügen ausgestattet wäre? Hatte er es nicht verdient, mit einem Kerl wie Izi Zeit zu verbringen? Fabian fuhr sich über die kurzen Haare. Izis Haare. Diese dunklen, weichen Haare. Er rieb seine Finger aneinander. Das samtige Gefühl steckte wie eine Erinnerung zwischen ihnen. Anscheinend hatte er keinerlei Wachs oder dergleichen benutzt. Es fühlte sich so zart und unwirklich an. Und genau wie der verantwortungsbewusste Mensch, der Izi zu sein schien, hatte er keine Szene gemacht, als Fabian selbst einen Kurzschluss hatte.

Endlich sprang die Ampel auf grün und Fabian konnte losfahren.

Sie hätten vorher darüber reden müssen, was das werden sollte. Aber er besprach nie die Bedeutung seiner sexuellen Begegnungen. Jeder wusste, woran er war. *Aber doch nicht Izi.* Fabian stöhnte innerlich auf. Und statt sich danach einem Gespräch wie ein erwachsener Mann zu stellen, war er weggelaufen. Hitze stieg in seine Wangen und vor Scham wollte er sich am liebsten verkriechen. Er konnte das so nicht stehen lassen. Wenn er Izi nur halbwegs richtig einschätzte, würde er mit sich reden lassen. Vielleicht war ja auch noch nicht alles verloren. Vielleicht bestand ja eine klitzekleine Chance, diese karibisch blauen Augen noch mal voller Leidenschaft auf sich gerichtet zu sehen. Vielleicht bestand eine winzige Chance, dass sie beide …

Ein grellroter Blitz riss ihn aus den Gedanken. Sein Blick raste umher. Fuck, nicht dieselbe Stelle wieder. Dieser verdammte Blitzer. Panisch sah er auf den Tacho. Wieviel … wieviel war er zu schnell gewesen? Fuck! Fuck! Nein! Das durfte nicht wahr sein. Nicht schon wieder. Er hatte erst

Punkte und ein massives Bußgeld kassiert. Das … nein … das durfte nicht passieren. Wenn er das richtig in Erinnerung hatte, würde das bedeuten … Aber das konnte es nicht bedeuten. Er brauchte seinen Führerschein.

Fabian ließ einen markerschütternden Schrei los und schlug mit einer Hand auf das Lenkrad ein. Das! Das genau war der Grund, wieso er mit seinen Gedanken bei der Sache bleiben musste und sich nicht mit blauäugigen Meermännern beschäftigen sollte. Der kleinste Fehler und seine Familie war aufgeschmissen. Seine Unzuverlässigkeit hatte Konsequenzen, mit denen er gut leben konnte, aber nicht seine Familie, die sich auf ihn verlassen musste. Die bekannten Worte seines Vaters hallten in seinem Kopf wider. »Fabian, wenn ich nicht da bin, bist du der Mann im Haus.« Wie oft hatte sein Vater das wortwörtlich betont?

Nochmals schrie er auf. Ein Witz war er, mehr nicht. Das war's. Er konnte nur hoffen, dass dieses Blitzlicht die Warnung gewesen war, die er gebraucht hatte, um sich Izi aus dem Kopf zu schlagen. Denn genau das würde er tun. Ein für alle Mal. Er war kein kleines Kind, das einen Freund oder einen Spielgefährten brauchte, egal, wie heiß und warmherzig und aufmerksam und so unglaublich heiß dieser auch sein mochte.

Die folgenden Wochen waren ein Spießrutenlauf für Fabian. Jeden Tag leerte er schweißgebadet den Briefkasten, in Sorge, der erwartete Bußgeldbescheid wäre darunter. Wobei er hoffte, dass es ein Bußgeldbescheid war, der ihn erwartete, und nicht ein Fahrverbot. Es durfte kein Fahrverbot oder die Aberkennung des Führerscheins sein.

Der Tag auf der Baustelle war anstrengend gewesen. Der Bauherr war anwesend und hatte seine eigenen Ideen, wie eine Baugrube auszuheben war, deutlich machen wollen. Fabian war nur der Baggerfahrer und musste sich mehrmals auf die Zunge beißen, um den Herrn nicht in klaren Worten deutlich zu machen, dass ein bisschen »ich baue mir mein Haus« googeln nicht ausreichte, um den Bauvorschriften zu genügen. Dazu hatte ihnen die Sonne auf den Kopf gebrannt. Er war nur noch froh, endlich daheim zu sein.

Seine Kollegen hatten seine Angespanntheit längst bemerkt. Nachdem er aber nicht rausgerückt hatte, was ihn so bedrückte, hatte ihn auch Mark, der Einzige unter ihnen, den er als Freund bezeichnen würde, in Ruhe gelassen. Sollte er eine Mitfahrgelegenheit zur Arbeit benötigen, würden sie es noch schnell genug erfahren. Jede freie Minute hatte er genutzt, um sich über spezialisierte Anwälte zu informieren. Sollte es so weit sein, würde er sofort handeln. Er hatte bereits bei einer Kanzlei angerufen, die ihn aber vertröstet hatte. Erst wenn die verhasste Nachricht bei ihm eintraf, ergab es Sinn, dass er sich bei ihnen meldete.

Er parkte in der Garage. Sein Elternhaus war ein typisches Mittelklassehaus, in dem schon seine Großeltern gelebt hatten.

Heutzutage war es nahezu unmöglich, ein Haus in diesem Vorort zu erwerben. Die Kosten für den Erhalt schnürten ihm ohnehin schier die Luft ab. Das Haus müsste längst wieder gestrichen werden. Dass die Heizung seit Jahren ausgetauscht werden sollte, verdrängte er nach jedem überstandenen Winter erneut und hoffte auf ein weiteres Jahr, in dem sie durchhielt. Dass sowohl die Dämmung des

Daches wie auch die Fenster ausgetauscht werden mussten, um besagte Heizkosten zu senken, würde er, solange es nicht durchtropfte, ebenfalls wieder vergessen. Er legte regelmäßig Geld zurück für derartige Unterfangen. Aber während er noch für das erste Projekt sparte, gesellten sich bereits die nächsten Probleme des alten Hauses dazu. Letztendlich waren dies Luxusprobleme. Gesundheit war das, was zählte.

Unterm Strich hatten sie mit dem Haus Glück gehabt. So traten sie sich nicht auf die Füße und jeder hatte seinen Rückzugsort. Er wusste nicht, wie sie in der Münchner Innenstadt in einer kleinen Mietwohnung überleben sollten, schoss es ihm durch den Kopf, als er das ganze Spielzeug im Garten liegen sah. Mit pochendem Herzen blieb er am Gartentor stehen und öffnete den Briefkasten. Leer. Gott sei Dank. Wobei ihn das Warten auf den Brief mittlerweile genauso belastete, wie die Angst vor dessen Inhalt.

Er schloss die Haustür auf und hörte bereits eifriges Geklapper in der Küche. Seinen Schlüssel hängte er an das Board und noch bevor er seine Schuhe ausziehen konnte, hatte er ein Bündel in pink um seine Hüften hängen.

»Fabian, du bist daheim!«

»Wir haben uns heute Morgen gesehen, du kleine Kröte.«

»Ich hab dich so vermisst.« Dieselben grauen Augen, die er auch hatte, strahlten ihn an.

»Ich hab dich auch vermisst. Den gaaanzen Tag.«

Lena lachte ihn offen an. »Das glaube ich dir nicht. Du musst doch arbeiten. Hast du ein Haus gebaut?«

»Ah, ich hab's versucht. War nicht so einfach. Erzähl mir lieber wie's in der Schule war.«

»Ich habe ein Bild von uns gemalt und Mama geschenkt. Tonia hat mich heute besucht und es war ganz toll.«

Fabian strich ihr über das Haar, das in zwei Zöpfe geteilt war. »Wo ist denn die Mama?«

»Die kocht. Ich helfe ihr«, erklärte Lena stolz.

»Na dann lass uns mal sehen, was es gibt.«

Lena nahm Fabians Hand und zog ihn in die Küche, in der ihre Mutter am Herd stand. Sie drehte sich schnell um und lächelte ihm zu, während sie das Schneidemesser aufgriff und begann, in einem wahnsinnigen Tempo Karotten zu schneiden.

Obwohl Sigrid fast gänzlich ihr Augenlicht eingebüßt hatte, kannte sie ihre Küche wie ihre Westentasche. Das gesamte Haus war ihr Untertan und sie kam problemlos zurecht. Überhaupt hatte sie größte Probleme, Hilfe anzunehmen. Egal von wem. Ihre Grenze erreichte sie allerdings im Straßenverkehr. Autofahren war mit dem Sehverlust und dem milchigen Schleier, der ihre Sicht trübte, ausgeschlossen.

Somit hatte es sich Fabian mit dem Tod seines Vaters zur Aufgabe gemacht, für seine Mutter und Schwester da zu sein. Lena sollte in ihrer gewohnten Umgebung bleiben, somit war ein Umzug der beiden ohnehin ausgeschlossen. Vielmehr war er wieder in sein Elternhaus gezogen, hatte seine Arbeitsstunden gekürzt, um flexibler die beiden wichtigsten Menschen in seinem Leben unterstützen zu können. Er wollte nicht darüber nachdenken, was es für Folgen für seine Schwester hätte, könnte sie ihre Fördertermine nicht mehr wahrnehmen, wegen seiner Dummheit. Sie war zehn und es trennten sie genau achtzehn Jahre von ihrem Bruder, von dessen Zuverlässigkeit sie abhängig war. Dazu kamen die Termine seiner Mutter. Er wollte nicht darüber nachdenken, welche Folgen dies alles hätte.

»Wie war dein Tag?«, wollte seine Mutter wissen.

»Alles Bestens! Und bei euch?«

»Du hast Lena gehört. Sie hatte heute Besuch. Das Highlight der Woche.«

Fabian sah zu seiner Schwester, die Perlen auf eine Schnur aufzog. Dass ihr 21. Chromosom dreimal vorhanden war, nahm Fabian im Alltag nicht mehr wirklich wahr. Aber für Außenstehende war sie besonders. Stach hervor. Für Fabian war sie die einzige Schwester, die er hatte. Und er würde alles für sie tun. Ihre lebensfrohe Art war ein Gewinn für jeden – fand er. Dass ihr gemeinsames Leben gewisse Besonderheiten aufwies, war weder tragisch noch wirklich relevant. Gemeinsam würden sie alles schaffen.

»Was ist los mit euch beiden? Deckt den Tisch! In fünf Minuten gibt es Essen.«

Sigrid mochte fast blind sein. Aber sie gab immer noch den Ton an im gemeinsamen Heim.

Nachdem sie gegessen hatten, lehnte sich Fabian entspannt zurück. Zumindest heute hatte er seine Ruhe. Es war sehr früher Abend und das Fitnessstudio schien ihn nach wie vor immer dann zu rufen, wenn – wie er wusste – Nadine unterrichtete. Energisch schob er den Stuhl zurück und sammelte die Teller ein. Er würde diesem Ruf nicht nachgehen. Er wusste genau, dass es nicht das Studio war, das ihn lockte, sondern die Hoffnung, Izi wiederzusehen.

Trotz seiner Anspannung aufgrund des drohenden Bescheids und seinem Schwur sich selbst gegenüber, nicht mehr an ihn zu denken, verging kein Tag, an dem sich die grünlichblauen Augen nicht in sein Bewusstsein bohrten. Und dort an ihm zu nagen schienen. Ihn manchmal ein bisschen auffraßen und quälten. Oder morgens mit seiner Morgenlatte in die Dusche begleiteten. *Genug!*

»Ich mach den Abwasch! Ruh dich aus, Mama.« Vielleicht lenkte ihn das ab.

»Liest du mir heute etwas vor?«

Fabian drehte sich zu Lena um. »Gerne, du Kröte. Wir können *Die Reise des Königs* weiterlesen. Das mag Mama auch.«

»Au ja!« Lena lief zu ihrer Mutter und zog an ihrem Arm. »Los Mama, ich führe dich zum Sessel.«

»O mein Gott, ich weiß, wo der Sessel steht. Und du weißt, dass ich es weiß. Wenn ich dich so behandeln würde wie du mich, mein kleiner Schatz, dann könnte ich mir aber was anhören.«

»Ich will dir nur helfen.«

»Ich brauche keine Hilfe.«

»Bitte! Helfen macht so Spaß.«

Unter Protest stand Sigrid auf und nahm Lenas Arm. Fabian musste fast lachen. Die beiden waren sich so unfassbar ähnlich. Unabhängigkeit um jeden Preis, war das Motto, das beide aus jeder Pore ausstrahlten.

»Aber nur, weil du es bist«, betonte seine Mutter und Lena grinste. Sie hatte wieder jemanden erfolgreich um den Finger gewickelt.

Fabian räumte das restliche Geschirr vom Tisch. »Lena, hol schon mal das Buch. Ich steck das nur in die Spülmaschine und mach den Rest danach.«

»Ach Fabian, bevor ich es vergesse: Ich hab die Post auf das Board gelegt. Ich hab das Vergrößerungsglas nicht gefunden. Schau doch bitte nach, ob was Wichtiges dabei ist.«

»Du weißt, dass du das Glas so aufheben sollst, dass du es immer findest«, entgegnete Fabian wie automatisch. Er hatte den Satz schon so oft gesagt, dass er wie von selbst aus ihm herauskam. Dennoch waren seine Hände sofort schwitzig angelaufen und ein entsetzter Schauer lief über ihn. Er schaute hinüber zu zwei Briefen, die von seinem Standpunkt aus keinen Hinweis auf ihre Absender gaben. »Ich schau sie gleich an.« Mit zittrigen Fingern räumte er den Geschirrspüler ein.

Während Lena das Buch suchte, ging er auf die Post zu und hielt sie zwischen spitzen Fingern. Das Schreiben von Lenas Schule legte er zur Seite und riss den an ihn adressierten Brief auf. Sein Blick flog über die Seiten. Geschwindigkeitsüberschreitung, Einzug Führerschein, acht Monate, Rechtsbehelfsbelehrung. Acht Monate. Acht Monate.

Er faltete die beiden Seiten samt Kuvert. Sie klebten leicht an seinen verschwitzten Fingern. Wie betäubt stopfte er die Zettel in seine hintere Hosentasche. In seinen Ohren rauschte sein Herzschlag wie ein Sturm auf hoher See. Und genauso fühlte er sich. Den Wellen, die drohten, über ihm zusammenzubrechen hilflos ausgeliert, schnappte er nach den letzten Spuren von Sauerstoff, die ihm noch gewährt wurden. Vor seinen Augen flimmerten kleine Sternchen. *Reiß dich zusammen!*

Wie in Trance, gleich einer Marionette, die das Spiel, für das sie vorgesehen war, spielte, ergriff er das Buch. Die Worte, die er in der nächsten halben Stunde las, gingen spurlos an ihm vorbei. Er schien durch einen Schleier zu sprechen, ohne wirklich anwesend zu sein. Während seine

Mutter Lena ins Bett brachte, schloss er sich in sein Zimmer ein. Er zog das Schreiben aus seiner Tasche und legte es vor sich hin. Mit schnellen Griffen hatte er die Nummer der Kanzlei, die er in seinem Telefon gespeichert hatte, aufgerufen. Er drückte auf den Kontakt und hörte dem Verbindungston zu.

»Lutz, Meier, Höfling, wie kann ich Ihnen helfen?«

Fabian holte tief Luft. »Hier ist auch Maier. Wir hatten schon telefoniert.«

»Herr Maier, ich bin mir nicht sicher, ob wir gesprochen haben. Sie haben das Nachtsekretariat erreicht. Wollen Sie einen Termin vereinbaren?«

»Ja. Ja, ich brauche einen Termin. So schnell wie möglich.«

»Worum handelt es sich bei Ihrem Anliegen denn?«

»Verkehr. Ich habe meinen Führerschein verloren.« Fabian schluckte und fuhr sich mit den Händen über das Gesicht.

»Einen Moment. Wann passt es Ihnen denn?«

»Es müsste so schnell wie möglich sein. Auf dem Zettel steht, man hat zwei Wochen Zeit, Einspruch zu erheben, und das Datum darauf ist schon von vor drei Tagen.« Ihm war zum Heulen.

»Keine Sorge, Herr Maier. Ich habe Ihnen einen Termin bei Herrn Galea für morgen um 16:30 Uhr eingetragen. Passt das?«

»Aber sicher. Klar. Ich werde da sein. Aber wie geht es dann weiter? Was muss ich …?«

»Herr Galea ist Fachanwalt für Verkehrsrecht und Strafrecht. Er wird mit Ihnen alles weitere klären und besprechen.«

»Okay. Danke.«

Erschöpft beendete Fabian den Anruf. Knappe zwanzig Stunden würde er sich gedulden müssen, um Antworten zu erlangen. Herr Galea würde ihm helfen müssen. Koste es, was es wolle.

Kurz nach vier Uhr nachmittags am Folgetag stand Fabian vor dem modernen Eingang des Bürogebäudes in einer Seitenstraße des Marienplatzes.

Er hatte zu einer schwarzen Jeans ein schwarzes Hemd angezogen. Auch wenn dies seine Laune etwas überdeutlich zum Ausdruck brachte, waren es mit Sicherheit auch seine besten Klamotten. Nervös wischte er sich die Handinnenflächen an seiner Hose ab, während er das Klingelschild inspizierte. *Lutz, Meier, Höfling Rechtsanwälte PartG* befanden sich im sechsten und somit obersten Stock.

Er drückte den Klingelknopf und sofort ertönte das typische Summen eines Türöffners. Fabian drückte die Tür zum elegant restaurierten Foyer auf und durchschritt es zügig.

Die Sekretärin hatte ihm – als er sich den Termin heute nochmals telefonisch hatte bestätigen lassen – beschrieben, dass der Aufzug in dem historischen Gebäude nachträglich auf der Seite des Innenhofs angebaut war. Daher musste ihn Fabian erst mal hinter verwinkelten Ecken finden. Unter dem Aspekt waren all die alten mehrstöckigen Gebäude in München ähnlich gebaut und er entdeckte ihn sofort. Die Glaskabine trug ihn ohne Zwischenhalt bis direkt in das sechste Stockwerk.

Wäre ihm nicht zum Erbrechen übel, hätte Fabian die Sicht über die Stadt genießen können. Er hatte ihr jedoch den Rücken zugekehrt und wartete darauf, dass sich die automatischen Türen öffneten. Mit einem leisen, hauchenden Geräusch gingen sie auf und gaben den direkten Blick auf den Empfang der Kanzlei frei.

Dort saß eine Frau mit perfektem Bob und Make-up, das wie tätowiert aussah. Die weiße Bluse, die sie trug, schien keine Falten zu haben. Unsicher strich sich Fabian über sein Hemd, das sicher an der einen oder anderen Stelle faltig war. Sein Arm schoss nach vorne, um die sich schließende Lifttür aufzuhalten und Fabian betrat das mondäne Entree.

Die Dame mit Bob sah auf und lächelte ihn steril an. »Willkommen bei Lutz, Meier, Höfling. Kann ich Ihnen behilflich sein?«

»Ich habe einen Termin um halb fünf. Maier. Fabian.«

»Aber sicher Herr Maier, nehmen Sie doch Platz.« Sie ging um den Empfangstresen auf Fabian zu und deutete auf eine Sitzreihe von Sesseln, die die Wand entlangliefen. »Sie sind ein bisschen früh dran. Wollen Sie vielleicht etwas trinken?«

»Nein, danke. Doch. Oder? Ein Wasser?«

»Ein Wasser. Mit oder ohne Kohlensäure?«

»Ohne. Bitte.«

Die ganze Zeit über trug die Empfangsdame dasselbe monotone Lächeln und Fabian war sich nicht sicher, wie er darauf reagieren sollte. »Ich bereite das Besprechungszimmer kurz vor und hole Sie dann.«

Auf ihren hohen Absätzen schwebte sie fast lautlos über das Parkett, während sie von Zimmer zu Zimmer lief und Wasser und eine Akte in einen Raum am Ende des weiten Flures brachte. Fabian wippte sein Bein schnell auf und ab.

Die Nervosität jagte durch jede Faser seines Körpers und suchte einen Ausgang, den sie anscheinend über seinen Fuß gefunden hatte. Zum wiederholten Male griff er zu seiner Hosentasche und fühlte dort den Umschlag.

»Herr Maier?« Die Dame stand wieder vor ihm, mit ihrem seltsamen Lächeln, und hatte eine Hand in Richtung Ende des Flurs gerichtet. »Wenn Sie mir folgen wollen?«

Ohne zu zögern, sprang Fabian auf und ging ihr hinterher. Er setzte sich auf den Platz am Fenster mit Blick zur Tür, den sie ihm zuwies. »Ich gebe Herrn Galea Bescheid, dass Sie schon hier sind.« Mit einem leisen Klicken schloss sie die Tür hinter sich.

Der Tisch, um den acht Stühle standen, war riesig. Hastig griff er nach dem Glas Wasser vor sich und nahm einen großen Schluck. Am Kopf des Tisches lag eine dünne Mappe. In der Mitte befand sich eine Schale, gefüllt mit Keksen. Gab es wirklich Mandanten, die sich entspannt zurücklegten und Gebäck knabberten, während ihr Anwalt ihnen ihr Schicksal offenbarte?

Ein kurzer Blick auf die Uhr zeigte ihm, dass er sich vermutlich auf eine längere Wartezeit einrichten musste, da es bis zu seinem Termin noch fünfzehn Minuten waren. Er seufzte. Gerade als er sich im Stuhl zurücklehnte, öffnete sich die Tür zum Besprechungsraum und automatisch stand Fabian auf, allein schon der Höflichkeit wegen, um seinem Anwalt die Hand zu reichen.

Die Finger noch auf dem Tisch abgestützt, hielt er in seiner Bewegung inne. Der Mann, der da durch die Tür trat, kam ihm irgendwie vertraut vor. Was nicht sein konnte, da er keine Anwälte kannte.

Jedoch zogen die strahlend klaren blauen Augen mit einem Hauch von grün Fabians ganze Aufmerksamkeit auf sich. Der Besitzer, zu dem sie gehörten, kam im dunkelgrauen dreiteiligen Anzug, der ihm auf den Leib geschneidert zu sein schien, in den Raum und stockte kurz, bevor er schnell die Tür schloss.

Fabian hätte Izi auf den ersten Blick fast nicht erkannt. Sein etwas längeres Deckhaar, das normalerweise natürlich über eine Seite seines Kopfes hing, war streng nach hinten gegelt. Es gab ihm ein kaltes, hartes Aussehen, wären da nicht diese Augen, die ihn so überrascht und forschend ansahen.

»Du bist Anwalt.« Es hörte sich fast wie ein Vorwurf an.

Izis Kopf zuckte leicht zurück. »Und du bist zu schnell gefahren.«

Richtig. Für einen Augenblick hatte Fabian vergessen, warum er eigentlich hier war. Izi kam ihm mit einem kleinen Kärtchen zwischen den Fingern entgegen. Er legte es vor Fabian auf den Tisch und zuckte mit den Schultern, während er auf Fabians Stuhl deutete. »Wollen wir uns setzen?«

Mit einem Seufzer ließ sich Fabian zurücksinken und nahm die Visitenkarte vor ihm in die Hand.

*Izaak Galea, Rechtsanwalt, Fachanwalt für Verkehrsrecht, Fachanwalt für Strafrecht*

Fabians Stirn legte sich wie von selbst in Falten und er bemerkte, wie er seinen Mund spitz zusammenkräuselte.

»Es tut mir leid, Fabian, das zu sagen war unangebracht – und wenn dir das unangenehm ist, müssen wir das hier nicht machen. Du kannst dir selbstverständlich einen anderen Anwalt suchen.«

Kopfschüttelnd sah Fabian auf. »Ich hab recherchiert. Und deine Kanzlei wird überall empfohlen. Ich brauche wirklich dringend einen Anwalt, aber das hier ist echt schräg.«

»Ich weiß.« Izi – oder vielmehr Izaak – sah ihn mit unschlüssiger Miene an. »Lass mich versuchen, einen Kollegen zu finden, der deinen Fall übernehmen kann. Das ist wirklich nicht optimal.« Er stand auf und schob seinen Stuhl zurück.

»Ist es denn irgendwie verboten?« Fabian dachte krampfhaft nach. Zuerst das Fahrverbot und jetzt diese Wendung. Er hatte wirklich genug von irgendwelchen Überraschungen.

Izi sah ihn fragend an. »Wie meinst du? Weil wir … « Er deutete zwischen ihnen beiden hin und her. »Äh, weil wir intim waren?«

Fabian merkte, wie die Hitze über seinen Nacken in den Kopf stieg und seine Wangen fingen an zu brennen. Er räusperte sich und nickte. »Äh, ja das.«

Izi schien diese Scheu nicht zu haben, denn er lächelte fast verschmitzt und schüttelte den Kopf. »Nein. *Das* spricht nicht dagegen, dass ich dich vertrete.« Er holte tief Luft und sah mit dramatischem Augenaufschlag zur Zimmerdecke. »Das Schwierigste wird werden, zu erklären, wieso ich dich nicht vertreten kann.« Er schüttelte sich und zog die Weste stramm. »Aber das lass meine Sorge sein. Ich werde es schon aushalten.« Izi verzog das Gesicht, als hätte er in eine Zitrone gebissen.

»Izi, warte.« Fabian legte seine Hand auf Izis und zog sie blitzschnell zurück, als er bemerkte, was er soeben getan hatte. »Warte kurz. Ich brauche meinen Führerschein wirklich dringend und …«

Izaak setzte sich wieder auf seinen Stuhl und schob den dünnen Hefter vor sich hin und her. »So blöd sich das vielleicht anhört, aber hier in der Kanzlei bin ich die go to Person in Verkehrssachen. Natürlich kann dich hier jeder vertreten. Aber um ganz ehrlich zu sein: Die Partner suchen sich ganz andere Fälle raus als kleine Verkehrssachen.«

Fabian zuckte zusammen, als hätte ihm jemand einen Hieb versetzt.

»Nicht falsch verstehen. Ich stelle nicht in Frage, dass für dich die Sache von immenser Bedeutung ist, aber für uns ist es das tägliche Geschäft und ich bin hier der jüngste Anwalt.« Izi zuckte mit den Schultern. »Ich mache das tagtäglich und ein älterer Partner hat das schon länger nicht gemacht.«

Fabian atmete schwer aus. Rational verstand er alles, was Izi gesagt hatte. Er brauchte den besten Anwalt, den er kriegen konnte, da er seinen Führerschein auf keinen Fall verlieren durfte. Insbesondere hatte er keine Zeit zu verlieren. Würde er jetzt eine neue Kanzlei suchen, würde das viel zu lange dauern.

»Wir sind erwachsen. Wir können damit umgehen.«

Izi sah ihn schweigend an. Fabian wusste, was er dachte, und er war es seiner Schwester und seiner Mutter schuldig, die Luft zu klären, damit Izi ihn vertreten würde. »Auch wenn ich in den vergangenen Wochen nicht den Eindruck gemacht habe.« Er schluckte schwer und fuhr dann fort. »Es war kein Zufall, dass du mich in letzter Zeit nicht gesehen hast. Dir aus dem Weg zu gehen, schien einfacher.

Und dann kam der Stress mit dem Bescheid hier hinzu.« Das war absolut keine Lüge. Er griff zur Hosentasche und holte das Schreiben hervor. Sorgsam faltete er es auf dem Tisch auseinander und schob es zu Izi.

»Okay, wenn du dir sicher bist.«

Fabian nickte entschieden.

Das schien Izi zu genügen. »Dann zeig mal her.«

Konzentriert las er vor sich hin und Fabian beobachtete ihn. Nichts an Izis Äußerem deutete darauf hin, dass ein Großteil seines Körpers mit einem Tattoo bedeckt war, ganz zu schweigen von seinen Piercings. Ein knurrender Laut entwich Fabian und schnell presste er die Lippen zusammen. Izi blickte fragend auf, las aber sogleich weiter, als Fabian nichts weiter sagte.

Izis Blicke flogen über das Papier. Fabian konnte nicht anders, als Izis Augenlider anzustarren. In der Bar war er sich fast sicher gewesen, Izi hätte seine Wimpern getuscht. Jetzt im Tageslicht war aber deutlich zu erkennen, dass diese nicht gefärbt waren. Es schien, als hätte Izi ein, zwei, drei oder vier Wimpernreihen mehr als jeder andere Mensch. Sie standen so dicht und reckten sich lange gen seiner Augenbrauen. Durch die Vielzahl wurde das Schwarz noch verstärkt und er erinnerte Fabian fast an eine Kleopatra-Abbildung. Alles an diesen Augen war einfach magisch. Auch als sie aufsahen und ihn direkt anschauten, konnte er seinen Blick nicht abwenden. Wie oft hatte er sich in den vergangenen Wochen verboten an diese Augen zu denken? Diese Farbe war einzigartig. Fast ein Türkis.

»Okay. Es ist schon mal gut, dass du sofort hierhergekommen bist. Mit den zwei Wochen haben wir nicht viel

Zeit. Eine Umwandlung in eine Geldbuße wäre eine Option, falls das interessant wäre.«

»Ja, alles ist besser als das Fahrverbot.« Zerknirscht sah Fabian auf den Tisch zwischen seine Hände.

»Den Führerscheinentzug abzuwenden wird nicht leicht. Hast du dir Gedanken gemacht, wie du zurechtkämest, wenn uns das nicht gelingt?«

»Nein. Denn das ist keine Möglichkeit. Deshalb bin ich hier.«

Izi öffnete die Mappe vor sich und holte ein paar Zettel hervor. »Das sind unsere Verträge. Du müsstest das unterschreiben. Die Kosten stehen hier unten.« Er deutete auf eine Stelle, die Fabian überflog. Da er nicht rechtsschutzversichert war, würde er die gesamten Kosten so oder so tragen müssen.

»Überprüfe bitte auch die Daten, die unsere Sekretärin eingetragen hat. Es sollten die sein, die du ihr schon zuvor genannt hast, aber man weiß ja nie.«

Schnell unterschrieb er an den markierten Positionen und schob die Papiere zu Izi zurück. »Es stimmt alles.«

»Also gut. In deinem Fall kann der Entzug nur abgewendet werden, wenn eine besondere Härte vorliegt.«

Fabian sah langsam auf. »Das bedeutet?« Er bildete es sich nicht ein, dass sich Izis Lippen zu einem Schmunzeln verziehen wollten und er das nur mit Mühe zurückhielt.

»Das bedeutet, dass triftige Gründe vorliegen müssen, wieso vom Fahrverbot abgesehen werden sollte. Würdest du beispielsweise deine Arbeit verlieren?«

Fabian schüttelte den Kopf. »Nein. Ich bin Bauarbeiter. Meine Firma hat damit öfter zu tun, man möchte es nicht glauben. Das ließe sich organisieren.«

»Warum ist es denn dann so wichtig, dass du weiterfahren kannst? Vielleicht können wir aus deinen Gründen eine triftige Begründung im Sinne des Gesetzes machen.«

Fabian fuhr sich mit den Zähnen über die Lippe. Sein Bein begann wieder zu wippen, dass sein ganzer Stuhl wackelte. Er hasste es, seinen privaten Kram vor anderen auszubreiten und genau das sagte er. »Es ist privat.«

Die Antwort schien Izi in keiner Weise zufrieden zu stellen und seine Augen verengten sich, so als würde er Fabian nicht glauben. »Da brauche ich mehr. Private Gründe können durchaus gelten, wenn es zum Beispiel um die Pflege eines Angehörigen geht. Aber wir können nicht einfach *aus privaten Gründen braucht Herr Maier seinen Führerschein* schreiben.«

Warum wurde er jetzt bitte so pampig? Fabian pflegte weder seine Mutter noch seine Schwester. Das alles war zum Scheitern verurteilt. »Ich muss niemanden pflegen. Das ist alles sinnlos.« Vor allem war es ihm unangenehm. Er hatte sich Izi schon mal von seiner schlechtesten Seite gezeigt.

Eigentlich war er nicht sonderlich erpicht, ihm noch aufzuzeigen, wie rücksichtslos er mit der Verantwortung für seine Mutter und Schwester umging. Langsam zweifelte er ohnehin an seinem Verstand. Was machte er sich Gedanken darüber, was sein Anwalt über ihn dachte? Das war Izi nämlich. Darauf hatten sie sich geeinigt und er würde sich nun zumindest als verantwortungsbewusster Mandant zeigen. »Meine Schwester hat regelmäßige Therapietermine, die sie wahrnehmen muss. Sie wohnt an derselben Adresse wie ich.« Er deutete auf das Blatt mit seinen

Daten. »Und sie hat niemanden sonst, der sie fahren könnte.«

Izis Blick schien sich in Fabian hineinzubohren. »Sie hat niemanden sonst?«

Fabian musste ob der Intensität fast lachen. »Unsere Mutter lebt auch mit uns. Das heißt eigentlich leben wir bei unserer Mutter.« Er atmete einmal aus. »Sie darf jedoch aus medizinischen Gründen nicht Autofahren. Das heißt, wenn sie einen Arzttermin hat oder so fahre ich sie auch. Das ließe sich aber regeln, denke ich. Aber Lena muss jede Woche zur Ergo, Logopädie, Physio. Das muss sein. Mal ganz abgesehen davon, dass sie mich umbringen würde, wenn sie nicht mehr in ihre Theatergruppe könnte.«

Während er gesprochen hatte, schienen sich Izis Gesichtszüge zu entspannen. Er nickte entschieden und lächelte. »Das hört sich doch gut an. Damit kann ich arbeiten. Lass uns noch ein paar Details anschauen und dann sag ich dir, was ich noch von dir brauche.« Fragend sah ihn Fabian an. »Belege. Es reicht nicht zu behaupten, du hast eine Schwester – was hat sie eigentlich?«

»Trisomie 21. Sie hat das Downsyndrom.«

»Ah, gut. Ich meine, okay. Das sollte hoffentlich für eine Begründung reichen. Und sonst gibt es niemanden, der das übernehmen könnte?«

»Nein. Meine Mutter und ich sind die Einzigen, die sie hat.«

»Also gut. Nur ein paar Formalien, die ich nicht abgefragt habe, da sie wohl zutreffend sind.« Er hielt das Bild hoch, das mit dem Bescheid gekommen war. »Das bist du auf dem Bild?«

»Lässt sich wohl nicht leugnen«, grummelte Fabian.

»Und das war wann? Am … « Mit dem Finger ging Izi die Sachverhaltsdarstellung durch. Fabian biss sich auf die Lippen. Die Hitze, die erst langsam aus seinem Kopf gewichen war, kam schlagartig zurück.

»Das war … ach hier. Oh«, war alles, was Izi sagte, und Fabian schüttelte den Kopf. Hier hatten sie es schwarz auf weiß, wie sehr dieses kurze Intermezzo im *Fincken* Fabian zugesetzt hatte. Nur wenige Minuten, nachdem Izi – sein Anwalt – seine Hand, die gerade durch seine Unterlagen strich, um Fabians Schwanz gelegt und ihn zu einem Höhepunkt gebracht hatte, dass er Sternchen gesehen hatte, war er völlig gedankenverloren in eine Radarfalle gefahren. Ja. Das war das Peinlichste, was er je erlebt hatte. Nein. Er konnte sich nicht vorstellen, dass dies je übertroffen werden konnte.

»Alkohol wurde ja offensichtlich nicht festgestellt«

»Ich hab nur eine Cola getrunken. Ich war völlig nüchtern«, unterbrach Fabian ihn, ohne genau zu wissen, wieso es ihm so wichtig war, dies klarzustellen. Er war ein Idiot – so oder so.

Mit in Falten gelegter Stirn nickte Izi. »Richtig. Gut. Ich schicke dir dann eine Liste mit all dem, was ich noch an Belegen brauche.«

»Und das war's dann?« Fabian konnte die Hoffnung in seiner Stimme nicht verhehlen.

»Nein.« Mit bedauernder Miene sah ihn Izi fast entschuldigend an. »Nein, so schnell geht es leider nicht. Wir schicken die Gründe hin und dann kommt es erst mal zu einer Anhörung. Oder zumindest wird über unsere Begründung der besonderen Härte entschieden. Tut mir leid. Ein bisschen musst du dich gedulden.«

Fabian nickte. Er hatte sich nach Izis Erklärungen mitreißen lassen.

Sie gingen beide zur Tür und Izi brachte ihn zum Aufzug. Während sie auf ihn warteten, redete er beruhigend auf Fabian ein. Dieser konnte verstehen, wie Izi auf seine Mandanten wirken musste. Das kühle Äußere fand sich in seiner ganzen Art nicht wieder.

Nachdem Fabian schon im Aufzug stand, verabschiedete sich Izi noch mal. »Und vielleicht kommst du ja mal wieder im Studio vorbei«, war das Letzte, was Fabian hörte, bevor sich die Türen schlossen.

# *Kapitel 3*

Izaak

*Oh, das war zu viel des Guten.* Den letzten Satz hätte er sich sparen sollen. Nein. Das war nicht gut. Fabian war zum Ende des Gesprächs endlich aufgetaut und hatte nicht mehr den Eindruck gemacht, er würde zur Schlachtbank geführt werden – mit Izaak als Henker. Und er musste es übertreiben. Ah, verdammt. Wieso konnte er nicht erkennen, wann es genug war?

Er selbst hatte gedacht, er würde träumen, als er ins Besprechungszimmer gekommen war. Er hatte den Namen Fabian Maier gelesen und sogar an »seinen« Fabian gedacht. Wie so oft in den vergangenen Wochen. »Seinen« Fabian – was für ein Unfug. Aber der Vorname hatte die Erinnerung natürlich wieder wachgerüttelt.

Für einen Moment hatte er gedacht, seine Vorstellungskraft hätte Fabian vor ihm materialisiert. Aber nein. Wie groß war der Zufall, dass der Kerl, der ihn so innig geküsst hatte, dass er Wochen danach noch immer davon träumte, ein Problem mit Geschwindigkeiten hatte. In Nicks Büro hatte Izaak davon nichts feststellen können. Fabian hatte in allem, was er getan hatte, das perfekte Tempo an den Tag gelegt.

»Alles klar?« Izaak drehte sich zu Bernadette um, die am Empfang saß und ihn fragend ansah. »Du stehst hier und beobachtest die geschlossene Aufzugtür wie … ich weiß nicht wie. Stimmt was nicht mit dem Mandanten?«

»Oh, nein. Alles Bestens. Ich hab nur kurz überlegt.« Unschlüssig, ob er es dabei belassen sollte, konnte es sich dann aber nicht verkneifen, sicher zu gehen, dass sie abgelenkt war. »Berni«, setzte er den von ihr so verhassten Spitznamen hinterher. Das obligatorische Schnauben der Empfangsdame kam prompt und zufrieden schritt er in sein Büro.

Der Rest des Tages verging wie im Flug. Da seine Gedanken ohnehin immer wieder zu Fabian und ihrer überraschenden Begegnung zurückkehrten, beschloss Izaak, entgegen seiner üblichen Gewohnheiten an einem Wochentag, die Kanzlei ungewöhnlich früh zu verlassen. Damit hätte er noch Zeit zu Nadines Pilates-Stunde im Fitnessstudio zu gehen. Er packte seine Sachen und verließ schnellen Schrittes das Bürogebäude.

Er musste dringend mit seinen Freunden über die Ereignisse des Tages reden. Wie vom Donner gerührt blieb er mitten auf dem Gehweg stehen. Eine Frau mit großen Einkaufstaschen an beiden Händen drehte sich zu ihm um, während sie ihn überholte und blinzelte ihn böse an. »O mein Gott«, formulierten seine Lippen lautlos und sie zog ihre Stirn in Falten. »O mein Gott«, sprach er etwas lauter und die Dame blieb stehen.

»Sind Sie in Ordnung?«

Izaak schüttelte sich und setzte ein geschäftsmäßiges Lächeln auf. »Entschuldigen Sie, ich blockiere den Weg.« Hastig lief er davon. Er konnte wegen der anwaltlichen Verschwiegenheitspflicht niemandem davon erzählen. Fabian war sein Mandant und so unwillig, wie er mit seinen privaten Details rausgerückt war, wäre er vermutlich nicht erfreut, falls Izaak seine Verschwiegenheit brechen würde.

*Nein!* Innerlich schrie er auf. Er würde platzen, wenn er nicht darüber reden konnte, Fabian wiedergesehen zu haben.

In welche Misere hatte er sich da geritten? Fieberhaft überlegte er, wie er Tobi und Nadine davon erzählen konnte, ohne seine Standespflichten zu verletzen. Er griff sich ins gestylte Haar und verstrubbelte es energisch. Es war völlig ausgeschlossen, einen Weg zu reden zu finden, ohne dass seine Freunde ihm jedes Detail aus der Nase zogen. Vielleicht sollte er statt ins Pilates zum Kickboxen gehen. Die nervöse Energie, die sich durch seinen Körper zog, fühlte sich ungesund an.

Als Izaak und seine beiden Freunde drei Stunden später aus dem Übungsraum gingen, hielt ihn Tobi am Arm fest. »Okay, was ist los mit dir? Du bist ein Nervenbündel.«

»Es ist nichts. Gar nichts. Stress in der Arbeit.«

»Seit wann lässt du dich von der Arbeit stressen?«

»Gar nicht – es ist quasi schon vorbei.«

Mit skeptischer Miene betrachtete ihn Tobi von oben bis unten. Nadine hakte sich bei Izaak unter und zog ihn in den Flur in Richtung der Umkleiden. »Sollen wir noch in die Sauna? Du wirkst wirklich etwas angespannt.«

Izaak pustete die Luft lange über seine Lippen aus. »Warum geht ihr nicht in die Sauna und ich mach mich in Ruhe fertig und warte auf euch?«

Nadine seufzte und Izaak setzte an, etwas zu sagen, als Tobi ihn unterbrach: »Du musst loslassen, Izi. Er ist nicht da. Du denkst, wir merken das nicht, dass du hier sitzt und nach Fabian Ausschau hältst? Auch wenn es nichts für mich ist – deine romantische Ader in allen Ehren –, ich will dir nicht reinreden. Aber das wird langsam ungesund. Vor allem musst du endlich mal lernen, was *casual sex* bedeutet. Das war das nämlich. Nicht mehr.«

In Izaak brodelte es. Wie oft hatte ihm Tobi genau dieselbe Rede gehalten? Aber darum ging es nicht. Oder nicht genau. Also irgendwie schon, aber doch nicht. Und er konnte nichts sagen. Es war zum Mäuse melken. »Du sagst doch immer, ich solle mehr unverbindlichen Sex haben, seit wann soll ich das nicht mehr?«

Tobi hob abwehrend die Hände. »Ich habe mich getäuscht. Ich gebe es zu – ich habe von mir auf andere geschlossen. Vor allem dachte ich, du könntest es lernen, aber das ist wohl nicht möglich. Dein letzter Versuch hat gezeigt, dieses Unterfangen ist zum Scheitern verurteilt. Manche Menschen sind nicht für Gelegenheitssex geschaffen – es ist unerklärlich. Entweder der Sex ist schrecklich für dich oder du hängst dich an den Typen auf. Es gibt keine gesunde Mitte für dich. Ich gebe auf mit dir. Und ich ertrage es nicht, dass du weiterhin so einen Flunsch ziehst.« Nachdenklich tippte sich Tobi mit dem Finger auf der Lippe herum. »Was sag ich denn jetzt zu dir? Am liebsten würde ich dir raten: *Lenk dich ab*. Aber wie macht man das, wenn man keinen neuen Mann unter oder über sich will, um den Letzten zu vergessen?«

Izaak und Nadine lachten beide und Tobis Gesicht verzog sich zu einem Grinsen. »Keine Ahnung, Tobi. Was könnten wir machen, außer noch mehr Sex zu haben, um uns von Sex abzulenken?« Tobi schubste Nadine leicht an der Schulter und schüttelte lachend den Kopf.

»Hi!«

Ruckartig schnellten alle drei Köpfe herum, zur Quelle der tiefen Stimme, die hinter ihnen aus dem Nichts aufgetaucht war.

Fabians Gesicht zeigte wieder diese verspannte Konzentriertheit, die Izaak als Erstes an ihm aufgefallen war. Die grauen Augen fest auf Izaak gerichtet wurde der intensive Blick jedoch durch Fabians Lippen, um die ein kaum wahrnehmbares Lächeln spielte, aufgeweicht.

»Na wen haben wir denn da?« Izaak erschrak über Tobis Worte und versetzte ihm einen kleinen Schubs.

Fabians Mund presste sich leicht zusammen und sein Ausdruck nahm etwas um Entschuldigung Bittendes an. »Ich dachte, ich nehme mir deine Worte gleich zu Herzen und schau mal wieder vorbei.« Dabei sah er Izaak weiter an.

»Was für Worte?« Tobi hatte Blut geleckt. Er würde nicht lockerlassen.

Aus dem Augenwinkel konnte Izaak sehen, wie Nadine Tobi am Arm nahm und die Treppen zum Empfang hinabzog. »Wir holen uns jetzt die Saunatücher. Tobi komm, du wolltest mit mir in die Sauna.«

Tobi murmelte einen grummelnden Protest vor sich hin, während die beiden über die Treppe verschwanden.

Fabian fuhr sich verstohlen über den Kopf. »Ich dachte, du hättest ihnen vielleicht erzählt, dass wir uns getroffen haben.«

Durch sein Kopfschütteln flogen Izaaks Strähnen in sein Gesicht und er wischte sie sich energisch wieder heraus. »Nein, das darf ich gar nicht wegen der anwaltlichen Verschwiegenheitspflicht.« Er musste ja nicht hinzufügen, dass er bereits wenige Stunden nach dem Treffen in der Kanzlei nicht mehr wusste, wie er diese Pflicht einhalten sollte.

Mit einem Schmunzeln deutete Fabian mit dem Daumen über seine Schulter die Treppe hinab. »Du willst mir sagen, Engelshaar mit Teufelszunge konnte dir diese Info noch nicht entreißen?«

»Du nennst Tobi Engelshaar?« Was Izaak eigentlich wissen wollte, war: *Hast du einen Spitznamen für mich? Wie nennst du mich, wenn du an mich denkst?* Diese Fragen verkniff er sich aber tunlichst, um nicht den Anschein zu erwecken, dass – ja, was eigentlich? – dass er selbst dauernd an Fabian dachte und hoffte, ihm ginge es genauso. Tobi hatte recht. Er war ein hoffnungsloser Fall.

»Du hast die Teufelszunge unterschlagen. Er sieht aus wie ein Engelchen, aber er kann mich nicht täuschen.« Erschrocken riss Fabian die Hände abwehrend zwischen sie beide. »Nicht, dass ich was gegen deinen Freund habe.«

Izaak winkte ab. »Schon gut. Er ist mein bester Freund, mir fällt schon was ein, wie ich ihn ablenken kann. Aber da er uns nun gesehen hat, gibt er sich vielleicht damit zufrieden.«

Fabian atmete schwer aus. »So ganz haben wir das nicht durchdacht, oder?«

Zerknirscht musste Izaak ihm recht geben. Das war alles keine gute Idee. Heute Nachmittag schien es alles so einfach. Fabian wäre sein Mandant. Dass sie beide über Izaaks Hand gekommen waren, war eine Nebensache, die sie als reife Mitglieder der Gesellschaft beiseiteschieben konnten. Er selbst würde niemals das Vertrauen eines Mandanten verletzen, egal, welches dringende Mitteilungsbedürfnis er hatte. Izaak nickte. Es war das Beste, wenn Fabian sich einen neuen Anwalt suchen würde. Dass er dann wiederum keine Gelegenheit hatte, Fabian außerhalb ihrer »zufälligen«

Treffen im Studio, zu sehen, durfte ohnehin nie Grund gewesen sein, dass er das Mandat angenommen hatte. Izaak schluckte schwer. »Ich habe schon ein paar Sachen zusammengestellt. Also wenn du wechseln willst, gebe ich dir einfach alles und …«

Fabian starrte ihn mit weit aufgerissenen Augen an. »Du willst mich nicht weiter vertreten?«

»Was? Doch, natürlich! Ich dachte, du wolltest das nicht mehr?«

»Nein. Überhaupt nicht. Ich wollte dir vorschlagen, dass du den beiden ruhig erzählen kannst, dass du mich vertrittst, wegen einer Verkehrssache. Nur bitte ich dich, keine Details über meine Schwester zu erzählen. Und über meine Mutter. Sie mögen der Grund sein, wieso ich meinen Schein brauche, aber ich will nicht, dass Details über ihre Gesundheit breit getratscht werden.«

Izaak wusste, was es bedeutete, wenn Familieninterna nach außen getragen wurden, wo sie nichts verloren hatten. Fabian hatte wieder diese stoische Intensität angenommen. Dieser Gesichtsausdruck, der keinen Widerspruch duldete und nur abgeklärte Überzeugung ausdrückte.

»Das würde ich niemals tun. Ich verspreche es dir!«

Fabians Gesichtsmuskeln um seinen Kiefer entspannten sich etwas und er nickte kurz. »Gut. Danke.«

Unschlüssig standen sich beide gegenüber, um schließlich gleichzeitig zu reden zu beginnen.

»Du willst sicher auch in die Sauna«, sagte Fabian, während Izaak über den Fall redete.

Fabian bat ihn fortzufahren.

»Ich habe schon einige Sachen zusammengetragen, aber ich glaube, es wäre besser, wenn du mir zu einigen Punkten etwas sagen könntest. Nicht nur wann und wie oft die Termine Lenas sind, sondern auch, warum ihr nicht in einer näheren Einrichtung seid und dergleichen.«

»Okay. Kein Problem. Schickst du mir eine Liste und ich schreibe dir zu jedem Punkt was auf?«

Izaak gab einen undefinierbaren Laut von sich, der eine gewisse Ablehnung ausdrückte. »Hm, ich dachte eher, wir könnten das vielleicht persönlich besprechen. Bevor wir hundert Mal hin und her schreiben, ist es vielleicht besser, einfach alles Punkt für Punkt durchzugehen. Das klappt meist besser.«

Fabian nickte zustimmend. »Sicher, alles, was du denkst, was dem Fall hilft.«

Izaak krümmt sich innerlich. Er war sich nicht sicher, ob dieser Vorschlag rein der Bearbeitung des Falles geschuldet war; aber es war mit Sicherheit auch nicht hinderlich. Wow, er schreckte wirklich vor nichts zurück. »Ich bin überzeugt, es ist dem Fall dienlich.« Dienlich war so ein schönes Wort. Es war nicht gelogen und lenkte hoffentlich von der Röte ab, die mit Sicherheit über seine Wangen kroch, wenn die Hitze, die er spürte, ein Indikator dafür war, wie sehr er sich hier zum Affen machte.

»Dann soll ich noch mal in der Kanzlei vorbeikommen?«

»Hm. Vielleicht lässt sich das in anderer Umgebung besser besprechen. Bei einem Essen?« Es war absolut nicht ungewöhnlich, mit Mandanten essen zu gehen. Die Bewirtungsbelege, die Berni jeden Monat abrechnen musste, bewiesen dies. Fabian war vielleicht nicht der typische Mandant, mit dem ein Kanzleimitarbeiter essen ging. Aber das war Izaak egal.

Fabians »okay« war Frage und Antwort gleichermaßen, doch Izaak strahlte innerlich. Er würde Fabians Führerschein retten – auch wenn der Weg etwas unkonventionell schien. Es lohnte sich, diesen Extraeinsatz zu zeigen. Dass vielleicht auch eigennützige Motive eine Rolle spielen könnten, drängte er von sich.

»Wann passt es dir denn diese Woche? Mal abends gegen 19:00 Uhr?«

»Abends?« Das Erstaunen in Fabians Stimme konnte Izaak nicht ausblenden und so biss er die Zähne zusammen.

»Ich dachte, das wäre einfacher für dich.« Diesmal hörte sich Izaak an, als ob er eine Frage stellte. Fabians Miene verriet ihm nicht, wie er seine Erläuterung aufnahm.

Dieser nickte nur kurz. »Okay. Gib mir doch einfach Bescheid, wo und wann. Ich bin jeden Abend frei.«

Diese Info hätte Izaak nicht so freuen sollen, wie sie es tat. »Dann geb ich dir Bescheid. Deine Kontaktdaten habe ich ja.« Und wieder zog die untrügliche Hitze über seinen Kopf. Er musste sich am Riemen reißen. Der einzige Grund, wieso er diese Daten hatte, war, weil Fabian sein Mandant war. Der einzige. Das durfte er nicht vergessen. Seine Position auszunutzen, wäre unverzeihlich, und kurz überlegte er, das ganze abzublasen. Doch Fabian lächelte ihn so frei an, wie seit ihrem Stelldichein in Nicks Büro nicht mehr. Es sprach nichts gegen dieses Essen. Izaak hatte sich schon unzählbare Male mit Mandanten getroffen.

»Mach das. Und Izi …« Fabian sog seine Unterlippe ein und blickte schnell an Izaak vorbei, bevor er ihm wieder ins Gesicht sah. »Es ist kein Zufall, dass ich heute hier bin. Ich habe mir deine Worte wirklich zu Herzen genommen. Ich kann nicht einerseits dich als meinen Anwalt beauftragen und andererseits versuchen, dir aus dem Weg zu gehen. Das war von vornherein nicht in Ordnung.« Er seufzte tief. »Allerdings hatte ich wirklich viel um die Ohren. Egal. Das war es eigentlich, was ich dir sagen wollte.«

Izaak versuchte, sich die Freude darüber nicht zu sehr ansehen zu lassen. Es sollte ihm egal sein. Aber er konnte nichts dagegen tun. Er konnte die Sonne auch nicht am Aufgehen hindern. Jedoch würde er nicht zu viel Bedeutung in diese Aussage legen. Fabian ging ihm nicht mehr aus dem Weg. Ja, dies erhellte seine Laune. Und ein bisschen gute Laune hatte er verdient.

# Kapitel 4

## Fabian

Nur zwei Tage nach ihrem nicht so ganz zufälligen Treffen im Fitnessstudio hatten sie bereits einen Termin für ihr Abendessen. Fabian hatte noch nie einen Anwalt gebraucht und er wusste nicht, ob es normal war, sich mit seinem Anwalt abends zum Essen zu treffen.

Was er aber sicher wusste, war, dass es nicht normal war, sich derart auf diese Verabredung zu freuen. Verabredung? Ein Treffen mit seinem Anwalt. Er musste bei der Sache bleiben. Das letzte Mal, als er sich dazu hatte verleiten lassen, seinen Wünschen und Trieben nachzugehen, hatte ihn überhaupt in die Situation gebracht, einen Anwalt zu brauchen. Aber es war schwierig, wenn er an Izi dachte.

Im Studio hatte er seine Haare wieder ohne irgendwelche Produkte getragen. Sie fielen ihm immer wieder wie ein Schleier ins Gesicht und mehr als einmal hatte Fabian seine Hand bewusst zurückhalten müssen, damit er Izi die Strähnen nicht aus den Augen strich. Die Erinnerung an ihre Textur führte zu Erinnerungen an seine Haut, an sein Tattoo, an seine Piercings und Fabian war wieder hart. Energisch zog er sich die Jeans an und knöpfte sie zu. Diese Gedanken brachten alles nichts und verspäten würde er sich auch noch.

»Warum ziehst du dich so schick an?«

Fabian ließ vor Schreck einen spitzen Schrei los. Sein Herz schlug so schnell und sollte sich vor Sekunden noch eine Erektion in seiner Hose versteckt haben, hatte diese einen fürchterlichen erschlafften Niedergang gefunden. »Lena. Erschreck mich nicht so.«

»Mama sagt immer, ich bin laut. Wieso kannst du mich nicht hören?«

»Ich war in Gedanken. Da hab ich nicht mitgekriegt, was um mich rum passiert.«

»An was hast du gedacht?«

Hm. Wie sagte man seiner kleinen Schwester, dass man eine gewisse Vorliebe für seinen Anwalt hegte? Wenn diese weder wissen sollte, dass man überhaupt einen Rechtsvertreter benötigte. Noch, dass sich die Vorliebe auf gewisse körperliche Reize besagten Rechtsvertreters bezog – die zu ausführlichen Sinnesreisen führten.

»Hast du deine Übungen schon gemacht?« Er hob seinen Fuß und kreiste ihn mit bedeutungsschwerem Blick auf Lena gerichtet.

»Nein, keine Lust«, pflaumte sie ihn an und stapfte durch sein Zimmer.

Die Ablenkung war unfair, aber Lena musste tatsächlich ihre physiotherapeutischen Übungen machen, um ihre Muskeln beweglich zu halten und zu stärken. Sie hob das eine Bein an, drehte es in einem Halbkreis. Setzte es ab. Hob ihr anderes Bein, drehte es ebenso und wandte sich von Fabian ab. »Fertig.«

Beinahe, beinahe musste er lachen. Er ging auf sie zu und hob sie hoch. Er war achtzehn Jahre älter als sie und sie würde immer ein Baby für ihn bleiben.

Sie fing an zu quietschen und zappelte. »Lass mich runter.«

»Niemals. Du bist meine Gefangene.«

»Bin ich nicht. Hilfe, Hilfe, Mama.«

Von unten hörten sie ihre Mutter in der Küche mit Geschirr herumhantieren, die ihnen anscheinend keinerlei Bedeutung zumaß.

»Na gut. Ich werde dich loslassen.«

Gemeinsam gingen sie die Treppe ins Erdgeschoss, wo ihnen ihre Mutter entgegenkam. »Wo wollt ihr denn hin?«, fragte sie erstaunt.

»Fabian sagt mir nicht, wieso er sich so schick anzieht.«

Er schaffte es gerade so, nicht die Augen zu verdrehen. Wieso hatte er gedacht, sie hätte ihre Fragen vergessen? Seine Mutter abzulenken, würde deutlich schwieriger werden, zumal er sie nicht einfach hochheben konnte und um sich schleudern.

»Ich geh nur mit einem Freund was essen.«

»Triffst du dich mit Leon?« So unschuldig Lenas Stimme war, die Frage hatte es in sich.

Obwohl sich seine Mutter bemüht hatte, weder sie noch seine kleine Schwester waren mit seinem Ex klargekommen. Er war froh, dass er ihn los war. Auch wenn die Trennung von ihm geschmerzt hatte, zumindest hatte er gelernt, was wirklich zählte. Nun. Er hatte es fast gelernt. Aber er war auch nur ein Mensch und die blauen Augen, die seine Aufmerksamkeit so vereinnahmt hatten, würden ihm gleichermaßen wieder aus der Patsche helfen.

»Nein. Ich treffe mich ganz sicher nicht mit Leon.«

»Gut.« Lena hatte nie einen Hehl daraus gemacht, dass sie Leon nicht mochte. Nie gemocht hatte. »Mit wem triffst du dich?«

Amüsiert beobachtete ihre Mutter das Gespräch zwischen ihnen. Fabian wusste, von ihr war keine Hilfe zu erwarten. »Ja. Mit wem triffst du dich?«

Er hatte nun die Wahl, sie zu beunruhigen, indem er ihr sagte, dass er sich mit einem Anwalt traf oder er nahm die Neckereien auf sich, von denen er wusste, dass sie ihn erwarten würden. Die Wahl war getroffen, bevor er die Alternativen überhaupt zu Ende gedacht hatte. »Ich treffe mich mit Izaak.« Der Name kam ungewohnt über seine Lippen. Er hatte nie jemanden gehört, der Izi Izaak nannte. Ihn aber bei seinem Spitznamen zu nennen, schien viel zu persönlich.

»Ist das dein Freund?«

»Nein, du neugierige, kleine Hexe, das ist nur *ein* Freund.«

»Aber er könnte dein Freund sein.«

Fabian seufzte. Nein, Izi könnte nicht sein Freund sein. Oder doch? Unfug. »Er ist nur ein Freund. Den ich warten lasse, weil ihr mich aufhaltet.«

Lena umarmte ihn und drückte die Stelle, an die sie rankam, ihren Kopf gegen seinen Bauch gedrückt.

»Viel Spaß.« Seine Mutter war deutlich entspannter. »Und vergiss nicht: Du darfst Spaß haben!«

Nun musste nur noch er seine Gelassenheit an den Tag legen. Doch bevor er das konnte, lief er noch mal schnell die Treppe zu seinem Bad hoch und besprühte sich mit dem Eau de Toilette, das er sich selbst zu Weihnachten geschenkt hatte. Es konnte nie schaden, gut zu riechen.

Als Fabian vor der Adresse stand, die Izi ihm genannt hatte, sah er voller Zweifel durch die Glasfenster. Den Umschlag, den er dabeihatte, wechselte er von einer in die andere Hand. Die Gegend, in der sich das Restaurant befand, sprach bereits Bände. Die Preise auf der Speisekarte wollte er am liebsten gar nicht sehen. Es würde ihm vermutlich aber nichts anderes übrigbleiben, wenn er sich nicht entschied, unverrichteter Dinge wieder zu gehen. Mit einem Grummeln im Bauch, das nichts mit seinem Hunger zu tun hatte, und einem Drücken auf der Brust, das ihm das Atmen erschwerte, ging er in das elegante Restaurant.

Ein Kellner stand am Eingang an einer Art Stehpult und lächelte ihn freundlich an. »Haben Sie reserviert?«

»Ja. Nein. Das heißt, Izaak Galea müsste reserviert haben.«

Der Kellner behielt sein Lächeln bei und drehte seinen Oberkörper leicht mit einer angedeuteten Verbeugung, ohne den Blick von Fabian zu wenden. »Sie werden schon erwartet. Folgen Sie mir bitte.«

Fabian ging ihm hinterher und musterte die anderen Gäste an deren Tischen.

Dieses Restaurant war nicht eines, das er ausgewählt hätte. Er hatte noch nie davon gehört.

Auf jedem Tisch standen brennende Kerzen. Die Tische waren in weiß eingedeckt und es lag so viel Besteck darauf, das ihn schier blendete, als er daran vorbeiging.

Der Kellner lotste ihn an das hintere Ende des Restaurants. An einem der großen Fenster, die zur Seitenstraße zeigten, entdeckte Fabian Izi. Er war über sein Handy gebeugt und schien konzentriert darauf herum zu tippen. Dies gab Fabian die Gelegenheit, ihn auf seinem kurzen Weg zu beobachten.

Sein schwarzes Haar fiel über eine Seite in seine Augen. Das weiße Hemd, das er trug, war genau so enganliegend, wie das, was er im *Fincken* angehabt hatte. Fabian fragte sich, ob er durch den weißen Stoff die Brustwarzenpiercings erkennen würde. Bei dem Gedanken lief ein Kribbeln über seinen Rücken. Schnell streifte er seine freie Handfläche über seinen seitlichen Oberschenkel, in der Hoffnung, niemand bemerkte es. Egal, was er sich einredete, Izi war nicht nur sein Anwalt. Izi war der Kerl, den er seit Wochen nicht aus seinen Gedanken verbannen konnte. Die Erinnerung daran, wie nah sie sich in dem Büro im *Fincken* gekommen waren, führte für ihn regelmäßig zu intimen Momenten mit seiner Hand. Mittlerweile machte es schier den Eindruck, sein Penis und seine Hand seien unzertrennlich.

Er würde sich endlich zusammenreißen müssen, sonst würde dieser Abend eine Wendung nehmen, die niemand von ihnen wirklich wollte. Dachte er.

Als sie am Tisch ankamen, sah Izi zu ihm hoch. Er legte sein Handy sofort weg und sprang auf. Seinen Stuhl schob er nach hinten und trat seitlich heraus. Seine Jeans lag eng an und Fabian musste sich zwingen, seinen Blick nicht an jeder einzelnen Kontur Izis verweilen zu lassen. Verdammt, der Kerl wurde jedes Mal heißer, wenn er ihn sah.

Und als sich ihre Blicke trafen, zerbröselte etwas in Fabian. Der Glaube, er könnte sich gegen Izis Charme wehren, der Wille, ihn nicht näher an sich herankommen zu lassen, hielt diesem Blick nicht Stand. Dieses unglaubliche Blau schien ihm Frage und Antwort gleichzeitig zu sein.

Und dennoch wusste Fabian, er würde diesem, was immer es war, was ihn so zu Izi zog, nicht nachgeben. Es war schlimm genug, dass dieser ihm helfen musste, überhaupt seinen Führerschein zu behalten. Izi kam aus und lebte in einer völlig anderen Welt als er selbst. Egal, wie sehr er sich zu ihm hingezogen fühlte. Er könnte Izi nicht einmal zum Essen ausführen. Den Lifestyle, den Izi offensichtlich hatte und die finanziellen Möglichkeiten, die Fabian blieben, lagen so weit auseinander, dass ihm ein Vergleich fehlte. Er könnte niemals der Mann sein, den Izi brauchte und verdiente.

Izi nahm seine Hand und zog ihn zum Tisch, doch Fabian fühlte sich, als drückte jemand seine Rippen zusammen. Das Atmen wurde schwer und eine Resignation setzte sich tief in ihm fest. Schnell zog er seine Hand zurück und Izi sah überrascht auf. Er trat einen Schritt zurück, während er dem Kellner dankte, der sofort verschwand. Ohne ihn weiter anzusehen, setzte sich Fabian auf seinen Stuhl und ihm gegenüber ließ sich Izi ebenfalls nieder.

»Ist alles in Ordnung?«

Fabian fühlte sich sofort schlecht. Er war unhöflich und er hatte keine andere Entschuldigung als seine eigene Unsicherheit. Vehement schüttelte er den Kopf. »Selbstverständlich. Es war ein langer Tag.«

Izi nickte mit verständigem Blick. »Ich habe fast alles vorbereitet. Es sind nur noch Details, die ich wissen muss.«

Fabian legte den Umschlag, den er noch in der Hand hielt, auf den Tisch. »Hier sind ein paar der Arztberichte, die du wolltest.«

Ohne das Kuvert zu öffnen, steckte Izi es in eine Tasche neben sich.

Fabian biss sich auf die Lippen. Nun kamen sie zum unangenehmen Teil, den er dringend besprechen musste, vor dem ihm aber bereits einfach nur graute.

»Du hast mir …« Er räusperte sich und schüttelte den Kopf. »Ähm. In den Unterlagen, die du mir mitgegeben hast – in dem Vertrag – war auch ein Beispiel einer Ratenzahlung für die ganzen Kosten. Ich befürchte, bei dem Betrag, der da steht, was es ungefähr kosten kann, denke ich …« Am liebsten hätte Fabian die Augen geschlossen, um auf irgendeine Weise der Situation zu entfliehen. Nein. Zwischen ihm und Izi würde nie mehr als ein Anwalt-Mandantenverhältnis bestehen. Und selbst dafür würde er eine Ratenzahlungsvereinbarung benötigen. Es war lächerlich. Allein die Vorstellung, wie eine Beziehung zwischen ihnen aussehen könnte. *Eine Beziehung?* War er von allen guten Geistern verlassen? »Ich denke, ich würde gerne von dieser Ratenzahlungsmöglichkeit Gebrauch machen.«

»Oh. Natürlich! Tut mir leid, dass ich gar nicht daran gedacht habe. Ich werde den Fall einfach als pro bono Fall laufen lassen.«

»Pro was?«

»Pro bono. Das kostet dann gar nichts.«

Fabian zuckte wie von einem Schlag getroffen zusammen. »Nein. Das will ich auf keinen Fall. Ich kann bezahlen. Es ist nur. Weißt du was, vergiss es.«

»Was? Nein. Wirklich, das ist kein Problem. Wir sind angehalten, ein paar Fälle im Jahr pro bono zu übernehmen. Das ist Firmenpolitik.«

»Nein. Nein, das will ich nicht. Du musst jemanden anderen pro bono nehmen.« Völlig entgeistert schob sich Fabian vom Tisch weg. »Ich werde bezahlen. Vergiss, dass ich was gesagt habe.«

Izi wrang seine Hände vor sich auf dem Tisch. »Aber …«

Fabian schüttelte den Kopf.

Die Augen mittlerweile auf seine Hände gerichtet nickte Izi. »Okay. Dann gebe ich Berni Bescheid, damit sie dir die Details zu den Raten zukommen lässt.«

»Das ist gut.«

Seufzend streckte Izi seine Finger über die Tischdecke. »Wollen wir was bestellen?«

»Wer ist Berni?«

Das Strahlen seines Lachens reichte bis in Izis Augen. »Berni? Die Frau am Empfang. Aber verpfeif mich bloß nicht, dass ich das gesagt habe. Sie hasst den Namen.«

Nickend stimmte Fabian zu. »Das versteh ich. Berni klingt jetzt nicht wirklich, ähm, schmeichelhaft. Hat was von einem Hund. Einem Berner Sennenhund oder so.«

Izi hielt sich die Hand vor den Mund, doch sein Lachen schaute an den Seiten unverkennbar hervor. »Lass sie das bloß nicht hören. Oh, Gott. Ich hätte nichts sagen sollen.«

Amüsiert beobachtete Fabian Izi. »Dein Geheimnis ist sicher bei mir.«

Die Anspannung, die das Gespräch über Geld in ihm ausgelöst hatte, ließ langsam nach und Fabian erlaubte sich, Izi genauer zu betrachten. Er hatte sein Hemd bis zur Mitte seiner Unterarme aufgekrempelt. Mit jeder Bewegung konnte Fabian die feinen Muskeln, die bis zu Izis Hand entlangliefen, erkennen. Die eleganten Finger schoben den Kerzenständer auf der Tischdecke hin und her.

»Dann bin ich beruhigt.« Izi sah Fabian mit einer Mischung aus Dankbarkeit und Schalk an. »Hast du Hunger?«

»Lass uns bestellen.«

Wie aus dem Nichts trat ein Kellner an ihren Tisch heran, wobei Izi das nicht zu irritieren schien. »Salvatore. Was gibt es denn heute?«

*Salvatore* legte zwei Karten auf den Tisch und erzählte etwas über Weine. Fabian machte sich keine Mühe, dem

Gespräch über Getränke zu folgen und zog die Karte zu sich heran. Statt einzelner Gerichte standen Zutaten in den unterschiedlichen Absätzen. Ohne jegliche Preisangabe.

Nachdenklich las er sich durch die Gerichte. Es war nicht möglich, zu erfragen, wieviel die einzelnen kosteten. Er würde versuchen, zu erschließen, was die billigsten Einzelbestandteile hatte und dann einfach hoffen, das Günstigste zu erwischen. Augen zu und durch würde sein Motto sein, wenn die Rechnung kam.

»Weißt du schon, was du willst?«

Kopfschüttelnd sah Fabian auf. »Nicht wirklich. Ich bin mir nicht sicher … «

»Darf ich was vorschlagen?«

Unterm Strich würde es die bessere Lösung sein. Bevor er irgendeinen Unfug bestellte. »Salvatore, bring uns doch bitte das Tagesspezial. Irgendwelche Unverträglichkeiten? Magst du Wasser? Wein?«

»Wasser ist gut und nein, ich esse alles.«

Salvatore nickte alles ab, was Izi vorschlug und verschwand so unauffällig, wie er gekommen war.

»Ich hoffe, du magst, was ich bestellt habe. Das heutige Spezial ist mein Lieblingsessen hier.«

»Da mach ich mir keine Sorgen.«

Izi sah ihn mit einem leichten Lächeln an. »Wie geht es deiner Schwester?«

»Gut. Gut, danke.« Fabian konnte seine Überraschung über die Frage kaum unterdrücken. Das Gespräch entwickelte sich ab dann so leicht, dass die Zeit nur so verflog. Salvatore brachte ihnen Wasser, da sich Izi dem angeschlossen hatte. Izis interessierte Fragen gaben Fabian den

Eindruck von Vertrautheit. Mit jedem zustimmenden Nicken Izis auf seine Antworten öffnete sich Fabian weiter.

Und gefühlt fünf Minuten nach seinem letzten Besuch an ihrem Tisch stellte Salvatore ihre Teller vor sie, während Fabian nun seinerseits mittlerweile dabei war, mehr über Izi in Erfahrung zu bringen.

»Wieso eigentlich Izi? Nennt dich niemand Izaak?«

Izi legte seine Hände zurück auf den Tisch und sein Besteck klang leicht gegen seinen Teller. »Doch. Meine Familie.« Er lächelte Fabian an. »Für Tobi war das aber immer zu kompliziert. Ich glaube, er war der Erste, der mich so genannt hat und irgendwie ist es geblieben.«

»Und was ist dir lieber?«

Izi neigte den Kopf leicht und schürzte seine Lippen. »Ich habe keinen Favoriten. Es ist schön, Izi zu sein. Jemand anders, als ich immer war. Andererseits ist Izaak, wer ich immer war. Hat auch was.« Er lächelte leicht.

»Also?«

»Ich höre auf beides. Wie kommst du überhaupt darauf?«

Fabian zuckte mit den Schultern. »Es hat mich einfach überrascht. Ich konnte mir auch nicht vorstellen, wie dein eigentlicher Name ist. Izaak?«

»Ist das eine Frage?«

»Ich teste nur.« Fabian lächelte, als er den Namen in Gedanken wiederholte.

»Und wie ist dein Votum?«

»Gut. Es passt zu dir. Izi ist … ich weiß nicht. Izaak ist alles. Izi ist nur im Fitnessstudio.«

Izi lachte. »Also gut. Izaak für dich. Jetzt lass es dir schmecken.«

Fabian nahm seine Gabel und sein Messer zur Hand. Er steckte sich den ersten Bissen in den Mund und stöhnte – wahrscheinlich zu laut für den Raum – auf. Die Mischung der Aromen aus Zitrone, den Gewürzen, des Gemüses entfaltete sich auf seiner Zunge und unwillkürlich schloss er die Augen. Was auch immer er aß, es war das erste Mal, dass seine Geschmacksknospen damit in Berührung kamen. Von dort wanderte dieses Erlebnis in sein Gehirn und breitete sich dort aus wie ein Feuerwerk. Als er wieder aufschaute, sah er in Izaaks blitzende Augen. Oh, diese Augen.

»Gut?«

»Es ist so viel besser als nur gut.«

Izaak sah ihn nur an, mit einem völlig verzückten Blick. Er nickte und sah auf seinen eigenen Teller. Seine Wangen färbten sich rot und Fabian wurde warm. Es würde all seine Willenskraft erfordern, sich selbst daran zu erinnern, dass dies hier kein Date war. Mit gewissem Nachdruck musste er gegen den Kloß in seinem Hals schlucken.

»Izaak?«

Gleichzeitig hoben sie ihre Köpfe und drehten sich zur Stimme neben ihnen, die definitiv nicht von Salvatore stammte. Irgendwie kam Fabian der Kerl bekannt vor. Mit zusammengezogenen Augenbrauen und die Stirn in Falten gelegt, musterte der Typ ihn von oben herab – was hervorragend möglich war, da sie ja am Tisch saßen. Der Blick war aber so intensiv, dass Fabian unruhig anfing, auf seinem Stuhl hin und her zu rutschen.

»Nick?« Izaak legte sein Besteck mit einem lauten Klappern zurück auf den Tisch. »Was machst du hier?«

*Nick* deutete auf einen Tisch neben ihnen. »Ich habe einen Termin.« Langsam wandte er seine Augen von Fabian an und funkelte Izaak an. »Und was macht ihr hier?«

Das Geräusch, das Izaak ausstieß, glich einem Zischen. »Ich sitze hier mit einem Mandanten.«

*Nicks* Kopf schnellte herum, zurück zu Fabian und seine harte Miene wurde sofort weich. »Oh, entschuldigt! Entschuldigen Sie«, bat er Fabian.

An Izaak gerichtet sagte er: »Sorry, ich lass euch allein« und eilte zu seinem Tisch.

Das laute Seufzen Izaaks trieb Fabians Blick zu ihm. »Mein Bruder.« Izaak schüttelte den Kopf. »Das ist so peinlich. Aber egal, wie viele Fachanwaltstitel ich habe oder wie viele Mandanten ich vertrete, für Nick werde ich immer der kleine Bruder sein, den er bei unserer Gran in den Schrank gesperrt hat.«

Fabian konnte nicht verhindern, dass ihm ein Lacher entwich. Sofort hielt er sich die Serviette vor den Mund. »Entschuldige. Ich lache dich nicht aus. Die Vorstellung von euch beiden ist schon lustig.«

Izaak schien es ihm nicht übel zu nehmen, denn er lächelte ihn an. »Ja, ja. Für dich ist das lustig. Der hat mich teilweise Stunden da drin gelassen. Ich meine, wir waren dort in den Ferien und statt Strand und Meer steckte ich zwischen alten Kitteln und Lavendelsäckchen.«

Erneut prustete Fabian vor sich hin. »Das war wirklich nicht okay.« Beschwichtigend hob er die Hände. Nick, der in seinem Blickfeld saß, rutschte unruhig auf seinem Stuhl herum. »Wo habt ihr denn eure Ferien verbracht? Eure Gran? Ist das eure Großmutter?«

»Mh, ja. Wir sind Malteser. In den Ferien waren wir immer bei Gran und Gramps auf Malta.« Izaak schob mit seiner Gabel ein Stückchen Pilz über den Teller. »Das war schön. Irgendwie Heimat. Obwohl wir seit ich sechs und Nick zwölf waren in Deutschland gelebt haben. Mein Vater war schon länger hier. Irgendwann haben meine Eltern dann entschieden, dass unsere neue Familienbasis München wird.«

»Malta ist eine Insel bei Italien, oder?«

Izaak strahlte ihn an und es drang durch Fabian hindurch. Bohrte sich in ihn und strich sanft durch ihn. »Ja! Kennst du sie? Warst du schon mal da?«

Die Freude, über das Zuhause seiner Großeltern zu reden, war greifbar und Fabian hasste sich ein bisschen dafür, dass er diese Euphorie trüben musste. Er wollte Izaaks Lachen nicht dämpfen. Er wollte es noch größer machen und damit Izaak noch glücklicher.

Aber Fabian wusste, dass er das nicht konnte. Nicht nur wusste er absolut nichts über Malta, auch sonst würde er keine Gelegenheit haben, Izaak zu erfreuen. Von daher war es nur konsequent, ihm jetzt auch einen Dämpfer zu verpassen. Konsequent und richtig. Er musste weder sich noch Izaak etwas vormachen. Kühler, als er wollte, erwiderte er: »Nein, ich weiß absolut nichts über Malta.«

Als Izaak bei seinem Ton augenscheinlich zusammenzuckte, bereute Fabian sofort, derart reagiert zu haben. Izaak hatte absolut keine Schuld an seiner Situation. »Oh«, murmelte Izaak, »ist ja auch nicht so interessant.«

Am liebsten hätte Fabian seine Hände über den Tisch ausgestreckt und irgendeine Art von Kontakt mit Izaak gesucht. Stattdessen zwang er sich, seine Gesichtsmuskeln zu entspannen, um sie dann in ein Lächeln zu formen. »Hey, nein. Bitte erzähl mir darüber. Ich würde gerne etwas darüber lernen. Vielleicht kann ich ja mal einen Urlaub dorthin planen.« Planen konnte er schließlich allerhand. Hinfahren vermutlich nicht. Aber das war unterm Strich auch irrelevant.

Bei seinen letzten Worten hob Izaak seinen Blick vom Teller und sah Fabian skeptisch an. »Ich will dir nichts aufschwatzen. Es sind nur meine liebsten Kindheitserinnerungen. Aber du hast völlig recht. Es ist unangebracht, bei einem Geschäftsessen darüber zu reden.«

Dies hatte die Wirkung eines Eiskübels, der über Fabian ausgeleert wurde. Richtig. Geschäftsessen. Sie waren nichts anderes als ein Mandant, der zu dumm war, seinen Führerschein zu behalten, und sein Anwalt. Sein extrem heißer Anwalt. Sein Anwalt, der ein überdimensionales, Meermann-Tattoo auf seinem Rücken hatte. Ein Gedanke fuhr durch ihn und er sprach, ohne nachzudenken: »Hat dein Tattoo was mit Malta zu tun?«

Auf Izaaks Wangen zeichnete sich jeweils ein tiefroter Punkt ab. Als die Worte seinen Mund verlassen hatten, wurde auch Fabian heiß. Er hatte unweigerlich preisgegeben, dass er an ihre gemeinsame Zeit gedacht hatte. Und das, nachdem Izaak so betont hatte, dass sie sich auf einem Business-Meeting befanden.

Izaak hustete heiser vor sich hin. Mit zusammengebissenen Zähnen überlegte Fabian fieberhaft, wie er sich aus der Situation retten könnte.

Doch sein Gegenüber kam ihm zuvor. »Tatsächlich ist das eine Erinnerung an Malta. Ich, äh …« Er schüttelte den Kopf und Fabian hielt die Luft an, so gespannt war er, was sich hinter dem Kunstwerk auf Izaaks Rücken verbarg. »Meine Gran hat mich immer ihren *little merman* genannt. Ich habe es schon immer geliebt, zu schwimmen. Sie hat immer gesagt, wenn ich noch länger im Wasser bleibe, wachsen mir noch Schwimmhäute und ich werde zum Fisch.« Während Izaak sprach, sah er Fabian nicht an, sondern schien den Inhalt seines Tellers dokumentieren zu müssen. »Manchmal hatte ich wirklich das Gefühl, ein Teil des Meeres zu sein. Und als das … « Schlagartig verstummte er und sah mit so etwas wie Panik in den Augen zu Fabian auf. »Äh, ich meine, das Tattoo ist relativ neu. Ich wollte es als Erinnerung an Malta.« Sein Mund schnappte zu und so auch seine gesamte Mimik.

Fabian beobachtete das Mienenspiel, das aus Izaaks freundlichem, offenen Selbst ein verkniffenes, säuerlich verzogenes Gesicht machte.

Fabian konnte sich nicht des Eindrucks erwehren, dass mehr dahintersteckte. So wie Izaak über seine Erinnerungen auf Malta sprach, passte sein Gesichtsausdruck überhaupt nicht dazu.

Auch wenn Fabian unbedingt wissen wollte, was Izaak wirklich verbarg, er war in keiner Position, nachzufragen. Er hatte ohnehin schon viel zu viel gesagt.

So hätte es ihn eigentlich nicht überraschen sollen, als »es ist wirklich schön« aus seinem Mund kam. Eine weitere Erinnerung an die ausgetauschten Zärtlichkeiten zwischen ihnen, war das absolut Letzte, was sie jetzt brauchten. So unangenehm Fabian sein weiterer Ausrutscher war, so sehr schien er aber Izaak zu amüsieren. Sein verkniffenes Gesicht streckte sich in sein typisches hübsches Lächeln. Was täte Fabian nicht alles, damit dieses Lächeln auf ihn gerichtet bliebe? *Nichts! Absolut nichts* würde er dafür tun. Es war nur so schwer, bei diesem Anblick seinem Vorsatz treu zu bleiben. Ein kleines bisschen unmöglich vielleicht.

»Ja, es sorgt für Gesprächsstoff«, meinte Izaak leichthin.

Doch Fabian wollte sich nicht vorstellen, bei wie vielen Menschen die Figur des Meermanns für Gesprächsstoff sorgte oder wer diese anonymen Gesichter waren. Zum Trost redete er sich ein, waren es sicher hauptsächlich kleine Kinder, die Izaak beim Schwimmen bestaunten. In der Hoffnung, endlich auf neutraleres Terrain zu gelangen, versuchte Fabian, das Thema zu wechseln. »Wann denkst du denn, wird die Anhörung sein?«

Izaak neigte seinen Kopf abwägend hin und her. »Ein paar Wochen wird es schon noch dauern. Vielleicht haben wir Glück und der Beschluss wird auf unsere Beschwerde hin ohne mündliche Anhörung aufgehoben. Deshalb auch der ganze Papierwust, den ich von dir verlange.«

»Ich gehe jetzt einfach mal davon aus, so viel Glück habe ich nicht.«

»Nicht so negativ! Ohne jetzt falsche Hoffnungen wecken zu wollen, bin ich ziemlich sicher, dass wir Erfolg haben werden. Der Fall hat eine gute Grundlage. Und das wäre dein erster Führerscheinentzug. In Zukunft kann ich nur empfehlen, vorsichtiger zu sein, aber da du ein *Ersttäter* bist, hast du gute Chancen.«

»Es hört sich an, als ob ich ein Schwerverbrecher wäre.« Fabian fuhr sich mit beiden Händen über den Kopf. Er seufzte merklich. Den längst geleerten Teller schob er von sich und schaute zu Izaak auf.

Dieser strahlte ihn an. »Ich wollte dich nur ein bisschen ärgern. Es ist offensichtlich, dass du ein rechtschaffener

Bürger bist.« Als Fabian zerknirscht den Kopf schüttelte, setzte er schnell hinterher: »So was passiert. Glaub mir, du bist kein schlechter Mensch, nur weil du ein paar Mal zu schnell warst.« Izaak fuhr mit beiden Händen links und rechts von seinem Teller über die Tischdecke. Er richtete seine meerblauen Augen auf Fabian und redete ganz leise weiter: »Vielleicht ist das arrogant von mir zu denken, aber … «, er fuhr mit seinen Schneidezähnen über seine Unterlippe und strich dann mit der Zunge darüber, so als wollte er die bearbeitete Stelle besänftigen, »ich fühle mich ein bisschen mitschuldig, dass dir das in dieser Nacht passiert ist.«

Izaak sah mit seinen roten Wangen so aus, wie sich Fabian fühlte. Fabian drehte den Kopf zur Seite, in der Hoffnung, sich der ungestellten Frage zu entziehen. Jedoch hörte er Izaak schnell weiterreden: »Das ist vermutlich Unsinn. Du hast ja wirklich Besseres zu tun, als an uns … ich meine, an mich … ich meine … oh, Gott, Izaak, halt die Klappe.« Als Fabian zu ihm zurücksah, hatte er die Hände vors Gesicht geschlagen und hatte das letzte bisschen »Anwalt« verloren.

In Fabians Brustkorb breitete sich eine Wärme aus, die die Fassade, die er so krampfhaft versucht hatte, aufrecht zu halten, einschmolz. Wie ein Stück Metall im Schmiedefeuer ganz weich und formbar wurde, gab auch diese äußere Schicht nach. Übrig blieb nur er selbst. Gierig nach Izaaks Haut, nach seinem Lachen und wehrlos, ihm weiter zu widerstehen.

Ohne Kontrolle reckte er seinen Arm über den Tisch und schloss seine Finger um Izaaks Handgelenk. Sacht zog er die Hand von Izaaks Gesicht und ließ sie in seinem Griff auf den Tisch sinken.

Endlich richtete sich das magische Blau seines Gegenübers wieder auf ihn und Fabian lächelte. »Natürlich war ich abgelenkt. Es hat mich nicht kaltgelassen, was wir getan haben. Aber dass ich so in Gedanken war, war nicht deine Schuld. Das ist allein meine Verantwortung.« Er sah auf seine Finger, die sich von Izaaks Gelenk gelöst hatten und sich, so als ob sie ein Eigenleben entwickelt hätten, über dessen Handrücken streckten. Noch leiser als zuvor sprach er weiter: »Das ganze hier«, er deutete neben den Tisch auf Izaaks Tasche, »das war der Grund, wieso ich einen Rückzieher gemacht habe. Es hat wirklich überhaupt nichts mit dir zu tun. Himmel, es hat ja auch nicht mal wirklich was mit mir zu tun. Ich hab nur so viel zu tun: die Arbeit, die Termine meiner Mutter, meiner Schwester, ich hab kaum Zeit für einen Freund.« Erschrocken riss er die Augen auf. »Nicht, dass du das gemeint hast. Ich meine, ich habe nicht mal Zeit für mich.« Er setzte sich zurück und wollte seine Hand von Izaak zurückziehen.

Dieser drehte jedoch seine Hand und griff nach Fabians Unterarm. »Warte!« Er schien einen Moment zu überlegen. »Warte einen Moment.« Sein Daumen strich Fabians Unterarm entlang. »Können wir einen Moment vergessen, dass ich dein Anwalt bin? Ich komme mir ohnehin schon total unprofessionell vor.«

»Ich glaube, wir müssen das ohnehin mal klären, oder? Das ist nicht unprofessionell, sondern einfach notwendig.«

Dankbar sah ihn Izaak an. »Ja, bitte. Ich, ähm, musste das anscheinend hören. Ich habe lange über diesen Abend nachgedacht und wusste nicht, was schiefgelaufen war und dann kamst du in die Kanzlei und … ich weiß auch nicht.«

Fabian schob seine Handfläche gegen Izaaks und drückte sie kurz. »Wenn ich irgendwie die Möglichkeit sehen würde, hätte ich keine Sekunde gezögert und dich auf ein Date eingeladen, aber es geht nicht. Das war nicht nur ein Spruch – es ist besser, wenn wir es dabei lassen.« Fabian hatte Izaak beobachtet, während er gesprochen hatte. Dieser sah nicht glücklich aus, jedoch hatte sein Gesichtsausdruck etwas Verständnisvolles.

»Okay!« Entschlossen richtete sich Izaak auf und seine Hand entglitt Fabian. Der Verlust von Izaaks Haut auf seiner war überraschend und versetzte Fabian einen kleinen Stich. Aber es war gut so.

Er nickte. »Ich bin froh, dass das jetzt raus ist. Irgendwie stand das doch zwischen uns.« Izaak hatte sein Businesslächeln aufgesetzt und winkte mit gelassener Miene ab. »Mach dir keine Gedanken. Es ist, wie es ist. Manche Sachen sollen nicht sein.«

Fabians Herz schlug immer schneller. Wieso fühlten sich diese Worte nicht beruhigend an? Das war es doch, was er wollte. Wieso fühlten sie sich wie ein Schlag in die Magengrube an? Das gerade noch leckere Essen schien sich in Bleiklumpen zu verwandeln und von innen gegen seinen Magen zu drücken. Izaak schien dieses Problem nicht zu haben. Er hatte nichts mehr von dem unsicheren Meermann, der noch vor einem Moment vor ihm gesessen war. Zurück war der Anwalt aus der Kanzlei.

»Magst du noch ein Dessert?«, fragte Izaak in Fabians Gedanken hinein.

Nein, das Essen war Fabian vergangen. »Vielen Dank, ich habe genug.«

»Dann werde ich mal die Rechnung besorgen.«

»Auf keinen Fall, ich werde zahlen.«

Izaaks Gesicht verlor kurz seine Fassade und wurde wieder sanft. »Nein, das zahlt die Kanzlei, wirklich. Das ist absolut üblich!«

Unsicher, ob er Izaaks Angebot einfach so annehmen sollte, zögerte Fabian kurz. Doch Izaak winkte schon Salvatore heran, der schon auf dem Weg zu ihrem Tisch war. Bevor sich Fabian versah, verschwand er auch mit der von Izaak gereichten Karte und der Anweisung »fünfzehn Prozent« wieder. Das Treffen war vorbei. Es war offensichtlich.

So als ob er Salvatores Rückkehr erahnt hätte, rutschte Izaak im selben Moment seinen Stuhl zurück, als dieser mit einem Mäppchen zurückkam. Bereits stehend unterschrieb Izaak die darin liegenden Zettel. Wieder erstrahlte das kühle Lächeln auf seinem Gesicht und Fabian wollte die Zeit zurückdrehen.

Nick drehte sich am anderen Tisch um und sah unschlüssig zwischen ihnen beiden hin und her. »Einen schönen Abend noch.«

Fabian nickte nur, während Izaak kurz angebunden antwortete: »Danke. Dir auch.« Mit einem unguten Gefühl, irgendetwas furchtbar falsch gemacht zu haben, trottete Fabian seinem Anwalt hinterher aus dem Restaurant.

# *Kapitel 5*

**Izaak**

Als die Türklingel erklangt, hob Izaak ruckartig den Kopf und zuckte zusammen, weil ein Schmerz in seinen Nacken schoss. *Wie lang sitze ich bereits an diesem Schreibtisch?* Während er aufstand, streckte er den Rücken durch. Es klingelte ein zweites Mal.

»Ich komm ja schon«, murmelte er vor sich hin. Als er am Bildschirm der Gegensprechanlage seinen Bruder entdeckte, drückte er nur den Türöffner, ließ die Wohnungstür einen Spalt offenstehen und ging zurück an seinen Schreibtisch.

Er wollte alles noch mal durchgehen, vor dem Termin am nächsten Tag. Den Zeitaufwand konnte er nur in der Kanzlei nicht mehr rechtfertigen, also hatte er sich die Akte mit nach Hause genommen. Seit Fabian ihm die Unterlagen vor Wochen gegeben hatte, hatte er diese mehrmals intensiv durchgearbeitet. Den Einsatz, den er für diesen Fall zeigte, konnte durchaus als außergewöhnlich bezeichnet werden und stand vielleicht nicht ganz in einem vernünftigen Verhältnis zu seinen anderen Mandaten. Egal. Niemand konnte ihm in seiner Freizeit verbieten, sich tausend Prozent auf eine Verhandlung vorzubereiten.

»Hallo!«, ertönte es von der Tür.

»Ich bin hier.«

»Na kleiner Bruder, was machst du?«

»Nick, warum willst du mich nerven? Warum?«

Lachend ging Nick durch den Flur und blieb im Türrahmen von Izaaks Büro stehen. »Tut mir leid, es kommt einfach aus mir raus. Gewohnheit.«

Diese Erklärung kommentierte Izaak nur mit einem Grunzen.

»Was machst du da eigentlich? Es ist schon 21:00 Uhr durch.«

»Nur Arbeit.«

Mit großen Schritten ging Nick in den Raum und ließ sich auf die Couch plumpsen. »Wenn du so weitermachst, muss ich Tobi irgendwann recht geben. Du arbeitest zu viel.«

»Ich würde wirklich gern mal wissen, was du für ein Problem mit Tobi hast.«

»Überhaupt kein Problem. Er ist nur … die Flausen, die der im Kopf hat, das ist doch nichts. Mir ist auch nicht klar, wie ihr beide befreundet sein könnt. Er ist so völlig anders als du.«

»Na und? Du hast doch auch nicht nur Freunde, die wie du sind.«

»Das ist anders.«

Izaak sah seinen Bruder mit hochgezogener Augenbraue an. »Wirklich?«

Dieser winkte ab. »Zumindest lässt du dich offensichtlich nicht von ihm beeinflussen.« Nick deutete auf Izaaks Schreibtisch. »Und … flatterst nicht nur durch die Gegend.«

»Ich habe überhaupt keine Lust mit dir heute über Tobi zu streiten. Du kennst ihn nicht und kannst dir kein Urteil über ihn erlauben. Und das«, Izaak deutete auf die Akte vor sich, »ist tatsächlich eine pro bono Sache. Also geht das nur auf meine Karmabank, wenn du Nadine fragen würdest.«

»Du bist wirklich ein …«

»Sag es nicht Nick! In was für einer Welt leben wir bitte, in der *Gutmensch* ein Schimpfwort ist.«

»Ich meine es doch gar nicht so. Du musst aber auf dich achten. Du kannst nicht immer nur für andere da sein.«

Izaak klappte seinen Laptop zu. Anscheinend war seine Arbeitszeit nun tatsächlich vorbei. »Eigentlich gibst du mir das richtige Stichwort.« Er lief aus dem Zimmer zum Schlüsselbrett und schnappte sich seinen Schlüsselbund. Mit schnellen Bewegungen drehte er den Schlüssel vom *Fincken* vom Ring, während er zurück in das Büro lief, in dem Nick weiterhin auf seinem Sofa lümmelte. Er hielt ihm den abgelösten Schlüssel entgegen. »Bitte sehr. Das wollte ich schon lange machen.«

Nick sah ihn leicht schmunzelnd an. »So so. Plagt dich dein schlechtes Gewissen? Simon hat mir schon erzählt, dass du das letzte Mal, als du in der Bar warst, mit einem Kerl verschwunden bist. Was ist nur mit meinem kleinen Bruder los? Wirst du zum Playboy? Steigt dir Tobis Geschwätz doch zu Kopf?«

Heiße Wut stieg in Izaak auf. Dass sein Bruder einige Jahre älter war als er selbst, ließ er ihn regelmäßig spüren, und dass er irgendeinen Beef mit Tobi hatte, war auch keine Neuigkeit. Aber dass ihm seine Angestellten Bericht über ihn ablieferten, war ein bisschen unerträglich. Und dazu kam noch das etwas schlechte Gewissen. Die Wut überwog jedoch deutlich. Betont ruhig sprach er ganz leise: »Gehört das jetzt in die Arbeitsplatzbeschreibung deiner Angestellten? Izaak im Auge behalten.« Er warf den Schlüssel auf seinen Bruder.

»Meine Güte! Hab dich nicht so. Simon hat das nur erzählt, weil es ihm komisch vorkam, dass …«

Izaak schüttelte den Kopf. Das Frustrierendste war, dass er selbst schuld war an der Situation. Er hatte sie sich selbst eingebrockt.

Nick nahm ihn am Arm. »Wirklich Izaak! Er hat keinen *Auftrag* von mir, aber es gehört zu seinen Aufgaben zu schauen, ob in der Bar etwas schiefläuft, wenn ich nicht da bin. Das hat nichts mit dir zu tun.«

Izaak atmete schwer. Er reagierte über. Schließlich nickte er. »Du hast recht.« Es war auch kein wirkliches Geheimnis. Tobi und Nadine hatten es mitgekriegt und wer weiß wer noch hatte sie beide beobachtet. Und dass Nick die sorglos in den Mülleimer geschmissenen Tücher anscheinend nicht bemerkt hatte … na ja. »Sorry. Ich hatte ein schlechtes Gewissen, da du mir den Schlüssel ja nicht zu diesen Zwecken gegeben hast.«

»Ist schon in Ordnung. Mir ist es lieber, du gehst ins Büro als auf die Toilette. Wer weiß, wer das da alles mitbekommt. Da bist du sicherer.«

Izaak nickte. »Das, ähm, hatte ich auch gedacht. Entschuldige nochmals.«

»Hey, ist doch kein Problem. Wenn es nur das ist, behalte den Schlüssel. Es war ordentlich aufgeräumt. Ich hätte nichts gemerkt.« Nick hatte den Schlüssel zwischen seine Finger genommen und spielte damit. »Aber. Du weißt … du solltest vorsichtig sein. Überlege dir nächstes Mal gut, ob du so was durchziehen willst.«

Doch Izaak schüttelte den Kopf. »Ich weiß.« Er hatte nicht die geringste Lust, diese einmalige Sache mit Fabian vor Nick auszubreiten. Sie standen sich nahe. Aber auf eine Moralpredigt hatte er gewiss keine Lust.

Wie gern würde er Nick einmal die Meinung sagen. Bei dem Gedanken breitete sich aber sofort wieder ein schlechtes Gewissen aus. Nick hatte in der Vergangenheit bewiesen, ihn ohne Vorbehalte zu unterstützen.

Dennoch lag der Grund für Nicks übertriebene Reaktion Jahre in der Vergangenheit und die Sache mit Fabian hatte nicht das Geringste damit zu tun. Wie konnte es sein, dass Izaak täglich seine Mandanten vor Gericht vertrat und es gleichzeitig nicht schaffte, für sich selbst gegenüber seinem Bruder einzustehen? Aber wie hieß es so schön? Ein Arzt kann sich nicht selbst behandeln, ein Anwalt sollte sich nie selbst vertreten und die Schreiner haben die kaputtesten Küchen. Izaak hatte sich Nick gegenüber lange genug wie ein kleiner Junge gefühlt, sodass dieser wohl auch keinen Grund hatte, ihn anders zu sehen. Diese Unfähigkeit, sich gegen Nick durchzusetzen, lähmte Izaak. So gern er endlich an diesen Punkt kommen wollte, Nick in seine Schranken zu weisen, jetzt war dieser wohl noch nicht gekommen. Es war leichter, das Thema zu wechseln, statt diese Büchse der Pandora zu öffnen.

Schnell deutete er auf den Schlüssel. »Ich habe ja wirklich keine Verwendung dafür. Ich werde vermutlich auch nie wieder Zeit haben, dir im Büro zu helfen.«

»Mach dir keine Gedanken. Es ist längst an der Zeit, dass ich noch jemanden für die Buchhaltung einstelle. Seit das Catering läuft, ist es absolut notwendig. Ich kann und will mich nicht um alles kümmern.«

»Gut. Das ist sicherlich sinnvoll.«

Nick setzte sich auf und rutschte an den vorderen Rand des Sofas. »Und da wir gerade dabei sind. Ich, ähm, wollte mich auch für mein Verhalten neulich bei Salvatore entschuldigen. Es war unangebracht, wie ich reagiert habe. Ich lasse gern den älteren Bruder raushängen, aber das war selbst für mich over the top. Ich hatte nur … ich weiß auch nicht. Wenn du wieder mit jemandem zusammen wärst, würdest du es uns sagen, oder? Es ist zu deiner Sicherheit und ich weiß, dass du nicht leichtsinnig bist, aber da hatte ich einen Kurzschluss. Dad würde ihn überprüfen lassen und alles ist in Ordnung.«

Izaak schloss die Augen. Nicht nur, dass er das Küken in der Familie war, nein, er war auch der hilflose Idiot, der ohne seine Eltern und die Hilfe seines großen Bruders nicht mal eine Beziehung führen konnte. Jedes Argument, das er dagegen anzubringen hatte, war sinnlos.

Er hatte seine Familie gebraucht, um sich aus den Fängen Andis zu befreien. Das ließ sich nicht leugnen. Aber wie lange würde er sich das noch vorhalten lassen müssen?

Ein Gefühlscocktail aus Peinlichkeit, Wut, Hilflosigkeit strömte wie so oft durch ihn. Er versuchte, seinen Zorn, der vermutlich am meisten auf sich selbst gerichtet war, da er sich überhaupt in diese Lage gebracht hatte, zu unterdrücken. Egal, wie oft ihm gesagt wurde, dass Andis Verhalten nichts mit ihm zu tun gehabt hatte, das schlechte Gewissen, so naiv gewesen zu sein, war lange geblieben. Denn was würde die Erkenntnis, dass Andi ihn nur benutzt hatte, bringen? Das Bewusstsein, dass er ein Opfer war? Er wollte kein Opfer sein. Er hatte monatelang mit sich gekämpft, um zu verstehen, dass es ihm zwar passiert war, aber er nicht bis in alle Ewigkeit »Opfer« sein musste. Aber Nicks Verhalten drängte ihn in diese Rolle.

Nach Außen war Izaak seine Vergangenheit nicht anzusehen. Da war er der energetische Junganwalt. Wenn er jedoch an diese Zeit zurückdachte, fühlte er sich wieder wie der kleine Student, der an der Nase herumgeführt werden konnte. Diese zwei Personen waren so widersprüchlich und doch waren sie beide ein Teil von ihm. Egal, wie sehr er diese Version von sich aus der Studentenzeit abschütteln wollte, er wurde sie nie richtig los.

Doch hatte er mit der Zeit gelernt, mit ihr umzugehen. Kein Studium und nicht die Anwaltszulassung hatten ihm dabei geholfen. Vielmehr war der größte Schritt, den er getan hatte, das Anerkenntnis sich selbst gegenüber gewesen, dass es ihm passiert war und dass es jetzt vorbei war. Diesen Gedanken überhaupt zulassen zu können und sich nicht unter diesen Erinnerungen auflösen zu wollen, war eine immense Befreiung gewesen.

Nicks Art und Bevormundung halfen ihm hingegen in keiner Weise. Sie führten nur dazu, dass er sich ganz klein fühlte, obwohl er wusste, dass er jetzt anders reagieren würde als vor Jahren. Dass er nicht mehr derselbe war wie zu seiner Studentenzeit. Dass er mit und an dieser Erfahrung auch gewachsen war. Auch wenn es ihm in der Zeit nicht so vorgekommen war.

Er konnte Nick einfach nicht begreiflich machen, dass es nicht dessen Kampfgebaren war, das ihm jetzt Sicherheit gab, sondern die Gewissheit, dass er nicht allein war. Dass seine Familie, ohne mit der Wimper zu zucken, zu ihm stehen würde, egal, was noch passierte.

Und das machte ihn selbst so stark, dass er nicht auf die Gigantor-Nummer seines Bruders, der für ihn kämpfte, angewiesen war. Nichts, was in Nicks Dickschädel ging.

Krampfhaft löste er seine zusammengebissenen Kiefer und presste aus sich heraus: »Nick, ihr könnt nicht jedem Typen, dem ich begegne, einen Privatdetektiv auf den Hals hetzen. Und nicht jeder ist wie Andi. Ich behaupte sogar, Andi ist ziemlich einzigartig.« Er konnte die Verbitterung, die, seit die Beziehung mit Andi so spektakulär gescheitert war, immer irgendwo in ihm hauste, nicht aus seiner Stimme halten. Er war so verliebt gewesen. Seine ganzen Unsicherheiten hatte Andi vom Tisch gefegt und ihm den Himmel auf Erden versprochen. Bis er ihn so hintergangen hatte, dass seine gesamte Familie in Mark und Bein erschüttert wurde. Aber das war vorbei.

»Doch, das können wir und wir würden es gerne tun, wenn du es zulässt.« Nick hob versöhnlich die Hände. »Aber du hast recht. Es geht um dich und es ist deine Entscheidung. Wobei ich ehrlich gesagt gerne in den Background dieses Typs schauen würde, mit dem du was in meinem Büro hattest. Nicht, dass er doch wieder auftaucht und Ärger macht.«

Izaak schüttelte den Kopf. »Nein, Nick, lass es wirklich. Das ist nicht nötig.«

»Das weißt du nicht. Es wäre der sichere Weg. Weißt du, wer das war? Vielleicht könnten wir das über die Abrechnungen noch rauskriegen, wenn du irgendeinen Anhaltspunkt hättest.«

»Nick! Hör auf! Wirklich. Fabian würde das niemals machen.«

Mit skeptisch zusammengekniffenen Augen starrte Nick ihn an. »Fabian? Woher willst du das wissen? Habt ihr Kontakt? Ist da doch noch was zwischen euch?«

»Nein.«

»Woher willst du das dann wissen?«

»Weil ich es weiß.«

»Das ist keine Erklärung!« Nick wurde lauter.

»Ich kann es dir nicht sagen, selbst wenn ich wollte.«

»So ein Quatsch! Natürlich kannst du es mir sagen. Der einzige Grund wäre, wenn du zum Schweigen verpflichtet wärest, weil du …« Nun sah ihn Nick nur noch entgeistert an. »Nein! Nein! Sag, dass das nicht wahr ist. Dein Mandant! Er ist dein Mandant.«

»Nick, hör jetzt auf! Du weißt, ich kann darüber nicht reden!«

»Ich hab recht, oder? Warte … der Typ beim Essen? Das war er, stimmt's?«

Izaak presste die Lippen zusammen und funkelte Nick böse an.

»Seit wann ist er dein Mandant? Izaak! Antworte!«

»Nein! Ich antworte nicht. Es geht dich nichts an.«

»Es geht mich sehr wohl etwas an, wenn mein kleiner Bruder wieder erpresst wird.«

»Wie oft denn noch? Ich werde nicht erpresst!«

Sie standen sich gegenüber und straften sich gegenseitig mit giftigen Blicken.

Plötzlich schnellte Nick herum. »Pro bono? Das ist derselbe Typ, oder?« Seine Stimme wurde leiser und ganz weich, so als ob er mit einem wilden Pferd sprechen würde, redete er auf Izaak ein. »Bitte, sag es mir doch. Wir können dir helfen. Die Kanzlei kann sicher einschreiten. Hat er Bilder von euch? Oder was anderes?«

Izaak schloss erneut die Augen. Es war keine Überraschung, dass Nicks Gedanken sofort in diese Richtung gingen. Egal, wie wütend er war, er verstand ihn. »Wirklich. So ist es nicht, Nick.«

»Izaak, was soll ich denn denken? Du fickst irgendeinen Typ in der Bar. Danach kommt dieser Kerl zu dir, weil er einen Anwalt braucht und du sollst für ihn umsonst arbeiten. Sag mir, wenn ich falsch liege. Wenn ich in der Reihenfolge irgendwas durcheinanderbringe. Sag mir, dass das alles Zufälle sind.«

Wie zum Duell standen sie sich gegenüber. Izaak war so wütend, dass sich Tränen in seinen Augen sammelten und drohten überzulaufen. Es war schlimm genug, dass Fabian kein Interesse an ihm hatte. Dass er die Sache nicht abrechnen würde, hatte er beschlossen, ohne dass Fabian davon wusste. Aber Fabian trug so viel Verantwortung in seinem Leben, dass er ihm diesen Gefallen tun wollte. Er hatte die Wahrheit gesagt, als er ihm erklärt hatte, dass die Kanzlei eine bestimmte Anzahl von pro bono Fällen jährlich absolvieren sollte. Für ihn entstünde als angestellter Anwalt kein Schaden. Und es war ein Zufall! Die Überraschung, die Fabian in der Kanzlei ins Gesicht geschrieben gewesen war, konnte nicht gespielt gewesen sein.

»So ist es nicht. Es ist reiner Zufall. Und Fabian will gar nicht, dass ich den Fall pro bono mache. Er besteht darauf zu bezahlen.«

Mit durchdringenden Augen sah ihn Nick an. »Izaak.«

»Nein, hör auf. Du musst mir glauben.«

»Du bist zu vertrauensselig. Ich ruf jetzt Dad an.«

Izaak schrie auf. »Nein! Nick, warte.« Er musste mit allen Mitteln verhindern, dass Nick ihren Vater einschaltete. »Wirklich. Warte. Vielleicht hast du recht und es war kein Zufall. Vielleicht hat Fabian alles eingefädelt. Aber bitte glaube mir. Er erpresst mich nicht. Und wenn du willst, stell ich ihm eine Rechnung.« Krampfhaft überlegte er, was er Nick sagen sollte, damit dieser ihm glaubte oder ihn zumindest in Ruhe ließ. »Dann bin ich eben sein Anwalt. Sonst ist nichts passiert! Vielleicht hat er sich das erschlichen. Was soll's? Lehrgeld für mich!«

Nick schien zu zögern. Zumindest hielt er sein Handy nur in der Hand, ohne Weiteres zu veranlassen.

»Denk doch mal nach. Ich habe alle seine Daten. Ich vertrete ihn in einem Fall, der wirklich wichtig für ihn ist. Wieso sollte er es sich mit mir verscherzen?«

Anscheinend drang er damit zu Nick durch. Dieser ließ seine Hand sinken und setzte sich wieder auf die Couch. Der Blick, den er ihm zuwarf, war aber nicht minder nervig wie sein Gerede.

»Izaak, du bist einfach zu naiv. Zu gut. Wieso willst du das überhaupt pro bono machen, wenn er das gar nicht fordert? Der Kerl hatte seinen Spaß mit dir und nun willst du ihm die Rechnung erlassen. Wieso?«

In Izaak sträubte sich alles gegen Nicks Andeutungen. Es war so schwer, sich gegen seinen älteren Bruder zu wehren. Eine tiefe Dankbarkeit verband ihn zu ihm, aber es musste ihm doch erlaubt sein, weiterzuleben.

Nach all den Jahren hatte Izaak das Gefühl, Nick war von Andis Verrat und Erpressung noch stärker belastet als er selbst. Für ihn selbst wurde es langsam extrem schwierig, einen Weg zu finden, sich selbst zu behaupten, ohne undankbar zu wirken.

»Schon mal daran gedacht, dass ich meinen Spaß mit ihm hatte und das mein *Danke* an ihn ist?« Die Worte fühlten sich schrecklich falsch an. Doch er hatte Nicks Besserwisserei so satt. Er musste ihm irgendetwas entgegnen. Auch wenn er das Gefühl hatte, den Satz kaum über die Lippen zu kriegen.

Nick ließ den Kopf sinken und sah zwischen seine Knie auf den Boden. »Okay. Du hast recht. Du bist alt genug. Du solltest wissen, was du tust.«

Obwohl er ihn nicht sehen konnte, nickte Izaak entschieden.

Sein Bruder schaute wieder auf und musterte ihn eindringlich. »Falls du Hilfe brauchst, falls irgendwas los ist …«

»Ja, ja, ja, du bist der Erste, zu dem ich renne.«

Nick stand mit offenen Armen auf und zog Izaak an sich. »Ich will doch nur, dass es dir gut geht. Ich will dich beschützen.«

Langsam umarmte Izaak seinen Bruder und drückte ihn an sich. »Das weiß ich doch. Aber ich kann nicht alles so schwarzsehen wie du. Ich muss auch einfach mal leben, Fehler machen, ohne dass du und Dad immer an meiner Seite steht, damit mir ja nichts passiert. Und auch wenn du es nicht glauben kannst, ich bin nicht hilflos. Mal ganz abgesehen davon, dass ich meine Extradosis Lebenserfahrung erhalten habe, bin ich kein völlig von der Verliebtheit verblendeter Student mehr. Und ich weiß, wenn ich nicht weiterweiß, dann seid ihr da. Ich verspreche auch, mich dann zu melden. Aber du, als übermächtiger Rächer über mir, hilfst mir in keiner Weise. Das ist eher respektlos.« Nick setzte an, etwas zu sagen, doch Izaak unterbrach ihn, bevor er ein Wort herausbrachte. »Ich weiß, ihr macht euch Sorgen. Aber … ihr erdrückt mich damit.«

Nick klopfte ihm auf den Rücken und ließ ihn dann los. »Ich respektiere dich. Aber ich mache mir auch Sorgen. Ich verspreche, dass ich mich bemühe, okay?«

Leise lachend nickte Izaak. »Das wäre doch schon mal was.«

Sie sahen sich stumm an und tauschten mit ihren Blicken ihre gegensätzlichen Standpunkte weiter aus, bis es Izaak zu dumm wurde. Er drehte sich um und spazierte aus dem Büro. »Warum bist du eigentlich vorbeigekommen?« Nick ging ihm hinterher, antwortete jedoch nicht. In der Küche angekommen drehte sich Izaak zu ihm um. Sein Bruder stand im Türrahmen und strich sich durchs Haar. Na, das verhieß nichts Gutes.

»Mum lässt dich grüßen.«

Izaak verdrehte die Augen. »Schöne Grüße zurück.«

»Okay, sie hat mir mehr als deutlich gesagt, ich darf deine Wohnung nicht verlassen, wenn ich dir nicht das Versprechen abgenommen habe, dass du zum Familienessen kommst.«

Seufzend zog Izaak den Korken aus einer Weinflasche, die auf der Kücheninsel stand. Er goss sich einen sehr großzügigen Schluck in ein Glas ein, das er postwendend leerte. »Wann ist es diese Woche?«

Anders als bei anderen Familien war Familie Galea gezwungen, seit Jahren regelmäßige Treffen nach den Terminen des Vaters zu richten.

Nach nur wenigen Saisons in der deutschen Bundesliga hatte sich der einst junge Bobby Galea aus Marsaskala im Süden Maltas eine Verletzung zugezogen, die es ihm nicht erlaubte, weiter Fußball zu spielen. Mit Unterstützung seines letzten Vereins in München hatte er jedoch seinen Traum, im Profisport zu arbeiten, nicht aufgegeben. Jahrelang war er in Europa als Trainer unterwegs gewesen, bis er schließlich den Posten als Manager in München ergattert hatte.

Dieses Leben hatte ihnen eine komfortable finanzielle Position beschert.

Ihr Vater bestand darauf, sie abzusichern, mit jeweils einer Wohnung, einem Auto und einem Fond, der sie finanziell unbekümmert leben ließ. Für ihren Lebensunterhalt mussten und wollten sie selbst aufkommen. Izaak wusste, wie privilegiert er und sein Bruder lebten und schätzte den angenehmen Start, den ihre Eltern ihnen beschert hatten. Mit den Privilegien kamen aber auch die Neider. Und Freundschaften und Partnerschaften wurden schwieriger.

Der Tribut, den sie als Familie zahlten, war, dass sie sich teilweise über lange Zeiträume nicht sahen. Izaaks Mutter hatte alles dafür getan, ihre kleine Familie immer zusammen zu halten. Und wenn es nicht möglich war, an den Wochenenden zusammen zu sein, bestand sie seit Jahren darauf, zwischen Dienstag und Donnerstag alle ihre Familienmitglieder zusammen zu trommeln und gemeinsam Abend zu essen. Nick war hinsichtlich der zeitlichen Verfügbarkeit in die Fußstapfen ihres Vaters gestiegen. Mit der Bar und nun dem Cateringservice waren die Wochenenden ausgebucht. Und seit ein paar Jahren hatte sich oftmals der Mittwoch als Familientag herauskristallisiert.

So war es für Izaak keine Überraschung, dass genau dies Nicks Antwort war: »Morgen, Mittwoch. 19:00 Uhr. Wie du das mit der Kanzlei machst, ist ihr egal.«

# Kapitel 6

**Izaak**

Selten zuvor war Izaak so nervös gewesen wie zu dieser Anhörung. Nicht, weil die Sache so unglaublich kompliziert wäre. Fabians Mutter war nicht mal als Zeugin geladen. Die Belege reichten wohl allesamt aus. Im Gegenteil, es war eine ziemlich klare Angelegenheit und wenn die Richterin ihr Ermessen nicht völlig abwegig ausübte, hatten sie nichts zu befürchten. Wenn Izaak die Zeichen richtig las, ging es bei dieser Anhörung nur darum, dass seinem Mandanten ins Gewissen geredet werden sollte. Nicht mal Nicks Besuch am Abend zuvor konnte an seiner optimalen Vorbereitung etwas ändern.

Nein. Der Grund für seine Unruhe lag an seinem Mandanten, den er seit ihrem gemeinsamen Abendessen nicht mehr gesehen hatte. Auch wenn es nicht ungewöhnlich war, Essen zu gehen, so konnte er sich nicht selbst belügen.

Die Intention, mit der er in diesen Abend gegangen war, hatte nicht nur einen beruflichen Hintergrund gehabt. Doch Fabian hatte diesem nicht sehr professionellen Gedanken einen klaren Dämpfer versetzt.

Izaak konnte es ihm nicht übelnehmen. Die Verantwortung, die dieser trug, war immens. Egal, dass Izaak glaubte, es würde Fabian guttun, loszulassen, aufzutanken und dass er selbst dafür gern zur Verfügung stand – Fabian hatte klar gemacht, dass er das nicht wollte. Zumindest wollte er es nicht mit Izaak. Aber er würde ihm zumindest helfen, seinen Führerschein zu behalten. Und wenn das dann alles gewesen war, sei es drum. Egal, was Nick sagte, Fabian war kein schlechter Mensch. Zufälle passierten.

Eine Tür schlug am Ende des langen Flures zu und Izaak sah in die Richtung. In langen Schritten kam Fabian auf ihn zu. *Warum muss er nur so heiß sein?* Wieder in dunkler Jeans und Hemd, das sich über seinen muskulösen Oberkörper spannte, lief er die letzten paar Meter. Izaak stand auf und trat von der Bank weg.

Als Fabian bei ihm ankam, wirkte er völlig durch den Wind. Er roch fantastisch frisch, so als wäre er aus einer Duschwerbung gestiegen, aber er strahlte eine unfassbare Unruhe aus. Seine Hände wirbelte er in alle Richtungen, bis er sie schließlich in seinen Hosentaschen verschwinden ließ.

»Hallo. Bin ich zu spät?«

»Aber nein«, versicherte Izaak. »Ich hatte zuvor einen anderen Termin. Es ist noch niemand da.« Er deutete auf die Bank, von der er soeben aufgestanden war. »Wir können uns noch mal setzen.«

Doch Fabian schüttelte den Kopf. »Nein. Dazu bin ich viel zu nervös.« Er schaute zu allen Seiten, so als ob er etwas vermissen würde. Sein ganzer Körper bewegte sich, als er von einem Fuß auf den anderen trat.

»Hey. Ich bin sicher, es wird nicht so schlimm.«

Fabian verzog den Mund.

»Und wenn alle Stricke reißen, dann findest du doch auch eine Lösung, oder?«

Immer noch sah ihn Fabian nicht an. »Ja, irgendwie geht immer alles weiter. Aber der Aufwand und was das kostet. Da ist deine Rechnung ein Klacks dagegen.« Bei den letzten

Worten lächelte er endlich – wenn auch nicht sonderlich amüsiert – vor sich hin.

Bevor Izaak antworten konnte, ging die Tür vor ihnen auf und eine Gruppe Menschen trat heraus. Mit ins Gesicht gezeichneter Panik drehte sich Fabian zu dem nun offenen Raum um. Sein Name wurde aufgerufen und wie hypnotisiert ging Fabian in den Raum. Izaak atmete kurz aus, nahm seine Tasche und folgte ihm.

Als sie zwanzig Minuten später wieder auf den Flur traten, zitterten Fabians Hände immer noch. Izaak konnte das hinter ihm hergehend beobachten und hätte ihn am liebsten einfach zu sich gezogen. Fabian hatte sich so gut geschlagen. Izaak fühlte fast etwas wie Stolz. Was komplett albern war. Sie gingen einige Schritte den Gang entlang. Hinter ihnen verließen weitere Menschen den Saal und andere strömten wieder hinein.

Ab vom Trubel wirbelte Fabian schließlich herum und sah ihn mit wilden Augen an.

Bevor Izaak etwas sagen konnte, riss ihn Fabian an sich und drückte ihn, als wollte er ihm die Luft abschnüren. Izaak bildete sich ein, zu spüren, wie rasend Fabians Herz schlug. Mit seiner freien Hand fuhr er um dessen Seite und erwiderte die Umarmung. Erst das schien Fabian zu beruhigen und statt Izaak zu quetschen, fühlte dieser, wie Fabian sich in die gegenseitige Berührung lehnte. Izaak war kurz davor, leise zu stöhnen, so gut fühlte sich dies an. Viel zu früh löste sich Fabian und trat einen Schritt zurück. Die Hände hatte er noch an Izaaks Oberarmen und Izaak war sehr versucht, die wenigen Zentimeter, die sie trennten, einfach wieder zu überwinden.

Mit einer Intensität, die nun sein Herz höherschlagen ließ, sah ihn Fabian an. »Danke! Danke, du weißt nicht, was mir das bedeutet.«

»Doch, ich denke schon. Du hast es ja ziemlich eindrucksvoll geschildert.«

Fabian schüttelte den Kopf und sah Izaak immer noch an, als wüsste er nicht, ob er ihn durchrütteln oder küssen sollte. Izaak wusste, welche Option er wählen würde, verdrängte aber die ungewollten Gedanken sofort wieder.

»Ich bin so erleichtert, ich weiß gar nicht, was ich mit mir anfangen soll.«

Erneut hatte Izaak, die ein oder andere Idee, wie überschüssige Energien verarbeitet werden könnten, doch abermals verkniff er sich einen Kommentar und sagte nur das, was er jedem anderen Mandanten sagen würde: »Es war wirklich nichts Besonderes. Und es freut mich einfach, dir helfen zu können.«

»Wir sollten feiern. Ich lade dich ein! Lass uns was trinken gehen.«

»Gleich heute?«

»Von mir aus sofort.« Fabian strahlte ihn an, wie Izaak ihn noch nie hatte lachen sehen.

Unfähig, sich von der Euphorie nicht anstecken zu lassen, tat er es ihm gleich und sein Mund verzog sich zu einem breiten Grinsen. Siedend heiß fiel ihm jedoch eine weitere Verpflichtung ein, die seine Stimmung sofort wieder dämpfte. »Heute kann ich nicht. Ich hab schon was vor.«

Das schien auch Fabians Laune etwas abzukühlen. Sogleich trat er einen Schritt zurück und nickte. »Natürlich. Entschuldige, ich weiß nicht, was ich gedacht habe. Es …«

»Nein, Fabian so ist es nicht. Ich kann das nur heute absolut nicht verschieben.«

Ein Lächeln kam zurück auf Fabians Gesicht. Diesmal weicher und gleichzeitig entschlossener. Das Strahlen war gewichen, aber an dessen Stelle war Verständnis getreten. Izaak fluchte innerlich vor sich hin. Er würde Fabian nicht erzählen, dass seine Mami ihn zum Essen einbestellt hatte. Der Grund, der dahintersteckte, wäre viel komplizierter, als dass er ihn hier auf dem Flur erläutern konnte. Außerdem vermied es Izaak, über seine Familie zu reden, so weit es nur möglich war. Oftmals bekamen die Leute, denen er sich anvertraute, große Augen, wenn sie erfuhren, wer sein Vater war. Das war teilweise schon die positivste Reaktion. Izaak war es so leid, erklären zu müssen, dass sein Leben weder glamourös war, noch dass er seinen Vater um Champions League Karten bitten würde. Wie manche Menschen denken konnten, dies zu fordern sei eine angemessene Reaktion auf die Kenntnis, wer er war, würde ihm ewig ein Rätsel bleiben.

Aber in dem Moment fragte er sich, ob er seine Maxime über Bord werfen sollte, um Fabian irgendwie an seinen Vorschlag auszugehen, binden zu können. Doch der schien diesen schon abgehakt zu haben.

»Vergiss es. War nur eine Schnapsidee in der Hitze des Gefechts. Hab du viel Spaß heute Abend. Gibt es sonst noch was? Oder sind wir dann fertig?«

Izaak spürte, wie seine Backenzähne zu mahlen begannen. Frustrierend. Anscheinend hatte er es sich nicht eingestanden, aber tief in sich hatte er wohl gehofft, heute sei nicht der letzte Tag, an dem sie miteinander zu tun hatten. Sicher, sie würden sich im Fitnessstudio wiedersehen und höflich Grüße austauschen. Und das war's dann? Anscheinend war es das. Denn sie waren fertig. Es gab nichts mehr zu tun. Hilflos zuckte er mit den Schultern.

»Nein, das war alles. Du kriegst noch die Sitzungsabschrift und so von uns per Post, aber dann … aber lass uns doch vielleicht mal nächste Woche treffen!«

Langsam ging Fabian ein paar Schritte rückwärts. »Ja, klar. Wir sehen uns sicher im Studio.« Er hob die Hand und nickte, immer noch mit diesem ruhigen Lächeln im Gesicht. Gott, wie konnte jemand, der noch vor wenigen Minuten ein berstendes Nervenbündel gewesen war, sich so unter Kontrolle bringen? Komplett frustrierend.

»Nein, ich meinte eher …«

Doch Fabian ignorierte ihn einfach und winkte ab. »Gut. Dann … danke noch mal. Für alles. Wir sehen uns.« Mit den Worten drehte er sich um und joggte den Flur entlang.

*Im Studio? Komplett für'n Arsch!* War es professionell, jemandem, der technisch noch sein Mandant war, genau das hinterher zu brüllen? Vermutlich nicht. Also Fall abgeschlossen. Im wahrsten Sinne des Wortes.

Dass der Abend ein Desaster werden würde, hätte Izaak in dem Moment erkennen müssen, als er angekommen war und Nick sich bereits in der Küche bei ihrer Mutter befand. Die Blicke, die ihm seine Familie zuwarf, konnte Izaak auch nur begrenzt ausblenden. Diese alte Mischung aus Mitleid, Sorge und Besserwisserei ließ Schlimmstes befürchten.

Mittlerweile saßen sie alle um den Tisch und die Kohlrouladen seiner Mutter dufteten, dass sich Izaak kaum mehr zurückhalten konnte, um sie nicht einfach in sich hineinzustopfen. Bevor er jedoch den ersten Bissen nehmen konnte, begann sein Vater sinnbildlich Säure in seinen Magen zu gießen und ihm das Essen gänzlich zu verderben. »Also. Izaak. Was gibt es denn Neues?«

Izaak setzte die Gabel ab, die über seinem Teller schwebte. An der Spitze ein Stück Roulade und ein Eckchen Kartoffel, die ihn, in Soße getränkt, hämisch anzugrinsen schienen. *»Wir sind so lecker. Aber du wirst uns heute nicht genießen«*, war es, was sie ihm zuwisperten. Begleitet von hämischem Gelächter, wie es nur gekochtes Essen von sich geben konnte, das er nie verzehren würde. Es war eine Schande. Die wahre Natur der Frage seines Vaters wäre nicht so offensichtlich gewesen, hätte nicht Nick wie irre mit seinem Bein gewippt und wäre nicht seine Mutter jedem seiner Blicke ausgewichen. Nick, dieser Verräter!

»Nichts gibt's Neues. Heute habe ich erfolgreich einen Fall beendet.«

Seine Mutter schob Schüsseln vor sich hin und her. Nick tippte mittlerweile auch mit seinem Finger auf der Tischplatte, während sein Vater Izaak eisern weiter beobachtete, als könne er ihm die Wahrheit aus der Nase ziehen.

»Wir …«, sein Vater räusperte sich, »haben gehört, du hast jemanden kennengelernt.«

Es war eine simple Aussage. Aber in seiner Familie war dieser Umstand gleich einer Handgranate, an der der Stift bereits gezogen war. Niemand wollte das Ding anfassen und jeder wusste, es würde in jedem Moment detonieren. Zumindest kam sich Izaak so vor.

Die Müdigkeit, die ihn erfasste, fraß ihn schier auf.

Er legte sein Besteck nieder. Nicht nur, dass er genau dasselbe Gespräch am Tag zuvor bereits mit Nick geführt hatte; nein dieser hatte ihn noch hintergangen und war zu ihren Eltern gerannt, obwohl er ihn angefleht hatte, es nicht zu tun. Er sah seinen Bruder direkt an. Immer nach dem Motto *Angriff ist die beste Verteidigung* brauste der auf: »Schau mich nicht so an. Es ist nur zu deiner Sicherheit.«

»Wir machen uns doch nur Sorgen«, stimmte seine Mutter zu und sein Vater starrte weiterhin nur. »Wir wollen doch, dass du jemanden findest, aber warum willst du dich nicht mit jemandem treffen, von dem wir wissen, dass er vertrauenswürdig ist? Ich verstehe dich nicht. Erst letzte Woche habe ich dir die Nummer von Magdas Sohn gegeben. Du hast dich noch immer nicht bei ihm gemeldet.«

»Und wenn du dich nicht mit Rouven treffen willst«, fiel ihr Nick ins Wort, »musst du zumindest sorgfältiger in deiner Auswahl sein. Du kannst dich nicht mit irgendwelchen dahergelaufenen Typen einlassen.«

Langsam schob Izaak seinen Stuhl zurück, um sich Luft von diesem Tisch zu verschaffen, Abstand von einer Familie, die ihn erdrückte. Mit Sorge. Die Liebe war langsam nicht mehr wahrnehmbar unter all ihrer Besserwisserei. Er bereute Fabians Angebot, den Abend miteinander zu verbringen, nicht angenommen zu haben. Stattdessen saß er hier auf dem heißen Stuhl.

»Ich kann nicht glauben, dass du mir das antust, Nick.«

»Nick hat das Richtige getan.« Die Stimme seines Vaters war laut über den Tisch hinweg. »Wir reden dir nicht in dein Liebesleben. Aber du kannst nicht Sex an öffentlichen Orten haben. Du kannst dich nicht irgendwelchen Typen offenbaren, deren Absichten du nicht kennst. Du weißt, du kannst immer zu uns kommen, aber setz dich doch nicht unnötig Gefahren aus.«

»Welchen Gefahren denn? Andi hat uns in unserem Schlafzimmer gefilmt. Es gibt keinen Ort, an dem ich mich sicherer gefühlt habe. Wir waren zwei Jahre zusammen. Wie lange soll ich jemanden denn bitte kennenlernen, bis ich sicher weiß, was seine Absichten sind? Ich bin kein kleines Kind mehr. Wenn ich weitermachen will, muss ich mich der bösen, bösen Welt stellen. Ich bin euch dankbar, für das, was ihr getan habt. Wirklich. Und damals war es genau das, was ich gebraucht habe. Aber jetzt nicht mehr. Die Gewissheit, dass ihr immer für mich da seid, ist fantastisch. Auch, dass ich PR-Manager, Anwälte und was weiß ich noch wen zur Seite habe, falls mir noch mal so was passieren sollte, gibt mir eine gewisse Sicherheit. Aber nichts von alldem hätte das, was passiert ist, verhindern können. Nichts hätte Andi aufhalten können. Nur Andi selbst. Eure Lösung, mich unter eine Glasglocke zu setzen, funktioniert nicht für mich. So kann ich nicht leben. Ich kann nicht alles, was ich tue, dieser Angst unterwerfen. Wenn ich glücklich leben will, muss ich diese Angst loslassen. Und ihr mich! Ich kann nicht hier bei euch sitzen und darauf warten, dass mir irgendein Mann in den Schoß fällt, der euch passt.«

»Nein! Das musst du auch nicht. Aber siehst du denn nicht, dass dich dieser Kerl ausnutzt? Vielleicht vertrittst du ihn ja wirklich freiwillig, dass er dich nicht erpressen muss, aber sei doch ehrlich. Das sind ein paar Zufälle zu viel!«

»Und auf den Gedanken, dass er mit mir zusammen war, weil er mich mag, kommt ihr nicht? Wie zufällig wäre das bitte zur Abwechslung? Er weiß doch gar nicht, wer ich bin.«

»Woher willst du das wissen? Er kann das alles geplant haben. Wieso willst du dir nicht von uns helfen lassen?« Seine Mutter flehte ihn nahezu an.

Und da war sein schlechtes Gewissen wieder.

Die Erpressung mit dem Video hatte nicht nur ihm schweren Schaden zugefügt. Seine Mutter hatte unglaublich unter der Last gelitten und Izaak würde alles tun, um das rückgängig machen zu können. Irgendwann musste aber auch Schluss sein.

»Seht ihr denn nicht, dass ihr mir nicht helfen könnt? Ihr könnt so viele Background-Checks machen, wie ihr wollt, ihr werdet nie alles prüfen können.«

»Lass es uns doch wenigstens versuchen? Wieso gibst du denn von vornherein auf?«, wollte sein Bruder wissen.

»Ich gebe nicht auf! Ich mache weiter. Es hilft mir nichts, paranoid zu werden. Wenn ich jedem Menschen, dem ich begegne, mit Misstrauen entgegenkomme, macht mich das irgendwann kaputt.« Izaak stand auf. Er war gedanklich bereits auf dem Nachhauseweg.

»Du bist zu gutgläubig, Izaak.« Sein Bruder hörte sich so bitter an.

»Lieber gutgläubig als so verbittert wie du, Nick.«

»Mir reichts für heute. Sorry, Mum, dass du umsonst gekocht hast.«

Sein Abgang wurde aber unterbrochen von seiner Mutter, die aufsprang und ihm hinterherlief. »Warte.«

»Mum!« Izaak wusste, dass er sich wie ein weinerliches Kind anhörte. Der Abend hatte ihn aber genug Kraft gekostet.

Sie zog ihn in die Küche und befahl ihm, zu warten. Mit Tupperschüsseln bewaffnet hörte er sie zurück ins Esszimmer gehen und dort herumwerkeln. Zurück kam sie mit gefüllten Dosen, die sie ihm entgegenhielt und Izaak atmete tief ein.

»Ich weiß, wie gern du sie isst. Tut mir leid, dass wir dich überfallen haben. Aber als Nick erzählte … « Böse funkelte Izaak sie an. Beschwichtigend hob sie die Hand. »Ich weiß, das war nicht richtig. Aber es kam wieder alles hoch. Die Angst, die Hilflosigkeit, wie dieses Schwein mit dir umgegangen ist.« Unwillkürlich lachte Izaak. Seine Mutter fluchte nicht, nie.

»Mum, watch your mouth.«

»Ach hör mir auf. Wenn ich alles sagen würde, was ich über den denke.«

Izaak nahm ihr die Dosen aus der Hand und stellte sie auf die Ablage. »Es tut mir leid, Mum.«

»Es gibt nichts, was dir leidtun müsste.« Sie drückte ihn ganz fest. Ganz anders als es Fabian heute Nachmittag getan hatte, schoss es Izaak durch den Kopf. »Ich werde mich bemühen, meine Emotionen in den Griff zu kriegen und dir mehr zu vertrauen. Und ich rede mit den zweien.« Sie deutete mit dem Kopf aus der Tür hinaus. »Ihnen geht es wie mir. Auch wenn sie es nicht sagen können, sondern stattdessen machen wollen.«

Das war mehr, als Izaak zu hoffen gewagt hatte. »Danke, Mum. Danke.«

# Kapitel 7

## Fabian

Fabian fühlte sich seltsam erschöpft. Glücklich, aber erschöpft. Die Anspannung der vergangenen Wochen und das Adrenalin, das ihn durch den Gerichtstermin begleitet hatte, waren aus seinem Körper gewichen, doch irgendwie schien sich dieser noch genau daran zu erinnern, wie er sich gefühlt hatte.

Richtig entspannt war er immer noch nicht, obwohl ja alles gut ausgegangen war. Der Führerscheinentzug wurde in eine Geldstrafe umgewandelt, die ihn zwar schmerzte, aber nicht annähernd so, wie ihn der Verlust seiner Fahrerlaubnis getroffen hätte. Dann war da ja noch diese Umarmung gewesen. Auch wenn er Izaak nur in diesem kalten Flur in seinen Armen gehalten hatte, es hatte sich richtig angefühlt.

Die Abfuhr, die dieser gefolgt war, nicht so. Aber Izaak hatte mit seiner Reaktion, Fabians Einladung abzulehnen, richtig reagiert. Danach hatte er Izaaks Erklärungen gar nicht mehr hören wollen. Vor allem hatte ihn Izaaks erste Antwort, dass er schon eine Verabredung hatte, völlig aus dem Konzept gebracht. Und er war über seine eigene Kühnheit erschrocken, sodass er nur noch Reißaus nehmen wollte – was er dann auch getan hatte. Auch wenn ihr offizielles Verhältnis wohl beendet war, gab es keinen Grund, ihr persönliches in welcher Form auch immer, wieder aufzugreifen.

Dennoch zog sich Fabians Magen zusammen. Es wäre ja nur auf ein Getränk gewesen, um den Erfolg seines Falles zu feiern. Er wollte nicht darüber nachdenken, was Izaak jetzt gerade bei seiner Verabredung machte. Vielleicht war er mit einem weltgewandten Kollegen unterwegs, der sich nicht über die Speisekarten in einem Restaurant wie dem *Da Salvatore* wunderte. Neben ihm setzte sich seine Mutter auf die Couch und zwickte ihn in den Zeh.

»He! Für was war das?«

»Du hast gute Laune heute.«

»Und deshalb zwickst du mich?«

Sie grinste ihn an. »Ich freu mich, dass es dir besser geht. Du warst die letzten Wochen fürchterlich angespannt. Ich hab mir schon langsam Sorgen gemacht.«

»Das hast du gemerkt, ja?«

»Überraschenderweise gelingt mir so was immer noch, obwohl ich schlechter sehe.«

»Ach, Mama.«

»Fabian. Ich weiß, das ist hier alles anders, als du dir es vorgestellt hast. Dich um deine Mutter und Schwester zu kümmern. Vielleicht sind deshalb unsere Linien, was das Eltern-Kind-Verhältnis angeht, etwas verschwommen, aber vergiss nicht, ich bin immer noch deine Mutter – nicht umgekehrt. Und wenn dich was bedrückt, möchte ich es wissen. Du kannst immer was von deinen Sorgen abgeben, wenn du das willst. Du musst das nicht alles alleine schultern.«

Fabian setzte sich auf und legte seinen Arm um sie. »Du musst dir keine Sorgen machen. Wirklich. Es gibt nichts, was ich nicht schaffe. Aber du hast recht. Heute ist ein guter Tag und mir ist nach feiern zu Mute. Was sagst du dazu, wenn wir 'ne Flasche Wein aufmachen?«

»Und was feiern wir?«

»Dass du dir absolut überhaupt keine Sorgen machen musst, weil alles in Ordnung ist.«

»Ha, ha.« Sie strich ihm über den Kopf. So als wäre er wieder fünf. »Ich bin nicht kaputt, ja? Ich übernehme Verantwortung für diesen Haushalt, auch wenn ich auf dich angewiesen bin, für manche Dinge. Du musst dich auch um dich selbst kümmern! Versprich mir das! Denn lieber finde ich eine andere Lösung, als dass unsere Beziehung oder du darunter leiden.«

»Das weiß ich doch, Mama.« Fabian stand abrupt auf. Dieses Gespräch hatten sie schon so oft geführt. Er wusste nicht, wie er seiner Mutter klarmachen konnte, dass er immer für sie da sein würde, wenn Lena und sie ihn brauchten. Die Notwendigkeit dessen hatte ihm sein Vater, sein Vorbild, eingebläut.

Schon als kleiner Junge hatte er so sein wollen wie sein Vater. Er konnte darauf verzichten, viel zu früh an einem Herzinfarkt zu sterben, aber ansonsten wusste er immer, sein Vater hatte alles richtig gemacht. Nach dessen Tod war ihm das noch klarer geworden als zuvor.

Mit leicht geneigtem Kopf sah Sigrid ihn an. »Du solltest ausgehen, jemanden treffen. Oder ist das der Grund für deine gute Laune? Hast du jemanden kennengelernt?«

Na, wenn das nicht mal eine Frage war, die es in sich hatte. Kennengelernt hatte er jemanden. Dieser jemand war auch indirekt für seine Erleichterung zuständig. Aber mehr? Egal, ob er das wollte oder nicht. Es war besser, es zu lassen. Außerdem passten sie überhaupt nicht zusammen.

Seit wann gaben ein Anwalt und ein Bauarbeiter ein gutes Paar ab? Richtig. Nie. »Nein, Mama. Mir geht's einfach gut.«

Seine Mutter griff nach seiner Hand und zog ihn zurück auf die Couch. »Versprich mir, dass du dich nicht wegen uns abhalten lässt, einen Partner zu suchen. Bitte. Versprich mir das. Ich würde es mir nie verzeihen, wenn du dein Leben wegen mir nicht lebst.«

»Mama, hör auf! Ich verzichte auf nichts.«

»Ich weiß, wieso es mit Leon auseinandergegangen ist. Ja? Ich will nicht sagen, dass ich traurig bin, dass es so gekommen ist. Er ist kein guter Mensch, aber es lässt sich nun mal nicht leugnen, dass ihr noch zusammenwärt, wenn es Lena und mich nicht gäbe.«

»So, Schluss jetzt! Hör auf! Ich will nicht, dass du so über uns redest. Ich würde mich immer wieder so entscheiden.«

»Ich weiß und darüber bin ich froh, aber bitte gib nicht dein Leben auf. Es ist sicher jemand da draußen, der uns alle erträgt.«

Fabian schüttelte den Kopf. Er wollte niemanden, der seine Familie »ertrug«, er brauchte einen Partner, der zu ihm stand. Und da es so jemanden nicht gab, würde er sich mit Sex-Dates über Wasser halten. In dieser Deutlichkeit musste er seiner Mutter das aber nicht erklären.

»Ich verspreche es dir! Ich gebe mich nicht auf. Aber versprich du mir auch, mir zu glauben, wenn ich sage, ich brauche niemanden.«

»Jemanden brauchen und jemanden wollen sind zwei unterschiedliche Paar Schuh. Du darfst auch einfach mal was für dich wollen, Fabian.«

Er küsste seine Mutter auf die Schläfe. »Und jetzt will ich meinen Wein. Den hab ich mir verdient.«

Zwei Stunden später und eine Flasche Rotwein schwerer, war sich Fabian nicht mehr ganz so sicher, was er wollte. Seine Mutter war nach eineinhalb Gläsern beschwipst in ihr Bett verschwunden und er hatte sich fast den ganzen Rest gegönnt. Einfach so.

Leider wurde ihm jetzt aber auch wieder bewusst, wieso er es nicht mochte, betrunken zu sein. Er fühlte sich bedürftig. Er sehnte sich nach menschlicher Nähe. Er war nicht nur einfach horny. Leider. Das Problem ließe sich leicht lösen. Nein, seine langatmige Erklärung an seine Mutter, dass er niemanden brauchte oder wollte, war lang, lang vergessen.

Vielmehr rollten ihre Worte in seinem Kopf herum. Es war nicht das erste Mal, dass sie ihm diese gesagt hatte.

Ihre Freude, als er mit Leon zusammengekommen war, war fast größer gewesen als seine eigene. In ihre Euphorie hatte sich Erleichterung gemischt. Fabian wusste, dass sie ein schlechtes Gewissen hatte. Dafür gab es keinen Grund und dass er keine Beziehung hatte, lag nicht an ihr. Er verzog das Gesicht. Obwohl er das so in der Art zu Izaak gesagt hatte.

Nein, es lag weder an Lena noch an seiner Mutter. Es lag an seiner Unfähigkeit, dass er mit den Aufgaben, die er hatte, nicht zurechtkam, sobald er noch eine Beziehung in den Mix warf. Aber vielleicht hatte seine Mutter recht. Wenn er ganz ehrlich war, hatte er die gescheiterte Beziehung zu Leon genutzt, sich dahinter zu verstecken.

Dating war nicht so einfach und noch schwieriger, wenn noch seine Umstände hinzukamen, an denen er weder etwas ändern konnte noch wollte. Aber das war nicht fair. Weder sich selbst noch seiner Familie gegenüber. Hätte er einen Partner, würde dies das – wenn auch unberechtigte – schlechte Gewissen seiner Mutter lindern. Und deshalb sollte er sich doch schon ihr zuliebe wieder auf den Markt begeben.

Das hatte alles gar nichts mit Izaak zu tun. Gar nicht. Vielleicht ein bisschen. Durch sein alkoholisiertes Gehirn drang wieder die Stimme der Vernunft. *Sei ein Mann. Sei nicht selbstsüchtig.*

Aber war es wirklich selbstsüchtig, etwas für sich selbst – einen Partner – zu wollen? Seine Mutter dachte das nicht. Es war nur so schwer für ihn, dies zu trennen. Es war immer dasselbe. Alles oder nichts. Wie oft hatte er gehört, dass eine gewisse Mäßigung dienlich wäre. Jedoch wollte er keine halben Sachen machen. Nicht mit Izaak. Aaah. Schon wieder.

Ganz egal, woran er dachte, immer schlich sich Izaak wieder in seine Überlegungen. Egal, in welchem Zustand er sich gerade befand, in seinen Gedanken kam er immer wieder zurück auf Izaak.

Der Fernseher lief vor ihm und er streckte sich auf seinem Bett aus. Izaak. Die Erinnerung an seinen Körper war so klar, als wäre es erst gestern gewesen, dass er in diesem Büro über seinen Rücken gestrichen hatte. Bevor Fabian seine Hand zwischen seine Beine wandern lassen konnte, vibrierte sein Telefon in der Gesäßtasche. Er hob sein Becken und fischte es heraus. Mit zusammengekniffenen Augen sah er es an.

Hatte er es geschafft, Izaak durch sein Gedankenspiel zu sich in sein Schlafzimmer zu bringen? Ah, er war nur in seinem Handy. In seinem Zustand sollte er die Nachricht gar nicht lesen. Denn lesen führte zu denken, führte zu irgendetwas, führte dazu, dass er antworten würde. Und Fabian war in keinem Zustand, in dem er irgendjemandem schreiben sollte. Vor allem nicht Izaak. Mit einem Wischer hatte er die Nachricht geöffnet.

*Na, wie ist dein Abend? Ich bereue es, nicht auf dein Angebot eingegangen zu sein. Meinen Termin würde ich am liebsten ungeschehen machen.*

Ah, und als Izaaks Abend den Bach hinunterging, hatte er an ihn gedacht.

Fabians Brust wurde ganz warm. Von der Stelle aus, an der sich vermutlich sein Herz befand, breitete sich ein Strahlen aus. Er rieb sich über das Brustbein. Das passierte nahezu jedes Mal, wenn er Izaak sah, ihn hörte, sich an ihn erinnerte. Warum nur schaffte er es nicht, ihn abzuschütteln?

Noch mal las er die Nachricht. *Nicht antworten*, befahl er sich. Hörte sich Izaak nicht irgendwie hilflos an? Was war bei diesem Treffen geschehen? Schnell flogen seine Finger über das Display.

*Bist du in Ordnung? Was ist denn passiert?*

Sofort erschienen die Pünktchen im Antwortfeld und Fabian musste nicht lange warten, bis die Nachricht erschien.

*Es ist alles in Ordnung. Es ist auch nichts Neues. Es ist nur frustrierend.*

*Und da kam ich dir in den Sinn?* Noch bevor er seine Worte überdenken konnte, hatte er sie abgeschickt und sofort verzog er das Gesicht. Was war in ihn gefahren?

*Klar. Du wärest die Alternative gewesen und ich beiße mich in den Hintern, dass ich mich nicht dafür entschieden habe.*

*Ich hätte gedacht, du würdest vielleicht Tobi anrufen.*

*Der hat keine Zeit, der ist auf einem Date. Und er meinte, der Einzige, den es interessiert, wärest wohl du … also …*

Fabian grinste. Und seine Mauern, die er so sorgfältig errichtet hatte, waren nicht nur durchlässig heute Abend. Nein, sie hatten Tore, die sperrangelweit offen standen und durch die er offensichtlich einen roten Teppich ausgelegt hatte.

*Ich habe auch gerade an dich gedacht.* Anscheinend hatte er absolut keinen Filter heute Abend.

*Ja? :-)*

Er schüttelte den Kopf. Niemals hätte er das Handy in die Hand nehmen sollen. Während er noch überlegte, was er antworten wollte, hatte Izaak bereits noch mal geschrieben.

*Was sagst du dazu? Wir könnten uns immer noch treffen, der Abend ist noch jung.*

Fabian legte das Telefon weg. Dafür war es zu spät. Er war ja nicht mal mehr zurechnungsfähig genug, um zu texten. Fabian schloss die Augen und rief sich Izaak vor sein inneres Auge. Neben ihm begann sein Handy zu klingeln und er schreckte auf. Mit spitzen Fingern hielt er sein Telefon hoch und schüttelte ungläubig den Kopf. Ohne nachzudenken, nahm den Anruf an.

»Ja?«

»Sorry. Ich wollte dir nicht zu nahetreten.«

»Da dachtest du, da rufst du vorsorglich gleich noch durch?« Fabian lachte.

Izaak sog am anderen Ende der Leitung merklich die Luft ein. »Ah, ja, das war wohl nicht die beste Idee? Aber ich wollte nicht mehr warten, sondern dich überreden, noch auszugehen. Wir müssen noch auf deinen Erfolg anstoßen.«

Sein filterloses Mundwerk übernahm für Fabian den Rest und völlig überrascht hörte er sich sprechen. »Eigentlich wollte ich nicht nur den Fall feiern. Ich wollte mich mit *dir* verabreden.«

Izaaks Lachen kam durch den Lautsprecher. »Das hatte ich gehofft. Ich meine, du hattest bei dem Abendessen deutlich gemacht, dass du nicht mehr wolltest und natürlich respektiere ich das. Aber irgendwie … «

»Es wäre auch ein Desaster. Aber ich will dich so gerne wieder spüren.« *Ups !* »Bevor du dich gemeldet hast, dachte ich, wie schön es wäre, wenn du bei mir wärst.«

»Okay, das kommt jetzt überraschend.«

»Für mich nicht.«

»Dann treffen wir uns?«

»Nein.«

»Nein?«

»Neeein.« Der weinerliche Laut konnte Fabians Bedauern nicht annähernd ausdrücken. »Ich bin betrunken. Ich kann nirgendwo hinfahren.« Er presste die Augen zusammen. Was laberte er hier Izaak voll?

Dieser lachte weiter vor sich hin. »Jetzt ergibt das alles mehr Sinn. Ich hatte mich schon gewundert, was mit dir los ist.«

»Ich vermisse dich nur. Deine weiche Haut. Ich will dein Tattoo anfassen.« Fabian verfiel in ein Flüstern, so als ob er mit Izaak ein Geheimnis teilen wollte. »Alle deine Piercings suchen.«

»Oh, mein Gott.« Izaaks Gekicher befeuerte Fabians Gemütszustand nur mehr. Aus dem warmen Strömen, das aus seinem Brustkorb gekommen war, hatte sich ein Lavafluss entwickelt, der anscheinend nur dazu diente, seine Lenden zu befeuern. Seiner Erektion nach zu urteilen mit vollem Erfolg. So schwindlig wie ihm war, schien sämtliches Blut tatsächlich direkt von seinem Herzen zu seinem Schwanz zu wandern, ohne sich die Mühe zu machen, bei seinem Gehirn vorbeizuschauen. Hörte sich Izaak auch bereits etwas entfernt an?

»Ich habe dich noch nie betrunken erlebt.«

Fabian stieß die Luft durch die Nase. »Deshalb. Ich bin ein fürchterlicher Betrunkener. Außerdem muss ich immer fahren.«

»Du täuschst dich gewaltig. Du bist der hinreißendste Betrunkene, den ich je gehört habe.«

»Hinreißend, ha? Warum nicht gleich süß? Treib ruhig den Nagel tiefer in mein Ego. Da will ich dich beeindrucken und du nennst mich hinreißend?« Fabian rieb sich wieder über die Brust und hinab zu seinem Bauch. »Und jetzt lachst du mich auch noch aus.«

Er konnte Izaak unter seinem Gekichere kaum verstehen. »Ich lache dich nicht aus. Es ist nur so … erfrischend … diese Seite an dir kennenzulernen.«

»Du kannst noch viel mehr an mir kennenlernen.« In seiner Vorstellung gab er ein sexy und verführerisches

Knurren von sich. Izaaks Gejapse nach Luft zufolge, gelang ihm das aber vielleicht nicht so gut, wie er es sich dachte.

»Bitte, kann ich zu dir kommen? Ich würde dich so gerne so sehen. Sobald du ausgenüchtert bist, wirst du alles leugnen und ich bedauere das jetzt bereits. Du solltest wirklich erkennen, wie niedlich du bist.«

Fabian lächelte bei dem Gedanken von Izaak hier bei sich, jedoch ernüchterte ihn die Vorstellung auch. So milde wie möglich versuchte er, Izaaks Wunsch zurückzuweisen. »Das geht nicht. Meine Ma und meine Schwester sind hier … Das geht nicht.«

Izaaks Lachen wurde leiser und mit beschwichtigender Stimme antwortete er: »Es ist trotzdem schade, dass ich dich nicht so sehen kann.«

»Na ja, ich weiß nicht. Ich bereue bereits jetzt jedes zweite Wort.«

»Das befürchte ich. Bitte tu es nicht. Oh, ich habe eine Idee. Bevor du dir einreden kannst, dass das heute nicht absolut perfekt war, triff dich mit mir. Morgen.«

Izaak machte es ihm nicht leicht. Aber wollte er *leicht?* »Das geht nicht. Ich muss arbeiten. Hab mir nur für den Termin freigenommen und bin den ganzen Tag auf der Baustelle. Das … nee, das wäre morgens zu früh und abends zu spät.«

»Hm …« Die Laute, die Izaak von sich gab, schienen sein Denken zu begleiten wie Hintergrundmusik. Fabian könnte ihm ewig zuhören. Erneut schloss er die Augen und genoss die Geräusche, die durch das Telefon kamen.

»Ich könnte dir ewig zuhören.«

Izaaks Antwort wurde begleitet von seinem Lächeln. Fabian konnte es in seinem Ton hören. »Was sagst du dazu, dass wir uns am Samstag vormittags treffen? Ich will zum Markt und … Oder findest du die Idee blöd?«

»Alle deine Ideen sind einfach fantastisch. Ich kann es nicht erwarten, dich wiederzusehen.«

»Oh, du wirst all das morgen früh so sehr bereuen. Was mach ich nur mit dir? Versprich mir, nicht den Schwanz einzuziehen und nicht zu viel darüber nachzudenken, was wir geredet haben. Ich will dich richtig treffen, bevor wir uns wieder zufällig über den Weg laufen und du dich vor mir wegduckst.«

Fabian presste die Lippen zusammen, um nicht los zu kichern wie Lena. Leider verhinderte dies auch, dass er antworten konnte.

In einem Ton voller Irritation hörte er Izaak: »Hallo, bist du noch da?«

»Du hast Schwanz gesagt«, prustete Fabian los.

»Halleluja, was hast du bitte getrunken, dass du zum Kleinkind mutierst? Hey! Konzentriere dich. Versprich mir, dass du am Samstag mitkommst.«

»Ich verspreche dir alles. Du bist so lustig.«

»Ich werde dich finden, falls du mich versetzt. Versprich mir, dass du dir keine Gedanken machst.«

»Versprochen.«

Izaak seufzte. »Na, da bin ich gespannt.«

Fabian hatte fantastisch geschlafen. Traumlos. Und er war so erholt aufgewacht, als hätte er zwei Nächte im Tiefschlaf verbracht. Dieser Zustand reichte so lange an, bis sein Blick an seinem Handy hängenblieb. Sein Gesicht zog sich zusammen, als hätte er in eine Zitrone gebissen.

Wieso nur hatte er Izaaks Nachricht gelesen? Wieso hatte er gedacht, zu antworten wäre eine gute Idee?

Er wälzte sich durch sein Bett in der Hoffnung, er könnte die Korrespondenz des gestrigen Abends aus seiner Erinnerung löschen. Diese war jedoch eingebrannt in sein Gehirn.

Frustriert nahm er sein Telefon und scrollte durch den Verlauf. Unter seiner letzten Nachricht hatte Izaak einen Kuss-Smiley geschickt. Den hatte er gar nicht mehr gesehen. Da das Telefonat natürlich nicht sichtbar war, ergab der Smiley keinen Sinn. Sein Finger schwebte über den Infobutton des Gesprächs. Nur ein Klick und er könnte diese Peinlichkeit, die zu dem ausschweifenden Telefonat geführt hatte, auf die Datenmüllhalde schicken.

Bei der Erinnerung an Izaak kroch jedoch auch die aufgeregte Nervosität des Abends zuvor aus jeder Ecke seines Körpers und wollte die Euphorie, die sie im Gepäck hatte, schon wieder auf ihn loslassen. Er fühlte sich wie ein Teenager. So was endete im Regelfall nicht gut. Er musste erst mal nachdenken. Das ging am besten mit einem gewissen Abstand. Und er würde nichts überstürzen. Und nichts löschen, was dann verschwunden blieb. Schnell schob er die App weg und legte sein Handy zur Seite.

Aber auf keinen Fall würde er zum Markt gehen. Auf keinen Fall. Niemals. Vielleicht. Ausgeschlossen. Gegebenenfalls würde er nochmals darüber nachdenken. Wann war er das letzte Mal auf einem Markt gewesen?

Der Rest der Woche verlief zum Glück so, dass er nicht viel Gelegenheit hatte, über Izaaks Bitte, sich zu treffen, nachzudenken.

Die Baustelle, der er zugeteilt war, stand unter Zeitdruck und sie hatten immense Probleme, den Bauabschnitt wie geplant fertig zu stellen. Lenas Logopädietermin erreichte er gerade so, um danach wieder zurück zur Arbeit zu fahren. Das schlechte Gewissen, weil er einen Tag Urlaub genommen hatte, tat sein Übriges und er setzte alles daran, niemanden in seinem Umfeld Umstände zu bereiten.

Der Stress der Woche steckte ihm in den Knochen und er redete sich ein, dass dies auch der Grund war, wieso er nicht ins Studio gegangen war.

Sollte es wieder so weit sein, dass er Izaak aus dem Weg ging? Sie waren doch nicht mehr im Kindergarten. Wieso nur waren sie – oder vielmehr er – wieder so weit wie schon vor ein paar Wochen? Es war die Erschöpfung. Ganz sicher. Er konnte es sich also gar nicht erlauben, sein Wochenende auf irgendeinem Markt zu verbringen.

Es hätte ihn also erstaunen sollen, dass er samstagmorgens um acht fertig geduscht in der Küche stand. Warum nur tat es das nicht? Izaaks Nachricht vom Abend zuvor schwirrte durch seinen Kopf. Uhrzeit, Platz und genaue Anweisungen, wo sie sich auf dem Markt treffen würden. Und wieder ein Kuss-Smiley. Keine Frage, keine Bitte. Nur, dass er sich freute.

Vorsichtig goss Fabian seinen Kaffee in einen Thermobecher. Lena schlief noch und seine Mutter hörte er bereits im Bad. So sicher er sich war, dass sie ekstatisch wäre bei der Aussicht, dass er eine Verabredung hatte – wenn es das denn war, wohin er unterwegs war – er wollte jetzt nicht darüber reden. Er würde ihr eine Nachricht schreiben, dass er den ganzen Tag über unterwegs war.

Letztendlich war er froh, zeitig aufgebrochen zu sein.

Die Fahrt über den mittleren Ring dauerte wieder länger als erwartet und er parkte so rechtzeitig, aber gefühlt kilometerweit entfernt vom Treffpunkt, um gerade noch pünktlich anzukommen.

Mit jedem Schritt, den er dem Platz näherkam, wurde ihm mulmiger zu Mute. Eine komplette Schnapsidee – er hätte niemals hierherkommen sollen. Vermutlich war Izaak nicht mal da. Oder rechnete gar nicht damit, dass er auftauchte. Er hasste seine Unsicherheit. Wenn er sich mit jemandem zum Sex traf, hatte er dieses Problem nicht. Da war die Sachlage klar. Aber das hier war etwas anderes und er wusste nicht, wohin es führen sollte. Es war ihm zutiefst zuwider, derart die Fäden aus der Hand zu geben.

Vor ihm lag der runde Platz, um den sich die Stände aneinanderreihten. Im Zentrum befanden sich ebenfalls mobile Läden, um die sich die Besucher scharten.

In geschäftigem Treiben liefen die Einkäufer von Anbieter zu Anbieter und unterhielten sich mit den Geschäftsleuten oder anderen Besuchern. Irgendwie schien jeder jeden zu kennen oder es darauf anzulegen, jemandem ein Gespräch aufzudrücken. Trotzdem wirkte das ganze Spektakel auf Fabian als Außenstehenden nicht abschreckend.

Am Rande des Eingangs, zwischen Fisch- und Blumenstand, sah er Izaak. Das schwarze Haar in den Augen, in Jeans und Turnschuhen hatte er wieder nichts von dem Anwalt, der ihn unter der Woche vertreten hatte. Aber Fabian fühlte sich nicht weniger zu ihm hingezogen.

So als ob er seine Ankunft bemerkt hätte, schaute Izaak auf und schien einen Moment zu zögern.

Verdammt. Er wusste, er hätte nicht kommen sollen. Doch im selben Augenblick breitete sich ein Strahlen von Izaaks Augen über sein Gesicht aus, sodass Fabian der Atem stockte. Und diesem Mann hatte er die Ohren voll geheult, er wolle ihn wieder berühren? Sein Kopf fühlte sich an, als würde er jede Sekunde überkochen. Jedes betrunken gesprochene Wort kroch zurück in sein Bewusstsein und lud einen Kübel Scham nach dem anderen über ihm aus, sodass er langsam, aber sicher das Gefühl hatte, darin zu ertrinken. Shame-water-boarding oder so. Er konnte Izaak nicht mehr in die Augen sehen.

Verdammt! Er wollte ihn überhaupt nicht mehr sehen. Ob jetzt der perfekte Moment war, auf dem Absatz kehrt zu machen und zurück zu seinem Wagen zu sprinten? Ja. Doch. Izaak würde sicher überrascht sein und ihn nicht einholen. Mit jedem Schritt näher wurde ihm übler und er hoffte, irgendwie würde das Schicksal ihn davor bewahren, Izaak gegenübertreten zu müssen.

Nur wenige Schritte von ihm entfernt, schob sich Izaak von der Außenwand des Wagens, an der er soeben noch gelehnt hatte, weg und ging schnell auf Fabian zu. Irritiert starrte Fabian ihn an. Wollte Izaak auch weglaufen? Doch er legte die paar Meter, die sie trennten, zurück, indem er gezielt auf Fabian zusteuerte. Izaak blieb vor ihm stehen, nahm sein Gesicht zwischen seine Hände, stellte sich auf seine Zehenspitzen und drückte seinen Mund auf Fabians. Nicht sonderlich intensiv, ganz ohne Zunge. Seine Lippen griffen nur nach Fabians in einer trockenen, innigen Umarmung. So schnell er den Kuss begonnen hatte, so schnell beendete er ihn wieder und trat einen Schritt zurück.

»So. Jetzt hast du was anderes, über das du dir Gedanken machen kannst.«

Er drehte sich um und deutete auf die Aussteller hinter sich. »Das ist der Markt. Sehr übersichtlich, aber ich kriege hier alles, was ich brauche. Willst du was einkaufen?«

Immer noch wie vom Donner gerührt, sah ihm Fabian hinterher. Als er nicht antwortete, wandte Izaak sich ihm wieder zu. »Ich hoffe, das war okay. Du hast so panisch ausgesehen. Ich wusste einfach nicht, was ich machen sollte, damit du diesen Blick verlierst.« Er deutete dabei in Fabians Gesicht. »Du hast ausgesehen, als würdest du jede Sekunde in Ohnmacht fallen. Das musste ich verhindern.« Mittlerweile schien er doch an seiner Aktion zu zweifeln. »Shit. Das war nicht okay? Aber du musst zugeben, du denkst jetzt nur noch daran.« Aus seinem zerknirschten Gesicht blinzelten Fabian zwei glitzernde Augen hoffnungsvoll an.

»Es war hauptsächlich überraschend und ja, dein Ziel hast du erreicht.«

Izaak deutete mit seinem Kopf in Richtung des Marktes. »Bereit, diese einzigartige Erfahrung mit mir zu erleben?«

»Der Markt?«

»Wochenendeinkauf mit mir!«

So neckend Izaak sprach, Fabian bildete sich ein, einen Funken Unsicherheit hinter Izaaks Worten und in seiner Stimme zu bemerken. Das Letzte, was er wollte, war, dass sich Izaak in seiner Gesellschaft nicht wohlfühlte. Aber dieses kurze Zögern, dieses Abwägen gab ihm das Gefühl, sich nicht als Einziger auf ungewohntem Terrain zu befinden. Nicht allein mit dieser seltsamen Emotion zu sein, die ihn immer begleitete, wenn er an Izaak dachte, ihn sah. Eine Hoffnung, dass da mehr zwischen ihnen sein könnte. Auch wenn ihm dieses Eingeständnis höllisch Angst machte.

Falls er falsch lag und Izaak sich einfach ein bisschen verschluckt hatte, was seine Stimme zum Zittern gebracht hatte, würde es Fabian schnell genug merken. Mit dem Willen eines Gladiators, der nichts zu verlieren hatte und der sich diese Chance nicht entgehen lassen konnte, griff er nach Izaaks Hand. »Bereit werde ich nie sein. Das heißt aber nicht, dass ich es nicht wagen werde.«

# Kapitel 8

## Izaak

Als Fabian seine Hand genommen hatte, wäre Izaak beinahe über seine Füße gestolpert und hätte sich der Nase nach hingepackt. Es war nicht nur der Überraschung, Fabians raue Haut zu spüren, geschuldet, sondern vielmehr, dass Fabian tatsächlich gekommen war, dass er da war und dass er anscheinend blieb.

Nachdem er am Abend zuvor keine Antwort auf seine Nachricht erhalten hatte, war er sich sicher gewesen, Fabian hätte beschlossen, ihn endgültig zu ignorieren.

Obwohl Izaak nicht von seinem samstäglichen Tagesplan abgewichen war, hatte er sich verboten, sich zu viel Hoffnung zu machen.

Und dann war Fabian auf ihn zugegangen. Mit einem Blick, als würde er sich am liebsten hinter der nächsten Ecke verstecken. Der Kuss hatte offensichtlich nicht nur Fabian, sondern auch ihn selbst etwas aus der Bahn geworfen.

Leider war die Haut-an-Haut-Sensation nur von kurzer Dauer. Schon beim ersten Stand, den sie ansteuerten, musste Izaak seine Hand aus Fabians Griff ziehen. Verständlicherweise machte keiner von ihnen beiden danach Anstalten, ihre Finger wieder ineinander zu schieben. Dennoch konnte er die Spannung zwischen ihnen, während ihres gesamten Besuchs, nicht leugnen.

Seine Einkäufe lenkten sie beide von dem so interessanten Telefonat von vor ein paar Tagen ab. Auch wenn

Izaak gern gehabt hätte, dass Fabian seine Worte wiederholte, konnte er ihn nicht dazu zwingen. Und es wurde langsam lästig, sie in einer ewigen Wiederholungsschleife in seinem Kopf abzuspielen. Es war eine gute Idee gewesen, sich an einem Vormittag zu treffen. Das sollte sie beide auf neue Gedanken bringen.

»Hey, Izi!« Marco war aus der Tür seines Wagens getreten und hielt eine Tüte hoch. »Dein Hackfleisch. Komm her, bevor es mein Vater noch weiterverkauft.« Marcos Vater Richard schüttelte im Wagen den Kopf, während er eine ältere Dame bediente.

»Du weißt, das würde ich nie wagen, Izi. Das Erste, was Marco morgens zur Seite gelegt hat, war dein Hackfleisch.«

»Und das ist sehr gut so, was sollte ich denn heute sonst essen?«

Marco und Richard lachten. »Eine Bestellung von unserem wichtigsten Kunden wird immer eingehalten.«

»Ich hol es ab, wenn ich nach Hause gehe, ja?« Er bezahlte seinen Einkauf bei Richard, während Marco die Tüte zurück in den Kühlschrank legte.

»Klar, alles wie jede Woche!«, bestätigte ihm der Metzger, als er ihm sein Wechselgeld gab.

Izaak genoss das Geplänkel. Natürlich kaufte er oft genug im Supermarkt ein, jedoch gehörte es zu seinen Highlights der Woche, zum Markt zu kommen. Er versuchte, ihn so oft wie möglich zu besuchen. Die Lebensmittel schienen mit einer speziellen Prise Freundschaft weitergegeben zu werden.

Nachdem er die wichtigsten Sachen, die er benötigte, besorgt hatte, steuerte er den kleinen Kaffeestand an. Fabian war ihm größtenteils schweigend, aber immer mit einem Lächeln auf den Lippen, gefolgt und hatte sein Treiben beobachtet. Obwohl sie dabei nur wenig reden konnten, fühlte es sich nicht unangenehm an, gemeinsam über den Platz zu schlendern.

Als sie bei dem kleinen Stehcafé ankamen, winkte ihm Isabell bereits zu. »Wie immer?«

»Wie immer!«

Mit Blick auf Fabian meinte sie: »Und deine Begleitung?«

Fragend sah ihn Fabian an. »Was nimmst du denn?«

Warum ihm die Frage heiße Ohren bescherte, wollte Izaak nicht näher hinterfragen. Milchkaffee mit Eierlikör, einem Sahnehäubchen und Schokostreuseln war völlig normal. Als er Fabian dies erklärte, presste dieser die Lippen zusammen. Jedoch hoben sich seine Wangen und seine Augen funkelten.

»Du hast völlig recht, das ist ein absolut normaler Kaffee.«

Izaak kniff die Augen zusammen und sein Mund spitzte sich. »Sie würden ihn ja sonst nicht anbieten, oder?«

Hinter der Theke hustete Isabell los.

»Was? Ist doch so.«

Während sie den beiden den Rücken zudrehte, um an dem Kaffeeautomaten zu werkeln, wackelte sie mit dem Kopf. »Nun ja. Du bist schon der beste Kunde, was diese Kombi angeht.«

»Na und? Das bedeutet doch nur, dass wenige Menschen guten Geschmack haben.«

»Hm. Oder auch nur, dass ein einziger Mensch guten Geschmack hat.«

Izaak runzelte die Stirn. »Was? Was soll das heißen?«

Isabell kam mit seinem Glas zurück und stellte es auf die Theke. Vorsichtig nahm Izaak sein Getränk entgegen. An Fabian gerichtet erzählte sie weiter: »Wir hatten *den Izi* mal in der Adventszeit als Spezial. Danach hat sich das Interesse schnell wieder gelegt. Nur Izi bestellt ihn weiter. Ich habe immer ein kleines Fläschchen Eierlikör dabei, um ihn zu machen.«

Der Mund klappte ihm auf und er starrte Isabell sprachlos an. »Das ist nicht wahr.«

Sie deutete schmunzelnd auf die Tafel, auf der das Angebot aufgeschrieben stand. »Siehst du den Punsch-Kaffee irgendwo?«

»Das ist furchtbar. Ich komme mir vor wie eine Diva. Wieso machst du das?«

Isabells Grinsen wurde immer breiter. »Weil du dich so schön freust. Und ich das jeden Samstag sehen will.«

Izaak knurrte in sein Glas und trat an den nächstgelegenen Stehtisch. Fabian stimmte in Isabells Lachen ein.

»Cappuccino«, bestellte er und stellte sich lächelnd zu Izaak. »Vielleicht probiere ich den Eierkaffee nächstes Mal.«

Mit dieser kurzen Bemerkung setzte sich ein Flattern in Izaaks Bauch fest. *Nächstes Mal.* Ja, sie würden ein nächstes Mal auf dem Markt haben. »Es ist kein Eierkaffee. Es ist eine leckere Kaffeespezialität mit Eierlikör.«

Isabell rief Fabian zur Theke und gab ihm seinen Kaffee. Aus dem Nichts tauchte Nadine neben Izaak auf und legte ihren Kopf auf Izaaks Schulter.

»Guten Morgen.«

»Guten Morgen um halb elf.«

Sie gähnte noch mal. »Es kann nicht jeder so ein Frühaufsteher sein wie du. Schweig still.«

»Hi, Nadine.« Isabell winkte ihr zu.

Als Fabian an den Stehtisch zurückkam, richtete sich Nadine auf. Sie stieß Izaak mit dem Ellbogen in die Seite und deutete auf Fabian. »Da.«

Izaak stieß sie zurück. »Pst.«

Fabian stellte seine Tasse ab und schaute zwischen Izaak und Nadine hin und her. »Hi.« Er lächelte Izaak an, der zurückgrinste. Nadine sah ihn mit zusammengekniffenen Augen an. »Du wusstest, dass er da ist?«

»Mh. Ja. Wir, ähm, sind gemeinsam da.«

Ein aufgewecktes Grinsen zog sich über ihr Gesicht. »Ihr seid miteinander da?«

»Izaak war so nett, mich mal mitzunehmen« erklärte Fabian diplomatisch und Nadine sah ihn mit hochgezogenen Augenbrauen an.

»Ja, so großzügig ist Izi.«

Isabell kam mit einer kleinen Kaffeetasse an ihren Tisch und stellte sie vor Nadine. Wie immer schenkte sie seiner Freundin das strahlendste Lächeln, das Izaak an ihr nur sah, wenn Nadine in der Nähe war. Wenn Nadine das nicht bald bemerkte, würde sich das noch ewig hinziehen. Da es, wenn Izaak darüber nachdachte, aber auch nicht seine Sache war, sich einzumischen, würde er es lassen und weiter amüsiert zusehen. Und wie immer schien Nadine nur Augen für ihren schwarzen Kaffee zu haben, den sie ansetzte und in einem Zug leerte. Langsam stellte sie die Tasse ab und öffnete ihre Augen. Mit dem Schlafzimmerblick eines Centerfold Models schlug sie die Augen wieder auf und sah Isabell an. »Was würde ich ohne dich tun?« Sie leckte sich einen Rest Kaffee von den Lippen und Isabell gab einen gequälten Laut von sich. Da Izaak diesen Ablauf gewohnt war, schüttelte er nur den Kopf und fragte sich zum wiederholten Mal, wie blind Nadine eigentlich war.

Als er wieder aufsah, konnte er noch beobachten, wie Fabians Blick zwischen den beiden Frauen hin und her huschte, bevor er Izaaks fand. Fabian hatte die Augen fragend weit aufgerissen, so als wollte er Izaak kommunizieren: *Bin ich der Einzige, der das hier bemerkt?* Izaak zuckte amüsiert mit den Schultern in der universalen Antwort: *Nein, bist du nicht.* Die Einzige, die nichts zu bemerken schien, war Nadine.

Schließlich hatte sich Fabian offensichtlich erholt und Isabell war längst in ihrem Wagen verschwunden. »Und kommst du auch öfter hierher, Nadine?«

Mit immer noch verzücktem Gesicht deutete sie hinter sich, einmal quer über den Markt. »Siehst du das lachsfarbene Haus hinter dem U-Bahn-Eingang über dem Thai-Laden?« Fabian sah ihrer Fingerrichtung hinterher, wobei er anscheinend zügig fündig wurde, seiner Mimik nach zu urteilen. Nadine fuchtelte weiter mit ihrem Finger herum. »Zweiter Stock. Das bin ich. Izaak hat den Markt durch mich kennengelernt. Und ich werde immer herkommen, denn Isabell hat den besten Espresso. Das Einzige, was mich am Wochenende wachkriegt. Aber bitte sagt das bloß nicht meinem Yogalehrer. Meinen Schülern predige ich, alles loszulassen, was sie hindert weiterzukommen, und selber trinke ich Kaffee. Ich sollte es echt lassen, aber ich schaff es nicht, auf Isabell zu verzichten. «

»Das scheint mir das eigentliche Problem zu sein«, murmelte Fabian kaum hörbar vor sich hin und Izaak musste lachen. Das Koffein hatte seinen Weg noch nicht ganz durch Nadines Körper geschafft, zumindest hatte es ihre Ohren wohl noch nicht erreicht.

Fragend sah sie Fabian an. »Wie bitte?«

»Ach, nichts.«

Izaak sah ihn schmunzelnd an. »Nadine kommt wirklich immer in allerletzter Minute. Da ihr Weg nicht weit ist, kann sie sich das erlauben.«

»Nur, dass ich nicht die Massen an Einkäufe habe wie du. Während ich also mit meiner zweiten Tasse Kaffee gemütlich nach Hause rolle, schleppt Izi seine tonnenschweren Taschen heim.«

Izaak sah auf den Boden um seine Beine, der vollgestellt war mit Einkaufstaschen, aus denen teilweise ellenlange Gewächse wie Lauch oder Blumen ragten. Er zuckte mit den Schultern. Es würde nicht das erste Mal sein, dass er so viel zu tragen hatte. Tatsächlich schien er regelmäßig zu vergessen, dass er anders als Nadine nicht direkt am Platz wohnte, sondern einen mehr oder minder langen Fußmarsch oder eine U-Bahnfahrt vor sich hatte. »Das geht schon.« Welche Route er wählen würde, wusste er noch nicht.

»Ich helfe dir natürlich.«

Izaaks Herz tat einen Sprung. Hatte er gehofft, Fabian würde ihm anbieten, ihn zu begleiten? Vielleicht. Es tat auch nichts zur Sache, da Fabian es tatsächlich getan hatte. Und dieser Umstand schickte eine Wärme durch Izaaks Brustkorb, nachdem sich sein Herz beruhigt hatte. »Das musst du nicht!«

Mit zusammengezogenen Augenbrauen sah ihn Fabian an. »Wenn du nicht willst, dass ich mitkomme, kann ich gehen, aber … «

»Nein, nein! Das hab ich nicht gemeint.« Verflucht und zugenäht, Höflichkeit wurde überbewertet. »Klar kannst du mitkommen. Ich meinte nur, ich trag mein Zeugs ja sonst auch nach Hause und … Aber du kannst gerne mitkommen.« Er schaute mit leicht geneigtem Kopf zu Fabian auf. Dieser konnte seinen inneren Konflikt zwischen gesellschaftlicher Norm und innerem Drängen, Fabian mit zu sich zu nehmen, anscheinend nicht erkennen und strahlte ihn nur an.

»Ich komme gern mit.«

»Oh, das ist ja …«, säuselte Nadine zwischen ihnen beiden.

»Halt die Klappe, Nadine, und hol dir noch einen Kaffee!«

Ein überraschter Laut fiel aus ihrem Mund. »Ist ja gut!« Lachend sah sie in die Tassen und Izaaks Glas. »Ich nehm das mal mit. Dann könnt ihr ja noch überlegen … was ihr jetzt macht.«

Während sie mit den Tassenhenkeln um ihre Finger losstapfte, hob Izaak seine Taschen an.

»Warte, ich nehm dir was ab.«

Fabian schnappte sich links und rechts eine große Tasche, während Izaak die restlichen nahm. Nadine winkte ihnen zu. Isabell, die neben ihr stand, verabschiedete sich ebenfalls.

»Wo müssen wir eigentlich hin?«, fragte Fabian. »Ich kann fahren.« Er deutete mit seinem Ellbogen in die entgegengesetzte Richtung, in die sie mussten, und erklärte, auf einem

Parkplatz bei der Kletterhalle zu parken, der fast so weit entfernt war wie Izaaks Wohnung.

Izaak deutete mit dem Kinn die Straße entlang. »Einfach die Thalkirchner Straße stadteinwärts. Wir können zu Fuß gehen, wenn es dich nicht stört. Es ist so schön sonnig.«

Mit einem Lächeln marschierte Fabian los. »Ganz und gar nicht.«

Sie gingen auf Nebenstraßen am Großmarkt vorbei und Richtung Schlachthofviertel. Die frisch renovierte Gegend strahlte eine Eleganz aus, die der Name nicht vermuten ließ.

»Wenn ich ehrlich bin, war ich heute etwas überrascht, dass du gekommen bist. Eigentlich hatte ich nicht wirklich damit gerechnet.«

Als sich Fabian zu ihm drehte, setzte Izaak schnell hinterher: »Ich freu mich. Wahnsinnig. Nur ich war überrascht. Irgendwie hatte ich Angst, du hättest dich genötigt gefühlt.«

Kopfschüttelnd lächelte Fabian. »Auch mich hat es überrascht. Wirklich vor, glaube ich, hatte ich es nicht. Andererseits … hatte ich ein Gespräch mit meiner Mutter …«

»Oh, ich hatte diese Woche auch ein Gespräch mit meinen Eltern.« Hastig presste Izaak die Lippen zusammen. Er merkte, wie verbittert er sich anhörte. In Anbetracht seiner und Fabians familiärer Situation gab es absolut keinen Grund, zu meckern. Er kam sich so verwöhnt vor. Und undankbar. Er hatte seine beiden Eltern und einen gesunden Bruder. Lena war vielleicht gesund. So genau wusste Izaak das aus der Akte nicht. Aber sie war doch irgendwie besonders. Und sie benötigte mehr Hilfe als manch anderes Kind, soviel war sicher. Nick brauchte keine Hilfe. Von niemandem. Er erinnerte ihn fast ein bisschen an Fabian. Hm … gab es einen brüderlichen Ödipuskomplex?

»Denkst du gerade an deine Eltern? Du verziehst dein Gesicht auf eine Art, die hätte ich bei einem Menschen nicht für möglich gehalten.«

Die trockene Bemerkung brach das Eis und Izaak grinste. »Nein und ja. Aber meine Gedanken waren schon auf Abwegen. Genug von mir. Du hast also deiner Mutter von diesem wunderbaren Kerl erzählt, den du kennengelernt hast und sie meinte darauf: *Izaak hört sich unglaublich toll an, du musst dich mit ihm treffen, mein Sohn.«*

Fabian lachte so heftig, dass die Taschen noch mehr wackelten als beim Gehen. Schließlich blieb er stehen und hielt sich die Seite. Als er wieder Luft holen konnte, nickte er. »Genau so war's. Das hat sie gesagt. Vor allem nennt sie mich *mein Sohn*. Und – hier bin ich.« Die eine Tasche hing mittlerweile auf seiner Schulter, während die mit dem kürzeren Griff an seiner Hand baumelte.

»Na dann richte deiner Mum mal schöne Grüße von mir aus. Sie hat einen gut bei mir.«

Grinsend standen sie sich gegenüber. Die Stimmung zwischen ihnen war einfach gelöst. Entspannt. Zum ersten Mal, seit sie sich kannten, hatte Izaak das Gefühl, dass sich Fabian wirklich wohl fühlte. Selbst beim Sex war er beherrscht gewesen. Izaak genoss diesen Fabian. Und er verspürte so etwas wie Stolz, dass er es war, bei dem sich Fabian so geben konnte. Langsam gingen sie weiter.

»Willst du erzählen, wie dein Gespräch mit deinen Eltern war?« Als Izaak seufzte, versicherte Fabian sofort: »Du musst mir nichts sagen. Nur, weil du es angeschnitten hattest …«

»Ach, ich jammere nur auf hohem Niveau.« Er schwang die Tasche zwischen ihnen hin und her. »Meine Familie hat einen gewissen Beschützerinstinkt entwickelt, was mich angeht. So als wäre ich hilflos und sie müssten mir stets zur Seite stehen.«

Fabian sah ihn abwägend an. »Den Eindruck machst du gar nicht. Wenn du deinen Anwaltsanzug anhast, hab ich fast ein bisschen Angst vor dir.«

Erneut lachte Izaak. »Danke. Das tut gut zu hören. Auch wenn ich dir kein Wort glaube. Der letzte Mensch, der Angst vor mir hatte, war Jonny Fenech. Das war in den Sommerferien, bevor ich in die erste Klasse kam. Er hat sich über mich lustig gemacht, weil … hm, warum eigentlich? Ich weiß es gar nicht mehr. Jedenfalls wollte meine Mum durchsetzen, dass ich die gesamten Ferien nicht mehr schwimmen durfte, weil ich Jonny einen Hang hinabgeschubst hatte. Frag mich nicht, wie ich das geschafft habe. Jonny war sicher sehr tollpatschig.«

»Ich bin entsetzt. Da dachte ich, du bist ein unbescholtenes Blatt, dabei hast du auch eine kriminelle Vergangenheit. Und so gewalttätig.«

Izaak schob seinen Oberarm leicht gegen Fabians und der konterte verbal. »Und du bist es immer noch.«

»Pfff. Als ob ich dich bewegen könnte. Hast du mich mal angesehen oder dich?«

Neben dem Spielerischen war noch etwas anderes in Fabians Stimme, als er antwortete: »Das hab ich!« Obwohl er Izaak nicht mal dabei ansah, bescherten diesem die Worte, trotz der Wärme der Spätfrühlingstage, eine Gänsehaut. Um davon abzulenken und nicht unnötig Bedeutung hineinzulegen, redete er weiter: »Jedenfalls hat meine Gran da nicht mitgemacht und mich immer mit zum Strand genommen.« Versonnen schaute er auf den Gehweg vor sich. »Sie ist die Beste.«

»Siehst du sie oft?«

»Leider nicht. Aus den jährlichen Besuchen sind unregelmäßige Trips geworden. Früher hatten wir sechs Wochen Sommerferien. Jetzt ist alles anders. Das letzte Mal, als ich länger da war, war während meines Studiums.« Er schluckte schwer.

Der Grund war nicht gewesen, dass er wieder einmal einen Sommer genießen wollte. Nach dem Video und der Erpressung war er sich sicher gewesen, er würde nicht nach Deutschland zurückkommen. Er war zu seinen Großeltern geflohen. Sie waren schon immer sein Zufluchtsort gewesen. Als das ganze Debakel auf ihn eingestürzt war und er nicht nur mit einem gebrochenen Herzen zu kämpfen hatte, sondern auch mit einem drohenden PR-Skandal, den sein Vater abwenden musste, hatte er den Kopf in den Sand gesteckt und war auf und davon.

Er war wirklich ein Feigling. Doch die Erinnerung an diese Zeit versetzte ihn immer noch in eine unruhige Stimmung. Um sich daraus zu befreien, schüttelte er sich.

»Alles klar?« Fabian schien seine Laune bemerkt zu haben. Genauso wie Izaak Andi nie mehr sehen wollte, wollte er auch seine miese Stimmung loswerden. Andi war nur ein Parasit gewesen. Nachdem sich Izaak noch wochenlang die Augen ausgeweint hatte, weil seine große Liebe ihn nicht nur hintergangen hatte, musste er danach mit der Erkenntnis klarkommen, dass Andi auch nur an Geld interessiert gewesen war und nie an ihm selbst.

»Alles Bestens.« Izaak setzte sein Geschäftslächeln auf und Fabian verzog seinen Mund.

»Tu das nicht.« Er deutete in Izaaks Gesicht. »Du musst mir nichts erzählen, aber erzähl mir keinen Quatsch.«

Izaaks Magen überschlug sich. So offensichtlich entlarvt und darauf hingewiesen zu werden, passierte ihm … nie. Unfähig, irgendwie zu reagieren, nickte er nur.

Fabian hielt ihn am Arm fest, wobei die Tasche leicht gegen ihn schwang. »Entschuldige. Ich meine das nicht böse. Es ist nur nicht notwendig, dein Show-Grinsen aufzusetzen. Okay?« Sein typisch zurückhaltendes Lächeln hatte in seinem Gesicht wieder Platz genommen. Und Izaak bedauerte, dass der frohe und entspannte Fabian seinetwegen und wegen seines Ballasts verschwunden waren.

»Okay! Und falls ich es doch mache, gibst du mir Bescheid. Deal?«

»Deal!«, bestätigte Fabian mit einem Schmunzeln. »Das könnte mir Spaß machen.«

»Hey! Das sollte kein Freibrief sein.«

»Oh, aber so habe ich es verstanden.«

Und der gelassene Fabian war zurück. Izaaks Atem steckte ihm kurz im Hals, bevor er aus seinem Mund entwich. Er wollte diesen Fabian bei sich haben.

Der restliche Weg verlief leichter. Beschwingter. Izaak hatte das Gefühl, sie würden sich schon ewig kennen, und doch sog er jede Neuigkeit über Fabian auf wie ein Schwamm. Die Geschichten über dessen Schwester ließen sein Herz überlaufen.

Langsam beschlich ihn das Gefühl, dass Fabian zwar viel gab, aber nicht gewohnt war, von anderen zu empfangen.

Oder es zuzulassen, dass sich jemand um ihn kümmerte. So als würde es die Rolle, die er in seiner Familie zugeteilt bekommen hatte, erfordern, dass er stark vor allen stand. Ausnahmslos.

Vor seiner Wohnung angekommen standen sie sich wie zwei kleine Jungs vor dem Süßigkeitenregal gegenüber. Unschlüssig, ob sie zugreifen sollten oder lieber nicht. Jedoch hatte Izaaks *höfliches* Vorgehen ihm heute schon einmal beinahe ein Missverständnis bereitet. Also schnappte er diesmal vorsorglich zu. »Komm mit hoch! Ich habe ohnehin für mehr als einen eingekauft. Und ich will auch nicht allein essen.«

»Das ist also eine Einladung zum Essen?«

»Es ist das, was du willst. *Ich* will, dass du mit hochkommst.«

Fabian schüttelte lächelnd den Kopf. »Danke, dass du mich nicht raten lässt. Es tut gut, nicht Gedanken lesen zu müssen.«

»Hm.« Während Izaak die Tür aufschloss, nahm Fabian die Taschen, die Izaak dafür abgelegt hatte. »Soweit ich mich erinnere, habe ich von Anfang an ziemlich deutlich gemacht, was ich will, oder?«

Mit einem langen Ausatmen seufzte Fabian. »Ich predige Wasser und trinke Wein.«

Die Tür ging mit einem Knarzen auf und Izaak stellte einen Fuß dagegen. »Ach, Quatsch. Ich will nur, dass du weißt, dass auch *du* mir alles sagen kannst und mir nichts vorspielen musst. Ich kann zuhören und da sein und was immer du brauchst.«

Der Blick, den ihm Fabian zuwarf, schien sich unter seine Haut zu brennen. »Alles klar. Darin bin ich nicht sonderlich gut, musst du wissen. Aber ich versuch's.«

Izaaks Antwort kam leise. »Na dann. Lass uns gehen.«

Mit höchstmöglicher Konzentration versuchte Izaak, das Essen zuzubereiten. Fabian hatte angeboten zu helfen, doch Izaak bestand darauf, dass er es sich erst mal bequem machte. Mittlerweile bereute er diese Entscheidung.

Von der Insel der offenen Küche aus konnte er beobachten, wie Fabian sich im Ess- und Wohnzimmer umsah, die zusammen einen großen Raum ergaben. An der Tür des Schlafzimmers, das sich direkt dahinter anschloss, ging Fabian vorbei, vermutlich weil sie geschlossen war.

Jede seiner Regungen versuchte Izaak zu analysieren und hatte doch Angst vor Fabians Fazit. Das offensichtliche Vermögen hatte unterschiedliche Wirkungen auf Menschen. Die einen biederten sich an, die anderen wurden skeptisch und die wenigen, die darüber hinwegblickten und Izaak genau so sahen wie zuvor, waren leider in der Minderheit. Tobi und Nadine gehörten absolut zur letzten Gruppe.

Ob Nadine bisher überhaupt wahrgenommen hatte, wie er lebte, bezweifelte er. Sie interessierte sich nicht für weltlichen Tand. Außer für Kaffee natürlich. Und Tobi hatte nicht mal mit der Wimper gezuckt. Er hatte ihm gesagt, er war froh, dass er trotz des ganzen Schotters anscheinend normal geblieben war. Und damit war für ihn das Thema beendet. Izaak war sich sicher, dass Tobi genau so oft bei ihm auftauchen würde, wenn er in einer Einzimmerbude vor sich hinvegetieren würde.

Aber ihm war wichtig, was Fabian von ihm hielt. Andererseits brachte es nichts, mit seinem Leben hinter dem Berg zu halten. Es hatte sich für ihn nie bewährt. Egal, was Nick sagte.

»Du wohnst hier ganz allein?« Und da kamen sie. Die ungläubigen Fragen. Fabian zog die Augenbrauen zusammen. »Oder kommt mir gleich eine Horde Mitbewohner entgegen, wenn ich hier abbiege?« Er deutete seinen Flur entlang, der von der Küche aus zum Rest des Apartments führte und sicher länger als durchschnittlich war, in einer Wohnung für einen einzelnen Menschen in Münchens Innenstadt. Aber er musste es ja zwangsläufig sein, da davon noch das Arbeitszimmer, Gästezimmer und sein Bad abgingen.

Zumindest sah Fabian es mit Humor

»Ha, ha. Nein. Es ist meine Wohnung. Ähm … ich hab sie nicht gekauft, sie war ein Geschenk meiner Eltern. Und ich bin sehr froh darüber. Nick und ich nehmen diese Sachen nicht als selbstverständlich hin.«

Fabians Blick schnellte zu ihm. »Das wollte ich nicht andeuten. Sorry.« Er trat an die Arbeitsfläche zu Izaak heran. Seine Stimme war ganz weich und beruhigend. »Lass mich helfen.«

»Ach, es ist nicht viel. Nur die paar Tomaten. Es ist nichts Besonderes. Nur Reis und Hackfleisch. Ein paar Zwiebeln und Knoblauch. Tomaten. Eier. Safran macht hier nicht den Kuchen gel, sondern unseren Reis. Und viel Käse.«

»Du kochst für uns. Somit ist es was Besonderes.« Dieses kleine Lob beflügelte Izaak und Freude machte sich in ihm breit. Am liebsten hätte er sich an Fabian gelehnt. »Ich kenn das gar nicht.«

»Das wundert mich nicht! Es ist ein maltesisches Gericht. Ross fil-forn. Gebackener Reis. Es ist einfache Hausmannskost und ich liebe es – von meiner Gran.« Nervös sah er auf die Zutaten. »Eigentlich ist das ein Wintergericht. Ich sollte etwas anderes machen. Was Leichteres.« Noch bevor er die Zwiebeln packen konnte, um sie wegzuräumen, griff Fabian nach seinem Handgelenk.

»Bitte nicht. Ich hab so einen Hunger. Das hört sich perfekt an. Wirklich.«

Izaak sah auf die Hand an seinem Arm. Fest, aber ohne ihm wehzutun, lag der Griff auf seiner Haut. Wie eine Kraft, die von Fabian auf ihn überging. Beständig und aufwühlend. »Okay. Ich liebe das Gericht.«

Seltsam vertraut fuhren sie fort, nebeneinander zu arbeiten. Izaak lenkte ihn durch die Küche und Fabian erwies sich als hervorragende Hilfe. Als die Form schließlich im Backofen war, räumten sie das Chaos in der Küche auf.

Schließlich kamen sie auf Izaaks Familie zu sprechen und er erzählte. Was Fabian insgesamt eher ratlos zurückließ, da er sich nicht für Fußball interessierte. Er erweckte fast den Eindruck, rein aus Höflichkeit nachzufragen, aber nicht, weil ihn die Karriere von Izaaks Vater beeindruckte.

Vielmehr fragte er nach Izaak und Nick. Wie es ihnen mit einem halb berühmten Vater ging. Wie die Brüder es schafften, das Rampenlicht und die Presse zu meiden. »Das muss anstrengend sein. Immer irgendwie Angst haben zu müssen, in der Zeitung zu landen.«

Nachdenklich sah ihn Izaak an. Er hatte nie Angst gehabt. Bis Andi ihn erpresst hatte. »Es war völlig in Ordnung. Mein Vater hat es von Anfang an durchgezogen, dass wir – also seine Familie – aus der Presse bleiben müssen. Und dafür bin ich ihm unendlich dankbar. Ich musste mir zum Beispiel nie Gedanken darüber machen, wie es nach außen wirkt, dass ich schwul bin. Also ich meine privat natürlich schon – wie jeder andere auch. Meine Eltern haben uns jedoch immer zu hundert Prozent unterstützt. Die hatten nie ein Problem damit. Somit mussten wir uns auch nie Sorgen machen, was es für Konsequenzen für meinen Vater hätte zum Beispiel. Innerfamiliär stand er immer hinter uns. Und vor der Öffentlichkeit waren wir komplett geschützt und konnten uns sicher sein, von der Presse in Ruhe gelassen zu werden, solange wir sie nicht aktiv aufsuchen würden. Aber bis jetzt hatten Nick und ich nie das Bedürfnis, irgendwie in die Öffentlichkeit zu treten. Wir sind völlig zufrieden, wo wir sind.« Er hob einen Arm und deutete um sich. »Ich bin nicht naiv. Es ist unglaublich angenehm, einen gewissen Lebensstandard einfach präsentiert zu kriegen. Aber wir müssen arbeiten, um ihn zu halten. Obwohl ich sicher bin, unsere Eltern würden uns immer auffangen.«

Fabian musterte ihn und Izaak konnte ums Verrecken nicht erkennen, wie er den Blick deuten sollte. Anerkennung? Erstaunen? Unsicherheit? Hatte er zu viel geredet? Aber welchen Sinn ergab es, damit nicht rauszurücken? Er war nun mal sehr privilegiert aufgewachsen. Auch wenn ihn das nicht ausmachte, es war ja offensichtlich.

Doch egal, was es war, Fabian urteilte anscheinend nicht über ihn. Seine Haltung Izaak gegenüber blieb völlig gleich.

Er scherzte, so als ob sie sich schon ewig kennen würden und gute Freunde wären.

Und jedes Mal, wenn sie aneinander vorbeigingen, sich beinahe berührten, war Izaak versucht, seine Hand auszustrecken, um über Fabians Oberkörper oder Arm oder Hintern oder was sich gerade in Greifweite befand, zu streichen. Selbstverständlich verbat er sich diese Verlockung. Egal, wie vertraut ihm Fabian schien, er machte keine Andeutungen, dass er auf Tuchfühlung gehen wollte.

Izaak überlegte, wann er sich das letzte Mal so wohl in der Gegenwart von jemandem gefühlt hatte, der nicht Tobi oder Nadine oder seine Familie war. Andi? Er konnte sich nicht erinnern, wie er sich mit Andi gefühlt hatte. Er hatte alles hinterfragt, nachdem dieser sein wahres Gesicht gezeigt hatte. Nun genoss er es, einfach zu sein. Fabian bewegte sich in seiner Wohnung, als ob er sie in und auswendig kannte. Auch dies ließ ihn noch vertrauter erscheinen.

Statt des angebotenen Weins wählte Fabian Wasser zum Essen und sie deckten in heimeliger Zweisamkeit den Tisch. Als sie sich schließlich setzten und Fabian den ersten Bissen nahm, konnte Izaak nur in nervöser Aufregung beobachten, wie er reagierte. Und er wurde nicht enttäuscht.

Genießerisch schloss er ganz kurz die Augen und lauschte diesem Laut, den er schon im Restaurant gehört hatte. Aus Fabians Mund drang er direkt in Izaak und setzte sich zwischen seinen Beinen fest. Fuck. Ein Ständer war das Letzte, was er jetzt hier brauchte.

»Isst du gar nicht?«

Hastig ergriff Izaak sein Besteck. »Selbstverständlich. Was denkst du? Lass mich mal sehen.« Er kaute konzentriert. »Na ja. Nicht so gut wie auf Malta. Aber nicht schlecht.«

»Nicht schlecht. Pfff. Ich weiß nicht, wann ich das letzte Mal so etwas Leckeres gegessen habe. Oh, doch warte. Mit dir bei diesem Italiener. Aber erzähl das nicht meiner Ma. Ihr Essen ist toll – aber ich würde es nicht mit dem hier vergleichen.«

»Hör auf. Ich bin sicher, es ist viel besser. Erzähl mir von ihr.«

Fabian schien sich zu winden und legte den Kopf schräg. »Es gibt nicht viel zu erzählen. Wir leben im alten Haus meiner Großeltern. Sie kann seit einiger Zeit nicht mehr arbeiten. Hm. Sie ist eine tolle Ma. Lena und ich können uns glücklich schätzen. Sie tut alles für uns.«

»Und du auch für sie.«

»Das ist ja selbstverständlich.«

In einem Tempo, als hätte er drei Tage nichts gegessen, leerte Fabian seinen Teller.

Niemals hätte Izaak zu hoffen gewagt, dass der völlig aus dem Nichts gegriffene Vorschlag sich zu treffen, so verlaufen würde. Gemeinsam an seinem Esstisch.

Als es plötzlich zu regnen begann und die Tropfen geräuschvoll gegen die Fenster getrieben wurden, sahen sie beide hinaus.

»Das hatte ich jetzt nicht erwartet, nach dem sonnigen Vormittag.«

Zustimmend nickte Fabian. »Das war so nicht geplant. Da werde ich wohl im Regen zum Auto laufen müssen.«

Erschrocken sah Izaak zu ihm. Na klar. Wieso überraschte ihn das jetzt? Irgendwann würde Fabian wieder nach Hause fahren. Wieso hatte er bis soeben gar nicht wirklich daran gedacht, dass er wieder gehen würde?

Aber Izaak war überhaupt nicht bereit, ihn ziehen zu lassen. Krampfhaft überlegte er, wie er Fabians Abschied hinauszögern konnte und doch griff sein Hirn nach dem Erstbesten, das es fand. »Wir … könnten einen Film anschauen. Du musst jetzt nicht da raus. Es ist doch hier …«, er deutete einmal um sich selbst und zeigte auf das Sofa, »viel gemütlicher.«

»Das ist es mit Sicherheit«, stimmte Fabian zu. »Bist du sicher, dass ich dir nicht langsam auf die Nerven geh?«

»Nein!« Izaak schüttelte so heftig den Kopf, dass sein Deckhaar über seinen Kopf flog und ihn in den Augen traf. »Wirklich. Bleib.«

Erneut konnte Izaak nicht erkennen, was in Fabian vorging. Er hatte eine Art Lächeln auf den Lippen. Aber wieso? Egal.

»Was willst du sehen?«

»Ach, wenn du mich schon in dem Mistwetter beherbergst, kannst du gerne den Film aussuchen.«

»Ich besteh darauf! Du bist mein Gast. Ich räum das nur schnell weg und du kannst zwischen den Streaming-Angeboten wählen.« Er ließ keinen weiteren Widerspruch zu.

Dementsprechend saß Fabian schon mit den Fernbedienungen auf dem Sofa und starrte angestrengt auf den Fernseher, als Izaak dazukam. Ihm war bewusst, dass er viel zu dicht an Fabian saß. Sie berührten sich zwar nicht, jedoch bot die geräumige Couch durchaus den Platz, sich an den verschiedenen Enden niederzulassen. Jedoch würde Izaak es sich nicht nehmen lassen, Fabian nahe zu sein.

Er hatte dieses Treffen – fast – ohne Hintergedanken initiiert. Doch den ganzen Tag über hatte Fabian nie den Eindruck gemacht, wirklich ungern bei ihm zu sein. Bis auf die ersten paar Sekunden, aber die hatten dank des Kusses schnell in Vergessenheit gebracht werden können.

Ob eine Wiederholung möglich war? Diesmal aber hoffentlich leicht abgeändert. Intensiver. Länger. Inniger. Der Kuss war zu schnell, zu rabiat gewesen.

Es war für zwei Kerle nicht immer die beste Idee, sich in der Öffentlichkeit zu küssen und er hatte nicht gewusst, wie Fabian überhaupt dazu stand. Aber er hatte seinen Zweck nicht verfehlt. Die Überraschung war ihm wahrscheinlich genauso wie Fabian ins Gesicht geschrieben gewesen.

»Izaak?«

»Was?« Izaak sah nun nicht mehr Fabians Profil an, sondern in sein wunderschönes Gesicht, das sehr, sehr nah vor seinem eigenen schwebte. Und irgendetwas sagte.

»Ist der Film okay?« Fabian sah ihn irgendwie zweifelnd an.

Ohne zu wissen, wozu er gerade zustimmte, sagte er nur: »Ja, ja, gerne.«

»Hätte ich mir gar nicht gedacht, dass du so was ansiehst.«

Izaak zuckte nur mit den Schultern. Eine weibliche Stimme begann zu reden und er schaute zum Fernseher. Eine Frau mit einer Flechtfrisur um den Kopf, in der Perlen steckten, erzählte etwas über Spice. Er hatte keine Ahnung, was das war. Die darauffolgende Musik war dramatisch genug, dass sie die Vermutung zuließ, dass einiges im Film passieren würde.

Dann begann sich Fabian zu bewegen und das erforderte wiederum Izaaks ganze Aufmerksamkeit. Auch wenn er seinen Blick weiter nach vorne gerichtet hatte, waren es doch Fabians Geruch, seine Atmung, die seinen Brustkorb hob und senkte, jede kleinste Bewegung, die ihn fesselte. Von dem Film bekam er nichts mit.

Seine Gedanken hingen an der Idee, den Kuss zu wiederholen.

Nicht ihn zu wiederholen, vielmehr ihn neu zu testen. Zu sehen, wohin ein Kuss hier in seiner Wohnung führen würde.

Obwohl er Fabians Penis bereits einmal in der Hand gehalten hatte, gefühlt hatte, ihn zum Kommen gebracht hatte, war das hier anders. Neu. Oder auch nicht, wenn Fabian nicht endlich etwas tat.

Als Fabians Arm über die Rückenlehne hinabrutschte und hinter Izaak zum Liegen kam, traute er sich nicht, sich zu bewegen. Fabians Finger schienen nur Millimeter von seinem unteren Rücken entfernt zu liegen. Zumindest bildete er sich das ein. Er könnte sich ein bisschen zurücklehnen. Im selben Moment zog Fabian seine Hand in seinen Schoß. Beim Versuch, ein frustriertes Stöhnen zu unterdrücken, ließ sich Izaak gegen die Rückenlehne fallen. So funktionierte das nicht. Er würde selbst die Initiative ergreifen müssen.

# *Kapitel 9*

## Fabian

Sich zum Sex zu verabreden war einfach. Man öffnete die App. Suchte ein hübsches Gesicht oder wahrscheinlicher einen heißen Oberkörper oder was auch immer das Mitglied zu Werbezwecken der eigenen Person zur Verfügung stellte. Schickte eine Anfrage und in neun von zehn Fällen hatte man einen Ort, eine Uhrzeit und einen willigen Schwanz zur Verfügung.

Was taten sie hier? Wollte Izaak, dass etwas passierte? Sollte er klarmachen, dass er nichts gegen eine Wiederholung des Abends im *Fincken* hatte? Der Gedanke versetzte ihm einen Stich.

Keine Wiederholung. Er wollte den Sex, er wollte Izaaks Stöhnen, er wollte ihn in sich, er wollte diese Piercings.

Beim Gedanken an Izaaks Körperschmuck musste er Luft holen. Schnell zog er seine Hand zu sich und legte sie auf seine sich anbahnende Erektion, die drohte, zu Tage zu treten.

Er wusste genau, an welcher Stelle sich der Film, den sie gerade ansahen, befand. Zu oft hatte er ihn bereits angeschaut. Dennoch oder gerade deshalb war ihm aber jede Regung Izaaks bewusst. Dieser beugte sich nach vorne und schnappte sich die Fernbedienung. Er drückte auf Pause und drehte sich energisch zu Fabian um.

»Willst du den weitersehen?«

»Äh, nein? Wie du willst?«

Mit einem unterdrückten Knurren, das Fabian eher an ein Kätzchen als an einen Löwen erinnerte, presste Izaak die Augen zu. Als er sie wieder öffnete, rutschte er an Fabian heran. Ohne nachzudenken strich Fabian über Izaaks Oberschenkel.

Izaak senkte den Blick und schien den Weg seiner Finger zu verfolgen. »Das ist gut. Ich bin mir nicht sicher, was du willst und ich will dich nicht überfallen. Aber ich gebe zu, meine Gedanken sind mittlerweile ganz weit weg vom Film.«

Das war alles, was Fabian hören wollte. Er drehte sich vollständig zu Izaak und strich mit einer Hand in dessen Nacken. Behutsam zog er ihn zu sich. »Vergiss den Film. Darf ich dir zeigen, an was ich denken muss, seit ich dich heute Morgen gesehen habe?«

»Ja.« Izaaks Antwort hörte sich für ihn selbst wie ein Flehen an.

»Gut.« Fabian zog ihn näher zu sich, bis ihre Lippen übereinander schwebten. Bedächtig rieb er seine Unterlippe über Izaaks. Die Berührung war kaum merklich. Der Atem, der über ihre Münder strömte, übte schier einen stärkeren Druck aus. Langsam verschloss Fabian auch ihre Oberlippen. Er hinterließ einen feinen Kuss und nippte sich zu einem Mundwinkel Izaaks. Doch dieser folgte ihm und nahm Fabians Mund in einem gierigen Kuss gefangen.

Während Izaak ihm entgegenkam, ließ Fabian seine Hände über dessen Rücken wandern.

Izaak unterbrach den Kuss, um sich sogleich an Fabians Wange zu lehnen, während er schwer atmete. »Und wieso haben wir dann so lange gewartet, wenn wir beide das Gleiche wollen?«

Statt ihm zu antworten, zog Fabian ihn rittlings auf seinen Schoß und küsste ihn erneut.

Fabian fühlte Izaaks Finger über seine Seiten streichen. Dabei verhakten sie sich mit seinem Shirt. Mit jeder Bewegung Izaaks zog dieser es auf beiden Seiten mit und gab seine Haut frei, die von kühlerer Luft umspielt wurde. Ein Schauer, beginnend von der freigelegten Stelle, der sich wellenartig über seinen ganzen Körper ausbreitete, ließ ihn leicht zittern.

Izaak schien die Gänsehaut, die sich in der Folge gebildet hatte, mit seinen Fingerkuppen abzutasten, so als würde er testen wollen, was er auf Fabian fand. Gleichzeitig rieben ihre harten Schwänze durch ihr gemeinsames Drängen gegeneinander.

Jedoch entfernte sich Izaak zu Fabians größter Enttäuschung und mit ihm diese vielversprechende Erektion. Gierig schob er sich hinterher. Dabei rutschte sein Bein von der Couch und er stellte seinen Fuß auf dem Boden auf. Gut. So hatte er mehr Halt, um Izaak dort zu positionieren, wo er hingehörte. Zwischen seine Beine.

Dies gestaltete sich jedoch schwieriger als gedacht, da Izaak mittlerweile auf seinen Füßen stand und an Fabians Hand zog. »Komm mit, hier ist zu wenig Platz.«

Wie ein Hund, der einen Schinken witterte, setzte sich Fabian auf und mit den Augen auf sein Leckerli gerichtet, folgte er Izaak willig.

Der führte ihn einfach in den Raum, der sich direkt an das Wohnzimmer anschloss.

Fabian hatte sich nicht getraut, jede einzelne Tür in der Wohnung zu öffnen, sondern hatte lediglich jede Ecke des offenen Koch- und Wohnbereichs durchstöbert. Und er hatte nicht zu hoffen gewagt, das Schlafzimmer tatsächlich noch von innen zu sehen.

Vor einem völlig überdimensionierten Bett blieb Izaak stehen. Noch bevor Fabian die Ausmaße der Landschaft aus Decken und Kissen bewundern konnte, hatte Izaak bereits wieder seine gesamte Aufmerksamkeit auf ihn gezogen.

Fabian senkte den Kopf und sah Izaak zu, wie er mit geschickten Griffen den Knopf von Fabians Jeans öffnete. Statt jedoch die Hose weiter zu öffnen, legte er seine Hände an Fabians Seiten und sah ihn aus seinen türkisblauen Augen an. »Ich … was willst du denn machen? Ich lass mich übrigens regelmäßig testen. Aber das letzte Ergebnis ist schon eine Weile her. Alles negativ.«

»Ich auch. Alle sechs Monate. Gerade eben vor ein paar Wochen. Und ich benutze immer Kondome. Alles gut.«

Izaak nickte. Mit beiden Händen fuhr Fabian durch Izaaks Haar und hielt die Strähnen, die in seine Augen hingen, aus seinem Gesicht zurück. Die Weichheit dieser Haare an seinen Fingern und die kratzigen Wangen an seinen Handflächen machten es ihm schwer, klar zu denken.

Was wollte er? All das vor ihm. Izaak in jeder Form, in der er ihn haben konnte. Seine Lippen schienen von den Küssen dunkelrot aus seinem Gesicht. Er hatte etwas von Schneewittchen. Haare schwarz wie Ebenholz, Mund rot wie Blut.

»Küss mich!«, war alles, was er zu Stande brachte.

Izaak streckte sich ihm entgegen. Ihre Zungen trafen sich, strichen gegeneinander, leckten, forderten.

Schließlich war es Izaak, der den Kuss unterbrach, indem er sie beide aufs Bett zog. Innerhalb von Sekunden war er auf Fabian. Küsste seinen Hals entlang, bis zu seinem Schlüsselbein, während seine Hände überall gleichzeitig zu sein schienen.

Das überwältigende Bedürfnis nach mehr trieb Fabian an und er hob kurz den Oberkörper, um in einer fließenden Bewegung sein Oberteil über seinen Kopf zu ziehen. Danach befreite er Izaak von seinem.

Sofort fuhr Fabian mit seinen Händen über dessen Bauch zu den Brustwarzenpiercings. Vorsichtig spielte er mit ihnen. Drehte leicht die Stäbe, drückte sacht die Warzen drumherum zusammen. »Magst du das?«

»Ja. Mmh«, stöhnte Izaak auf.

Oh. Gut zu wissen.

Fabian wurde von Izaaks Händen in seinem Nacken abgelenkt. Die Finger in seinem Haaransatz lösten ein feines Kribbeln aus, das sich über seine Haut spannte. Heiße Küsse über seine breite Brust zu seinem Nabel waren wie Leuchtfeuer, die ihm signalisierten, wo Izaak seine Signatur setzte. Izaaks Gewicht drückte ihn weiter auf den Rücken. Bereitwillig gab sich Fabian dieser Führung hin.

Als Izaak diesmal an Fabians Hosenbund ankam, zog er die Hose weiter auf. Fabians Ständer schien aufzuatmen. Erst nachdem der Druck wich, merkte Fabian, wie dieser auf ihn eingewirkt haben musste. So als wäre er zwischen dem Reißverschluss und seinem eigenen Bauch wie in einem Schraubstock gefangen gewesen.

Mit eingehakten Fingern zog Izaak Fabians Jeans über seinen Hintern. Er legte eine Hand flach auf Fabians Mitte und sah zu ihm hinab. »Hast du Präferenzen?«

Fabian hatte Schwierigkeiten, die Frage in den richtigen Kontext zu bringen. »Jetzt? Oder generell?«

»Beides?« Erwartungsvoll hatte Izaak seinen Blick auf Fabian gerichtet.

Fabian hatte eine Vorliebe. Aber er war flexibel. Musste es meistens sein. Da insbesondere seine Präferenz selten mit dem Bild, das andere von ihm hatten, übereinstimmte. Er konnte mit beidem leben. »Was willst du denn?«

Abwägend musterte ihn Izaak und erklärte vorsichtig: »Ich bin Top. Also meistens. Wenn mich die Laune treibt oder in einer Beziehung bin ich mal Bottom, aber das ist selten.« Mit offenem Blick sah er Fabian an.

Diese Information brachte eine immense Erleichterung für Fabian. Wieso fiel es ihm so schwer, zu sagen, dass er nicht gern Top war? Die meisten erwarteten es von ihm.

Wenn jemand enttäuscht oder irritiert reagierte, wenn er seiner Vorliebe nachgehen wollte, sollte ihm das egal sein. Es war nur Sex. Doch es fühlte sich dann fast immer an, als würde er dem Bild, das er präsentierte, nicht gerecht werden. Die Reaktionen, die seine Erklärung, er sei gern Bottom, oftmals hervorgerufen hatten, waren teilweise völliger Unglaube gewesen. Als hätte er einen Witz gemacht. Bis zu dem Punkt, dass es ihm einfacher schien, die Vermutungen nicht mehr zu bestreiten.

Aber warum hatte er soeben gezögert, es zu sagen? Izaak würde nicht seltsam reagieren. Das wusste er. Doch mit jeder falschen Annahme, wurde es für ihn schwieriger, diese Mutmaßung zu korrigieren. Daher kam wohl die Erleichterung.

»Ich bin gerne Bottom. Sehr gerne. Ich lasse mich von meinem Top auch gerne verwöhnen.«

»Ja? Bin ich dein Top?«

Fabian zog Izaak grinsend zu sich. »Wer weiß. Aber lass uns doch sehen, was passiert. Wir müssen nichts überstürzen.«

Izaak ließ sich auf Fabian sinken und begann, an dessen Ohrläppchen zu knabbern. »Dann lass mich dich verwöhnen.«

Genießerisch streckte sich Fabian und versuchte, durch seine veränderte Position Reibung für seinen vernachlässigten Schwanz zu finden. Diese Aufgabe übernahm sodann Izaaks Oberschenkel, der in optimaler Lage zum Ruhen kam. Fabian ließ seine Hände zu Izaaks unterem Rücken wandern und hielt ihn so fest.

Izaak drückte sich jedoch hoch und küsste sich Fabians Oberkörper entlang. Er schien von seinem Brusthaar fasziniert zu sein, durch welches er, obwohl er schon um seinen Nabel küsste, immer noch hindurch fuhr.

Langsam arbeitete er sich zu Fabians Unterwäsche vor. Mit seiner Nase rieb er gegen die sich darin abzeichnende Erektion. Zart nippte er daran und zupfte die Boxershorts davon weg. Er steckte ein paar Finger in den Bund und schob ihn leicht nach unten. »Kann ich?«

Fabian hob ihm sein Becken entgegen. »Alles deins.«

Grinsend zog Izaak die Jeans inklusive Boxershorts von Fabians Beinen und leckte gleichzeitig einmal seinen Schaft entlang. Sanft massierte er Fabians Hoden und rollte sie vorsichtig.

Ein lautes Stöhnen entwischte Fabian. Die zarten Berührungen waren so ungewohnt. Anders als ein schneller Fick über eine App. Auf den Toiletten eines Clubs. Ein williger Teilnehmer in dem Spiel, es sich gegenseitig zu besorgen, reichte, um ihn zum Kommen zu bringen.

Er wusste, da gab es noch mehr. Aber es waren nur noch Erinnerungen in seinem Kopf an nächtelangen Sex. Das Gefühl gehalten, umsorgt zu werden, war so ungewohnt. Dennoch oder gerade deshalb badete er in Izaaks liebevoller Behandlung seines Körpers.

Mit geschlossenen Augen schickte er seine Hände auf die Suche nach allem, was er von Izaak erreichen konnte. Seine Fingerspitzen ertasteten das weiche Haar, seine Haut.

Doch Izaak entzog sich ihm, sodass seine Hände für einen Moment tatenlos herabsanken. Er schlug die Augen auf und fand Izaak wieder über ihn gebeugt. Dieser streckte sich über Fabians Schulter und rutschte sogleich wieder mit einer Tube Gleitgel in der Hand, zurück. Mit geneigtem Kopf und einer Frage in den Augen schaute er Fabian an. Dieser hob den Kopf und bevor er Izaak küsste, sagte er schlicht »ja« gegen dessen Mund.

Izaak machte es sich wieder zwischen Fabians Beinen bequem, während er das Gel zwischen den Fingern verrieb. Er drückte mit einem schmatzenden Geräusch noch einen Klecks auf die Finger, die er zwischen Fabians Beine brachte.

In erwartungsvoller Aufregung zog Fabian die Beine an und schob sich Izaak entgegen. Izaak strich zwischen seinen Pobacken hindurch und Fabian war versucht, selbst zu seinem Po zu greifen, um seine Backen auseinander zu halten. Er konnte nicht genug von Izaak bekommen und so ging alles nicht schnell genug.

Unbeirrt strich Izaak ruhig weiter, bis er an Fabians Eingang gelangte. Leicht fuhr er darüber, ohne zu verweilen. Er ging *einfach* darüber hinweg. Fuhr zurück. Fuhr darüber und verließ den Bereich, in dem sämtliche Nerven Fabians zusammen zu laufen schienen.

Als *endlich* ein Finger in sein Loch eindrang, schloss Fabian die Augen. Es war so lange her, seit er sich so hatte fallen lassen. Gleichzeitig ergriff Izaak seinen Ständer und strich ihn fest auf und ab, während er im selben Rhythmus in und aus Fabian glitt.

»Mehr«, verlangte Fabian und Izaak folgte seiner Aufforderung sofort. Leider verließen ihn dafür Izaaks Hände. Als sie zurückkamen, war das Gel, das Izaak am Finger hatte, dieses Mal viel kälter. Gott sei Dank hatte er sich keine Zeit gelassen, es zu erwärmen. Der kurzzeitige Kontrast fühlte sich fantastisch an. Um das Tempo zu erhöhen, schob sich Fabian energisch auf Izaaks Finger, der sein Ansinnen sofort zu verstehen schien. Energisch stieß er jetzt in Fabian.

»Kannst du noch einen nehmen?« Fabian hörte Izaak kaum über sein eigenes Keuchen.

»Ja«, krächzte er ihm entgegen.

Als Izaak kurz darauf einen dritten Finger dazu brachte, wobei er anscheinend seine Hand drehte und mit einem Mal blitzte es hinter Fabians Augenlidern auf. *Wow.* »Wow!«

Izaak lachte leise.

»Mach das noch mal.«

»So?«

Fabian flog schier vom Bett. »Ja!«, schrie er auf.

Erneut lachte Izaak. »Ich kann deine Prostata spüren. Hier …« Und erneut strich er über diesen Punkt in Fabian.

»Oh, Gott.«

»Den lassen wir doch bitte aus unserem Schlafzimmer.«

Durch Fabians Lachen drückte er seine Prostata gegen irgendeinen Finger Izaaks und stöhnte erneut laut auf. »Ich … ich kann nicht …«

Statt seine Finger aus Fabian zu ziehen, rieb Izaak ruhig und kontrolliert Fabians Öffnung. Er dehnte und reizte ihn. Und immer wieder traf er seine Prostata. Gleichzeitig pumpte er Fabians Schwanz in gleichmäßigen Strichen.

Ganze Sätze waren Fabian nicht mehr möglich. Er wusste nicht, ob er Izaak aufhalten sollte oder ihn antreiben. Das Einzige, das ihm blieb, war, vor sich hinzustammeln. »Was …? Was …?«

»Das«, Izaak beugte sich leicht vor und leckte über Fabians Eichel, »ist das Ergebnis jahrelanger Klavierstunden.«

Alle Sinne strömten in Fabians Leisten. Seine Eier zogen sich zusammen und er hatte Mühe, das Wiederausströmen der gesammelten Sensationen zu verhindern.

»Was?« Fabians Stimme war mittlerweile gefühlt eine Oktave höher. Hörte er Stimmen? Oder sprach Izaak wirklich vom Klavierspielen? »Was?«, kam es erneut aus ihm.

»Perfektionierte unabhängige Handkoordination«, sagte Izaak, als sei es das Natürlichste auf der Welt in der Situation.

Als Fabians Gehirn verstand, was Izzak damit meinte, lachte er lauthals auf, während er gleichzeitig in heftigen Schüben kam. Und kam. Auf seinen Bauch. Auf seine

Brust. Unfähig noch irgendetwas zurück zu halten, sprudelten das Lachen und sein Saft aus ihm.

Heftig atmend versuchte er wieder Luft zu bekommen. Das war entweder der absurdeste Orgasmus oder der heftigste Orgasmus gewesen, den er je gehabt hatte. Oder beides. Sein Kopf war noch mit der Verarbeitung beschäftigt.

Das Erste, was er außerhalb seines vibrierenden Körpers wahrnahm, war Izaaks Streicheln über seinen Oberschenkel. Er öffnete die Augen und sah auf Izaaks angespanntes Lächeln. Fabian ließ seinen Blick über Izaaks Körper gleiten. Unmissverständlich zeichnete sich eine deutliche Auswölbung in dessen Schritt ab.

Fabian hob leicht den Kopf und sah auf sich und seine Spermaspuren hinab. Er gab einen widerwilligen Laut von sich und streckte seine Hand nach Izaak aus. »Komm her.«

Izaak krabbelte zu ihm. Sofort, als er für ihn greifbar war, öffnete Fabian Izaaks Jeans und schob sie über seinen Hintern. Izaak zog sie in hastigen Bewegungen von sich.

Fabian rutschte tiefer in die Kissen und schob sich vom Kopfende weg. Er nahm Izaak an dessen Hüfte. »Auf meine Brust. Komm in meinem Mund.«

Izaaks Augen wurden merklich größer und seine Lippen öffneten sich leicht.

»Ist das okay?«

Lächelnd rieb Fabian über Izaaks Oberschenkel und gab ihm einen leichten Klaps. »Das ist mehr als okay. Na los. Das sieht ungemütlich aus.« Rot, mit einer glänzenden Spitze auf die einzelne Adern zuliefen, stand Izaaks Schwanz von ihm. Er sah fast wütend aus. Fabian leckte sich die Lippen, als Izaak auf ihn zukam.

Die so vernachlässigte Erektion wippte leicht und schien noch mehr anzuschwellen.

Als Izaak ein Bein über Fabians Brust schwang und sich auf den Knien neben seinem Hals abstützte, packte ihn Fabian am Po. Er ließ seine Hände dort, während Izaak seinen Schwanz an Fabians Mund brachte.

Vorsichtig strich er über seine Lippen und Fabian ließ seine Zunge hervorspitzen. Als diese auf Izaaks Eichel traf, sog Izaak scharf die Luft ein. Vorsaft zog sich in einem Faden über Fabians Mund und der Geschmack löste ein wirres Zusammenlaufen an Gerüchen, Eindrücken und dem Impuls, Izaak berühren zu müssen, in Fabian aus. Gierig öffnete er seinen Mund und schob Izaak an dessen Po leicht zu sich. Die Augen hatte er dabei immer auf Izaak gerichtet. Mit eingesogener Unterlippe schob dieser, laut ausatmend, seine Erektion in Fabians Mundhöhle. Er kippte leicht nach vorne über Fabian. Dieser bemühte sich, möglichst entspannt zu bleiben.

Innerhalb kürzester Zeit wurde aus den kurzen, vorsichtigen Stößen ein heftiges Drängen in Fabians Rachen. Jedes Mal, wenn er leicht röchelte, zog sich Izaak zurück, doch Fabian schob ihn wieder zu sich. Er konzentrierte sich, Izaaks Fluss nicht mehr durch seine eigenen Geräusche zu unterbrechen. Sie entstanden nicht aufgrund seines Unwohlseins, vielmehr unwillkürlich, weil er sie nicht kontrollieren konnte. Flüssigkeit lief aus seinem Mundwinkel, doch auch das blendete er aus. Laut stöhnend stieß Izaak nun in ihn, wobei er immer länger tief in seinem Rachen verweilte. »Willst du … schluck … schluckst …?«

Fabian vergrub seine Finger in Izaaks Pobacken und hielt ihn tief in sich. Mit einem heiseren Aufschrei kam Izaak.

Die Flüssigkeit traf Fabian tief in seinem Mund und er bemühte sich zu schlucken. Als Izaak sich etwas zurückzog, traf sein Sperma salzig, erotisch auf Fabians Zunge und er konnte ihn endlich wirklich schmecken. Das war also Izaak. Fabian hatte das Gefühl, dieser Geschmack brannte sich in die Ansammlung der Kostproben seines kulinarischen Lebens in seinem Langzeitgedächtnis ein.

Vornübergekippt bewegte sich mittlerweile Izaaks Bauch mit jedem Atemzug gegen Fabians Gesicht.

Vorsichtig schob sich Izaak von ihm und ließ sich mit einem erschöpften Seufzer neben ihn fallen. Er drehte seinen Kopf zu Fabian und sah ihn fragend an. Dieser drückte ihm ein Küsschen auf den Mund, sodass er schließlich wieder lächelte. Sein Blick ging über Fabians Hals auf dessen Oberkörper.

Mit einem Finger fuhr er durch Fabians Ergussreste. Er senkte seinen Mund auf Fabians Oberarm und küsste ihn, während er den Finger anhob und zu seinem Mund führte. Fabian senkte gebannt seinen Blick und sah zu, wie Izaaks Zunge hervorfuhr. Vorsichtig fuhr sie einmal um die Fingerspitze. So wie ein Koch, der eine Probe aus seinem Werk nahm, schien er die Essenz in seinem Mund hin und her zu schieben. Er schürzte die Lippen und betrachtete nachdenklich seinen Finger. »Nächstes Mal dann ohne Gleitmittel.«

Als Fabian ihn fragend ansah, wackelte er grinsend mit seiner Hand vor Fabians Gesicht herum. »Als Dreingabe auf meinem Fingerbesteck.«

Und zum zweiten Mal brach Fabian in schallendes Gelächter aus. Izaaks Gesicht verzog sich ebenfalls zu einem breiten Grinsen. »Ich hol dir einen Lappen.«

Er sprang auf und verschwand aus der Schlafzimmertür, um nur kurze Zeit darauf, wie angekündigt, mit einem Handtuch zurück zu kommen. Er rieb Fabian sauber und warf das Tuch neben sich aus dem Bett.

Izaak streckte sich und Fabian sah ihm zu, wie sich seine Muskeln unter seiner Haut bewegten. Mit einer fließenden Bewegung rollte sich Izaak an Fabians Seite. Sein Gesicht wirkte so ruhig und zufrieden. Die Augen geschlossen, konnte Fabian diese dunklen, dichten Wimpern betrachten. Es war wirklich kein Wunder, dass er sie für geschminkt gehalten hatte. Sie waren ungewöhnlich lang und schwarz.

Sein Beobachtungsobjekt schlug die Augen auf und der Kontrast raubte Fabian schier den Atem. Dieses magische Blau umrandet von diesen schwarzen Härchen wirkte unwirklich. Fabian fuhr mit seinen Fingern Izaaks Augenbrauen entlang, um sein Auge, hinab über die Wange. »Du bist so wunderschön.«

Izaaks Mund schob sich an einer Seite nach oben und seine Stirn kräuselte sich. »Nicht wirklich, was ich hören wollte.«

Nach einem Kuss auf dessen Nase, wich Fabian wieder etwas zurück und sah ihn an. »Was willst du denn dann hören? Dass es gigantisch war? Das war es nämlich.«

Seine Worte schienen ihre Wirkung nicht zu verfehlen. Obwohl Izaak leicht lachte, konnte er die Freude in seinen Augen nicht verheimlichen. Fabian zog ihn wieder zu sich. So fühlte er Izaak mehr gegen seinen Hals reden als, dass er ihn hörte. »War das wieder was Einmaliges?«

Die Frage fuhr durch Fabian. Natürlich hatte er sich, seit er anscheinend beschlossen hatte, sich heute zu treffen, diese Frage gestellt. Und er hatte tierische Angst vor der

Antwort. Vor seiner Antwort. Vor Izaaks Antwort. Was, wenn Izaak ihn gar nicht wollte, was absolut verständlich wäre. Was, wenn er einfach nicht genügte? Die Vergangenheit hatte bewiesen, dass der Ballast, den er nicht als solchen empfand, den er aber mit sich brachte, zu viel war für eine Beziehung? Izaak löste sich aus seiner Umarmung und schob seinen Kopf zurück, um Fabian ansehen zu können. »Du kannst es mir sagen, ich bin dir nicht böse. Ich will es nur wissen.«

Er würde die Zähne zusammenbeißen und den Ball nicht zurück zu Izaak geben. Dieser hatte bereits den Mumm gehabt, die Frage in den Raum zu stellen, statt einfach zu schweigen und abzuwarten, was Fabian mit Sicherheit getan hätte.

Aber um sich zu erklären, musste er ausholen: »Wir sind so verschieden.« Izaak unternahm Anstalten, sich von ihm loszumachen, doch Fabian hielt ihn an sich. »Warte, lass mich doch erklären. Es war keine einmalige Sache für mich. Nicht schon wieder.« Er versuchte, Leichtigkeit in seine Stimme zu legen. »Es kann ja schon gar nichts Einmaliges mehr sein, oder?«

Izaak lächelte nur, ohne zu antworten.

»Ich würde mir wünschen, dass es mehr wird zwischen uns. Aber, und jetzt lass mich ausreden: Wir sind so unterschiedlich. Wie du lebst … das kann ich mir nicht leisten. Das Haus, in dem wir wohnen, ist abbezahlt. Lange. Meine Großeltern haben das gemacht. Aber neben der Erwerbsunfähigkeits- und der Witwenrente meiner Ma hat sie nicht viel. Ich gebe dazu, was ich kann, aber es fehlt an allen Ecken und Enden.«

Nun streckte sich Izaak wieder und setzte an, etwas zu sagen.

»Warte. Ich sage nicht, dass es uns schlecht geht. Es fehlt uns an nichts. Aber ...« Und da war sie wieder, die Bitterkeit, die er von sich weisen wollte, weil das Leben, das er führte, gut war. Und er kein anderes wollte. Aber es erschwerte vieles. »Ich kann dir absolut gar nichts bieten. Nichts. Wir würden immer auf verschiedenen Ebenen leben.«

Bevor er weiterreden konnte, unterbrach ihn Izaak schließlich: »Hältst du mich für so oberflächlich?«

Außer weit aufgerissenen Augen und einem Kopfschütteln konnte Fabian nichts weiter in Izaaks Redeschwall unterbringen. »Ich brauche kein Geld von dir. Ich mag dich. Mit dir fühle ich mich einfach wohl. Und wer sagt denn, dass du mir etwas bieten musst? Leben wir in einem Regency Film und ich bin die holde Maid, die eine gute Partie sucht?«

»Nein, natürlich nicht ... «

»Also dann ... was soll das? Ist das eine Ausrede, weil du kein Interesse an mir hast?«

»Um Himmels willen, nein, verdreh doch nicht alles, was ich sage!« Izaaks Gezappel unterband Fabian mittlerweile, indem er einen Oberschenkel über Izaaks Beine legte. »Halt still. Ich wollte dich doch nur warnen. Ich hab kein Geld, ich hab keine Zeit, weil meine Ma und meine Schwester zuerst kommen. Immer.«

Izaaks Augen wurden weich. »Sie kommen auch immer vor dir. Es ist an der Zeit, dass auch du mal verwöhnt wirst.«

Dieses beklemmende Gefühl der Hilflosigkeit schnürte Fabian schier die Worte ab. »Das will ich gerade nicht. Weder verwöhnt werden noch … Das würde mir immer zeigen, was ich nicht für dich sein kann.«

Izaak starrte ihn an. »Was du nicht für mich sein kannst? Wie ist es denn mit den Dingen, die du für mich sein kannst?«

»Ich weiß nicht genau, was das sein könnte.« Fabian schloss die Augen und genoss den Geruch, den Izaak ausstrahlte. »Aber … ich würde gerne versuchen, es herauszufinden.«

Ein ordentlicher Schlag gegen seinen Oberarm schickte einen Schmerz durch eine Schulter. »Aua. Für was war das?«

»Und du konntest nicht mit diesem Fazit anfangen? Du lässt mich die ganze Zeit glauben, du willst mir schonend weismachen, das wird nichts mit uns? Ha?«

Fabians Lachen schüttelte beide durch. »Entschuldige. So schien es die richtige Reihenfolge zu sein.«

»Richtige Reihenfolge, my ass.« Izaak zog Fabians Gesicht zu sich. »Lass es uns versuchen. Ich will dich nicht noch mal gehen lassen und es bereuen.«

Wieso fühlte sich alles so leicht an mit Izaak? Er war wie eine frische Brise und gleichzeitig fühlte sich Fabian so sicher wie noch nie. Keine seiner Beziehungen, die wahrscheinlich nie welche gewesen waren, hatten ihn in einen derartigen Kokon aus Freude und Hoffnung gehüllt. »Ich auch nicht.«

Izaak kuschelte sich an ihn. Sie lagen nebeneinander sich zugewandt, wobei sich ihre Körper, soweit es möglich war, der Länge nach berührten. »Fangen wir doch mit jetzt an.

Du bist jetzt hier. Der Tag mit dir war unbeschreiblich schön. Das zählt doch?«

Fabian konnte nicht genug von Izaak bekommen. Egal, wie eng er ihn an sich drückte, es war nicht genug. Er hatte das Gefühl, er wollte unter seine Haut kriechen. Mit seinen Händen fuhr er zu Izaaks Po und streichelte über die Rundung. »Es ist ein Anfang.«

Mit zarten Küssen von seinem Brustbein über seinen Hals arbeitete sich Izaak bis zu Fabians Mund vor. Der Regen hatte längst aufgehört und die Stille wurde lediglich von einer Nachricht auf einem der Telefone, die sich in den Hosen auf dem Schlafzimmerboden befanden, unterbrochen.

»Kannst du hierbleiben? Oder musst du los?« Izaaks Stimme hörte sich unsicher an.

Nichts auf der Welt war in dem Moment wichtiger, als Izaak klarzumachen, dass es keinen Grund gab, ihm gegenüber derart vorsichtig zu sein.

»Natürlich kann ich bleiben.«

Eine Anspannung verließ Izaaks Körper, die Fabian zuvor nicht bemerkt hatte. »Gut. Ich dachte nur, wegen deiner Familie.«

Wie zur Versicherung strich er durch Izaaks Haarsträhnen. »Nein. Die zwei sind ja nicht pflegebedürftig. Ich muss für die Termine unter der Woche da sein. Solange niemand am Wochenende Termine hat oder Lena krank ist, hast du mich für dich.« Die letzten Worte wollte er absolut nicht sagen. Vor allem widersprachen sie dem, was er zuvor betont hatte. Er wollte Izaak nicht in einer falschen Sicherheit wiegen, dass Tage wie dieser die Norm war. Aber natürlich gab es sie. Auch wollte er sich Izaak nicht aufzwingen. Wer wusste schon, wie Izaak sich überhaupt eine Beziehung vorstellte?

Doch Izaak schien seine Unruhe zu bemerken. »Ich versteh schon. Wenn sie dich brauchen, bist du da. So wie meine Familie auch für mich da ist. Aber wir müssen das nicht durch dauernde Anwesenheit bestätigen.«

Erleichtert atmete Fabian aus, dass sich sein Brustkorb senkte. Hatte er wirklich die ganze Zeit die Luft angehalten? »Genau.« Er küsste Izaaks Stirn.

Dieser zog Fabians Kinn zu sich und grinste ihn an. »Und mir gefällt der Gedanke, dich ganz für mich zu haben. Und wenn du bei dir zu Hause sein musst … « Er schien zu zögern. »Dann könnte ich ja vielleicht auch mal mitkommen. Ich mein, ich will nichts überstürzen – was rede ich nur, ein Tag und ich mache schon Pläne.«

Fabian unterbrach ihn mit einem Kuss. »Ich werde immer gezwungen sein, Pläne zu machen. In den seltensten Fällen kann ich einfach spontan sein. Manchmal geht das, aber … Und oftmals werden die Pläne von irgendwas durchkreuzt. Und dann wirke ich unzuverlässig …«

Jetzt war es Izaak, der seinen Redeschwall mit seinen Lippen unterbrach. Nach einem intensiven Kuss, der seine eigene Sprache zu sprechen schien, sah er Fabian eindringlich an. »Wir müssen nicht die Antworten auf alles wissen. Es reicht, dass wir es versuchen wollen, oder?«

Tiefe Dankbarkeit strömte aus Fabian und deckte ihn zu, mit Izaak an seiner Seite. »Was sagst du dazu, wenn ich jetzt den Wein aufmache, den du vorhin angeboten hattest und ich dann deine Piercings hier …« Fabian fuhr mit der Hand zwischen ihre Körper und zwischen Izaaks Beinen dessen Damm entlang. Er spürte, wie die Kugeln aneinanderstießen. »Einer näheren Inspektion unterziehe.«

Izaak stellte sein Bein auf und stöhnte. »Vergiss den Wein.«

Fabian lächelte gegen Izaaks Mund, um schließlich ruckartig aufzustehen. Ohne sich um Kleidung zu kümmern, ging er in Izaaks Küche und kam mit der geöffneten Flasche und zwei Gläsern zurück. Er stellte sie auf dem Nachttisch ab. Mit seinem Fuß fischte er seine Hose heran und zog sein Telefon heraus. »Ich geb nur schnell Bescheid, dass ich die Nacht über weg bin. Mein Handy hatte übrigens keine Benachrichtigung.«

»Ah. Ich schau schnell.« Izaak beugte sich aus dem Bett. Mit dem Kopf nach unten hängend blinzelte er auf sein Display. Schnell flogen seine Finger darüber. Trotz immenser mentaler Anstrengung konnte Fabian nicht verhindern, sich zu wundern, wem Izaak schrieb. Das Telefon zwischen seinen Händen auf dem Boden liegend sah er zu Fabian auf, indem er seinen Hals verdrehte. »Tobi fragt, ob ich heute mit ihm ausgehe. Willst du noch weg? Oder …«

Mit einem Brummen tief aus seiner Kehle stürzte sich Fabian auf Izaak. Zärtlich biss er ihn in seine Schulter und Izaak wand sich lachend unter ihm. »Bist du verrückt? Ich verlasse dieses Bett heute nicht mehr freiwillig.«

»Okay, okay, ist ja gut. Ich sag ihm, ich hab was Besseres vor.«

»Darauf kannst du dich verlassen.«

# Kapitel 10

## Fabian

So vorsichtig, als könnte sein Blick Izaaks Schlaf stören, betrachtete Fabian ihn mitten in der Nacht, von seiner Seite aus. Izaak war ein Bauchschläfer. Sein Gesicht lag ihm zugewandt und seine Wange war leicht zerknautscht. Von seiner Position aus konnte Fabian auch das immense Rückentattoo sehen.

Izaak hatte die Decke weitestgehend von sich gestrampelt. Sie bedeckte nur noch ein Bein. Der Rest von ihm lag in nackter Perfektion vor ihm. Die nächtliche Straßenbeleuchtung schickte einige Strahlen auf Izaak und schien ihn wie ein Ausstellungsobjekt auszuleuchten. Ein Kunstwerk, das Fabian für sich hatte.

Obwohl ihm bewusst war, dass er Izaak kaum länger als nur den einen Tag kannte, überwältige ihn die Vertrautheit und die Gewalt des Gefühls, Izaak für sich haben zu wollen. Er streckte seine Finger leicht. Wenige Millimeter von Izaaks Arm ließ er sie aber auf die Matratze sinken. Izaaks Schlaf hatte etwas Magisches. Er grenzte tatsächlich an Zauberei, da Fabian selbst einfach nicht in den Schlaf fand. Er war viel zu aufgewühlt. Dazu kamen die Geräusche der Nacht, die er nicht mehr gewohnt war.

Die kurze Zeit, während derer er in seiner Wohnung in München gelebt hatte, hatte nicht ausgereicht, um ihn gegen das nächtliche Treiben immun zu machen, das durch die Fenster drang. Fabian war sich jedoch sicher, dass es hauptsächlich seine Gedanken waren, die ihn wachhielten.

Diesen Schritt zu gehen, kostete ihn viel Kraft. Aber sobald er an Izaak dachte, wie er sich die Strähnen aus der Stirn strich, sein Lächeln, wie er in Fabians Mund kam, machte ihm klar, dass es den Schritt wert war.

Anscheinend kehrte gerade ein Nachbar zurück. Die Laute vom Öffnen und Schließen einer Tür drangen unverkennbar bis zu ihnen ins Bett. Er hätte nicht gedacht, dass die Wohnungen so hellhörig waren.

Izaak hatte wirklich den Schlaf eines Babys. Ungestört gleichmäßig hob und senkte sich sein Rücken. Ein feiner Lichtstrahl drang plötzlich zwischen den Spalt der Schlafzimmertür, die nur angelehnt zum Wohnzimmer war.

Fabian richtete sich auf. Sein Herz schlug, als wollte es ihn über seinen Brustkorb verlassen. Die Lichter blieben im Wohnzimmer aus. Aber unverkennbar war der Raum heller geworden. Der Flur. Jemand war im Flur. Machte ein Einbrecher das Licht im Flur an? Hatte er einen Schlüssel gehört? Hatte jemand das Schloss aufgebrochen? Fieberhaft schnellte sein Blick zwischen Izaak und der Tür hin und her.

»Izaak, Izaak, wach auf«, wisperte er leise, um nicht den Eindringling auf sich aufmerksam zu machen. »Izaak.« Dieser rührte sich nicht.

Doch aus dem Nebenraum waren nun eindeutig Geräusche vernehmbar. Jemand war in der Wohnung. Fabian konnte die Schritte deutlich hören, die durch die Wohnung gingen. Fieberhaft sah er um sich. Er war nackt. Izaak war nackt. Ihre Klamotten waren im gesamten Raum verstreut. Er hatte nichts an oder bei sich, was sich als Waffe eignen würde. Eine Flasche Gleitgel? Wo lag das verdammte Ding? War es mit der Weinflasche unters Bett gerollt?

Kein Selbstverteidigungskurs hatte ihn auf eine vergleichbare Situation vorbereitet. Oder doch? Etwas gab es, was allen Ratschlägen gleich war: Nutze das Überraschungsmoment und schreie. So laut es ging. Wichtiger war aber sicherzugehen, dass Izaak geschützt war, vielleicht konnte er ihn noch zum Gleitmittel unters Bett verfrachten. Er ergriff seine Schulter im selben Moment, als sich die Tür weit öffnete. Ohne seine Handlungen zu überdenken, warf sich Fabian auf Izaak und schrie mit Leibeskräften: »Hau ab. Hau ab. Hilfe. Aaaahhhh!«

Unter ihm begann sich Izaak zu winden. *Bitte, Baby, halt still, nur bis ich sicher bin, dass dir nichts passiert.* Von der Tür ertönte ein gellender Schrei, der durch die Wohnung hallte.

Fabians Aufmerksamkeit schnellte zurück zu der zierlichen Gestalt in der Tür. Wilde Locken um den Kopf, die wie verrückt wackelten, ertönten aus dem dazugehörigen Mund immer noch spitze Schreie.

Izaak versuchte nun mit aller Gewalt, sich unter Fabian zu befreien und dessen eigene von den Kissen gedämpften Laute drangen unter Fabian hervor.

Der Einbrecher stolperte rückwärts aus dem Raum, wobei ihn das Flurlicht nun nicht mehr von hinten anschien, sondern ihn hell erleuchtete. Fabian beobachtete, wie vor ihm ein halbnackter Tobi nur noch in einem pinken Hauch von Nichts bekleidet, Gestalt annahm. Die Überraschung darüber packte ihn derart, dass er Izaak unter sich fast vergaß und sich dieser mit einem Urschrei unter ihm hervorhob.

»Was zum Henker?«, schrie er Fabian an und stieg aus dem Bett.

Immer noch schwer atmend trat Tobi wieder auf sie zu. »Izi?«, wisperte er kaum merklich.

Izaaks Blick schnellte von Fabian zur Tür. Die Lippen leicht geöffnet, so als ob er nach Luft schnappte und das Gesicht von Ungläubigkeit gezeichnet, starrte er Tobi an. »Was machst du hier?«

»Ich …«

Fabian zitterte vor lauter Aufregung. Das Adrenalin schien in seinem Körper zu pulsieren und jede Faser zum Schwingen zu bringen. Er kniete auf dem Bett vor Izaak, der daneben stand. Tobi ging weiter auf sie beide zu. Langsam verzog sich sein Gesicht zu einem fetten Grinsen. »Was ist denn das für eine Art mich willkommen zu heißen?« Er deutete auf Fabian und seine Augen strahlten. »Nett von dir, mich so zu begrüßen. Statt deine Stimme gegen mich zu erheben, schlage ich aber vor, du richtest dieses Gerät auf mich.«

Immer noch zitternd sah Fabian an sich herab. Schnell riss er ein Kissen heran und drückte es gegen Izaaks Schambereich, der sich im selben Augenblick zu ihm hinabbeugte. Während Fabian die Decke hochriss, um sich selbst darunter zu verkriechen, kollidierte sein Ellbogen mit Izaaks Kopf. Unter einem lauten Stöhnen ließ sich Izaak auf das Bett sinken und rieb sich die Schläfe. Im selben Augenblick klopfte es an der Wohnungstür. »Izaak?«, ertönte es mit offensichtlich besorgter Stimme.

»Argh, nicht das auch noch. Ich brauche nicht auch noch die Nachbarn hier.« Izaak sprang auf, wobei er sich immer noch den Kopf rieb und schlüpfte in eine Jogginghose, die über einem Sessel hing. »Ich wimmle die schnell ab. Nicht, dass die noch die Polizei rufen.« Hastig lief er aus dem

Schlafzimmer und stattdessen kam Tobi herein und setzte sich an den Bettrand. »So. Du also hier.«

Fabian war zu aufgekratzt, um zu entscheiden, was er darauf antworten wollte. Zu seiner Erleichterung kam Izaak bereits zurück und schaltete die Stehlampe am Sessel an, was Tobis Aufmerksamkeit darauf zog.

Aus zusammengekniffenen Augen beobachtete Fabian, wie Izaak sich erneut die Schläfe rieb. Eine deutlich rot gefärbte Schwellung hob sich ab und Fabian hatte das Gefühl, sein Herz setzte aus. »War ich das?«

Zum ersten Mal, seit ihre Nacht ein jähes Ende gefunden hatte, lächelte Izaak. »Nicht schlimm.«

Fabian zog ihn zu sich. »Oh, mein Gott. Hast du eine Gehirnerschütterung? Hast du Schmerzen? Natürlich hast du Schmerzen. Ich hole Eis.«

Er wollte die Decke zurückschlagen, doch Izaak hielt sie fest, während er den Kopf schüttelte. »Ich mach gleich.« Zärtlich strich er mit dem Daumen über Fabians Mund.

»Na los, ich will in die Mitte. Nach der Nacht, die ich hatte, hab ich das verdient.« Tobi schickte sich an, zwischen Izaak und Fabian zu kriechen.

»Schatz, was machst du hier?« Izaak neigte seinen Kopf und sah Tobi mit hochgezogenen Augenbrauen an.

»Ich schlafe hier. Was sonst? Für was hab ich sonst deinen Schlüssel?«

»Macht ihr das öfter?« Fabian deutete zwischen Izaak und Tobi hin und her.

»Miteinander schlafen?« Tobis Stimme tropfte vor Provokation.

»Tobi!«, schnauzte ihn Izaak an.

»Was? Ist doch so. Wir schlafen hin und wieder miteinander.« Tobi zog ein Bein an und wippte es lächelnd.

Fabian sah Izaak grinsend an, der ihn wortlos beobachtete. »Ihr schlaft miteinander. Aber ihr habt keinen Sex. Denn das hättest du mir gesagt.« An Tobi gerichtet ergänzte er schmunzelnd: »Von dir lasse ich mich nicht reizen. Ich hab dich durchschaut.« Er konnte nicht anders, als Tobis Blick fast als anerkennend auszulegen.

Izaak beugte sich vor und küsste ihn. »Exakt.« Als er seinen Kopf neigte, zuckte er mit einem zischenden Geräusch zurück.

Fabian nahm Izaaks Kopf in seine Hände und betrachtete die Stelle, die mittlerweile noch größer und röter schien. Ihm war übel. Er hatte Izaak schützen wollen und hatte ihm damit mehr geschadet.

»Das ist so heiß.« Sie drehten ihre Köpfe zu Tobi, der sie mit großen Augen ansah. »Izi. So heiß. Um dich vor mir zu schützen, hat er sich zwischen uns geworfen. In seiner ganzen Pracht.« Fabian zog die Decke enger um seine Hüften.

Aus dem Nichts heraus verfinsterte sich Tobis Gesicht und er schlug auf die Decke zwischen ihnen, dass Fabian und Izaak zusammenzuckten. »Und wo ist mein Hulk, der sich vor mich stellt, der nur an mich denkt und nicht an sich?«

Izaak beugte sich zu Tobi und strich über seine Wange. »Schatz, seit wann willst du denn das?«

Der finstere Blick in Tobis Gesicht verwandelte sich vor ihren Augen in das freche Grinsen, das Fabian an ihm kannte. »Stimmt. Das will ich gar nicht. Ein Spaß.« Die Verwandlung verlief, ohne dass Tobis Gesichtsmuskeln scheinbar Probleme hatten, den Umbau an Mimik vorzunehmen. Doch der Schmerz, der in Tobis Augen zurückblieb, fiel nicht nur Fabian auf. Da war er sich sicher.

»Also, was ist jetzt? Macht Platz.«

Vielleicht war aber Fabians Mitgefühl mit Tobi nicht so groß, als dass er Izaak mit ihm teilen wollte. Oder sich teilen wollte. Hm. Vermutlich eine Sache, die sie zu zweit noch besprechen mussten. Aber Izaak schien ähnliche Gedanken zu haben, denn er ignorierte Tobi und wandte sich wieder Fabian zu. »Du wolltest mich beschützen?«

Bei Licht betrachtet schien das alles lächerlich. Peinlich berührt zuckte er nur mit den Schultern. »Was ja auch spektakulär schief ging. Dass Tobi hier auftaucht, hätte ich niemals erwartet.«

»Halloho! Er ist aber nun mal daha.« Tobi winkte ihnen beiden zu.

»Was ist eigentlich los? Und wie spät ist es eigentlich?« Izaak reckte sich nach seinem Handy und hielt es Tobi vor die Nase. »Keine Nachricht von dir. Was? Halb vier? Tobi!«

»Sorry. Aber dieses Arschloch hat mich einfach rausgeschmissen.«

»Was? Hat dir jemand was angetan?«

Tobi stand auf, augenscheinlich plötzlich nicht mehr erpicht darauf, im Mittelpunkt zu stehen. »Nein. Ich habe dem Arsch gesagt, für das, was er vorhat, reicht es, wenn wir auf die Toiletten gehen. Aber nein! Ich lass mich natürlich breitschlagen und komm mit. Als er dann endlich fertig war und ich grade am Einschlafen bin, schmeißt mich dieser Penner raus. Zum Glück war das nur hier ums Eck und du weißt doch, bis ich ein Taxi gefunden hätte, und die U-Bahnen fahren nicht mehr. Und überhaupt. Ich konnte ja schlecht zu Fuß nach Hause gehen. Außerdem: Wieso sagst du nichts?« Anklagend hob er den Zeigefinger in Richtung Fabian. »*Ich lieg schon im Bett.* Hättest ruhig erwähnen können mit wem.«

Seine Worte hatten keinen Biss. Vielmehr schien er froh zu sein, von sich ablenken zu können. Er ging zu der Kommode in Izaaks Schlafzimmer. Seinen Hintern, durch dessen Pobacken eine pinke Schnur lief, streckte er Fabian und Izaak entgegen, während er im Schub herumwühlte. »Babe, ich leih mir was zum Schlafen.« Etwas leggingartiges in der Hand und ein T-Shirt über die Schulter geworfen, drehte er sich mit einem dramatischen Augenaufschlag um. »Und ich werde jetzt allen Ernstes ins Gästezimmer verfrachtet? Wie eine unliebsame Schwiegermutter?«

Izaak grinste. »Babe, du bist die Königin Mutter.«

»Ja, das bin ich.« Mit gesenktem Blick und mit den Wimpern flatternd, sah er die beiden an. »Benehmt euch. Es gibt keinen Grund, euren Gast neidisch zu machen.« Mit diesen Worten tänzelte er aus dem Zimmer.

Als er verschwunden war, stieg Fabian aus dem Bett und in seine Boxerbriefs.

Izaak richtete sich auf und machte Anstalten, ihm hinterher zu gehen. »Wo willst du denn hin?«

Als Fabian sich umdrehte, raubte ihm der verletze Ausdruck in Izaaks Augen schier den Atem. »Ich hol nur Eis. Für deine Verletzung.« Er beugte sich zu ihm hinab und drückte ihm einen Kuss auf die Lippen. Izaaks Schultern fielen, als sich Fabian wieder erhob.

»Okay. Im Eisfach ist nur …«

»Hab ich vorhin schon gesehen«, unterbrach ihn Fabian. Er lief in die Küche, ignorierte einen Kommentar von Tobi und eilte zurück ins Schlafzimmer. Izaak lag mit geschlossenen Augen da. Für einen Moment befürchtete Fabian, dass er ohnmächtig geworden war. Doch als er sich über ihn beugte, schlug dieser die Augen auf. Vorsichtig legte er das Tütchen Erbsen auf Izaaks Beule. »Es tut mir so leid.« Ganz leicht strich er über Izaaks Wange.

»Du wolltest mich beschützen. Der Wille zählt.«

»Nein. Ich hatte so eine Panik. Ich konnte einfach nicht klar denken.«

Izaak legte seine Hand an Fabians Wange und sah ihn an. In seinen Augen spiegelte sich ein Glanz, der wie pure Freude schien. »Du hast keine Sekunde an dich gedacht.«

Fabian drehte sein Gesicht und küsste Izaaks Handinnenfläche. »Du hast geschlafen und hast nichts mitgekriegt. Du warst völlig wehrlos.« Er verdrehte die Augen. »Den Kuschelattacken von Tobi ausgeliefert. Ich bin ein Idiot.«

Kopfschüttelnd strich Izaak über Fabians Kopf. »Du bist fantastisch. Weißt du, Tobi hat meinen Ersatzschlüssel so wie ich seinen. Er wohnt im Norden. Da bietet es sich für uns kaum an, oft dort zu sein. Wohingegen meine Wohnung so zentral ist, dass wir sie regelmäßig nutzen, um hier zu pennen. Mir ist es wichtig, dass er weiß, die Tür steht ihm immer offen, wenn er was braucht.«

Izaaks Worte erklärten, wie es dazu gekommen war, dass Tobi bei ihnen im Schlafzimmer gestanden hatte. Fabian kam aber nicht umhin zu vermuten, dass mehr dahintersteckte. Aber wenn Izaak nicht mehr erzählte, war das auch nicht für ihn bestimmt. »Das versteh ich. Ich hätte nur eine Vorwarnung gebraucht.«

»Sorry, ich hatte wirklich nicht damit gerechnet, dass er auftaucht. Und jetzt komm her. Es gibt was, was ich brauchen könnte.«

»Was? Alles, was du brauchst.«

»Du kannst es besser küssen.«

»Ja?« Fabian nahm die Erbsen von Izaaks Stirn und streifte seine Lippen über die verwundete Stelle. »So?« Seine Wangen hoben sich unter seinem Grinsen.

»So ähnlich.« Izaak zog ihn zu sich in einen heißen, feuchten Kuss.

Obwohl die Nacht turbulent verlaufen war, entwickelte sich der Sonntag schlicht und ergreifend angenehm. Fabian hätte gern wiederholt, wie nahe sie sich gekommen waren, was dank Tobis Anwesenheit unmöglich blieb. Die kurzen Berührungen, die sie austauschten, mussten genug sein. Sie versprachen so viel mehr und Fabian hoffte inständig, dieses Mehr bald einlösen zu können.

Jedoch stellte er sich als höchst amüsanter Geschichtenerzähler heraus und sowohl Fabian als auch Izaak lagen lachend auf der Couch, als Tobi von seinen Abenteuern mit seiner Bekanntschaft vom Abend zuvor erzählte.

Nachdem sich Tobi schließlich verkrümelt hatte, überlegte Fabian, die Gelegenheit zu nutzen und doch noch mal zu den sexy Abschnitten des vergangenen Abends zurückzukehren. Doch er war seit zwei Tagen nicht daheim gewesen und brauchte neue Klamotten – im Gegensatz zu Tobi passten ihm Izaaks Klamotten nicht – und er brauchte Schlaf. Die neue Baustelle am nächsten Tag versprach kein Zuckerschlecken zu werden.

Seine wenigen Habseligkeiten zusammengepackt, standen sie in Izaaks Schlafzimmer. Zum wiederholten Male fuhr er an dem Wochenende unter Izaaks Shirt und rieb vorsichtig über die Barbells in dessen Brustwarzen.

»Fuck, ich glaube, ich könnte nur davon kommen«, flüsterte ihm Izaak ins Ohr.

Fabian küsste Izaaks Hals entlang. »Lass uns das nächstes Mal testen.« Den Mund immer noch auf Izaaks Haut trat er von ihm zurück.

»Du lässt mich jetzt wirklich halb hart zurück?« Izaak streckte ihm sein Becken entgegen. »Schau.«

Lachend löste Fabian seine Hände von Izaaks Oberkörper und rieb über die immer praller werdende Erektion. »Auch das Schauen verschieben wir auf nächstes Mal.« Mit einem kurzen Kuss auf Izaaks Mund löste er sich schließlich und öffnete die Tür ins Wohnzimmer. Wenn er nicht sofort aufbrach, würde er noch den restlichen Tag hierbleiben.

An der Wohnungstür zog Izaak Fabian nochmals zu sich heran. »Ich ruf dich an.«

»Und ich ruf dich an.«

Wie zwei Teenager küssten sie sich innig, bis Fabian sich schließlich löste und ihre Lippen sich trennten.

Ungewohnt beflügelt sprang er die Treppen hinab. Den kurzen Weg zur U-Bahn, um zum Parkplatz, auf dem sein Auto hoffentlich immer noch stand, zurückzufahren, legte er in Windeseile zurück. Schon von Weitem sah er den Obststand, der im Winter zusätzlich Maroni verkaufte und in den wärmeren Monaten noch Blumen im Sortiment hatte.

Während er noch überlegte, ob er eine Kleinigkeit einkaufen sollte, da er bei Izaaks Marktjagd am Vortag nicht mitgemacht hatte, fiel sein Blick auf den Kübel Rosen zu seinen Füßen. Langstielige, rote Rosen. Die klassischen Blumen für Liebende.

Nicht, dass er Izaak liebte. Aber vielleicht ein Weg zu zeigen, dass es ihm ernst war. Und vor allem war es ein einfacher Weg, Izaak etwas zurückzugeben. Er konnte ihn nicht zum Essen ausführen, wie dieser es gewohnt war. Er konnte nicht mal kochen wie dieser. Er würde ihn nicht auf exotische Reisen einladen können. Jedoch konnte er ihn überraschen. Die Idee war wie eine Mastercard. Unbezahlbar. Kurzentschlossen zog er eine der Blumen aus dem Bottich und reichte dem Verkäufer das Geld.

Schnell schritt er den Weg zurück, den er soeben gekommen war. Die letzten Meter lief er. Warum konnte er sich nicht erklären.

Nachdem er geklingelt hatte, musste er etwas warten, bis der Türsummer ertönte. Er drückte die Tür auf und nahm immer zwei Stufen auf einmal, bis er vor Izaaks Wohnung stand. Durch einen Spalt konnte er sehen, dass die Tür leicht geöffnet war. In der Lücke erschien Izaaks Gesicht und mit einem strahlenden Lachen öffnete er die Tür weit. Mit nacktem Oberkörper hatte er nur ein Handtuch um seine Hüften. Er wies keine nassen Spuren auf, was vermuten ließ, dass er erst auf dem Weg in die Dusche gewesen war, als Fabian ihn dabei unterbrochen hatte.

»Hast du was vergessen?« Im selben Moment entdeckte er die Rose in Fabians Hand. Dieser hielt die Blume zwischen sie beide hoch. Izaaks Lächeln verschwand und mit leicht geöffnetem Mund suchte sein Blick Fabians.

»Ich … « Fabian räusperte sich und setzte neu an. »Wegen was wir gestern geredet haben. Ich werde dich nie in ein Restaurant wie das *Da Salvatore* ausführen. Aber das heißt nicht, dass ich nicht versuchen werde, dir zu zeigen, wie wichtig du mir bist.«

Mit unsicherer Hand nahm Izaak die Rose. Die Augen hatte er fest auf sie gerichtet. »Mir hat noch nie jemand Blumen geschenkt.« Seine Stimme hörte sich rau und ungebraucht an.

Mit einem Sprung hing er an Fabians Hals. Die Beine fest um seine Hüften geschlungen, küsste er jeden freien Zentimeter in Fabians Gesicht. »Das ist die größte Überraschung, die ich je erhalten habe.« Fabian umschlang das Izaak-Bündel um sich und griff an seinem Hintern auf blanke Haut.

»Hey … die Nachbarn?«

Izaak unterbrach den Kuss, nur um in Fabians Ohr zu raunen: »Dann kommst du besser schnell rein.«

# Kapitel 11

## Fabian

Eine neue Baustelle war eigentlich nicht wirklich spannend. Fabian war oftmals mit denselben Leuten eingeteilt. Irgendein Azubi war dabei, den man für unliebsame Aufgaben verwenden konnte und wenn man Pech hatte, drückte einem der Chef noch Praktikanten auf, die oftmals nicht mal für die unliebsamen Aufgaben taugten.

An diesem Montag waren Praktikanten nicht in Sicht. So weit war alles völlig in Ordnung. Dass er an diesem Morgen als Ersten Mark antraf, war nicht mal eine wirkliche Überraschung.

Dass er schwul war, wurde im Unternehmen nicht diskutiert, soweit es ihm bewusst war. Das Thema vegetierte in einem Schwellenzustand zwischen »offiziell nicht geduldeter Homophobie« und »als gesellschaftlich verträglich anerkannten Mikroaggressionen« vor sich hin. Ob es Zufall war, dass Fabian regelhaft mit Mark, der auch geoutet war, als Vorabeiter zusammenarbeitete, war ihm egal. Es hatte sich so etwas ähnliches wie eine Freundschaft entwickelt, wofür Fabian unendlich dankbar war, da ihm Mark den Rücken freihielt, damit er seinen Verpflichtungen nachkommen konnte.

Dass sie beide beim Grubenaushub auftauchten, war also nicht der Grund, wieso Fabian ein seltsames Flimmern in der Magengegend spürte. Vielmehr trieb ihm der Umstand, dass Izaaks Wohnung nur zwei Querstraßen von der Baustelle entfernt lag, derart freudig, flattrig durch den Morgen. Kindisch. Aber nicht kontrollierbar.

Als er und sein Kollege jedoch vor einer Bäckerei standen, um sich noch eine Brotzeit zu besorgen, konnte er es nicht verhindern, die Straße entlang zu sehen, ob er Izaak entdeckte. Kindisch eben.

Wenn er wollte, konnte er sich bei ihm melden und ihn noch am Abend treffen. Doch die Aussicht, ihm völlig unvorbereitet zu begegnen, war aufregend und es traf ihn aus dem Nichts.

Das letzte Mal, als er sich so gefühlt hatte, war in der zehnten Klasse gewesen, als Thorsten aus der Parallelklasse ihn gefragt hatte, ob sie sich mal treffen wollten. Das war zwar alles sehr heimlich und nicht von Dauer verlaufen, aber es war das erste Mal gewesen, dass er diese Aufregung erlebt hatte.

Wieso er sich diese Gedanken überhaupt machte, konnte er sich nicht erklären. Hatte er sich zu den Anfangszeiten mit Leon so gefühlt? Ob er sich nicht erinnern konnte oder ob er diese Zeit einfach verdrängt hatte, wollte er auch nicht näher beleuchten.

»Was ist?« Mark sah ihn seltsam mit gerunzelter Stirn an. »Ich hab dich schon zweimal gerufen. Kommst du mit rein oder soll ich dir was mitnehmen? Bist du in Ordnung?«

Ertappt schüttelte Fabian den Kopf und lächelte. »Alles klar. Ich war nur in Gedanken.«

»Aha. Also das Übliche für dich?«

»Ja, gerne!« Fabian drückte Mark einen Geldschein in die Hand und schaute zurück auf die Straße.

Das Wochenende spielte immer noch wie eine Art verlockender Hintergrundfilm in seinem Kopf. Regelmäßig rief er seine Lieblingsszenen ab. Das war aber vermutlich auf offener Straße nicht die beste Idee, wenn er nicht zum öffentlichen Ärgernis mutieren wollte.

Er merkte, wie sich erneut ein Grinsen auf seinem Gesicht ausbreitete. Niemals hätte er gedacht, dass Izaak so auf die Rose reagieren würde. So als ob er ihm ein Königreich eröffnet hätte, hatte sich dieser gefreut. Fabians Protest, er wollte keine Gegenleistung dafür, war unter Izaaks Liebkosungen untergegangen.

Verdammt! Diese Gedanken halfen ihm in seiner Lage nicht im Geringsten. Er richtete sich schnell in seiner Hose zurecht – in der Hoffnung, dies mitten am Fußweg möglichst dezent zu schaffen.

Im selben Moment kam Mark zurück. Er drückte ihm mit hochgezogenen Augenbrauen den Kaffee in die Hand, was Fabian nur mit einem sarkastischen Grinsen quittierte. Die Packung mit den Semmeln zwirbelte er so, dass er sie am Papierende festhalten konnte. Er drehte sich zu Mark, der bereits ein paar Meter vorgegangen war und blieb abrupt stehen.

Izaak kam ihnen entgegen. Im Anzug, das Haar nach hinten gestylt und eine Tasche in der Hand. Selbst aus dieser Distanz konnte man das Veilchen, das ihm Fabian samstagnachts verpasst hatte, leicht erkennen. Er hatte Fabian wohl noch nicht bemerkt, da er auf sein Telefon in seiner Hand starrte. Nur wenige Schritte von ihm entfernt hob Izaak den Blick, so als ob er dem Hindernis vor sich ausweichen wollte.

Sein Gesicht fing an zu strahlen, als er offensichtlich Fabian entdeckte. Obwohl dieser noch vor Sekunden an ihn gedacht hatte, war Fabian wie paralysiert von Izaaks

Anblick. Krampfhaft hielt er sein Tütchen fest und blieb stocksteif stehen. Sie hatten an den vergangenen Tagen nie über den Austausch von Zeichen von Zuneigung in der Öffentlichkeit gesprochen. Er hatte keine Vorstellung davon, wie Izaak das gern handhabte.

»Fabian.« Sowohl sein als auch Izaaks Kopf schnellten zu Mark, der daraufhin beide mit Überraschung gezeichnetem Gesicht ansah.

Izaak drehte sich mit eingerollten Lippen und Fragen in den Augen zu Fabian. Und diesem war schlagartig klar, dass nicht nur er selbst unsicher war, sondern sich unter dem Anzug der Mensch Izaak befand. Izaak, der sich an ihn gekuschelt hatte und den er – wenn auch mit Unterbrechungen – eine Nacht lang hatte halten dürfen. Fabian trat auf ihn zu und sah ihm in die Augen. »Komm her?«

Izaaks Lächeln war sofort zurück und er glitt direkt in Fabians Arme.

»Langsam«, sagte Fabian mit einem Lachen in der Stimme. »Ich bin in Arbeitsklamotten.« Wie zum Beweis streckte er sein Bein, das in einer mit Schmutzresten versehenen Arbeitshose steckte.

»Ich doch auch«, hauchte ihm Izaak ins Ohr.

Sanft strich Fabian ihm über die Stirn. »Tut's noch weh? Man sieht das immer noch. Es sieht jetzt fast schlimmer aus als gestern.«

»Alles gut. Tut nicht mehr weh. Und du weißt doch, dass so was immer ganz gruslig abheilt. Je schlimmer es aussieht, umso besser wird es.

Das schlechte Gewissen vom Wochenende war wieder da und Fabian musterte Izaak sorgenvoll. »Na, wenn du es sagst.«

Als Antwort drückte ihm Izaak einen sachten Kuss auf die Wange.« Er trat leicht zurück und fragte leise: »Ist das in Ordnung?«

»Du hast mich doch schon auf dem Markt geküsst.«

Izaak verdrehte die Augen. »Das war was anderes.«

»Ja?«

»Ja, das sollte dich nur aus deinen Gedanken reißen. Ich weiß nicht … Bist du out auf deiner Arbeit?«

»Bin ich. Aber das ist ohnehin nur Mark. Der war im *Fincken* mit dabei.«

Izaak drehte sich zu Mark um, der grinsend die wenigen Schritte zu ihnen überbrückte. An Fabian gewandt wisperte Izaak: »Tut mir leid, aber meine Erinnerung an diesen Abend reicht nicht bis zu ihm.«

Fabian ließ seine Hand auf Izaaks Hüfte wandern. »Müssen wir noch mal über den Abend reden?«

Kopfschüttelnd lehnte sich Izaak leicht an ihn. »Nein. Reden wir über letztes Wochenende.«

»Oder über nächstes?«

»Oder über heute?«

»Hallo?« Mark grinste über das ganze Gesicht.

Ein seltsames Gefühl aus Unsicherheit wegen ihrer offensichtlichen Unterschiede, aber auch das Bedürfnis, ihre Zusammengehörigkeit zu zeigen, schlug gegen Fabians Magen wie das Meer gegen eine Hafenwand. Izaak machte es ihm leicht und legte seinen Arm um Fabians Hüften und dieser hatte das Gefühl, mindestens fünf Zentimeter zu wachsen. Marks Blick folgte Izaaks Bewegung. Bestimmt nickte Izaak Mark zu. »Ich bin Izaak.«

»Mark. Freut mich.«

Fabian starrte stur geradeaus in Marks Gesicht, in dem sich ein amüsiertes Lächeln widerspiegelte. »Ja. Wir müssen dann leider los. Mark geh doch schon mal vor.«

»Nein. Nein. Ich warte auf dich. Gerne, wirklich. So sehr in Eile sind wir nicht.«

»Ach, du kannst mich mal.« Energisch drehte Fabian sich und Izaak zueinander. Seine Semmeltüte an der einen Schulter Izaaks, sein Kaffee an der anderen, beobachtete er ihn. Langsam kam er ihm entgegen und drückte ihm einen kurzen Kuss auf die Lippen. »Ich ruf dich an.«

»Ja«, krächzte es aus Izaak, der sich räusperte. »Ja«, wiederholte er. Fabians Herz schlug wie verrückt gegen seine Rippen. Er konnte diese überschwänglichen Gefühle, die in ihm waren, in Izaak wiedererkennen. Da war er sich sicher. Weder war er ein derart schlechter Menschenkenner noch war Izaak ein derart guter Schauspieler. Hoffte er. Über Izaaks Wangen zog ein tiefes Rot. Er sah einfach hinreißend aus und bestärkte Fabian in der Annahme, dass Izaak es ehrlich meinte. Fabian ließ ihn los und trat einen Schritt zurück.

»Ich muss da noch rein.« Izaak deutete auf die kleine Bäckerei und nickend hob Fabian seine Hand zur Verabschiedung.

»Na komm«, forderte Mark ihn auf und Fabian drehte sich zu ihm um. Das Grinsen, das drohte das Gesicht seines Kollegen zu sprengen, kommentierte er mit einem sarkastischen Augenaufschlag, während sie zurück zur Baustelle liefen. »Warum erzählst du denn nichts, du Casanova?«

»Ich erzähle dir nie was.«

»Weil mich deine Bettgeschichten nicht interessieren. Aber«, er deutete mit seinem Daumen über seine Schulter, »das war doch was ganz anderes. Ich dachte, einer von euch fällt gleich auf die Knie und macht dem anderen einen Heiratsantrag.«

»Du spinnst ja völlig.«

»Na, dann erzähl doch, was es damit auf sich hat. Überhaupt – kann es sein, dass mir der bekannt vorkommt?«

Schulterzuckend bemerkte Fabian, dass auf seinen Lippen weiter ein Lächeln verweilte. Mit gewaltigem mentalen Aufwand verhinderte er, dass seine Finger ein Eigenleben entwickelten, um die Stelle, an der er Izaaks Kuss immer noch nachspürte, nachzufahren. »Woher soll ich wissen, wen du kennst?«, versuchte er eine gleichgültige Antwort, um nicht weiter auf Marks Fragen eingehen zu müssen.

»Ich hab den doch schon öfter im *Fincken* gesehen. Ist das nicht auch der Typ, mit dem du damals verschwunden bist? Geht das schon so lange?«

»Nein! Ich meine, ja. Das ist er, aber nein, es geht nicht so lange.«

»Also ganz junge Liebe?«

Mit einem Kopfschütteln verdrehte Fabian die Augen. »Das ist genau einen oder zwei Tage alt. Liebe? Übertreib mal nicht.«

Er erhielt von Mark einen Hieb gegen die Seite, woraufhin er ihn zurückschob, ohne ihn anzusehen. »Ich sag nur, was ich sehe.«

Sie gingen durch die Absperrung und Fabians Laune verfinsterte sich schlagartig. Wenn es jemanden gab, der einem ins Bewusstsein rief, wie oft er auf der Arbeit gezwungen war, die Zähne zusammenzubeißen und so zu tun, als würden ihn die homophoben Äußerungen nicht jucken, war es Dennis.

Dieser stand beim Container und zog ein Gesicht. »Wieso is'n zu? Was soll das?«

Fabian bildete es sich nicht ein, dass Mark die Schultern zurückschob und seine entspannte Haltung gegen sein professionelles no nonsense Auftreten tauschte.

»Wenn niemand da ist, ist abgesperrt. Das ist nichts Neues, Dennis.«

»Möchte nicht wissen, was ihr getrieben habt.« Und da waren sie wieder. Die Anspielungen. Halb leise gemurmelt, sodass sie eindeutig von Mark und Fabian gehört werden konnten und doch so leise, dass er jede Anschuldigung von sich weisen würde, wenn sie ihn darauf ansprachen. Fabian hatte keine Lust auf die Spielchen und ignorierte ihn. Zumindest hatte er die Erinnerung an seinen Morgen, die ihn durch diesen Tag bringen würde.

Während er später am Nachmittag im Wartezimmer der Logopädiepraxis auf Lena wartete, kam die Helferin mit einem Zettel auf ihn zu. »Fabian, ich darf dir noch Neuigkeiten mitteilen.« Sie drückte ihm das Schriftstück freudestrahlend in die Hand. »Wir haben ab nächstem Monat einen neuen Mitarbeiter. Das heißt, Nicole kann endlich Hausbesuche anbieten. Ich bin mir ziemlich sicher, ihr wohnt noch ganz knapp im möglichen Radius. Versuch das doch mal bei der Krankenkasse zu beantragen.«

Fabian besah die Informationen in seiner Hand und nickte anerkennend. Das wäre nicht schlecht.

Seine Mutter und er hatten nie in Erwägung gezogen, Lena zu einer anderen Therapeutin zu bringen. Seine

Schwester war teilweise sehr wählerisch, was Ärzte anging. Und da gehörten Therapeuten irgendwie dazu. Diese Möglichkeit zu haben, war sicher besser. Es machte seine Schwester unabhängiger von ihm und das war das große Ziel. Unabhängigkeit.

So sehr er sie beschützen wollte, die Richtung der ganzen Förderungen war Lenas Emanzipation von ihm und seiner Mutter, damit sie ein selbständiges Leben führen konnte. Wie weit diese Selbständigkeit gehen würde, würde sich im Laufe der Zeit herausstellen. Ob dies einer der Schritte war, war fraglich. Fabian faltete den Zettel und schob ihn in seine Gesäßtasche. Wahrscheinlich würde die Kasse die Mehrkosten ohnehin nicht genehmigen. Er würde es herausfinden.

Kurz darauf ging die Tür zum Behandlungszimmer auf und Lena sprang ihm entgegen. Anscheinend war die Stunde so verlaufen, wie sie es sich vorgestellt hatte, denn ihre Laune schien ausgezeichnet. Nicole erinnerte sie noch mal an die Übungen, die sie daheim machen sollte und wie gewöhnlich tat Lena so, als ob sie sie nicht hörte. Fabian grinste über ihren Kopf hinweg zu Nicole, die den Kopf schüttelte. »Bis nächste Woche!«, sang Lena mehr, als dass sie es sagte.

»Wie war's?«, fragte er seine Schwester, als sie in der Tiefgarage im Auto saßen.

»Gut, gut«, meinte sie immer noch bester Laune und blätterte weiter durch ihr Buch, das auf ihrem Schoß lag.

Fabian warf ihr einen kurzen Blick über den Rückspiegel zu. Sie war offensichtlich beschäftigt. Als ihr Lieblingslied im Radio kam, sang sie eifrig mit und Fabian summte vor sich hin, bis sie durch das Klingeln seines Telefons über die

Freisprechanlage unterbrochen wurden. Mit dem Mittelfinger am Lenkrad nahm er den Anruf an.

»Hi. Du.« Izaaks Stimme klang aus den Lautsprechern und Fabians Puls beschleunigte.

Wahnsinn. Zwei Worte und er war bereits völlig gefangen von der Erinnerung an Izaak. »Ich weiß, du hast gesagt, du meldest dich. Aber ich wollte nicht warten.« Plötzlich verhaspelte er sich und Fabian bemerkte, wie ein Grinsen sich über sein gesamtes Gesicht spannte. »Ich mein. Ich kann warten, falls du … du bist beschäftigt. Ich sollte auflegen …«

»Warte, warte, ich bin im Auto, alles gut. Ich hätte dich angerufen, sobald ich daheim bin.«

»Okay.« Fabian konnte die Wärme und das Lächeln aus Izaaks Stimme heraushören. »Es war schön, dich heute Morgen zu sehen.«

Fabian sah auf die Rückbank zu Lena, die ihn jetzt direkt ansah. »Ah, ja, fand ich auch.«

»Ich dachte, wenn wir uns heute im Fitnessstudio sehen, könntest du danach vielleicht mit zu mir kommen und wir machen da weiter, wo wir …«

»Ja«, unterbrach ihn Fabian hastig. Verzweifelt versuchte er, die Bluetoothverbindung zu lösen. »Äh, ja, lass uns da später drüber reden.« *Ups.* Da war die Verbindung wohl unterbrochen. Versehentlich hatte er aufgelegt.

»Wer war das?«, kam die Frage fast anklagend von Lena.

»Niemand.« Es tat fast körperlich weh, dies zu sagen, aber er konnte seiner kleinen Schwester wirklich nicht sagen, wer das genau war. So genau definieren konnte er das selbst nicht. Jedoch wollte er den Kommentar auch nicht stehen lassen. Das war weder Izaak noch ihm selbst gegenüber fair. »Das, ah, war Izaak. Ein Freund.«

»Warum hast du ihn nicht ausreden lassen?«

*Warum stellen Zehnjährige Fragen wie Kriminalhauptkommissarinnen beim Verhör?*

»Das war ein Versehen. Ich habe versehentlich aufgelegt. Ich rede später mit ihm.«

Sein Telefon klingelte erneut und noch während Fabian überlegte, wie er Izaak erklären konnte, dass er nicht reden konnte, da seine Schwester bei ihm war, ohne dass selbige Schwester dies mitbekam, um dann Nachfragen zu stellen, wieso er nicht reden wollte, wenn sie dabei war, wurde der Anruf nach nur dreimal Klingeln beendet. *Fuck! Komm schon!* Aber er würde die Finger am Lenkrad lassen.

Der Schreck seines letzten Ausrutschers beim Autofahren steckte ihm immer noch in den Knochen.

Dennoch breitete sich unmissverständlich eine Unruhe in ihm aus. Ungeduldig arbeitete er sich und Lena durch den Feierabendverkehr nach Hause. Als sie in der Hofeinfahrt standen, riss er das Telefon aus der Halterung und stopfte es in seine Tasche. Lena hatte sich schon abgeschnallt und trottete zur Haustür. Drinnen wurden sie von ihrer Mutter begrüßt.

»Na, was ist denn los? Ihr seht ja mitgenommen aus.« Lena stapfte weiter ins Haus. »Ist was passiert?« Die Sorge seiner Mutter war greifbar und umgab sie wie ein Nebel.

»Es ist alles in Ordnung. Ich, ah … ich hab am Telefon blöd reagiert und sie hat das natürlich sofort aufgeschnappt. Ich red schnell mit ihr.«

Doch er kam nicht an ihr vorbei, da seine Mutter ihn am Arm festhielt. »Fabian. Mit wem hast du denn telefoniert, dass sie so reagiert?«

Und genau das wollte er vermeiden. Das mit Izaak war viel zu neu. Er wollte es nicht teilen oder analysieren lassen. Er wollte sich einfach noch treiben lassen. Genießen. Ein bisschen in der Ungewissheit schwelgen. Das Ziehen in ihm war aufregend. Was es genau bedeutete, wusste er nicht. Das war auch gut so. Doch schon war er mittendrin. Er atmete laut aus. Seine Mutter konnte das alles natürlich nicht wissen. Er musste seine Laune nicht an ihr auslassen.

»Izaak. Ein … mein … ein Freund?«

Mit strahlenden Augen zog sie ihn zu sich. Ihre Hände an seinem Kopf musste sie sich zwar etwas strecken, aber dieser Umstand nahm ihr keine Autorität, als sie sprach: »Bei dem du das Wochenende verbracht hast?«

Statt zu antworten nickte er.

»Das ist doch gut. Das kannst du doch sagen. Du weißt, wie Lena reagiert, wenn sie merkt, dass man sie ausschließt oder ihr nicht die Wahrheit sagt.«

Den Kopf immer noch zwischen den Händen seiner Mutter senkte Fabian seinen Blick. »Ich … Weißt du, ich will ihr nicht wieder irgendwelche Flöhe ins Ohr setzen. Wenn sie sich auf Izaak einschießt, und es wird nichts – so wie bei Leon. Das ist es doch alles nicht wert. Es ist alles so neu, dass ich doch selbst nicht weiß, was los ist.«

Mit leicht geneigtem Kopf musterte ihn seine Mutter. »Du bist dir nicht sicher? Ist er denn wie Leon?«

Die Geschwindigkeit, mit der sein Blick nach oben schnellte, überraschte selbst Fabian. »Nein. Er ist ganz anders. Da bin ich sicher.«

»Na also. Und für alles andere haben wir keine Garantie. Klappt es? Wunderbar. Klappt es nicht? Werden du und Lena damit umgehen lernen müssen, wenn er nicht mehr da ist.«

»Ha, ha. Als ob es immer so einfach wäre.«

Fabians Mutter richtete sich auf und sah ihn eindringlich an. Ihr Mund hatte an Weichheit verloren und passte sich ihren Worten an. »Ich weiß nur zu gut, dass nichts leicht ist. Aber wir können es nicht ändern. Oder? Wir können mit den Situationen, die uns aufgetischt werden, lernen umzugehen. Mehr aber auch nicht. Das wird auch Lena erfahren müssen. Es bringt nichts, sie davor zu schützen. Mach es nicht dramatischer als es ist. Du hast einen neuen Freund. Gut.« Sie trat einen Schritt zurück und musterte ihn mit anerkennendem Ausdruck. »Ich freu mich für dich! Was du aus der Sache machst, bleibt allein dir überlassen. Du musst keine Rücksicht auf uns nehmen! Das will ich nicht.«

Das schlechte Gewissen fraß sich sofort durch Fabians Herz. Seine Mutter hatte so viel mitgemacht. Und egal, was sie sagte, solange er in dem Umfang für beide verantwortlich war, hatten alle seine Taten Konsequenzen für sie alle.

»Ich weiß, Mama. Aber ich will, dass auch du weißt, dass ich für euch da bin!« Auf ihre hochgezogenen Augenbrauen hin hob er die Hand. »Und ich komme schon nicht zu kurz. Was sagst du dazu: Ich rufe Izaak an und du redest mit Lena.«

Sie klopfte mit ihrem Zeigefinger auf sein Brustbein. »Na also. Ich übernehme meine Aufgaben, du übernimmst deine.«

Nachdenklich sah er ihr nach, als sie die Treppe zu Lenas Zimmer hochging. Nahm er ihr zu viel ab? Er wollte nicht, dass sie sich nutzlos vorkam. Er wollte eine Hilfe sein und ihr nicht das Gefühl geben, sie könne nicht für sich oder Lena sorgen. Nachdem sein Vater gestorben war, hatte er gedacht, nie der Verantwortung gerecht werden zu können.

Vielleicht war es tatsächlich Zeit, einen Schritt zurück zu treten, um zu sehen, wie die Lage jetzt eigentlich war. Aber vielleicht musste er das gar nicht. Wenn er sich nur bemühte, würde er es auch schaffen, eine weitere Aufgabe zu übernehmen. Nicht, dass Izaak eine Aufgabe war. Aber Beziehungen bedeuteten Arbeit. Hatten sie eine Beziehung? Das Gegrübel brachte ihn keinen Deut weiter. Wenn er Izaak nicht bald zurückrief, hatte sich diese Frage vermutlich ohnehin bald erledigt.

Statt in den Flur, ging er ums Haus und setzte sich in die uralte Hollywoodschaukel im Garten. Letztes Jahr hatten sie neue Auflagen gekauft und die simplen grünen Baumarktauflagen standen im starken Kontrast zu dem Ding, das sein Vater noch besorgt hatte. Während der Klingelton in seinem Ohr tönte, legte er mit geschlossenen Augen den Kopf in den Nacken. *Nimm ab, Baby. Komm.* Nach vier Verbindungstönen, die ungefähr zweieinhalb Stunden anzudauern schienen, hörte er Izaaks sanfte Stimme. Sein Herz wurde breiter und schien nicht mehr ganz so gut in seine Brust zu passen. »Hallo?«

»Hey! Ah, tut das gut, deine Stimme zu hören.«

Das eher unverbindliche »hm« am anderen Ende der Leitung ließ Fabian die Augen wieder aufschlagen.

»Tut mir leid, wegen gerade eben. Ich hab dich versehentlich weggedrückt. Wirklich, ich war im Auto und wollte die Lautsprecherverbindung trennen.«

»Warum?« Izaaks Stimme kam nun laut und deutlich durch den Hörer.

»Weil meine Schwester mit im Auto war. Und ich war mir nicht sicher, wie du den Satz zu Ende bringen wolltest, den du begonnen hattest.« Er bemühte sich mit Nachdruck, möglichst offen zu klingen.

Nach einer kurzen Pause antwortete Izaak: »Das hättest du doch sagen können.«

»Ich weiß, ich weiß, ich bin ein Idiot. Und ich wollte zu viele Dinge auf einmal. Ich hatte keine Lust, ihr von uns zu erzählen. Sie ist zehn. Für sie bedeutet eine Beziehung immer gleich Hochzeit und sie will Blumenmädchen sein und … entschuldige.«

Izaaks Antwort ließ auf sich warten und kam sehr zögerlich. »Okay?«

»Okay? Wirklich, es war nicht mehr und nicht weniger. Außer, dass ich ein bisschen überfordert war. Ich wollte dich nie abwürgen.«

Er konnte Izaaks lauten Atem hören. »Ich weiß jetzt nicht, was ich sagen soll. Telefonieren ist ja eh nicht up to date. Ich hätte dir schreiben sollen …«

»Hey. Hör auf. Sag das nicht! Ich hab mich gefreut, dich zu hören. Ruf mich immer an. Okay?«

»Okay.« Fabian konnte Izaak schier durch das Telefon denken hören. Kleine Laute deuteten an, dass Izaak mehrmals ansetzte, etwas zu sagen. Ganz überzeugt war er offensichtlich nicht, aber Fabian gab ihm die Zeit, bis Izaak schließlich fortfuhr: »Dann … sehen wir uns heute?«

Ein erleichtertes Seufzen entwich Fabian. »Natürlich. Wenn du noch willst. Ich hab das nicht gut gelöst heute.«

»Natürlich will ich dich sehen. Tobi und ich wollten zu Nadines Stunde.«

»Ich geh nicht noch mal zu Nadine. Aber ich seh dich im Studio?«

Izaak lachte. »War es wirklich so schlimm?«

»Es war furchtbar. Mir hat tagelang alles weh getan.«

»Niemals würde ich dich zwingen. Aber ich hatte gedacht …«

»Ja?«

»Du könntest danach noch zu mir kommen? Wenn das geht?«

Er hatte nicht alles versaut. Die Fahrerei würde ein furchtbarer Stress sein. Es sei denn … aber er konnte nicht nach nur zwei Tagen …

Die lange Sprachpause schien Izaak misszuverstehen. »Du musst nicht. Es war nur eine Idee.«

»Nein. Gott, was mach ich nur? Ich hab nur überlegt, dass es dann vielleicht am besten wäre, wenn ich ein paar Sachen mitnehmen würde, dann kann ich direkt zur Baustelle morgen früh.«

»Klar. Natürlich.«

Innerlich verdrehte Fabian die Augen. Er stellte sich an wie ein Teenager. Schnell überlegte er. Niemand hatte Termine am nächsten Tag. Er würde lang arbeiten müssen. Falls er mit einem gewissen Schlafmangel zu kämpfen hatte, würde er das nur zu gern in Kauf nehmen. Machte er schon wieder alles kompliziert? Es war Zeit, damit aufzuhören.

»Ich freu mich!«

Nachdem sie sich drei Tage in Folge gesehen hatten, mussten sie sich den Rest der Woche auf ihre Telefone verlassen, um voneinander zu hören. Fabian konnte das Wochenende nicht erwarten. Die wenige Zeit, die sie gemeinsam verbracht hatten, war ihm in Fleisch und Blut übergegangen. Es gab kaum eine Minute, in der er nicht in irgendeiner Form an Izaak dachte. Und wenn der Erinnerungsfetzen nur dazu diente, ihm ein heißes Prickeln durch den Körper zu jagen, reichte Fabian das, um seine Vorfreude auf das Wochenende aufrecht zu erhalten.

Wie gewöhnlich arbeitete er an den von Terminen freien Tagen seine Überstunden auf, damit er an anderen Tagen wieder so eingeteilt werden konnte, um früher zu verschwinden. Jeden Tag war er für die Flexibilität seines Arbeitgebers dankbar.

Lena hatte teilweise die Telefonate mit Izaak mitbekommen und sie etwas widerwillig, aber dennoch neugierig mitverfolgt.

Ihre Neugierde auf neue Menschen war gepaart mit der Sorge, Fabian teilen zu müssen und dass er wieder traurig würde.

Wie bitter war es eigentlich, dass seine zehn Jahre alte Schwester zwischenmenschliche Beziehungen bereits mit Schmerz in Verbindung brachte? Der Verlust ihres Vaters. Seine Niedergeschlagenheit, als mit Leon Schluss war. Ein schönes Vorbild war er. Vielleicht konnte er ihr diesmal zeigen, dass nicht alles verloren war.

Er parkte in der Nähe – oder was in dieser Stadt als Nähe zu einem Ort verstanden wurde –, zu Izaaks Wohnung und eilte in Riesenschritten auf den Wohnblock zu. Nachdem der Türsummer ertönte, flog er die Stufen regelrecht nach oben. Die Wohnungstür stand einen Spalt offen und vorsichtig trat er hindurch. Seine Sneakers und den Rucksack mit seinen Sachen ließ er bei der Garderobe.

Izaak kam ihm aus der Küche mit einem Glas Wein in der Hand entgegen. Die schwarzen Haare fielen ihm in die eine Gesichtshälfte. Seine dunkle Jeans schien aufgemalt zu sein und ließ keinen Raum für die eigene Vorstellungskraft. Selbst die nackten Füße, die aus den Hosenbeinen herausragten, waren reiner Sex. Hatte Fabian einen Fußfetisch? Das wäre neu. Aber alles an Izaak war zu verführerisch.

Fabians Atem stockte jedoch erst, als er Izaaks Shirt genauer betrachtete. Der dunkelgraue Stoff war durchsichtig. Fabian bildete es sich nicht ein. Es waren nicht nur die Konturen der Brustwarzenpiercings, sondern auch die Farbe zu erkennen. Sie blitzten definitiv silbern durch den Stoff. Izaak räusperte sich und Fabians Blick suchte seine Augen. Diese funkelten aus einem amüsiert angespannten Gesicht heraus. Er stellte das Glas auf einem Tisch ab und trat in Fabians offene Arme. »Genug gesehen?«, hauchte er in Fabians Ohr.

»Niemals!« Und es war nicht nur ein Wort, eine Floskel. Fabian meinte dieses »niemals« mit allem, was er hatte. Er konnte sich nicht vorstellen, jemals genug von Izaak zu haben. »Gib's zu. Das hast du absichtlich angezogen.«

»Natürlich hab ich es absichtlich angezogen. Ich bin nicht in meinen Schrank gestolpert und bin so wieder rausgekommen.«

»Schlauberger.«

Izaak kicherte in Fabians Halsbeuge, wogegen ihn dieser hielt. Näher, noch viel näher, wollte er ihm sein. Seine Erektion presste gegen seine eigene Jeans und er drückte sein Becken gegen Izaak. »Das meine ich. Du weißt genau, was du mit mir anstellst.«

»Ist das so?« Geladen mit purer Verführung säuselte Izaak vor sich hin, während Fabian seinen Kopf küsste, über die Stirn, Izaaks Nase. Er schob ihn schließlich ein Stück von sich und strich ihm das Haar aus den Augen.

Mit gerunzelter Stirn fuhr er mit dem Daumen über Izaaks Schläfe und seufzte. »Ich werde mir das nie verzeihen.«

»Wie dumm von dir. Ich habe es nämlich schon komplett vergessen.« Vorsichtig setzte Fabian Küsschen auf die lädierte Stelle. Izaak fuhr mit seinen Händen unter Fabians Shirt und dieser atmete laut aus. »Wir haben etwa eine Stunde, dann kommen Tobi und Nadine vorbei.«

Zwar sagte Fabian »okay«, er meinte jedoch: *Wenn es sein muss.* Izaak lachte heiser. »Ich habe ihnen schon gesagt, dass wir nicht mit weggehen. Wenn das so in Ordnung ist für dich.«

Mit seinen Lippen sog Fabian Izaaks Ohrläppchen ein und vergrub seine Zähne zärtlich in dem weichen Fleisch. Izaak gab einen zischenden Laut von sich. »Ich werte das jetzt einfach als ein *ja*.«

»Hm«, war alles, was Fabian bereit war, zu äußern. Der einzige Grund, diese Wohnung zu verlassen, war, falls Izaak sie verlassen würde. Sanft küsste er Izaaks Hals entlang, bis er an seiner Schulter angekommen war. Der Stoff war nicht nur durchsichtig, sondern auch so dünn, dass Fabian das Gefühl hatte, er könnte ihn mit seiner Zunge zerreißen. »Eine Stunde hast du gesagt, bis die da sind?«

»Ja!«

»Hast du Tobi gesagt, er soll es nicht wagen, noch mal einfach bei uns im Schlafzimmer aufzutauchen?«

Izaak legte den Kopf in den Nacken und gewährte Fabian dadurch besseren Zugang zu seinem Hals. Durch sein Lachen bebte Izaaks Kehle und Fabian ließ seine Zunge darüber gleiten. »Keine Sorge«, Izaaks Adamsapfel drückte sich beim Sprechen gegen Fabians Mund, »er wird es nicht noch einmal wagen.«

»Na, wollen wir's hoffen.« Fabian drehte Izaak in seinen Armen und trat einen Schritt von ihm weg. Seine Hände ließ er an Izaaks Hüften. Zart hob sich die Kontur des Meermannes durch das Shirt ab. Der Kragen war weit und rutschte Izaak über die Schultern. Mit beiden Händen fuhr Fabian unter den Stoff, um ihn anzuheben.

Vor seinen Augen enthüllte er den imposanten Meermann, so als ob er einen grauen Schleier lüften würde und seine wahre Natur darunter zum Vorschein brachte. Er küsste die Umrisse entlang und strich darüber, erneut überrascht, dass ihn nichts anderes als weiche, zarte Haut erwartete. »Bei dem Anblick überlege ich mir das vielleicht noch mal, Top zu sein.«

Izaak ließ sich zurück in Fabians Arme sinken und drehte ihm seinen Kopf zu. »Ich hab dir gesagt, ich bin flexibel. Wir können das immer mal abwechseln. Wenn wir es denn mal machen.« Mit einem kecken Augenaufschlag schien er Fabian herauszufordern.

Doch Fabian küsste ihn nur lächelnd auf die Nasenspitze. »Keine Eile, mein Meermann. Und mhm. Erst mal nicht. Ich will dich in mir spüren. Diesmal. Okay?« Er wollte jede Sekunde mit Izaak genießen.

Fabian hatte nicht das geringste Bedürfnis, die Sache zu beschleunigen. Es ging ohnehin alles viel zu schnell. Auf keinen Fall wollte er den natürlichen Verlauf einer Beziehung hetzen. Das Kribbeln, das erste Mal nackte Haut, Sex, das nachlassende Prickeln, die Forderungen fingen an und das Ende war nah. Nicht, dass er in diesem Moment an ein Ende denken wollte.

Izaak drehte sich nun komplett um und fuhr mit seinen Händen in Fabians Nacken. »Was immer du willst. Aber jetzt«, er küsste ihn, »jetzt will ich dich nackt. Und zwar schnell.«

Schwungvoller als geplant schwang Fabian Izaak auf seine Schulter. Dieser ließ einen quietschenden Schrei los, woraufhin Fabian laut loslachen musste. In wenigen Schritten war er im Schlafzimmer und legte Izaak vorsichtig auf dem Bett ab, darauf bedacht, ihm nicht die nächste Verletzung zuzufügen. Während er Izaak vor sich beobachtete, griff sich dieser in den Schritt und sah ihn provokativ an. »Du bist so romantisch«, stellte Fabian trocken fest.

Grinsend öffnete Izaak den Knopf seiner Jeans und zog den Reißverschluss auf. »Das mit der Romantik ist so eine Sache, wenn mein Schwanz abgewürgt wird.«

»Na, dann wollen wir ihn befreien, damit er keinen Schaden nimmt.« Fabian zog Izaaks Hose über seine Beine, wobei er ihn gleichzeitig seiner Unterwäsche entledigte.

Lusttropfen verfingen sich im Stoff von Izaaks Shirt und als Fabian es zurückschob, zogen sich Fäden über Izaaks Bauch. Fabians Blick verfing sich an der Stelle, die ihn, feucht vom Vorsaft, zu rufen schien. Mit einem Knie drückte er Izaaks Beine weiter auseinander und sank zwischen ihnen auf den Boden.

Er packte Izaak an den Hüften und zog ihn näher zu sich. Izaaks Füße berührten nun vollständig den Boden und sein Becken hob sich leicht über den Bettrand. Er zog ein Bein an und rutschte noch näher zu Fabian. Der strich über die Seiten, die Oberschenkel Izaaks und beugte sich schließlich nach vorne. Mit seiner Zunge fuhr er über Izaaks Bauch, um die Lusttropfen aufzufangen. Der Geschmack traf ihn direkt im Zentralnervensystem seines Gehirns.

Er schloss die Augen und die Sensation vervielfachte sich. Noch nie war er sonderlich auf den Geschmack eines Partners versessen gewesen. Manchmal tolerabel, manchmal durchaus reizvoll, war Izaak so viel mehr. Lag es daran, wie Izaak schmeckte? Izaaks Geruch und die salzige Würze, die er mit sich brachte, waren durch nichts ersetzbar.

Unter ihm wand sich Izaak und Fabian hielt ihn an den Hüften fest. Langsam fuhr er mit der Zunge über den Bauch, Izaaks Nabel, hinab zu seiner Leiste. Wie immer wurde er von den Piercings an Izaaks Damm wie magisch angezogen. Mit flacher Zunge leckte er einmal über sie, die Hoden, den kompletten Schaft entlang.

Er sah Izaaks Oberkörper entlang und beobachtete ihn, wie dieser mit seinen Fingern über seine Brustwarzen fuhr. Sanft schloss er seine Lippen über Izaaks Spitze und schob mit ihnen die Vorhaut zurück. Fabian ließ seine Zunge über Izaaks Eichel tanzen, um schließlich leicht daran zu saugen. Eine Hand jetzt im Laken verkrallt drückte Izaak seinen Oberkörper durch, während die andere mit einem Brustwarzenpiercing spielte. Hastig öffnete Fabian seine eigene Jeans so weit wie nötig. Seine eigene Erektion pochte heiß und zum ersten Mal stellte er sich die Frage, ob er *hands free* kommen könnte. Der Anblick Izaaks, wie er sich bewegte, sein Stöhnen, der sichere Griff, mit dem er sich selbst Befriedigung verschaffte und dazu diese besondere Note auf den Geschmacksknospen in Fabians Mund schienen genug. Doch die eigene Lust war zu überwältigend, als dass er den Nerv für Experimente hätte.

Mit gezieltem Griff nahm er sich an der Wurzel, um seine Erektion im wahrsten Sinne des Wortes in den Griff zu kriegen. Seine andere Hand führte er zu Izaaks Schwanz und strich genüsslich auf und ab. Vorsichtig ließ er dessen Ständer zwischen seiner Faust hervorgleiten. Er ließ Izaak los und schwebte mit seinen Fingern über dessen Damm. Sanft schob er sie weiter bis zu Izaaks Eingang. »Kann ich dich hier berühren?«

Izaak schob sich auf den Ellenbogen seiner freien Hand und sah ihn aus glasigen Augen an. »Ich hab doch gesagt, ich bin flexibel.«

Fabian küsste die Schwanzspitze, was Izaaks Rede durch einen Zischlaut seinerseits unterbrach. »Das hab ich nicht vergessen, aber ich will wissen, ob du *jetzt* hier berührt werden willst.«

»Du bist völlig unwirklich. Wenn ich nicht Angst hätte, dass du mit dem aufhörst, was du gerade vorhast, würde ich dich küssen.«

Fabian grinste ihn breit an. »Lass mich mal machen, bevor wir uns küssen.« Er beugte sich vor und leckte einmal mit der gesamten Breite seiner Zunge über den Intimschmuck. Izaak roch frisch, nach Seife. Beflügelt von Izaaks Lauten, führte er seine Zunge zu Izaaks Loch. Nein, nicht irgendeine Seife. Izaak roch ein bisschen nach seinem Duschgel. Tropische Früchte mit einem Hauch Minze. Der

Seifengeschmack blieb aber. Wie ein sorgfältig vorbereitetes Buffet nur für ihn. Leckend und küssend entdeckte er den engen Eingang, der sich mit jedem Strich mehr entspannte. Zielsicher drückte er seine Zungenspitze hinein.

Er ersetzte seinen Mund mit seinem Daumen und führte seinen Mund wieder Izaaks Schwanz entlang, bis er diesen schließlich vollständig zwischen seinen Lippen verschwinden ließ. Izaaks ordentlich getrimmtes Schamhaar berührte leicht seine Lippen. Fabian zwang sich, seinen Kiefer zu entspannen, um das Gefühl der Fülle möglichst lange erhalten zu können. Ein Auge begann zu tränen.

»Fuck«, hörte er Izaak. Fabian sah aus verhangenen Augen nach oben in Izaaks von Bewunderung gezeichnetes Gesicht.

Izaak richtete sich weiter auf und streckte einen Arm aus. Sanft ließ er seine Finger über Fabians Kopf gleiten. Erst jetzt schien er zu bemerken, dass Fabian seinen eigenen Schwanz mit festen Strichen bearbeitete. Izaaks Augen wurden größer, als sein Blick auf Fabians Hand um dessen Ständer landete. Sein erneutes »Fuck« begleitete er mit Stößen seines Beckens. Fabian zog seinen Finger aus Izaak und musste den Sog um dessen Erektion lösen. Stattdessen begann er, seinen Mund darum hinauf- und hinabgleiten zu lassen. Er variierte sein Saugen und beobachtete dabei, wie Izaak reagierte.

Bald war es ihm aber nicht mehr möglich zu unterscheiden, welches Stöhnen und welches Aufatmen auf welche seiner Berührungen zurückzuführen war. Und es war egal.

Im gleichen Maße, in dem Izaaks Bewegungen unkoordinierter wurden, rieb sich Fabian schneller und heftiger, bis er schließlich mit einem erstickten Aufschrei, der durch Izaaks Schwanz in seinem Mund gedämpft wurde, kam. Gleichzeitig schien dies Izaaks Zeichen zu sein, selbst kommen zu dürfen. Er ergoss sich in Schüben in Fabians Mund, der gierig versuchte, alles aufzunehmen und zu schlucken. Mit einem Seufzer fiel Izaak zurück aufs Bett. Fabian ließ Izaaks Schwanz zwischen seinen Lippen hervorgleiten und stützte seinen Kopf gegen Izaaks Oberschenkel. Mit dem Handrücken wischte er sich über den Mund.

»Komm her«, forderte ihn Izaak auf. Doch Fabian blieb noch einige Augenblicke in der Position, in der er war.

Er öffnete die Augen und sah auf sich herab. Er würde erst mal sehen müssen, wohin er seinen Orgasmus verteilt hatte, bevor er zu Izaak krabbeln konnte. Unter seiner Wange spannten sich Izaaks Oberschenkelmuskeln und Fabian spürte eine Hand im Nacken. »Hör auf zu denken und komm einfach her.«

Fabians Stoppel rieben über die Haare auf Izaaks Bein, als sich sein Gesicht zu einem Lächeln verzog.

Ungelenk erhob er sich und streifte sich dabei seine Hose mit den Füßen ab. Er zog seine Unterhose daraus hervor und wischte sich die Hand daran ab. »Diesmal hab ich wenigstens genügend Wechselwäsche dabei«, murmelte er, während er sich neben Izaak auf das Bett in dessen neben sich ausgestreckten Arm legte. Izaak zog ihn zu sich und küsste ihn, als ob sein Leben davon abhinge. Seine Jeans war längst auf dem Boden gelandet und er legte ein Bein über Fabian. Dieser hatte Mühe, mit dem gierigen Fordern von Izaaks Zunge mitzuhalten. Izaak drehte sich auf ihn und seine Strähnen fielen auf Fabians Gesicht. Leicht kitzelten die Spitzen seine Augen, die Nase.

Angesteckt von Izaaks Enthusiasmus hob Fabian den Kopf und kam ihm weiter entgegen. Sie waren beide noch hart – oder schon wieder. Fabian öffnete seine Beine, damit Izaak dazwischen Platz fand. Mit beiden Händen an Izaaks Po presste er dessen Becken gegen sich, als die Klingel ertönte. Ein lautes Stöhnen entfuhr ihm und Izaak begann zu lachen. »Zumindest klingelt er diesmal.«

»Aber er ist zu früh. Viel zu früh. Und wir hatten noch was vor. Du in mir. Du siehst wohl in allem nur das Positive?«, beschwerte sich Fabian im Spaß mit einem Grinsen

Nachdenklich sah Izaak auf ihn herab. »Ich weiß nicht. Aber im Moment bin ich zu glücklich, um irgendwas negativ zu sehen.«

Die Aussage überraschte Fabian derart, dass er nicht reagieren konnte, als ihm Izaak entschlüpfte.

»Ich mach die Tür auf, du kannst dich noch frisch machen?« Izaak schlüpfte in eine lockere Hose und zog sich ein Shirt über, die auf einem Hocker lagen.

»Schieb doch bitte meine Tasche noch hier rein.«

Mit einem Nicken wandte sich Izaak ab und kam kurz darauf mit der Tasche zurück. Hinter ihm konnte Fabian bereits Tobi und Nadine hören. Ein Zwinkern war das Letzte, was Fabian sah, bevor Izaak die Tür schloss.

# Kapitel 12

**Izaak**

Eingekuschelt an Fabians Seite zu liegen war himmlisch.

Zugegebenermaßen war es eigentlich nicht so toll, da es viel zu heiß war. Der Tag war bereits warm gewesen und seine Wohnung lag zwar nicht unterm Dach, dennoch hatte sich die Hitze des Frühsommertages durch die Ritzen des Altbaus geschlichen und war bis jetzt nicht mehr gegangen.

Tobi hatte ihnen Margaritas gemixt und sie saßen bei geöffneten Fenstern im Wohnzimmer. Langsam kühlte die Luft leicht ab und Izaak bildete sich ein, eine kühle Brise striche mittlerweile durch den Raum. Auch wenn sie der Raumtemperatur nicht wirklich Herr wurde. Er richtete sich leicht auf, was ihn etwas von Fabian wegschob. Dieser ließ seine Hand auf Izaaks Schulter fallen.

Tobi unterbrach seinen Redeschwall über seine Eroberung der Woche und schüttelte den Kopf. »Ihr seid zu süß. Ich kriege Karies mit euch.«

Izaak drehte sich zu Fabian und küsste dessen stoppelige Wange. Er liebte das Kratzen auf seinen Lippen. »Gar nicht wahr.«

Nicht anders als erwartet, sagte Fabian nichts, sondern lächelte nur.

Er strich Izaak das Haar aus den Augen und sein Blick verfinsterte sich.

»Oh, wow. Das sieht man ja immer noch.« Tobi hörte sich überrascht und fast etwas erschrocken an.

»Was hast du denn da gemacht?« Nadine betrachtete Izaaks Kopf, als wären ihm Hörner gewachsen.

Doch bevor er noch erklären konnte, was geschehen war, schmückte Tobi die ganze Geschichte in den buntesten Farben aus und gab sie derart detailgenau wieder, dass selbst Izaak lachen musste. Hatte er ja einen wesentlichen Teil verschlafen, war es wahrscheinlich nicht überraschend, dass ihm manches tatsächlich neu vorkam.

Als Tobi fertig war, neigte er sich etwas nach vorne, um Izaaks Schläfe zu betrachten. »Ich erinnere mich noch aus Kindertagen: Nach blau kommt lila, dann grün, dann gelb. Alter lass dir sagen, dieses kackfarbene Grün-Gelb ist nicht deine Farbe. Da passte das Blau besser zu deinen Augen.«

»Ha, ha!« Izaak warf ein kleines Kissen nach ihm.

Geschickt duckte sich Tobi und balancierte unter einem dramatischen Aufschrei sein Cocktailglas. »Aufgepasst! Nur weil du aussiehst wie Karl Lagerfelds schlimmster Alptraum in Jogginghose und mit ungestyltem Haar auf der Couch, muss das nicht für alle gelten. Beinahe hättest du meine Frisur zerstört. Und mein Getränk verschüttet. Was ist mit dir los?«

Verlegen fuhr sich Izaak über sein zugegebenermaßen sehr bequemes, aber doch stylisches Shirt. Und er trug doch keine Jogginghose. Das Schild hatte sie als Clubwear Jogginghose ausgewiesen. Seine immer noch nackten Füße zog er zu sich heran. Es war das Erstbeste gewesen, das er in die Finger bekommen hatte, als er etwas überstürzt zur Tür geeilt war.

Dennoch würde er sich sicher nicht umziehen, um mit seinen Freunden hier abzuhängen. Und mit Fabian. Dieser strich ihm über den Nacken und zog ihn zu sich. »Du siehst fantastisch aus.« Sanft ließ er seine Lippen über Izaaks schweben. In diesem Moment nahm Izaak nur sie beide wahr. Bis Nadine seufzte.

»Ich sag's nur ungern, aber ihr seid wirklich lästig. Wenn ihr uns nur eingeladen habt, um uns Singles zu zeigen, wie toll ihr es habt, gehe ich wieder.« Sie zwinkerte ihm zu.

Er wusste, dass sie nur scherzte. Aber trotzdem … »Ich hab euch nicht eingeladen.«

Tobi fing zu lachen an und Nadine drehte sich zu ihm. »Was? Du hast gesagt …«

»Den zwei Turteltauben schadet es nicht, wenn sie mal auftauchen müssen, um Luft zu holen.«

»Na, ich weiß nicht«, grummelte Izaak vor sich hin. Und sowohl Nadine als auch Tobi lachten laut auf.

»Wir können gehen«, bot Nadine an.

»Noch nicht«, protestierte Tobi erneut.

Fabians Lachen schüttelte seinen ganzen Körper und Izaak sah ihn amüsiert an. »Bleibt«, sagte Fabian bestimmt. »Ihr seid schon mal da. Es wäre wohl unhöflich, euch direkt zu bitten zu gehen.«

»Dein Freund ist sehr vernünftig, Izi, es wäre viel höflicher, uns zu bitten, zu kommen.«

Fabian verschluckte sich an dem Getränk, aus dem er gerade einen Schluck nehmen wollte und ein nicht unbeachtlicher Teil des Inhalts schwappte über den Rand auf ihn, was das allgemeine Gelächter noch befeuerte. Oder hatte er sich wegen des Begriffs *Freund* erschrocken? *Freund.* Sie hatten das Wort nicht in den Mund genommen. Benutzte man den Begriff überhaupt noch? *Partner? Sein Kerl, sein Mann?* Sie hatten sich geeinigt, dass sie der Sache zwischen ihnen eine Chance geben wollten. Bei genauerer

Betrachtung wirkte Fabian auch nicht panisch. Immer noch amüsiert. Vielleicht sollten sie das Thema noch mal anschneiden. Später. Zu gegebener Zeit.

Während Fabian mühselig versuchte, die verschütteten Tropfen von seiner Hose zu wischen und Tobi dabei mit weiteren unflätigen Kommentaren nicht im Geringsten half, die Situation zu verbessern, klingelte es an der Tür. Fragend sah Nadine Izaak an. »Erwartest du noch jemanden?«

Er schüttelte den Kopf. »Es ist Tobis Party. Keine Ahnung, wen er eingeladen hat. Ich schau mal nach.«

Hinter ihm herrschte noch der größte Trubel, als er die Wohnungstür öffnete. Izaak bemerkte, wie er selbst immer noch strahlte. So fand er Nick mit hochgezogenen Augenbrauen im Treppenhaus.

»Nick! Solltest du nicht längst im *Fincken* sein?«

»Auch dir ein Hallo, kleiner Bruder. Solltest du nicht mal an dein Telefon gehen?«

Izaak zuckte mit den Schultern, während er die Tür weiter öffnete, damit Nick durchgehen konnte. »Keine Ahnung, wo das ist. Hattest du geschrieben?«

»Mehrmals«, lamentierte Nick, als er die Schuhe auszog. »Aber ich höre schon, du bist beschäftigt.«

Krampfhaft überlegend, wie er taktisch am besten vorgehen sollte, ging Izaak hinter Nick ins Wohnzimmer. Er würde Fabian nicht verleugnen. Jedoch hatte er sich den Zeitpunkt und die Umgebung etwas optimaler vorgestellt, wenn er Nick von seinem neuen Freund erzählte. *Freund? Partner?* Er wollte das alles nicht verkomplizieren, jedoch sollten sie sich vermutlich tatsächlich bald über Begrifflichkeiten unterhalten. Oder auch nicht? Das Risiko, etwas kaputt zu reden, wollte er nicht eingehen.

»Hallo?« Nick hörte sich schon beim ersten Wort komplett angepisst an. Was war nur immer sein Problem?

»Nicky! Du großer, alter Mann, komm her zu deinem kleinen Jungen.« Und wenn Tobi so weitermachte, würde Nick ihm wirklich bald den Kopf abreißen.

Nicks Antwort war ein unverständliches Knurren und Brummen, von dem Izaak hoffte, dass es Tobi unkommentiert lassen würde. Nadine war aufgestanden und es schien, als ob Nick ihre Umarmung dankbar erwiderte. Zumindest schubste er sie nicht von sich, was die Aura, die er ausstrahlte, durchaus befürchten ließ. Während Nick und Nadine ihre Arme noch umeinandergeschlungen hatten, setzte sich Izaak vorsichtig neben Fabian. Dieser saß stocksteif auf dem Sofa, sodass Izaak alle Überlegungen sausen ließ und mit einem, wie er hoffte, zuversichtlichen Lächeln seine Hand auf Fabians Knie legte. Dieser zuckte leicht zusammen und schickte Izaak nur ein verkniffenes Verziehen seines Mundes, das in keinem Universum als Lächeln durchgehen würde.

Nick drehte sich zu ihnen und musterte Fabian von oben bis unten. Sein Gesichtsausdruck sollte vermutlich Neutralität widerspiegeln, aber Izaak wusste, sein Bruder war ein Pulverfass. Schlimmeres musste er selbst verhindern.

»Nick, das ist Fabian. Fabian, mein Bruder.«

Fabian sprang auf und hielt Nick seine Hand hin, die dieser langsam ergriff. »Es freut mich. Diesmal offiziell und nun wirklich. Nicht mehr nur als Mandant.«

Fabian verzog das Gesicht etwas bei Nicks letzten Worten und Izaak hatte den Eindruck, sein Bruder musterte *seinen Freund*, so als ob er selbst nicht recht wusste, was das alles bedeutete.

»Nicky, was machst du überhaupt hier? Solltest du nicht längst in deiner Bar sein?« Selten war Izaak für Tobis große Klappe so dankbar gewesen wie in diesem Moment. Ob es daran lag, dass Tobi weiter an seinem Bruder herumsticheln wollte, oder ob er Fabian helfen wollte, aus Nicks Fokus zu geraten, war ihm herzlich egal.

Wie so oft, wenn Tobi ihn ansprach, verhärtete sich Nicks ganze Mimik. Zu gern wüsste Izaak, was die beiden für ein Problem miteinander hatten.

Sein Bruder war nicht der einfachste Mensch, den es gab, jedoch war er trotzdem ein liebevoller Kerl. Zu allen Lebewesen. Am härtesten war er zu sich selbst und versuchte eher, eine Stützte für andere zu sein. Manchmal vergriff er sich hierbei im Ton, jedoch war er eigentlich anderen gegenüber nie ungerecht – außer gegenüber Tobi. Was da zwischen Nick und Tobi los war, war Izaak unbegreiflich. Vor allem, weil für ihn selbst beide so unglaublich wichtig waren.

Jedes Mal, wenn er sie darauf ansprach, versicherten sie völlig unabhängig voneinander, dass sie kein Problem miteinander hätten und er sich keine Sorgen machen müsste. Es bestünde kein Anlass für Izaak, Rücksicht zu nehmen, weder auf Tobi noch auf Nick. Alles wäre bestens. Sie bemühten sich dann auch wieder offensichtlich, Izaak in Sicherheit zu wiegen. Bis sie all ihre Worte wieder zu vergessen schienen. Dieser Zeitpunkt war anscheinend bald wieder erreicht.

»Es spricht ja wohl nichts dagegen, nach meinem kleinen Bruder zu sehen.« An Izaak gewandt fuhr er fort: »Dein

Fehler war, Mums Nachrichten zu ignorieren. Du kannst froh sein, dass nur ich hier bin.«

Izaak verdrehte die Augen, konnte aber auch ein Grinsen nur schwer unterdrücken. Wenn ihre Mutter sich etwas in den Kopf gesetzt hatte, erreichte sie ihr Ziel. Koste es, was es wolle.

»Wie du siehst, ist alles Bestens. Ich hatte die Woche echt Stress, das ist alles. Und heute, äh, hab ich noch gar nicht richtig mein Handy gecheckt.«

Izaak ging zur Küchenanrichte und tippte sein Telefon an. »Ha. Tatsächlich. Du hast ja sogar versucht anzurufen. Sorry, du hättest dir keine Sorgen machen müssen. Ich war nur … beschäftigt.«

»So beschäftigt wäre ich auch gerne.« Tobi hatte sich genüsslich zurückgelehnt und die Beine übereinandergeschlagen. Nick konnte das vermutlich nicht sehen, da er ihn konsequent ignorierte und stattdessen Izaak anstarrte.

Kopfschüttelnd ging dieser zurück zum Sofa und setzte sich wieder neben Fabian. Dabei strich er sich die Strähnen, die ihm ins Gesicht gefallen waren, zurück. Als er wieder aufsah, war Nick bereits mit zusammengekniffenen Augen auf ihn zugegangen und sah ihn mit einem wütenden Gesichtsausdruck an. Er ging noch näher an ihn heran und deutete in Izaaks Gesicht.

»Hab ich da was?« Unsicher fuhr sich Izaak über den Mund.

»Was … was ist das da an deinem Auge?«

Izaak winkte nur ab, als ihm klar wurde, was Nick so irritiert hatte. »Ich hab mich nur gestoßen. Das ist nix.«

Doch Nick hatte offenbar Blut geleckt – vielleicht sogar im wahrsten Sinne des Wortes – und hing nun wie ein

Bluthund über ihm. »Wo hast du dich denn da bitte gestoßen? Das sieht aus, als ob es mal viel größer war. Ist das der Grund, wieso du am Mittwoch nicht zum Essen gekommen bist?«

»Nick, geh weg von mir. Ich sag doch, es ist nichts.« Izaak versuchte, Nick von sich zu schieben, der keinen Millimeter abrückte. »Es war ein Unfall.«

»Wirklich Nick, ich fühle mich immer noch schrecklich, aber es war ein Unfall.«

Nicks Kopf schnellte so abrupt zu Fabian, dass Izaak Sorge hatte, er würde vom Hals abgerissen und sich einmal um sich selbst im Kreis drehen.

»Du warst das?«

Fabian hob abwehrend die Hände vor sich, was ihn von Izaak wegschob. »Es war ein Unfall, wirklich …«

Doch Nick ließ Fabian nicht weiter zu Wort kommen und fuhr ihn an: »Wie kann das ein Unfall sein, wenn ich jemanden so zurichte?«

Izaak versuchte Nicks Aufmerksamkeit zu erlangen, indem er ihm am Arm zog. »Fabians Ellbogen hat mich wirklich nur ganz blöd an der Schläfe getroffen.«

»Bitte was? Der Ellbogen? Und du konntest nicht ausweichen?«

»Ich … ich …«

»Du was?«

»Ich … ich hab geschlafen?«

Nick machte den Eindruck, gleich auf Fabian loszugehen. »Während er geschlafen hat?« Er deutete auf Izaak.

Plötzlich ertönte Tobis Stimme. Laut und viel tiefer, als Izaak es gewohnt war. »Jetzt führ dich nicht so auf, Nick.

Das passiert schon mal, wenn drei Menschen im Bett zusammen sind.«

Langsam machte sich Izaak Sorgen um Nicks Wirbelsäule. Der Kopf hatte es noch geschafft dran zu bleiben, so heftig wie er sich aber zu Tobi umdrehte, würde vermutlich von den Bandscheiben außer Staub nicht mehr viel übrig sein.

Doch Tobi redete unbeirrt weiter: »Da geht es manchmal hektisch her. Ich habe Fabian überrascht, Izaak hat's überlebt und er wurde dafür reichlich entlohnt.« Das Letzte sagte er mit einem Augenzwinkern in Nicks Richtung und Izaak war fast froh, dessen Gesichtsausdruck nicht zu sehen.

»Du und er und …« Nick hatte sich jetzt wieder umgedreht und deutete zwischen Fabian, Izaak und Tobi hin und her. »Ihr …?«

Izaak konnte sich nicht erinnern, seinen Bruder je derart verloren gesehen zu haben. Als sein Ex ihn erpresst hatte, hatte Nick gewütet. Sofort war er in einen Aktionsmodus verfallen. Wut, Zorn, Rache, Aktionismus, Tatendrang, Eifer. Die Liste ließe sich unendlich weiterführen. Aber noch nie hatte er ihn so hilflos gesehen. Was war mit ihm los? Das würde er aber hier und jetzt nicht mehr rauskriegen. Und es war längst Zeit, dieses Spiel hier zu beenden.

Energisch stand Izaak auf. Wieso geriet er immer in derartige Situationen? Es reichte nicht zu sagen, er sei kein kleines Kind mehr. Er musste den Worten Taten folgen lassen. »Schluss jetzt! Nick, es ist nichts passiert. Fabian wollte mich vor einem vermeintlichen Einbrecher schützen, was aber nur Tobi war, der einen Schlafplatz gesucht hat. Ein dummer Zufall. Ein blaues Auge, das nichts mit meinem verpassten Essen am Mittwoch zu tun hat. Ich habe dir gesagt, ich hatte zu arbeiten. Ende der Diskussion.«

Leider hatte diese Rede nicht den erhofften Effekt. Und Izaak konnte den Wandel, der nur eine Sekunde dauerte, vor seinen Augen beobachten. Nick lief bereits wieder zu Hochform auf.

»Du forderst von mir, mich zurückzuhalten. Aber du bist zu gutgläubig. Ich habe dir gesagt, du sollst vorsichtig sein.« Als Nick dabei auf Fabian deutete, sah Izaak rot. In seinen Ohren rauschte es.

»Das geht zu weit. Sag zu mir, was du willst, aber beschuldige nicht Fabian wegen irgendwas, was du dir in deinem negativen Hirn zusammenspinnst.«

»Ich spinn mir nichts zusammen, ich will dich beschützen, wann verstehst du das endlich?«

»Was du willst«, nun war auch Tobi aufgesprungen, »ist andere kontrollieren. Du bist ein Kontrollfreak. Es geht dir nicht um die anderen, es geht dir nur um dich. Deine Vorstellungen, deine Moral, deine Regeln. Du nimmst niemanden anderen für voll außer dich. Dein Getue kotzt mich an. Izi ist vor Jahren in die Scheiße getreten. So what? Er ist nicht der Erste und nicht der Letzte. Das ist das Leben, Nicky. Wir stehen auf und es geht weiter. Wir machen neue gute und neue schlechte Erfahrungen. Aber wir machen wenigstens Erfahrungen und verstecken uns nicht hinter irgendeinem sinnlosen Gelaber. Izis Erfahrungen hätten viele andere gebrochen. Aber dein Bruder ist der beste Mensch, den ich kenne. Er ist immer noch offen anderen gegenüber. Er ist für andere da. Er gibt Menschen eine Chance. Er lebt. Frei.«

Mittlerweile schien Nick Izaak und Fabian vergessen zu haben. Tobi und Nick standen sich so nah gegenüber, dass kaum eine Handbreit zwischen sie passte. Was in Nick vorging, konnte Izaak nur erahnen. Er schien kurz davor, zu platzen. Wirklich zu platzen. Kaum hörbar herrschte er Tobi an und packte ihn an den Schultern: »Genau so ein Gerede: Freiheit. Offenheit. Chance geben. Das bringt euch in Schwierigkeiten. In ernste Schwierigkeiten. Hast du denn nichts gelernt aus dem, was Izaak passiert ist? Wie kannst du so reden? Ich bin für Izaak da, egal, was passiert. Aber wie kannst du so leichtsinnig mit deinem Körper und deinem Verstand umgehen? Wer ist für dich da, dich aufzufangen, wenn du in der Scheiße steckst?«

Abrupt riss sich Tobi von Nick los und reckte sein Kinn in die Luft. Nadine beobachtete beide mit weit aufgerissenen Augen. Ihre Blicke suchten bei Izaak um Hilfe, doch sein Herz schlug wie wild. Seine Hände zitterten. Er traute seiner Stimme nicht. Sie drohte zu brechen, falls er in dem Moment versuchen würde, etwas zu sagen.

Aber Tobi kam ihm ohnehin zuvor. »Du nicht. Da mach ich mir schon keine Illusionen. Keine Sorge, Nick. Das hast du mehr als deutlich gemacht.« Tobi drehte sich um und war in Sekundenschnelle im Flur verschwunden.

Nadine rannte ihm hinterher. »Ich ruf dich an«, raunte sie auf ihrem Weg in Izaaks Richtung. Dieser lief beiden hinterher und erreichte Tobi gerade noch an der Haustür. Izaak versuchte ihn festzuhalten. Doch Tobi hielt nur eine Hand auf. »Bitte jetzt nicht. Lass uns … jetzt nicht.« Mit diesen Worten war er aus der Tür und Nadine stürmte fluchend hinterher.

Das Gefühl, sein Blut würde überkochen, brachte Izaak schier um den Verstand. War sein Bruder irre geworden? War er wirklich so von sich selbst überzeugt, dass er jede Grenze überschritt? Als er zurück ins Wohnzimmer kam, setzte Izaak an, um Nick zu sagen, dass hiermit jede brüderliche Fürsorge überschritten war.

Wie versteinert blieb er im Türrahmen stehen. Nick saß auf dem Sessel, auf dem Tobi bis vor kurzem residiert hatte. Den Kopf in seine Hände gestützt, schien er heftig zu atmen. Fabian stand vor ihm und sah Izaak ratlos an.

»Nick?«

Nick schreckte hoch und sah Izaak aus weit aufgerissenen Augen an. »Es tut mir so leid. Ich entschuldige mich bei ihm. Und bei dir.« Er drehte sich zu Fabian. »Sorry. Ich … hab keine Entschuldigung.« Schnell stand er auf und sah Izaak eindringlich an. »Ich habe einfach Angst um euch. Um dich und Tobi. Da draußen sind so viele Freaks.«

Unschlüssig öffnete Izaak den Mund und schloss ihn wieder. Seine Wut war viel zu groß, um mit dieser Version seines Bruders klar zu kommen.

»Aber mit meiner Angst muss ich anders umgehen.« So als ob er eine Entscheidung getroffen hätte, nickte er. »Solltest du was brauchen, bin ich immer für dich da.«

Endlich schien Izaak seine Stimme wieder gefunden zu haben. »Das ist gut und recht, aber Tobi …«

»Bei Tobi werde ich mich entschuldigen. Ich verspreche es. Ich regle das.«

Und zum wiederholten Male waren sie an diesem Punkt. Izaak wollte endlich wissen, was hinter dieser seltsamen

Spannung zwischen Nick und Tobi lag. Es ging schließlich auch um ihn. »Okay. Aber was war das gerade, Nick? Wirklich? Was ist zwischen euch los?«

Heftig den Kopf schüttelnd wehrte Nick ab: »Nichts. Absolut nichts. Ich regle das. Versprochen. Und es kommt nie wieder vor. Das war das letzte Mal. Ich hab mich jetzt im Griff.«

Izaak war so weit, die Augen zu verdrehen. Aber was blieb ihm anderes übrig? Er selbst würde mit Tobi reden.

Mit dem Daumen in Richtung Tür weisend, legte Nick den Kopf leicht schief. »Ich gehe. Und entschuldige noch mal. Es tut mir leid. Wirklich. Wenn du mir nichts glaubst, glaube mir bitte das.«

In wenigen Schritten war er an der Tür, die sich leise hinter ihm schloss.

Fabian stand Izaak gegenüber und er blies seine Backen auf. »Wow!« Er fuhr sich einmal über den Kopf. »Geht's dir gut?« Er öffnete seine Arme und mit einem tiefen Gefühl von absoluter Dankbarkeit lief Izaak zu ihm. Egal, was gerade hier passiert war, die erste Sorge Fabians galt seinem Wohlbefinden. Das reichte schon.

»Halt mich einfach kurz.«

Fabian fuhr über Izaaks Nacken durch sein Haar. »Natürlich!«

Langsam beruhigte sich Izaaks Herzschlag. Tief atmete er Fabians Geruch ein. Durch seinen ureigenen Duft spitzte deutlich auch Izaaks Parfum, das sich wohl auf ihn abgerieben hatte, durch. So als ob Fabian und er sich irgendwie vermischt hätten. Und er konnte den Beweis dafür aufnehmen.

Ohne sein Streicheln zu unterbrechen, zog Fabian ihn auf die Couch. Auf sich, sodass Izaak mit seinen Knien links und rechts von ihm zum Sitzen kam. »Besser?« Izaak nickte an Fabians Halsbeuge.

Izaak wusste nicht, wie lange sie so dasaßen, bis er schließlich von Fabian rutschte. »Die zwei sind immer hitzig, aber so was habe ich noch nie erlebt. Ich hoffe nur, Nick hat endlich eingesehen, dass er zu weit geht.«

»Musst du mit Tobi reden?«

Nachdenklich nagte Izaak auf seiner Unterlippe. »Nicht jetzt. Nadine ist bei ihm. Ich versuche später, ihn zu erreichen.«

»Okay.« Mit einem Kuss auf Izaaks Kopf stand Fabian auf. Er begann, die Gläser vom Couchtisch aufzulesen und trug sie in die Küche. Als er zurückkam, setzte er sich wieder neben Izaak und zog ihn zu sich. »Was hat Nick eigentlich gemeint? Was ist dir denn passiert?«

»Argh …!« Izaak fuhr sich mit beiden Händen übers Gesicht und streckte sich lange auf der Couch aus. Seine Beine legte er über Fabians Oberschenkel, der sofort begann, sie zu reiben.

»Du musst es mir nicht sagen. Ich …«

»Nein, nein, ist schon gut. Es ist nicht … nein, doch, es ist wahrscheinlich … Ich hätte es dir eh irgendwann erzählt.«

»Dann erzähl es später.«

»Nein. Jetzt ist so gut wie wann auch immer.« Während er nach Worten suchte, wurde Izaak bewusst, dass er die Geschichte das erste Mal jemandem außerhalb seines innersten Kreises erzählte. Seine Eltern, Nick, Nadine und Tobi hatten den Mist quasi live miterlebt. Aber ansonsten wussten es nur eine Handvoll Anwälte und ein, zwei eingeweihte Mitarbeiter seines Vaters. So hatte er auch garantieren können, dass die Sache eben nicht nach außen drang. So wie Izaak es selbst gewollt hatte.

»Mein Ex hat mich erpresst.« Fabian beobachtete ihn mit zusammengebissenem Kiefer. »Er hat ganz klassisch ein Sexvideo von uns gemacht, ohne mir das zu sagen.« Izaak lachte humorlos. »Ich bin so ein Klischee. Ich überlege die ganze Zeit, ob es mir nicht auffallen hätte müssen. Ob an dem Tag irgendwas anders, arrangiert war? Aber mir fällt nichts ein.« Nachdenklich schaute er zur weiß gestrichenen Decke. Nur eine moderne Deckenlampe baumelte dort. »Eigentlich hat er ja meinen Vater erpresst, er wollte Geld dafür, dass er es nicht an die Presse schickt.«

»Ich dachte, die Presse lässt euch in Ruhe?«

»Ja, schon. Aber was war in unserem Leben bisher passiert? Schule, Abschluss, Studium. Und dann kommt so ein Knaller. Ich beim Sex mit meinem Mann.«

»Wussten deine Eltern …?«

»Doch, natürlich. Es war nie ein Geheimnis, dass Nick und ich queer sind. Aber so was verkauft sich sicher nicht schlecht. Und egal, was mein Vater bis dahin gemacht hat, damit uns die Presse in Ruhe lässt, ich bin sicher, die Verbreitung eines Sexvideos hätte es nicht verhindert.«

Fabian nickte, doch sein Mund war weiter zusammengepresst. »Wie habt ihr dann den Verkauf an die Presse verhindern können? Konntet ihr?«

Ein Schreck durchfuhr Izaak. Wie stand Fabian zu der Tatsache, dass da draußen ein Video war, auf dem *sein Freund* Sex mit jemand anderem hatte? Es war nie veröffentlicht worden. Das konnte er Fabian versichern. Aber ob Andi nicht doch noch irgendwo eine Kopie hatte? Waren all diese Überlegungen überflüssig? Hatte Izaak nach diesem Bekenntnis überhaupt noch einen Freund? Aus Fabians Augen strahlte ein immenses Unwohlsein und Izaak setzte sich abrupt auf.

»Doch, doch, mein Vater konnte alles aufhalten.«

»Oh, gut. Das wäre schrecklich.«

»Mach dir keine Gedanken. Es wurde alles abgewendet.«

Mit leicht geneigtem Kopf sah Fabian ihn an. »Ich mach mir keine Gedanken um mich. Es muss schrecklich gewesen sein, für dich.«

Izaak ließ sich wieder zurücksinken. »Ja. Nach einer behüteten Kindheit mit so einer Sache ins Rampenlicht geworfen zu werden, hatte ich nie vor.« Er schüttelte den Kopf. »Na ja. Ich bin mir nicht ganz sicher, was sie gemacht haben, um alles abzuwenden. Es war wohl eine Mischung aus strafrechtlichen Drohungen, Schmerzensgeldforderungen, dass alles, was er mit dem Video verdienen würde, für Prozesse draufgehen würde. Reputationsschaden, der ihn stärker treffen würde als mich. Et cetera, et cetera. Ich weiß es nicht. Manchmal glaube ich, dass sie ihm doch etwas bezahlt haben.«

Izaak schloss die Augen. »Ich habe praktisch den Schwanz eingezogen und bin komplett untergetaucht. Hab den ganzen Mist meiner Familie überlassen. Ich hab ein Urlaubssemester genommen und bin zu meiner Gran und Gramps auf Malta. Auch wenn ich es niemandem gesagt hatte, als ich abgereist bin, hatte ich nicht vor, jemals wieder nach München zurückzukehren.« Er knabberte an der Haut an seinem Daumen, während er weiter überlegte. »Irgendwann hat Tobi das, glaube ich, obwohl wir uns da überhaupt noch nicht lange kannten, aber geschnallt. Er kam dann hinterher und … ich weiß nicht, wie ich sagen soll. Er war der Einzige, der zu mir durchgedrungen ist. Nick hatte mir zu dem Zeitpunkt klargemacht, dass wohl die Mehrzahl *meiner sogenannten Beziehungen*«, er malte mit den Fingern Anführungszeichen in die Luft, »auf die eine oder andere Art auf irgendeinen Vorteil aus gewesen waren. Sei es ein Probetraining, sei es günstig durch das Nachtleben zu kommen, eine vorübergehende Wohnung, ein kleiner Kredit … Boah. Ich will gar nicht drüber nachdenken. Ich sehe so was auch nicht so eng. Ich würde allen meinen Freunden helfen, wenn ich es könnte. Es ist ja nur Geld. Dann helf ich doch auch meinem Partner. Aber vielleicht hat Nick ja irgendwie recht, dass ich naiv bin. Du musst denken, ich bin ein völliger Loser.«

»Hey. Das tu ich nicht! Du kannst nichts dafür, dass die Welt voller Arschlöcher ist.«

»Na ja. Jedenfalls hat Tobi mir den Kopf zurechtgerückt. Aufgeben und klein beigeben ist für ihn keine Option. Und ich glaube, er hat recht. Als ich mal akzeptiert hatte, dass es bei der ganzen Sache nicht persönlich um mich ging, sondern dass Andi jeden so über den Tisch gezogen hätte, war es irgendwann leichter. Ergibt das Sinn? Und es ist nicht meine Art, abgeschieden, allein vor mich hinzuleben. Und statt mich kaputtmachen zu lassen, will ich weiter so leben, wie ich bin. Das war nicht leicht am Anfang. Aber irgendwann musste ich eine Entscheidung treffen, wie ich mit der Sache umgehen wollte. Die eine oder andere Therapiestunde, zu der mich Tobi geschleift hat, hat sicher auch geholfen.«

Fabian nickte. »Das ergibt sehr viel Sinn. Dennoch bewundere ich dich. Das ist eine unglaubliche Leistung, sich aus so was zu befreien.« Er beugte sich über Izaak und küsste ihn sanft. »Es ist gut, dass du mir das erzählt hast. Nick hat …« Fabian hob abwehrend die Hände, als er Izaaks Blick sah. »Nicht, dass ich diese Aktion verteidige. Gar nicht. Das war nicht in Ordnung. Aber Nick hat natürlich einen Grund, wieso er mir gegenüber skeptisch ist. Mittelloser Bauarbeiter schnappt sich Anwalt. Ich kann mir vorstellen, wie es für Nick aussehen muss.«

Izaak schüttelte den Kopf. »So ein Quatsch! Du bist erstens nicht mittellos. Und zweitens weiß ich, dass du so was nie machen würdest.«

»Weißt du das wirklich? Ich hätte keine ruhige Minute mehr, wenn du denkst, ich will mir irgendwelche Vorteile verschaffen.«

Als Antwort küsste Izaak ihn. »Ich weiß das.«

Die Anspannung, die ihn bis jetzt umgeben hatte, schien von Fabian abzufallen und Erleichterung war ihm ins Gesicht geschrieben. »Mann. Jetzt bin ich doppelt und dreifach froh, dass ich darauf bestanden habe, deine Rechnung zu bezahlen. Nick würde mich vermutlich aufspießen.«

Um seine Mimik zu schulen, war es vermutlich zu spät, denn Fabian sah ihn sofort voller Skepsis an. Unwillkürlich schob sich Izaak weg und ein nervöses Flattern in seinem Magen drohte, die Margaritas wieder über denselben Weg, den sie dorthin genommen hatten, aus ihm herauszukatapultieren. »Ähm. Also.«

»Du rechnest doch ganz normal ab? Oder?« Fabian setzte sich aufrecht hin und ihm schien etwas einzufallen. »Ich hab noch gar keine Rechnung gekriegt. Die kommt noch, oder?«

»Fabian. Bitte.«

»Ich hab dir klar und deutlich gesagt, dass ich die Rechnung bezahlen will.«

»Das weiß ich doch, aber das ergibt doch wirklich keinen Sinn. Ich habe dir doch erklärt, wir sind angehalten, eine bestimmte Anzahl pro bono Fälle zu bearbeiten. Dir nachträglich die Gebühren zu erlassen, ist ganz im Rahmen der Firmenpolitik. Es ist nicht nur gewünscht, sondern gefordert. Ich verdiene nicht mehr oder weniger, wenn ich deinen Fall pro bono laufen lasse. Und dein Fall ist prädestiniert. Du bist bedürftig genug.«

»Ich bin was? Bedürftig? Ist das der Grund, wieso du dich meiner annimmst? Bin ich ein Sozialprojekt von dir? Gehört das auch zur Firmenpolitik, bedürftige Fälle aufzunehmen?«

»Hör auf, das so zu sagen. Das ist nur der korrekte Ausdruck. Du bist nicht *bedürftig* in dem Sinne. Nur wenn ich dein Einkommen mit dem, was dir bleibt, gegenüberstelle und deine weiteren Verpflichtungen deiner Familie gegenüber, dann …«

»Oh, Gott. Du weißt natürlich auch, wieviel ich verdiene.«

Izaak hatte das Gefühl, kurz vor einem Zusammenbruch zu stehen. Wie konnte sich dieser Abend so entwickeln? Deutlich leiser und mit beherrschter Stimme redete er auf Fabian ein: »Das musste ich doch, wegen eines Bußgeldes. Du hast mir doch die Belege gegeben.«

Mittlerweile stand Fabian und hatte die Hände in die Hüften gestemmt. »Ja. Richtig. Hab ich.« Er drehte sich um sich selbst. Izaak stellte sich zu ihm und versuchte, seine Hand zu nehmen. Doch Fabian wich zurück. »Kein Wunder, dass Nick denkt, ich sei ein Schmarotzer.«

Jetzt biss Izaak die Zähne zusammen. Wenn Nick die Informationen, die er über Fabian so stückchenweise erhalten hatte, zusammensetzte, konnte es tatsächlich sein, dass er das alles wusste. Angefangen davon, dass Fabian Izaaks Mandant gewesen war, dass Izaak pro bono für ihn gearbeitet hatte und dass sie zu der Zeit schon etwas miteinander gehabt hatten. Scheiße. Das hatte er nicht bedacht, als er den Ball ins Rollen gebracht hatte. Er hatte Fabian doch nur helfen wollen. Und da dieser einfach zu stur war, Hilfe anzunehmen, hatte er ein bisschen nachgeholfen. Ganz egal, wie das für Nick aussah, mehr war es nicht gewesen.

Erneut schüttelte Fabian den Kopf und ging rückwärts. »Ich muss erst mal an die Luft.«

»Ich komm mit.«

»Nein. Ich … ich muss überlegen.«

In Izaak brach etwas. Sein Herz schien wie ein Ballon zu platzen, seine Lunge fiel in sich zusammen. Er bekam kaum Luft. Stattdessen hatte er nur einen Druck auf der Brust. »Bitte, Fabian. Geh nicht.«

»Ich komm schon wieder.« Fabian stand schon in der Tür. Die Turnschuhe an den Füßen verschwand er, ohne sich zu Izaak umzudrehen.

Panisch sah sich Izaak um. Was sollte er tun? Sein Blick fiel auf den Tisch. Fabians Handy lag da. Schnell lief er ins Schlafzimmer, um sich davon zu überzeugen, was er wusste: Fabians Tasche auf dem Boden, sein Schlüssel auf dem Sideboard. Er würde zurückkommen. Er musste zurückkommen.

# Kapitel 13

Fabian

Den Weg von Izaaks Wohnung zu dem nahegelegenen Park hatte Fabian in nur wenigen Minuten zurückgelegt. Nicht, dass er sich an irgendetwas erinnern konnte. Sein Kopf schwirrte.

Wie immer ging es um Geld. Immer wieder Geld, dazu kamen Nicks Anschuldigungen und die Presse. Zu viele Informationen waren auf ihn eingestürzt in dieser kurzen Zeit.

Der Streit mit Nick war so heftig gewesen. Und dass Izaak ihn einfach übergangen hatte, als er sagte, er wollte die Anwaltsrechnung bezahlen. Er brauchte keine Hilfe.

Wütend marschierte er schneller weiter. Natürlich machte so was sein Leben leichter. Aber, aber was? Er wollte nicht, dass Izaak ihn als schwach oder »bedürftig« ansah. Genau das, was er von Anfang an vermeiden wollte, war eingetreten. Er wollte ein gleichberechtigter Partner sein. Auch wenn sie nicht dieselben finanziellen Mittel hatten, mussten sie doch eine Ebene finden, auf der sie sich gleichberechtigt in die Augen sehen konnten.

Genauso ein Chaos wollte er nicht. Genauso einen Mist brauchte er nicht in seinem Leben. Deshalb wollte er keine Beziehung.

Frustriert schüttelte er den Kopf. Er wollte nicht irgendeine Beziehung, aber Izaak? Fabian hatte keinen Zweifel, dass seine Absichten absolut gut gemeint waren. Er kannte ihn nicht lange, aber alles, was er über ihn gelernt hatte, war, dass er in seiner Hilfsbereitschaft weit über das Maß hinaus ging, was für viele als angemessen galt.

Aber Fabian wollte niemand sein, mit dem man Mitleid haben musste. Er wollte niemand sein, um den sich Izaak kümmern musste. Er wusste, er konnte ihm nichts bieten, aber zumindest wollte er nicht auch noch eine Last sein. Mal ganz abgesehen davon, wie Izaaks Familie ihn sehen musste. Argh, es war furchtbar.

Als Izaak ihm vor einer Woche von seiner Familie erzählt hatte, hätte Fabian niemals im Traum daran gedacht, selbst mit der Presse in Berührung zu kommen. Er selbst würde derartige Angriffe aushalten. Aber seine Schwester? Seine Mutter? Wie wahrscheinlich war es, dass er überhaupt in den Fokus der Presse geraten würde? Sehr unwahrscheinlich, wenn er Izaaks Worten Glauben schenken konnte. Und er wusste, das konnte er. Dennoch war diese Info wie ein weiterer Schlag gekommen. Die Presse. Eine weitere Komplikation, die er überhaupt nicht brauchte. Aber es ging um Izaak.

Fabians Hals brannte. Er hatte das Gefühl, er hätte die letzten Minuten schreiend verbracht, obwohl er keinen Ton geäußert hatte. Tief Luft holend blieb er stehen und sah sich um.

Das war kein Park. Er befand sich auf einem Friedhof. Fabian sah sich um. Die Gräber waren alle alt. Sehr alt! Jedoch waren sie alle ordentlich gepflegt. Die letzten Todesfälle lagen bis Ende 1800 oder Anfang 1900 zurück. Wann wurde aus einem Friedhof ein Park? Oder blieb es immer ein Friedhof, der sich nur augenscheinlich in einen Park verwandelte?

Langsam ging Fabian weiter und las die Inschriften, soweit er sie entziffern konnte. Schwierig war dies nicht nur, da aufgrund der Tageszeit kaum mehr Tageslicht vorhanden war, sondern es lag insbesondere an der Sütterlinschrift. Die Namen kamen ihm oftmals bekannt vor. Nachnamen, die sich jetzt als Straßennamen in München wiederfanden, Biermarken. Diese Entdeckung weckte seine Neugier und eifrig schritt er die Gräber ab. Die Bäume, die ihn zu der Annahme verleitet hatten, er befände sich in einem Park, bildeten ein dichtes Dach über der Anlage. Langsam kamen seine Gedanken zur Ruhe und er hatte nicht mehr das Gefühl, wie ein Tier gehetzt durch die Anlage zu laufen.

Ein Herr kam auf ihn zu. »Sie müssen etz geh. I sperr glei zua.«

Fabian nickte. Sein Gemüt hatte genügend Zeit gehabt, um abzukühlen. »Ich bin schon weg.« Er fühlte sich erschöpft. Aber was er noch viel mehr fühlte, war, dass er zurück zu Izaak wollte. Hoffentlich hatte er durch seinen Abgang keinen unkorrigierbaren Riss zwischen sie gebracht.

Die Tür zur Wohnung wurde aufgerissen. Izaak stand mit unlesbarer Mimik vor ihm. Alles, was Fabian wollte, war sich in seine Arme zu flüchten. Die Gedanken, die ihn so geängstigt hatten, waren nicht weniger geworden. Jedoch schienen sie jetzt viel tragbarer. »Kann ich rein?«

Wie aus einem Traum gerissen, öffnete Izaak die Tür und trat von ihr weg. »Sicher.« Er wrang seine Hände vor sich und sein Blick huschte über Fabian, ohne an ihm haften zu bleiben. Was hatte Fabian nur getan?

Er ging einen Schritt auf Izaak zu. »Kannst du herkommen?« Ehe er seinen Satz beendet hatte, umschlangen ihn schon Izaaks Arme. »Es tut mir leid. Ich hätte nicht einfach abhauen sollen«, flüsterte er in Izaaks Haar. Dieser antwortete nicht, sondern drückte ihn einfach fester. »Kann ich dir kurz erklären, was mich so fertig gemacht hat?«

Izaak nickte an seiner Brust. Ein warmes Gefühl, das sich am ehesten als Erleichterung beschreiben ließ, machte sich in Fabian breit. Sie standen im Flur und wiegten sich leicht hin und her, während Fabian redete. »Die Vorstellung, dass ich ein Mitleidsprojekt von dir bin, macht mich fertig.«

Izaak drückte sich von ihm weg und sah ihn mit völlig entgeisterten Augen an. »Du bist doch nicht … Ich würde das für jeden tun. Es macht mir Spaß zu helfen, wo ich kann. Die Rechnung hatte doch auch gar nichts mit uns zu tun. Das war doch vorher und …«

Sacht legte Fabian einen Finger auf Izaaks Mund und strich mit dem Daumen über dessen Kinn. »Ich weiß, es fällt mir nur schwer, das auf die Reihe zu bringen. Niemals wird es mir möglich sein, mit dir finanziell mitzuhalten. Das Gefühl, ein Sozialfall zu sein, ist extrem stark, wenn ich darüber nachdenke.«

Izaaks Protestversuch unterband Fabian diesmal durch einen Kuss. Leise seufzte Izaak gegen seinen Mund. Fabian löste sich von ihm und sah auf seine geschlossenen Augen. »Und ich weiß, dass du mich nicht so siehst. Aber ich tue es. Ich will was Besonderes für dich sein. Aber ich bin es nicht. Das ist schwer zu akzeptieren.«

Diesmal ließ sich Izaak nicht mehr abhalten, seine Meinung kundzutun. »Bin ich denn nur was Besonderes für dich, weil ich keine Geldsorgen habe?«

»Was? Nein! Wie kommst du darauf? Warte, das hab ich falsch ausgedrückt. Du bist du und so viel mehr als dein Geld. Du bist warmherzig und freundlich, aufmerksam, ein fantastischer Freund und fürsorglich. Du willst alles besser machen. Ich könnte mir keinen besseren Partner vorstellen.«

Über Izaaks Gesicht zog sich ein Strahlen, das drohte, der Sonne Konkurrenz zu machen. »Und genau so seh ich dich, Fabian.« Er nahm ihn an den Schultern und strich über dessen Oberarme. »Geld hat doch gar nichts damit zu tun.«

Fabian nickte. Er wusste das. »Ich weiß.« Er musste es nur noch in seinen Schädel kriegen. »Und deshalb ist es wichtig, dass wir das ganz klar trennen.«

Izaak sah ihn an, so als ob er nicht verstünde, wovon Fabian redete.

»Unsere Finanzen. Wir müssen sie streng trennen.«

Nun blickte ihn Izaak an, als ob er völligen Irrsinn von sich gab. Ein Auge kniff er leicht zusammen, den Mund hatte er geschürzt und leicht geöffnet. »Was? Nein. Deshalb müssen wir das gerade nicht tun. Wenn Geld uninteressant ist, müssen wir uns nicht darum kümmern. Wir sind Partner, wir unterstützen uns.«

Jetzt legte Fabian die Stirn in Falten. Offensichtlich sprachen sie nicht dieselbe Sprache. »Izaak, das geht nicht. Ich kümmere mich um meinen Krempel, du dich um deinen. Wie stellst du dir das vor? Dass du mein Sugardaddy wirst? Und wenn es mit uns nicht mehr klappt, muss ich mir einen neuen suchen, weil ich so viele Verpflichtungen eingegangen bin, die du finanzierst?«

Mit einem Stoß atmete Izaak heftig aus. »Nein. Nein. Aber ich kann nicht so tun, als ob es mich nicht interessiert, was mit dir los ist. Ich will für dich da sein. Du bist doch auch für mich da.«

Fabians Gedanken flogen durch seine Gehirnwindungen. An Izaaks Logik gab es nichts auszusetzen. Aber sie fühlte sich falsch an. Komplett falsch. Doch Izaaks Augen erzählten eine andere Geschichte. Er schien Fabian schier anzuflehen. »Okay. Aber du musst mir versprechen, dass du die Finger von Sachen lässt, wenn ich dir sage, dass ich keine Hilfe will. Dass ich was allein erledige.«

Izaaks Lippen verschwanden in seinem Mund, als er sie einsog und Fabian mit zusammengekniffenen Augen ansah. »Das müssen wir situationsabhängig betrachten.«

Die Anspannung verließ Fabian und er lachte auf. »Wieso dachte ich, mit einem Anwalt verhandeln zu können?«

Die eingesogenen Lippen erschienen wieder, als sich Izaaks Mund zu einem breiten Grinsen verzog. »Es tut mir leid. Ich wollte dir mit der Rechnung nicht deine Entscheidung abnehmen. Ich wollte dir eine Freude machen. Und wirklich, es ist nichts so Außergewöhnliches.«

»Danke.« Fabian zog Izaak wieder zu sich. »Ich weiß das wirklich zu schätzen. Aber du musst so was mir überlassen.«

»Alles klar. Und könnte ich dir noch etwas überlassen?« Seine Stimme verriet, dass er das ernste Thema verlassen wollte. Eine gewisse Lockerheit schwang in seinen Worten mit.

»Was denn?«

»Diesen Körper.« Er fuhr mit einer Hand seinen Körper entlang. »Er hat die ganze Woche auf dich gewartet und ich würde ihn dir zu gern zur Verfügung stellen.«

»Und im Gegenzug biete ich dir das hier.« Mit einem Lächeln imitierte Fabian Izaaks Handbewegung und zeigte seinen Körper entlang.

»Siehst du? Wir sind absolut gleichberechtigte Partner in dieser Beziehung.«

Fabian war sich nicht sicher, ob Izaak seine Worte bewusst so gewählt hatte. Aber sie hörten sich gut für ihn an. Statt nachzufragen, bestätigte Fabian ihn lieber. »Das sind wir. Aber bevor wir dazu kommen, muss ich noch duschen.«

»Darf ich dich begleiten?«

»Im Sinne der Gleichberechtigung in dieser Partnerschaft wäre das wohl das Beste, oder?« Inzwischen mussten sie beide über ihren albernen Austausch lachen.

Ihr Weg zum Bad wurde gesäumt von Küssen und Berührungen. Stück für Stück verloren sie ihre Klamotten, so als müssten sie Ballast loswerden, um schneller voranzukommen.

Als sie ankamen, waren sie beide bereits nackt. Izaak stellte die Dusche an und obwohl das Wasser noch kalt war, traten sie darunter. Fabian schüttelte sich und gab einen unwirschen Laut von sich, während Izaak lachte. Erstaunlicherweise büßte seine Erektion deshalb nichts an Härte ein. Zumindest als Izaak sich an Fabian drückte, hatte dieser eher das Gefühl, sie wachse noch mal über sich selbst hinaus – immer auf der Suche nach Hautkontakt.

Izaak griff an Fabian vorbei und nahm ihm das Duschgel ab. »Ich mag es, wenn du nach mir riechst«, raunte er ihm ins Ohr. Er drückte sich das Gel in die Handfläche. Langsam und hochkonzentriert verrieb er es über Fabians Oberkörper. In seinem Brusthaar bildete sich sofort

Schaum. Fabian strich sich selbst über die Brust und fing den Schaum auf, um ihn auf Izaak zu verteilen. Die Brustwarzenpiercings glitzerten darunter hervor. Izaak sog die Luft scharf ein, als Fabian begann, die Metallstäbe leicht zu drehen und zu schieben. Ihre Erektionen standen nebeneinander und rieben ziellos aneinander. Den Bewegungen ausgeliefert, zufällig in die eine oder andere Richtung geschoben.

Izaak nahm die Duschbrause und spülte die Schaumreste von ihnen. »Komm mit.«

Sanft verschloss Fabian seinen Mund und stupste mit seiner Zunge zwischen Izaaks Lippen. »Gib mir ein paar Minuten«, hauchte Fabian auf seine Wange.

Nach einem weiteren Kuss trat Izaak aus der Dusche, schlang sich ein Handtuch um die Hüften und der Meermann auf seinem Rücken verschwand aus Fabians Blickfeld. Da er sich bereits vor seiner Fahrt zu Izaak gespült hatte, reichte ihm eine schnelle Wäsche und er stellte das Wasser ab. Ohne sich richtig abzutrocknen, ging er Izaak ins Schlafzimmer hinterher.

Der Anblick, der ihn erwartete, ließ ihn innehalten. Mitten auf dem Bett lag Izaak breitbeinig, seinen Schwanz in der Hand, die er gleichmäßig auf und ab bewegte. Den Kopf hatte er leicht nach hinten gelegt, sodass sich sein Hals streckte. Sein Adamsapfel bewegte sich leicht, wenn ihm ein Stöhnen entwich. Fabian ließ sein Handtuch auf den Boden fallen und kam auf Knien zu Izaak auf das Bett. Dieser schlug die Augen auf und schickte Fabian ein Lächeln, das vor lustvoller Sinnlichkeit triefte. Er kam Fabian entgegen und verschloss seinen Mund mit einem Kuss voller Leidenschaft, voller Verlangen. Fabian konnte sich kaum gegen die ganze Wucht, die Izaak war, stemmen und stützte sich auf der Matratze ab.

»Du hast mir so einen Schreck versetzt, als du gegangen bist. Mach das nicht wieder, bitte. Ich weiß, dass es nicht in Ordnung war, dich zu übergehen, aber… «

Fabians Herz setzte einen Schlag aus, um schneller weiter zu pochen. So als wollte es die verpasste Einheit nachholen. »Das tut mir leid.. Ich muss nur manchmal den Kopf frei bekommen. Das konnte ich nicht hier in der Wohnung mit dir.«

»Das versteh ich. Du hast auch gesagt, du kommst wieder. Aber …«

»Aber ich hätte dir das sagen müssen. Bitte glaube mir, ich wollte dich nicht hängen lassen. Ich hab das nicht getan, um dich zu verletzen.«

»Ich glaube, ich weiß das. Trotzdem bin ich wahnsinnig erschrocken.«

»Oh, Izi.«

»Sei einfach jetzt hier.«

»Das bin ich. Nur bei dir.«

Izaak rieb seine Nase gegen die weiche Stelle unterhalb Fabians Ohr. Ihre Bartstoppeln kratzten aneinander, sodass sie dieses einzigartige verführerische Geräusch von sich gaben.

Fabian beugte sich über ihn. Wieder Wange an Wange, um dieses Kratzen und Kribbeln nicht abreißen zu lassen. Izaak schlang seine Beine um Fabians Rücken und zog ihn an sich. Als ihre Ständer aufeinandertrafen, weich und hart gleichzeitig, sog Fabian die Luft scharf über die Lippen ein. Er verharrte in der Stellung, sein Becken leicht über Izaaks und ließ es vorsichtig rollen. Immer wieder, sodass ihre

Erektionen nie den Kontakt verloren, aber ohne, dass irgendeine Form der Reibung ihnen Linderung verschaffen konnte.

Izaaks Mund war an seiner Schulter, auf seinem Hals, hinter seinem Ohr, bis er schließlich dessen Zähne spürte, die sich in einem perfekten Schmerz in sein Ohrläppchen bissen. Kurz und stechend, jedoch nicht betäubend. Erregend, anfeuernd. Fabian seinerseits leckte an Izaaks Ohrläppchen und sog es in seinen Mund. Als er es wieder entließ, flüsterte er in Izaaks Ohr: »Gleitgel und Kondome?«

Während Izaak laut aufstöhnte, streckte er einen Arm hinter sich und zog die Tube unter einem Kissen hervor. Er legte sie neben sich und tastete weiter in Richtung seines Sideboards. »Dort.«

Unwillig, sich auch nur einen Millimeter von Izaak wegzubewegen, grunzte Fabian vor sich hin. »So weit weg!«

»Sorry«, entschuldigte sich Izaak, ohne sich dabei anzuhören, als ob es ihm wirklich leidtäte.

Fabian schüttelte nur den Kopf und setzte ihm einen Schmatz auf den Mund. Er rollte sich von ihm herunter und stieg mit einem Bein aus dem Bett, wobei er sich zum Board streckte, um nicht dieses gemütliche Nest verlassen zu müssen. Mit ausgestreckten Fingern zog er die Schublade auf, um schließlich doch vollständig aus dem Bett zu staksen. Schnell sah er in den Schub. Schüttelte den Kopf. Öffnete den daneben.

Triumphierend drehte er sich mit zwei Packungen in der Hand um und sein Lachen gefror auf seinem Gesicht. Izaak schien völlig entrückt, wie er da lag, seine Hand um seinen Schwanz, der verhangene Blick auf Fabian gerichtet. Der Anblick löste etwas in Fabian aus. Er würde alles tun, um das hier zu bewahren. Izaak war zu wertvoll, um leichtfertig mit dieser Beziehung umzugehen.

Mit den Kondomen und einem Päckchen Papiertaschentüchern in der Hand legte er sich neben Izaak, der ihn immer noch mit der Wärme eines Sommerabends in den Augen beobachtete. Fabian tauschte die Utensilien in seiner Hand gegen die Tube Gleitgel und öffnete sie.

»Ich kann das machen«, protestierte Izaak.

»Du kannst einfach hier liegen und wunderschön sein. Und mich küssen.«

Das ließ sich Izaak nicht zweimal sagen. Während sich Fabian bearbeitete, dehnte und präparierte, küsste und leckte Izaak seinen Hals, seinen Oberkörper. Schließlich fuhren Izaaks Hände über seinen Körper, seine Schultern, über den Nacken in Fabians Haare.

Das Kribbeln, das von seinem Kopf über seine Wirbelsäule in die entferntesten Gliedmaßen geschickt wurde, war ekstatisch. Mit seinen Fingern in sich selbst, pochte sein Schwanz zwischen Izaak und ihm. Er nahm seine Hand zwischen seinen Arschbacken hervor und wischte sie an einem Taschentuch ab.

Fabian richtete sich auf, während Izaaks Blick ihm dabei folgte. Mit einer Hand tastete Fabian nach den Kondomen und riss, als er sie endlich erwischte, das neue Päckchen auf. Er holte eines heraus und öffnete bedächtig die Verpackung.

Izaak versuchte, nach dem Kondom zu greifen, doch Fabian schüttelte den Kopf. »Lass mich das machen.« So hatte er das Gefühl, zumindest nicht diese Situation aus der Hand zu geben.

Vorsichtig strich Fabian das Kondom über Izaaks Schaft, während dieser ihn mit Argusaugen beobachtete. Ohne innezuhalten rieb er ihn mit Gleitmittel ein.

Izaak erhob sich leicht, doch Fabian hielt ihn zurück. »Kann ich auf dir sein? Es ist ziemlich lange her, seit ich Analsex hatte und ich brauche ein bisschen Kontrolle.« Mit Blick auf Izaaks in Latex gehüllte Erektion fuhr er fort: »Du bist ein bisschen größer als meine drei Finger. Er wackelte mit seinen Fingern zwischen ihnen. Und obwohl seine Hand alles andere als klein war, versprach Izaaks Schwanz ihn zu dehnen, wie er es selbst, ohne weitere Hilfsmittel, nicht konnte.

Hastig rappelte sich Izaak auf und hielt Fabians Gesicht in seinen Händen. »Alles, was du willst. Ich kann es kaum erwarten …«

Fabian neigte sich Izaak entgegen und verschloss seine Lippen. »Geht mir genauso.«

Izaak nickte gegen seine Lippen. »Okay.« Er ließ sich zurück in die Kissen sinken und Fabian kam ihm hinterher. Mit den Knien neben Izaaks Hüften positionierte sich Fabian vorsichtig über ihn. Sie griffen beide gleichzeitig nach Izaaks Schwanz und Izaak führte ihn zwischen Fabians Pobacken, während sich dieser offenhielt. Dessen Spitze drückte gegen seinen Eingang und schob sich durch seinen Muskelring. Schon fast schleichend, aber stetig senkte sich Fabian auf Izaak. Bis der Druck zu hoch wurde und Fabian innehielt. Er atmete gegen das Brennen an und schloss die Augen.

Izaaks Finger strichen über seine Oberschenkel, über seinen Bauch, seine Seiten. »Schsch … du fühlst dich so gut an.«

»Ich brauch nur einen Moment.«

»Nimm dir alle Zeit der Welt.« Izaak fühlte sich ungewohnt in ihm an. Er hatte so lange keinen penetrativen Sex mehr gehabt. Diese Art der Verbindung war gewaltiger, als er sie in Erinnerung hatte. Als er sich an den Umfang von Izaaks Schaft gewöhnt hatte, begann er mit leichtem Gegendruck ihn weiter in sich zu versenken. Das letzte Stück definitiv zu schnell und er atmete geräuschvoll aus.

»Hey, langsam, lass dir Zeit.«

Doch genau wie bei Izaaks Biss in sein Ohrläppchen ließ auch dieser Schmerz nach und ein Wohlgefühl breitete sich aus. Die Nervenenden, die sich um Izaaks Penis schlossen, schienen mit jedem Atemzug, den sie beide nahmen, und mit jeder noch so kleinen Bewegung angeregt zu werden.

Fabian umfasste sich selbst und strich einige Male seinen Schaft entlang. Innerhalb kürzester Zeit war er wieder hart. Der Drang sich zu bewegen, nahm zu und Fabian begann seine Hüften zu rollen. Izaaks Augen wurden größer und sein Mund öffnete sich leicht. Sanfte Töne, in denen Zustimmung und Genuss schwangen, kamen daraus hervor. Mit seinen eigenen Bewegungen kam ihm Izaak entgegen und schien immer neu und immer weiter in ihn einzudringen. Fabian erhob sich leicht und ließ sich nun schneller wieder auf Izaak nieder. Dieser hatte mittlerweile die Augen geschlossen und den Kopf nach hinten überstreckt.

Ein Hauch von Glückseligkeit lag auf seinem Gesicht, die auf Fabian überging. Mit jeder Bewegung stieß nun Izaak tief in ihm gegen diesen magischen Fleck, der ihn an den Rand trieb. Jede Berührung dagegen schickte eine Dosis Ekstase über seine Wirbelsäule. Am Ende derer schien sie sich in einem Ballon angehäuften Glücks zu sammeln, der nur darauf wartete, sich entladen zu dürfen. Die Geräusche von aneinanderreibender Haut, ihr Stöhnen, die Bettwäsche, die in Mitleidenschaft gezogen wurde, hüllte Fabian ein.

Unter ihm wurden Izaaks Bewegungen heftiger und fast chaotisch. »Scheiße«, schrie er erstickt und Fabian wurde Zeuge von Izaaks Gesichtsausdruck, als sich sein Körper spannte, er in Fabian zuckte, während Izaak ihn zugleich an den Hüften hielt und sich gegen Fabian presste.

Die Anstrengung, die sich noch Sekunden zuvor in der um Izaaks Augen und Mund faltig zusammengezogener Haut gezeigt hatte, wich einer tiefen Zufriedenheit und ein tiefes Brummeln drang aus Izaaks Brustkorb. Er öffnete die Augen und sah Fabian wie schlaftrunken daraus an. Sein Blick wanderte über Fabians Oberkörper, auf seine Erektion.

»Verdammt.« Izaak stützte sich auf einen Ellbogen und nahm sie in seine Hand. »Lass mich?« Das, was er sagte, eine Mischung aus einer Frage und einer Forderung, während er ihn sanft zu streicheln begann.

Das »Bitte« Fabians ging schnell in einem Stöhnen und lautem Atmen unter. Das Bedürfnis, in Izaaks Hand zu stoßen, wurde zu groß und er hielt ihn fest. »Warte.« Hinter sich hielt er das Kondom um Izaaks Penis fest, als er sich vorsichtig erhob, um neben Izaak in die Laken zu sinken. Der hatte seine Hand nicht von Fabian genommen und strich weiter fest seinen Schwanz auf und ab.

Das Kribbeln und Prickeln an Fabians unterem Rücken nahm mit jeder Sekunde zu und unter einem heftigen Ächzen vergrub er sein Gesicht in Izaaks Haaren und kam über dessen Hand. Dieser setzte die Bewegung sanft fort, bis sein überempfindlicher Schwanz keine weitere Berührung mehr duldete. So, als könnte er seine Gedanken lesen, ließ ihn Izaak los.

Wohlige Erschöpfung machte sich in Fabian breit. Der Streit, sein Höhepunkt, die Nähe zu Izaak – er war ausgelaugt. Auf eine angenehme Art und Weise. Er drehte sich noch näher zu Izaak. Dieser hantierte mit irgendetwas hinter Fabians Rücken. Den Geräuschen nach zu urteilen vermutete Fabian, dass sich Izaak die Hand an einem Taschentuch abwischte.

Noch bevor er den Gedanken beenden konnte, schlossen sich Izaaks Arme um Fabians Oberkörper und seine Hände fuhren über seinen Rücken. Hier wollte er bleiben. Frei von Verpflichtungen – einfach in Izaaks Armen.

Fabian war sich nicht sicher, ob er kurz eingenickt war, jedoch wurde er von Izaak aufgerüttelt. Dieser zog seinen Arm unter Fabian hervor und legte sich in veränderter Position wieder neben ihn. »Arm eingeschlafen«, murmelte er.

Fabian zog ihn wieder näher zu sich. »Komm her.«

Gedankenverloren berührten sie die Hautstellen, die sie vom anderen erreichen konnten. Träge fuhr Fabian Izaaks Muskeln nach. Die Rundung seines Hinterns. Das Tal, das sich seine Wirbelsäule entlang bildete. Seine Nase an Izaak gedrückt, roch er nicht nur ihn, sondern auch sich selbst.

»Hatten wir gerade Versöhnungssex?« Izaaks Stimme war rau. Ihr Ton kratze an den sensorischen Rezeptoren, die unter Fabians Haut verliefen. So, als ob sie auf diesen Reiz gewartet hätten, um Fabians Körper aus seinem gemächlichen Ruhezustand zu rütteln. Mit größerem Druck durch seine flache Hand ertastete er Izaaks Rücken.

Fabian schmunzelte. »Ich denke, das zählt als Versöhnungssex, ja.«

Izaak kuschelte sich noch mehr an ihn. »Es geht alles ganz schön schnell. Vor einer Woche haben wir uns getroffen und heute versöhnen wir uns bereits.«

»Tja … irgendwie schon. Aber ich wüsste jetzt nicht, was wir anders hätten machen können. Zugegebenermaßen bin ich kein Beziehungsexperte.«

»Warum eigentlich nicht? Du bist ein absoluter Catch. Und ich würde dich jetzt eher als Beziehungstyp einschätzen. Ich meine …« Izaak vergrub sein Gesicht an Fabians Brust.

Seufzend hielt Fabian ihn eng an sich gedrückt. »Um ehrlich zu sein, weiß ich gar nicht so recht, was ich wirklich will. Meine Familie stand so lange im Vordergrund. Und als ich mir das letzte Mal erlaubt habe, dem nachzugehen, was oder wen ich wollte, ging das ordentlich in die Hose.«

Izaak schob sich etwas weg von ihm und sah Fabian an. Mittlerweile war es dunkel geworden und Fabian konnte nicht mehr jedes Detail an ihm erkennen. »Möchtest du über deinen Ex reden? Die traurige Story über meinen kennst du jetzt ja.«

»Pfff … eher nicht. Ich meine, es gibt auch nicht viel zu erzählen. Am Anfang fand er das alles ganz süß mit meiner Schwester. Letztlich war die Realität dessen, was das wirklich bedeutete, jedoch nicht so toll.«

»Was meinst du damit?«

»Unterm Strich wäre es ihm lieber gewesen, wir hätten das Haus verkauft, Lena wäre in irgendeine Fördereinrichtung gekommen und meine Mutter in irgendeine Sozialwohnung in die Innenstadt.« Das Gefühl der Ohnmacht, das Fabian damals verspürt hatte, war bereits bei der Erinnerung wieder da. Wie konnte er jemandem klarmachen, dass für ihn Familie mehr bedeutete? »Weißt du, ich bin nicht so naiv zu glauben, wir werden immer dort in meinem Elternhaus leben. Oder dass ich das alles auf ewig übernehmen kann. Und das Ziel ist es natürlich, dass Lena selbständig und vielleicht sogar allein oder in einer Gruppe lebt. Unabhängig von uns. Aber … sie ist noch ein Kind. Die Zeit, die sie in unserer Familie verbringt, sollte ihr die Selbstsicherheit geben, dann ihr Leben zu leben. Ich habe weder einen Helferkomplex noch will ich irgendeine Scheinwelt aufrechterhalten. Es ist im Moment einfach meine Aufgabe, für meine kleine Schwester da zu sein.« Er war mit jedem Wort leiser geworden.

Izaak strich über seinen Kopf. »Er war ein Idiot, wenn er das nicht erkennen konnte. Du hast Nick gesehen. Seine Reaktion heute war *wieder mal* völlig übertrieben und er hat ohnehin ein Problem, meine Grenzen zu erkennen, aber ich weiß, seine Motivation ist unsere enge Verbindung zueinander. Er würde genau das Gleiche in deiner Situation tun.«

Sanft küsste Fabian Izaaks Stirn. »Und du würdest es für Nick auch tun.«

Trotzdem war er sich in seinem Innersten nicht sicher, ob Izaak seinen Alltag tatsächlich nachvollziehen konnte.

Viele zeigten Verständnis und unterstützten ihn. Aber eine derartige Verpflichtung im täglichen Leben mitzutragen, wollte dann doch niemand. Um wirklich zu verstehen, mussten die Menschen die Situation selbst erfahren. Schnell waren sie dabei, Tipps zu geben.

Aber die Motivation war nicht Empathie oder Erfahrung, sondern die Vorstellung, wie man Lästigkeiten schnell beseitigen konnte. Was dies letztendlich für Konsequenzen für den Einzelnen hatte, konnten sie gar nicht auf dem Schirm haben. Dennoch waren die »gut gemeinten Ratschläge« oder auch die zweifelnden Blicke einfach lästig.

Fabian ließ seine Finger in Izaaks Haar fahren. »Es wird nicht leicht werden, befürchte ich, aber ich finde das hier ziemlich klasse.«

»Das ist es.« Auf Izaaks Gesicht war das strahlende Lächeln wieder zurückgekehrt.

Und Fabian konnte nicht umhin, es zu erwidern. »Genug geredet.«

»Genug geredet.«

»Genug geredet.« Izaak senkte seinen Mund auf Fabians Lippen. Und die Welt war wieder in Ordnung.

# Kapitel 14

**Izaak**

Als Izaak am Herd stand und in den Eiern rührte, ging die Schlafzimmertür auf. Heraus trottete Fabian nur in Boxershorts, mit Betthaaren und zerknautschtem Gesicht.

Anders als Izaak es erwartet hätte, setzte er sich aber nicht auf einen der Hocker an der Bar, sondern ging direkt zu ihm. Seine Arme schlang er von hinten um Izaaks Torso. Das Gewicht, mit dem Fabian an seinem Rücken hing, war himmlisch. Izaak liebte es, dass Fabian, obwohl er größer war als er selbst, nicht davor zurückschreckte, sich an ihn zu lehnen. Er hoffte, er tat es nicht nur im physischen Sinne.

»Guten Morgen« brummelte Fabian mit seinem Mund auf Izaaks Schulter. »Wieso bist du hier und nicht da, wo du sein sollst?«

Der grummelige Bär, der an ihm hing, lockte ein weiteres Lächeln aus Izaak. »Und wo wäre das deiner Meinung nach?«

»Im Bett natürlich.«

»Hm … ich dachte, eine kleine Stärkung würde uns guttun.«

Knabbernd und küssend arbeitete sich Fabian über Izaaks Schulter auf dessen Oberarm vor, über den Teil, worüber sich sein Tattoo spannte.

Negative Bemerkungen über sein Tattoo hielten sich in Grenzen, aber die Begeisterung, die Fabian darüber an den Tag legte, tat Izaak gut. Ihm steckte der Streit vom Vortag noch in den Knochen. So sehr er Fabians Bedürfnis verstand, seine Gedanken sammeln zu müssen, so gern hätte er sofort gemeinsam eine Lösung gefunden.

Der Versöhnungssex war anders gewesen als anderer Sex. Zumindest vermutete Izaak das. Er konnte sich nicht daran erinnern, jemals wirklichen Versöhnungssex gehabt zu haben.

Die Beziehung mit Andi war zunächst viel zu unspektakulär verlaufen und nach der Erpressung stand eine Versöhnung selbstredend nie am Horizont. Mit anderen Partnern war es weder zu einem relevanten Streit gekommen noch zu einer wie auch immer gearteten Versöhnung.

Es hatte sich so intensiv angefühlt. Bedeutend. Als ob es ihn zersetzte und wieder zusammenbaute. Dass Fabian es schaffte, ihm sein Vertrauen entgegenzubringen, trotz der Ungewissheiten zwischen ihnen, ließ sein Herz schneller schlagen. Dieses Vertrauen wollte er behandeln wie ein rohes Ei.

Mittlerweile wurde es schwieriger, sich auf die Pfanne und die Eier vor ihm zu konzentrieren. Das, was sich hart in seine Pospalte und in seinen unteren Rücken drückte, war eindeutig und lenkte ihn von seinen Frühstücksplänen ab. Fabians Hände wanderten über seinen Oberkörper zu seinen Brustwarzen. Auch dieser Nebeneffekt schien für sie beide gleichermaßen für Vergnügen zu sorgen.

»Kann ich dich nicht zu einer weiteren Runde überreden?«

»Das kannst du ganz sicher. Aber willst du nicht was essen?«

Fabian legte sein Kinn auf Izaaks Schulter, während er sprach: »Es riecht sehr verlockend.« Er steckte seine Nase in Izaaks Nacken. »Nicht so verlockend wie du, aber ich werde wohl nicht nein zu einem Essen von dir sagen.« Mit einem Kuss in Izaaks Haar löste sich Fabian und begann den Tisch zu decken.

Diese gemütliche Häuslichkeit war schon fast beängstigend. Sie wiegte Izaak in einer Sicherheit, die tatsächlich nicht bestand. Vor einer Woche war Fabian in seinem Bett gelandet. Nur weil in dieser Zeit wahnsinnig viel passiert war, bedeutete dies nicht, dass das, was sie hatten, gefestigt war.

Fabian ging zurück ins Schlafzimmer und kam kurze Zeit später mit einer braunen Papiertüte in der Hand zurück. Er setzte sie auf der Anrichte ab und machte sich daran, Tassen auf den Tisch zu stellen. Sollte Izaak warten, bis Fabian etwas darüber sagte, oder konnte er einen kurzen Blick wagen?

»Es ist für dich.« Fabians Stimme schwang vor Erheiterung. Ertappt sah Izaak auf. Seine Neugier hatte er wohl nicht sonderlich gut verhehlen können. »Ich hatte gedacht, damit könnte ich dich hier in der Wohnung halten?«

Die Finger bereits an der Packung fragte Izaak: »Kann ich?«

»Klar!« Lächelnd ging Fabian auf ihn zu. »Damit wollte ich verhindern, dass wir auf den Markt müssen. Oh, nein, das hört sich falsch an. Wir können gerne auf den Markt gehen, ich habe gar nichts dagegen. Aber falls du dich für dein Bett und mich entscheiden solltest, will ich nicht, dass du auf dein Wochenendhighlight verzichten musst.«

Angestrengt überlegte Izaak, was sich hinter der Beschreibung verbergen könnte, während er eifrig die zugetackerte Tüte aufriss. Mit einer Hand in der Tasche schaute er neugierig hinein. Seine Finger zogen eine Dose heraus. *Sprühsahne.* Und ein Glasfläschchen.

»Eierlikör?«

»Ja! Für deinen Kaffee.« Mit gekräuselter Stirn sah ihn Fabian eindringlich an. »So trinkst du ihn doch, oder?«

Izaak wurde warm. Sein Brustkorb hatte Probleme, sein sich weitendes Herz im Zaum zu halten. »Daran hast du gedacht?« Seine Stimme war leise. Er konnte diese kleine, aber so liebevolle Geste kaum verstehen. »Du musst mir nichts schenken.«

»Ah, war das blöd? Vergiss es. Es war nur ein Gedanke.«

Schnell trat Izaak um die Kücheninsel und schlang seine Arme um Fabian. »Das ist das zweite Präsent innerhalb einer Woche. Und ich glaube, ich hab noch nie ein derart durchdachtes Geschenk erhalten. Ich liebe es. Wahnsinnig. Aber du *musst* mir nichts schenken. Ich will nicht, dass du das Gefühl hast, du musst mir was geben.«

»Es ist doch nur Alkohol und Sahne. Kaum ein Geschenk.«

»Es ist eine wahnsinnig aufmerksame Geste.«

»Nichts anderes als das, was du machst. Du fütterst mich immer, wenn wir hier sind. Und wir sind fast ausschließlich hier. Du kümmerst dich um alles.«

»Red keinen Quatsch! Ich meine, ja, wir sind hier. Wenn du willst, können wir was anderes …«

»Nein, nein. Wirklich.« Fabian hob den Eierlikör hoch. »Ich tue alles dafür, mit dir in dieser kleinen Blase zu bleiben.«

Izaak hatte beide Hände an Fabians Hintern und zog ihn zu sich. »Wenn das so ist …«, er küsste Fabian auf die

Nasenspitze, indem er auf die Zehenspitzen ging, »würde ich auch meinen Kaffee mit dir teilen.«

Wie in Zeitlupe verzogen sich Fabians Gesichtszüge zu einer komischen Grimasse. »Ah, danke! Aber da muss ich ablehnen. So … verlockend … es sich anhört. Ich bleibe bei einer durchaus konventionelleren Art.«

»Kostverächter.«

»Überhaupt nicht.« Fabian senkte seinen Mund auf Izaaks. Minze. Frische. Wann hatte Fabian sich die Zähne geputzt? Nach viel zu kurzer Zeit unterbrach Fabian den Kuss. »Ich schlage vor, du stärkst dich jetzt und dann wiederholen wir die Höhepunkte von gestern Abend.«

Die Worte strichen heiß um Izaaks Ohr. Die Härchen in seinem Nacken stellten sich zu Gänsehaut auf, die über seine Arme lief.

»Das sollten wir machen. Jetzt.«

Fabians Lachen, das wie ein Sommerhauch auf Izaaks Haut kitzelte, durchdrang ihn ganz. Bis ins Mark. Egal, welche Sorgen sich Fabian machte. Sie waren sicher.

An diese Art von Wochenende hätte sich Izaak gewöhnen können. Zwischen den Aktivitäten in seinem Schlafzimmer, dem gemeinsamen Kochen, den kurzen Spaziergängen – da Fabian behauptete, frische Luft würde ihnen guttun – verbrachten sie die letzten gemeinsamen Stunden, bevor Fabian wieder losmusste, aneinander gekuschelt auf dem Sofa.

Der Film bildete eher eine Hintergrundbeschallung als echtes Entertainment. Die Unterhaltung, die Izaak suchte, lag neben ihm. Eigentlich war es schon fast zu warm, um so eng aneinander zu liegen. Doch um nichts auf der Welt wollte Izaak den Körperkontakt unterbrechen. Als sein Telefon auf dem Tisch vor ihnen aufleuchtete und zu vibrieren begann, war er mehr als versucht, es zu ignorieren. Jedoch hatte er es exakt vor ihnen liegen gelassen, da er auf keinen Fall einen Anruf von Tobi verpassen wollte. Sollte dieser sich denn melden.

Schnell griff Izaak nach dem Telefon. Überrascht sah er Nicks Namen auf dem Display. Egal, wie sehr ihr Streit vor zwei Tagen eskaliert war oder vielleicht gerade deshalb, musste er dessen Anruf annehmen. Mit seinem Bruder stimmte etwas nicht.

»Hallo, Nick?«

Fabian beugte sich leicht über ihn, um ihm ins Gesicht schauen zu können, wobei er ihn fragend ansah. Er deutete auf den laufenden Fernseher vor ihnen. Doch Izaak schüttelte den Kopf und rappelte sich vom Sofa auf. »Schau weiter. Ich geh ins Arbeitszimmer.«

Mit einem Kuss auf seine Hand ließ Fabian ihn gehen.

»Bist du beschäftigt?«, wollte Nick am anderen Ende der Leitung wissen.

»Nein, nein schon gut. Ich geh nur kurz aus dem Wohnzimmer, damit wir in Ruhe reden können. Alles klar bei dir?«

Ein tiefes Seufzen kam als Antwort zurück. »Ja. Natürlich. Ehrlich gesagt, wollte ich fragen, wie es dir geht. Ich, ähm … ich muss die ganze Zeit an dieses Desaster von vor zwei Tagen denken und …«

»Nick. Hast du eigentlich schon mit Tobi geredet?«

»Nein.«

»Nick!«

»Nicht, weil ich nicht wollte. Ich habe es versucht, aber er geht nicht ran. Ich bleib dran. Das hab ich versprochen. Das ist aber auch gar nicht der Grund, wieso ich anrufe. Ich wollte wissen, was ich bei dir angerichtet habe.«

»Bei mir?« Izaak war ehrlich erstaunt. Nicht, dass er Nick für gefühlskalt hielt, aber eine ausdrückliche Versicherung, dass mit ihm alles in Ordnung war?

»Ja, so wie ich Fabian angegangen bin …«

Die Erinnerung an den Schreck, den der Streit mit Fabian ausgelöst hatte, ließ Izaak kurz erschauern. »Ah. Nein, alles gut. Es ist alles neu. Und … na ja …«

Ein weiteres Seufzen erklang von Nick. »Na, da kam ich ja gerade recht. Aber wirklich. Geht es dir gut mit ihm? Nicht, weil ich ihm misstraue oder befürchte, dass du naiv bist, sondern weil ich das Gefühl habe, dich gar nicht mehr richtig zu sehen.«

Einerseits war Izaak froh über das Eingeständnis. Andererseits fütterte es die Sorgen, die er sich nach dem Ausbruch Nicks um diesen ohnehin machte. »Das Gefühl hatte ich auch. Nick, woher kommt dieser Übereifer, in allem und jedem eine Bedrohung zu sehen?«

»Jetzt nicht, Izaak. Ich hoffe nur wirklich, dass mein Verhalten nicht noch mehr Schaden zwischen uns angerichtet hat, als ich mir vorstelle. Vor allem tut es mir leid, Fabian nicht wirklich kennengelernt zu haben. Dieser ganze Abend fühlt sich mittlerweile nach einer komplett vertanen Chance an. Für mich – für uns.«

Und seit langem hatte Izaak das Gefühl, sein Bruder zeigte wirkliches Interesse an ihm. Diese Erkenntnis brachte eine immense Erleichterung mit sich. Er war nicht auf Nicks Wohlwollen angewiesen. Aber die Möglichkeit zu haben, seine Freude mit ihm teilen zu können, machte diese noch größer. Greifbarer. Und es brachte ihm seinen Bruder wieder näher. »Es ist alles okay wirklich. Fabian ist … anders. Ich habe das Gefühl, er sieht mich. Nicht das drumherum, sondern mich. Wirklich! Innerhalb dieser kurzen Zeit, in der wir zusammen sind, hat er mir mehr Aufmerksamkeit entgegengebracht als … ja, als jeder, mit dem ich bisher zusammen war. Weißt du, er bemerkt diese ganzen Kleinigkeiten und versucht mir eine Freude zu machen. Er erwartet nicht, dass ich … ich weiß auch nicht, zum Beispiel dafür sorge, dass wir eine tolle Reservierung zum Essen haben. Es scheint wirklich, als ob es ihm egal wäre, was wir tun, Hauptsache wir tun es zusammen. Und wenn wir nur bei mir kochen, scheint ihm das zu genügen. Mir gefällt es jedenfalls besser als auszugehen. Da ist der Weg ins Bett ist kürzer.«

Nick lachte und Izaak stimmte mit ein.

»Wirklich, Nick! Es ist alles neu und natürlich schwebe ich gerade auf einer Wolke. Aber es geht mir so gut, wie schon lange nicht mehr.«

»Das höre ich. Und es freut mich. Wirklich! Ich glaube, ich habe diese Version von dir vermisst.«

»Welche denn?«

»Die, in der wir uns Sachen sagen, ohne uns anzugiften.«

»Ich auch, Nick. Ich auch.«

»Vielleicht finden wir ja mal eine Gelegenheit, bei der ich Fabian auch kennenlernen kann. Vielleicht überzeugt er mich ja.«

»Ha, ha! Er muss nicht dich überzeugen.«

»Das weiß ich. War nur ein Scherz.«

»Okay! Vielleicht kommt zu dieser Gelegenheit auch Tobi dazu.« Izaak hielt den Atem an. Eine Aussöhnung zwischen Nick und Tobi war ihm fast ebenso wichtig wie das klärende Gespräch mit seinem Bruder selbst.

»Mal sehen. Ich werde mit ihm reden!«

Sollte dies wirklich der Durchbruch zwischen Tobi und Nick sein? Izaak wagte es nicht zu hoffen. Aber diese Version von Nick war zumindest der Bruder, den Izaak von früher kannte und der sich seit geraumer Zeit unter einem Berg von Argwohn und Misstrauen versteckt hatte. »Und Nick! Falls du etwas brauchst, ich bin immer für dich da.«

Eine lange Pause folgte. Izaak hörte Nick atmen. »Ich weiß. Danke dafür. Vor allem, nachdem ich mich so aufgeführt habe.«

»Irgendwann wirst du mir den Grund sagen.«

»Irgendwann!«

# Kapitel 15

**Izaak**

Nervös kratzte Izaak sich am Daumen die Nagelhaut auf.

»Hallo.«

Erleichtert atmete er aus. Endlich nahm Fabian ab. Nach einem nahezu magischen, wenn auch etwas turbulenten Start, schien sich das Schicksal gegen sie verschworen zu haben. So als ob eine höhere Macht ihnen gezielt Steine in den Weg legen wollte, kollidierten in den folgenden Wochen fast alle Termine.

Wenn nicht Izaak bis tief in die Nacht mit einem der Seniorpartner in der Kanzlei festhing, weil sie an einem riesigen Fall arbeiteten, fing sich Lena irgendeinen Infekt ein und Fabian blieb abends zur Entlastung ihrer Mutter bei seiner Schwester.

Izaak fand das Ganze nicht sonderlich schön, jedoch machte es den Anschein, dass Fabian sich das alles sehr zu Herzen nahm. Die Versicherungen Izaaks, es störte ihn nicht sonderlich und es sei ganz sicher nicht Fabians Schuld, liefen Fabians Reaktionen zu Folge ins Leere. Bereits sein »Hallo« hörte sich angespannt an.

»Hey. Ich dachte wieder mal, ich ruf dich an.«

Auch das Lachen, das durch das Telefon drang, war nicht Fabians freies Lachen, das Izaak kennengelernt hatte. Es folgten ein langer Seufzer und eine Pause, bis Fabian schließlich antwortete: »Gut. Es tut gut, deine Stimme zu hören.«

Am liebsten wäre Izaak durch das Telefon gekrochen, um ihn in den Arm zu nehmen. Fabian hörte sich so müde an. »Deine auch«, sagte er stattdessen. »Ich weiß, es ist mitten unter der Woche, aber ich dachte, ich versuch mein Glück. Vielleicht hast du ja Zeit.«

Im Hintergrund hörte er Stimmen. Fabian schien irgendetwas zu sagen oder sich zu bewegen, bis es schließlich leise wurde.

»Jetzt kann ich reden. Pfff … Ich weiß nicht, ich hab morgen Urlaub, weil meine Mutter in die Neurologie muss. Die machen wieder ein MRT vom Sehnerv. Ah, Mann, das ist alles so ein Mist. Eigentlich wollte ich ins Studio. Aber ich kann dich ja schlecht bitten, mich da zu treffen? Nein, vergiss, dass ich das gesagt hab. Ob ich es ein weiteres Mal ausfallen lasse, ist schon völlig egal.«

»Nein, nein, das ist überhaupt kein Problem. Ich wollte eh zu Nadine. Vielleicht können wir ja danach auch was essen gehen? Oder …?«

Der Schnaufer, den Fabian von sich gab, war geladen mit Resignation. »Du hast keine Ahnung, wie gerne ich die Option *oder* wählen würde, aber die Gefahr, dass ich doch bei dir einschlafe, ist nicht ohne. Und außerdem – ich will nicht, dass du den Eindruck hast, das sei das Einzige, an was ich interessiert bin. Essen. Wir gehen im Anschluss essen.«

Izaak schüttelte den Kopf. Die Gedanken, die Fabian sich machte, würden eine kleine Mannschaft beschäftigen. Er selbst freute sich nur, ihn endlich wieder zu sehen. Obwohl sie nur knapp einen Monat zusammen waren, sehnte Izaak sich nach Fabian. Er hatte doch sein Leben zuvor auch ganz gut ohne ihn gemeistert. Die organisatorischen Probleme waren ein Dämpfer, aber kein Drama. Das musste er Fabian nur irgendwie klarmachen. »Ich freu mich. Ich würde ja anbieten, dein Set mit dir zu machen oder du kommst mit zum Yoga, aber …«

Lachend unterbrach ihn Fabian. »Babe, jede Minute mit dir ist ein Geschenk, aber wir sollten nicht unrealistisch werden. Außer unseren Zeiten sind wir nicht fitnessstudio-kompatibel. Und das macht auch nichts.«

Die Sonne, die aus Fabian strahlte, war selbst durch das Telefon hörbar.

»Dann sehen wir uns da. Ich freu mich.«

»Ich mich auch.« Fabian schien zu zögern weiter zu sprechen. Zumindest machte es den Eindruck, er setzte immer wieder an. »Sehr. Ich freue mich sehr. Und danke, dass du angerufen hast. Ich … ähm … ich hab die ganze Zeit überlegt, wie wir das diese Woche hinkriegen könnten. Aber eine richtige Lösung hab ich nicht gefunden.«

Da war er wieder, sein *Denker*. Sein *zu Tode Denker*, um genau zu sein. »Weißt du. Es gibt diese Erfindung. Die heißt Telefon. Ich glaube, du hast sogar eins. Und ich weiß, dass du es nutzt. Du schreibst mir nämlich jeden Tag total süße Sachen. Also wenn du das nächste Mal irgendwas überlegst und du nicht genau weißt, was du machen sollst, ruf mich an. Ich rede total gern mit dir. Oder wenn ich dir in einer oder sogar mehreren Nachrichten die Frage stelle, wie wir uns treffen wollen, könntest du die Wahltaste drücken und statt mich zu ignorieren, anrufen.«

»Ja, ja, ja. Ja. Es tut mir leid. Das war zu verkopft von mir. Es … tut mir leid.«

»Muss es nicht. Aber im Ernst. Rede mit mir.«

»Hm …«

Izaak verdrehte die Augen. Auch wenn Fabian das nicht sehen konnte, Izaak machte es so übertrieben, dass es über das Telefon zu erahnen sein musste. »Wir sehen uns später.«

Nachdem sie aufgelegt hatten, fing Izaak an, seine Sachen zu packen. Er hatte für heute Feierabend und musste nicht mal einen Zwischenstopp in seiner Wohnung einlegen, da er seine Sporttasche bereits fertig eingeräumt mit ins Büro genommen hatte.

Da er deutlich zu früh im Studio eintraf und weder Nadine noch Tobi oder Fabian da waren, nahm Izaak an einem Stretching-Kurs teil. Er konnte schlecht die Zeit, bis die anderen auftauchten, an der Theke verbringen. Zumindest nicht die ganze Zeit. Im Anschluss daran saß er am Empfang und schlürfte seinen Smoothie, als ihn von hinten Arme ergriffen.

»Hast du auf mich gewartet?«

Fabians Atem strich heiß über Izaaks Wange und er lehnte sich zurück in die Umarmung. »Nein. Ich sitze hier nur bis zu meinem nächsten Kurs.«

Fabians Arme drückten sich enger um ihn. Samt seinem Stuhl drehte ihn Fabian zu sich. Seine Augen leuchteten und Izaak hatte das Gefühl, dessen Blick tastete sich über seine Haut. So als wollte er inspizieren, ob Izaak noch vollständig war, betrachtete Fabian jedes Eckchen seines Gesichts. Er löste seine Hände an Izaaks Hüften und legte sie stattdessen an dessen Wangen. Mit seinen rauen Daumen strich er darüber und Izaak stockte der Atem. Diese kleine Berührung war so intensiv, dass sie mit seinen Luftwegen zu spielen schien. Fabian senkte seinen Kopf zu Izaak hinab. Millimeter vor seinem Mund verweilte er. Sein

Atem küsste Izaak, der seine Hände in Fabians Shirt vergrub.

»Ich hatte keine Ahnung, wie sehr ich dich vermisst habe.«

»Zeig mir wie sehr.«

Dies riss Fabian aus seiner Starre und er verschloss ihre Lippen. Ein Prickeln kribbelte auf Izaak. Jede Berührung schien sich auf seiner Haut fortzusetzen. Fabian nahm ihn ein und Izaak versuchte alles, um dieses Gefühl zurückzugeben. Eine Hand Fabians verließ seine Wange und strich zu Izaaks Haaren in seinem Nacken. Izaak vertiefte den Kuss, bis er zu einem abruptem Halt kam.

»Jungs, sagt doch einfach, wenn ihr mich dabeihaben wollt. Ihr müsst doch hier nicht in aller Öffentlichkeit rummachen.«

Fabian lächelte an Izaaks Mund und dieser erwiderte die Geste. So wie eine Katze sich an einem ihr lieben Menschen rieb, so konnte Izaak es nicht verhindern, dass er mit seiner Nase über Fabians Wange fuhr. Er schloss die Augen und genoss einfach Fabians Nähe. Mit einem Kuss auf Izaaks Mundwinkel drehte sich Fabian zu Tobi.

Dieser grinste ihn so breit an, wie es sein Gesicht zuließ. Wären ihm keine Ohren angewachsen, hätte Izaak befürchten müssen, das Grinsen würde darüber hinauswandern. »Fabian, es ist völlig in Ordnung, euer Sexleben etwas aufpeppen zu wollen. Und gerne wiederhole ich mein Angebot: Ich stehe zur Verfügung.«

Fabian strahlte ihn nur an und nahm Tobi in die Arme. »Nein, danke. An unserem Liebesleben möchte ich rein gar nichts ändern.«

Leicht drehte sich Izaak mit dem Stuhl hin und her. Er beobachtete die zwei Menschen, die ihm so wichtig waren. Und obwohl er keinen Augenblick mit Fabian verpassen wollte, in dem Moment beobachtete er Tobi intensiv.

Nach dem Streit mit Nick hatten sie zwar geredet und Tobi hatte ihm versichert, Izaaks Bruder hätte sich bei ihm entschuldigt und alles sei wieder bestens, jedoch war er nicht wie sonst. Die pure Lebensfreude, das Glitzern Tobis war immer noch hinter einem komischen Schleier aus Höflichkeitsfloskeln, eingeübter Mimik und Aktionen, die für Izaak einstudiert wirkten, versteckt. Und Izaak machte sich Sorgen. Seine wiederholten Angebote, sich ihm anzuvertrauen, schlug Tobi nach wie vor aus. Zumindest war er hier. Mit einem Kuss auf Izaaks Mund begrüßte er ihn und blinzelte ihn unschuldig an. »Schatz, wirklich, wenn du einen Dreier willst, sag es mir einfach.«

Mit Schwung sprang Izaak vom Stuhl und nahm Tobi am Arm. »Na komm. Wenn du dich jetzt fertigmachst, kommen wir vielleicht einmal nicht zu spät zu Nadine.«

»Zu spät.« Tobis Handbewegung sollte wohl Izaaks Bemerkung wegwischen. »Wir sind super pünktlich.«

»Hat nur nicht jeder dasselbe Verständnis von Pünktlichkeit wie du.«

Hinter ihnen lachte Fabian. Izaak drehte sich um und schlängelte seine Arme um Fabian. »Reicht dir eine Stunde?«

Fabian lehnte seine Stirn gegen Izaaks. »Absolut.«

Als sie später im Außenbereich eines kleinen indischen Restaurants saßen und sich genüsslich ihr Essen schmecken ließen, schimpfte Fabian noch immer: »Nie wieder gehe ich zur gleichen Zeit mit dir duschen. Und mit Tobi.«

Izaak verschluckte sich fast an seinem Curry.

»Wirklich. Fast zehn Tage, ohne dich zu berühren, und dann soll ich dastehen und Tobi …«

»Wenn du bei Tobis Gequatsche wirklich einen Ständer gekriegt hättest, wären wahrscheinlich alle so beeindruckt gewesen, dass man dir nur gratuliert hätte.«

Fabian schüttelte nur den Kopf und Izaak legte seine Hand auf Fabians Oberschenkel. Er drückte ihn leicht und Fabian sah ihn mit schelmisch glänzenden Augen an. »Deine Freunde sind nicht ohne.«

»Ach ja.«

»Haben sich Nick und er eigentlich ausgesprochen?«

Und da waren sie wieder beim Thema. »Angeblich ja. Aber irgendwas stimmt da nicht. Aber …«

»Aber du kannst auch nichts dagegen machen?«

»Leider.« Izaak seufzte. »Aber erzähl. Wenn du morgen Urlaub hast, hast du was geplant?«

Fabian schüttelte nur einmal kurz den Kopf. »Ne. Mein Urlaub besteht nur darin, meine Ma ins Krankenhaus zur Kontrolle zu fahren. Lena daheim in Empfang zu nehmen. Warten. Meine Mutter vom Krankenhaus abzuholen und uns alle nach Hause zu verfrachten. Ihr Termin ist zu einer derart blöden Zeit, dass ich nichts schieben kann. Da musste ich Urlaub nehmen.«

Bedächtig legte Izaak sein Besteck weg, tupfte sich mit der Serviette die Lippen ab, um dann einen Schluck zu trinken. Wie sprach er das Thema am besten an? Egal, was er überlegte, es lief immer auf eine Selbsteinladung hinaus.

»Hast du … mh … denkst du, wir könnten uns morgen vielleicht sehen?«

Mit zusammengezogenen Augenbrauen sah Fabian von seinem Essen auf. »Ich würde gern, wirklich, aber ich seh nicht genau, wie das gehen sollte. Ich mein, ich kann abends zu dir kommen. Da ist es dann wahrscheinlich etwas später.«

»Hm. Ich dachte eher daran, dass ich dich ja bei dir besuchen könnte?« Izaaks Stimme war zum Satzende nicht nur ein bisschen, sondern für seine eigenen Ohren extrem in die Höhe gegangen. Er hörte sich fast weinerlich an.

Fabians Mimik wandelte sich zu einem ungläubigen Gesichtsausdruck. Unvermindert starrte er Izaak an, so als ob er nicht glauben könnte, was Izaak soeben gesagt hatte. »Das ginge. Wenn du das willst. Aber … wir können eigentlich nichts machen. Außer …«

»Außer?«

»Wirklich nichts, außer im Garten zu sitzen.«

Izaak hatte das Gefühl, seine Freude, dass Fabian zugestimmt hatte, hätte sich tatsächlich verselbständigt und er wäre auf seinem Stuhl gehüpft. Er versuchte, die Wirkung seiner Euphorie, zu verstecken, was nur mittelmäßig gelang. Er rutschte mit seinem Stuhl zu Fabian heran und legte eine Hand in dessen Nacken. »Das hört sich ganz fantastisch an. Ich freu mich drauf!« Leicht küsste er Fabian, als sie rüde von vorbeigehenden Stimmen unterbrochen wurden.

»Verdammte Schwuchteln!«

Weder übermäßig laut noch übermäßig gezielt. Da Izaak die Augen geschlossen hatte und die Stimmen von hinten kamen, konnte er die verbalen Angreifer nicht einmal genau festmachen. Aber da war es wieder. Egal, wie oft er es durchmachte, er war jedes Mal völlig unvorbereitet.

Die Worte bohrten sich in ihn. Normalerweise war er eher zurückhaltend, was öffentliche Liebesbekundungen anging. Aber es fiel ihm so schwer mit Fabian. Und ein ähnlicher Vorfall lag schon ewig zurück. Er hatte sich zu sicher gefühlt. Erneut war er wieder in die Realität zurückgerufen worden.

Izaak rang mit sich. Der Angst nachzugeben, dass den Worten Taten folgten. Flucht? Wohin? Es nicht stehen zu lassen, die Angreifer zur Rechenschaft zu ziehen. Izaak sah in Fabians Gesicht. Dessen Mund war zu einem wütenden Strich verzogen. Sein Blick ging an Izaak vorbei.

Aus dem Augenwinkel sah Izaak eine Gruppe von drei Männern, ungefähr in ihrem Alter, genau auf der Höhe ihres Tisches. So als ob nichts gewesen wäre, gingen sie an ihnen vorbei. Nur einer, der in der Gruppe am Schluss, sah zu ihrem Tisch. Direkt. Da gab es keinen Zweifel. Doch es dauerte nur einen Augenblick. Innerhalb des Bruchteils einer Sekunde schlug er seinen Blick nieder.

Izaak lenkte seine Aufmerksamkeit wieder zu Fabian, der zu kochen schien. Seine Hand war zu einer Faust geformt, sodass sich die Knöchel weiß färbten. Er machte den Eindruck, jeden Augenblick aufzuspringen. Izaak legte beide Hände auf Fabians Unterarme. »Das ist es nicht wert.«

Fabians Blick schnellte zu Izaak. Blanker Hass stand in seinen Augen. Izaak hatte ihn noch nie so gesehen. Vorsichtig, um nicht wieder Aufmerksamkeit auf sie zu ziehen, strich er leicht über Fabians Hand. »Komm. Lass es gut sein.« Doch Fabians Haut schien noch roter zu werden. »Hey. Was ist? Haben wir doch schon zigmal gehört. Auch wenn ich die Typen sofort zur Rechenschaft ziehen will … passiert ist es und der Schaden ist angerichtet. Wir müssen erst mal einen kühlen Kopf bewahren.«

So als ob er sich schüttelte, rutschte Fabian kurz auf seinem Stuhl, richtete das Besteck, das neben seinem Teller lag und sah schließlich zu Izaak auf. »Das war ein Kollege.«

Unwillkürlich schnellte Izaak auf seinem Stuhl herum. Die Gruppe war bereits auf dem Gehweg, kaum mehr zu erkennen. »Dieses Arschloch.«

»Der ganz hinten, dem die Augen beinahe rausgefallen wären, als er uns gesehen hat.«

»Gott. Ich dachte, du hast gesagt, das sei kein Problem bei dir in der Arbeit.«

»Ist es auch nicht. Bis auf Dennis. In letzter Zeit wurde er immer schlimmer. Wundert mich jetzt nicht, wenn ich seh, mit was für Idioten sich der abgibt.«

»Shit. Das ist echt ein verdammter Mist. Was machst du jetzt?«

»Jetzt? Nichts. Jetzt versuch ich meinen Puls unter Kontrolle zu kriegen. Morgen? Was weiß ich. Bringt doch eh alles nichts.«

»Das geht doch so nicht.«

Jetzt war es Fabian, der ein Hand auf Izaaks legte. »Vergiss es. Ich will nicht, dass uns das den Abend, den wir freigeschaufelt haben, verdirbt.«

Mit zusammengekniffenem Mund blieb Izaak nichts anderes übrig als zu nicken.

Dennis war nicht der Erste und würde nicht der Letzte sein, der ihn attackiert hatte. Zumindest heute Abend blieb ihnen nichts anderes übrig, als damit klarzukommen. Wieder mal. Gerade als sich der Gedanke einschleichen wollte, er hätte Fabian ja nicht unbedingt küssen müssen, wurden seine Hände schwitzig und sein Herz begann schneller zu schlagen. Er hatte jedes Recht, in der Öffentlichkeit zu küssen, wen er wollte, wenn die betroffene Person damit einverstanden war. Wieso räumte er den Dennissen dieser Welt überhaupt so viel Macht ein? Auch wenn er lieber unter eine Decke gekrochen und nicht mehr sichtbar gewesen wäre, er beugte sich erneut zu Fabian und küsste ihn auf den Mund. Ganz kurz. »Diesen Abend verdirbt uns niemand.« Auch wenn es nicht unbedingt wahr war. Er würde nicht zulassen, dass dies seine Zeit mit Fabian miesmachte. »Und ich freu mich schon auf morgen.«

Er lehnte sich auf dem Stuhl zurück und sah auf Fabian, der ihn mit Dankbarkeit im Blick anschaute. »Was sagst du eigentlich zu einem kleinen Trip? Wir könnten irgendwo hinfahren? An einem Wochenende?«

»Ja? Wohin willst du fahren?«

»Worauf hast du Lust?«

»Es ist mir ganz egal.« Fabian griff nach Izaaks Hand. »Ich glaube, wir haben uns wirklich ein bisschen Abstand verdient.«

# *Kapitel 16*

## Fabian

Leon war der erste Freund gewesen, den Fabian bei sich zu Hause vorgestellt hatte.

Zunächst war er nicht geoutet gewesen. Dann hatte er nie einen *echten* Partner gehabt. Die kurze Zeit, als er in der Stadt gewohnt hatte, hatte er genutzt, um eben niemanden mit in sein Elternhaus bringen zu müssen.

Und dann waren sie alle erst mal damit beschäftigt gewesen, sich neu zu orientieren.

Ihr Leben war mit dem Tod seines Vaters auf den Kopf gestellt worden. Und gerade, als er dachte, er wüsste, wie er mit all der Verantwortung umgehen musste, war Leon aufgetaucht.

Im Nachhinein betrachtet konnte natürlich Leon nichts dafür, dass Fabian sich total von ihm und seiner weltmännischen Aura hatte gefangen nehmen lassen. Dass er angefangen hatte, Lenas Termine an Leon anzupassen, immer versucht, Leon so wenig wie möglich zu belasten. Dieser hatte immer wieder betont, er verstünde diesen Teil von Fabians Leben. Jedoch war seine Art der Unterstützung nie die gewesen, die sich Fabian gewünscht hatte – die er gebraucht hätte. Verpackt in scheinbar sinnvollen Argumenten hatte Leon versucht, Fabian zu überzeugen, sowohl seine Schwester als auch seine Mutter abzuschieben.

Im Bestreben sowohl ihm als auch seiner Familie gerecht zu werden, hatte Fabian alles nur schlimmer gemacht, indem er krampfhaft versucht hatte, es allen recht zu machen.

Niemals würde er sich verzeihen, in der Nacht nicht erreichbar gewesen zu sein, als das Fieber seiner damals noch sehr kleinen Schwester sich einfach nicht senken ließ. Seine Mutter hatte schließlich den Krankenwagen gerufen. Doch als dieser angekommen war, war Lena in einem Fieberkrampf schon nicht mehr ansprechbar gewesen.

Leon hatte an dem Tag darauf bestanden, dass er endlich mal sein Handy ausschaltete.

Als Fabian am nächsten Tag ins Krankenhaus gestürmt war, hatte ihm seine Mutter versichert, dass es weder seine Schuld noch seine Aufgabe war, immer für sie erreichbar zu sein und es genau aus diesem Grund ja Krankenwägen gab.

Jedoch war das Gefühl, sie im Stich gelassen zu haben, übermächtig gewesen. Danach war das, was noch von der Beziehung mit Leon übriggeblieben war, zerbröselt. Leon hatte keine Lust gehabt, das fünfte Rad am Familienwagen zu sein. Zumindest hatte er es so ausgedrückt, als er schließlich mit Fabian Schluss gemacht hatte. Er hätte Besseres verdient. Genau wie Fabian – hatte Leon gesagt. Auch wenn Fabian das nicht erkannte, er würde sich sein Leben zurückholen.

Zurückgeblieben war die Gewissheit, dass romantische Beziehungen nicht in sein Leben passten. Dass er sich nicht vierteilen konnte. So wütend seine Mutter über Leons Reaktion gewesen war und Lenas Traurigkeit darüber, dass es ihrem Bruder wochenlang elendig ging, egal, wie sehr er sich bemüht hatte, sich nichts anmerken zu lassen, Fabians Gefühle waren komplexer gewesen. Er hatte seinen Teil zum Scheitern der Beziehung beigetragen. Er hätte stärker, flexibler, besser sein können – wie viele andere Menschen ja auch –, hätte seine Verpflichtungen mit einer Beziehung verbinden können.

Fabian hatte nicht vorgehabt, abermals einen neuen Partner seiner Schwester vorzustellen. Er hatte ja auch nicht vorgehabt, überhaupt einen neuen Partner zu finden.

Nun stand er da und seine Hände zitterten nervös. Seine Mutter war bei ihren Untersuchungen. Lena spielte in ihrem Zimmer. Und er hatte nichts anderes mehr vor, als seine Hände zu wringen und aus dem Fenster zu sehen.

Izaak hatte sich innerhalb kürzester Zeit in sein Herz geschlichen. Er wollte, dass Lena ihn mochte. Auch wenn dies die schlechteste Alternative war, wenn sie sich trennten. Aber jetzt wollte er Izaak bei sich haben. Obwohl ihm nur noch übel war. Izaak war Anderes gewohnt als die bescheidenen Verhältnisse, die Fabian zu bieten hatte. Und sein Leben war weder aufregend noch attraktiv noch … Fabian seufzte auf. Was sah Izaak überhaupt in ihm?

Sein Blick wanderte die Straße vor ihrem Haus entlang. Vielleicht hatte es sich Izaak ja anders überlegt. Fabian würde es verstehen. Auch wenn es wehtun würde.

Was sollte er Lena sagen, wenn Izaak heute nicht auftauchen würde? Er hatte ihr natürlich von seinem erwarteten Besuch erzählt. Überraschungen waren für seine Schwester schwierig. Er fuhr sich lachend übers Kinn. Wäre er jetzt ganz, ganz ehrlich, müsste er sich eingestehen, dass sie für ihn noch viel schwerer zu ertragen waren. Er wollte auf alle möglichen Szenarien vorbereitet sein.

In seinem Augenwinkel nahm er eine Bewegung wahr und sah auf. Ein dunkler Wagen kam in der Hofeinfahrt zum Stehen. Ein Flattern setzte sich von Fabians Magen aus in Richtung Hals in Bewegung. Von seiner Position am Fenster aus konnte er Izaaks Gesicht klar erkennen. Ihre Blicke verfingen sich. Das schönste Lächeln der Welt wurde Fabian über den kurzen Weg und durch zwei Glasscheiben hindurch zugeschickt. Womit hatte er das verdient?

Als Izaak aus dem Auto stieg, ging Fabian zur Haustür.

Er öffnete sie und sah einen bepackten Izaak auf sich zukommen.

»Ich erinnere mich schwach daran, dir mindestens fünfmal gesagt zu haben, dass du nichts mitbringen musst.«

»Du hast aber nie gesagt, dass ich nichts mitbringen darf. Oder kann.« Izaak drückte ihm eine Papiertüte in die Hand, während er selbst ein Paket und einen Blumenstrauß auf seinen Armen balancierte. »Die Blumen sind für deine Mum. Ist sie schon da?«

»Nein, sie braucht noch mindestens eine Stunde.«

»Gut, ich bin noch nicht vorbereitet. Eins nach dem anderen. Kannst du …? Oder sag mir, wo euer Kühlschrank ist.«

»Mir nach.« Fabian lief voran durch die Wohnung in die Küche, in der sich Izaak heimisch einrichtete.

»Kann ich die Blumen in eine Vase stellen?«

Fabian holte Izaak alles, was dieser anscheinend brauchte, seinen Fragen und Befehlen nach zu urteilen, um seine Mitbringsel zu verräumen. Auf Anordnung verstaute Fabian die dreißig Törtchen und Macrons im Kühlschrank, nicht ohne erschrocken aufzuatmen. Die Dinger hatten sicher ein Vermögen gekostet. »Wieso hast du denn so viele gekauft? Dir ist klar, dass wir zu viert sind und keine Hochzeitsgesellschaft?«

Izaak winkte ab. Jedoch konnte Fabian klar die roten Flecken auf seinen hohen Wangen erkennen.

»Ich wusste nicht, was ihr mögt. Als ich vor dem Laden stand, hab ich noch überlegt, dich anzurufen, aber um sicher zu gehen, hab ich einfach von allem was mitgenommen.«

Er sah zu Fabian auf und sein Gesicht verzog sich erschrocken. »Oder glaubst du, deine Mum denkt, ich bin ein Schnösel, der mit Geld um sich wirft? Scheiße, sag schnell was ihr mögt, den Rest lass ich verschwinden.«

Bevor Izaak die Kühlschranktür wieder aufreißen konnte, nahm ihn Fabian am Arm und drehte ihn zu sich.

»Bist du nervös?«

Die wunderschönen türkisblauen Augen wurden von ihrem Eigentümer aufgerissen, als ob er nicht glauben könnte, was er soeben gehört hatte. »Nervös? Ich bin ein nervliches Wrack! Natürlich bin ich nervös. Was denkst du denn?«

Leicht irritiert schaute ihn Fabian eindringlich an. »Aber du wolltest doch hierherkommen. Du hast es doch vorgeschlagen.«

»Das heißt nicht, dass ich nicht nervös sein kann. Oder?«

Mit festen Strichen rieb Fabian Izaaks Oberarme. »Es gibt keinen Grund, nervös zu sein. Das sind nur meine Ma und meine Schwester.«

»Oh, nur die wichtigsten Menschen in deinem Leben. Na, jetzt bin ich natürlich beruhigt.« Izaaks Stimme triefte vor Sarkasmus.

Fabian konnte ein Lachen nicht unterdrücken. »Du magst mich. Dir ist das wirklich wichtig.«

Aus zu Schlitzen zusammengekniffenen Augen sah ihn Izaak an. »Willst du mich verarschen? Natürlich mag ich dich. Und das ist ein Riesending! Ich bin ein einziges Mal Eltern vorgestellt worden. Und das … na ja … reden wir nicht darüber.«

Fabian konnte nicht anders. Sein Herz quoll über vor Zuneigung. Energisch drückte er Izaak an sich. »Babe. Sie werden dich lieben. Sie haben keinen Grund, es nicht zu tun.« Die Stelle um sein Brustbein, gegen die sich Izaak drückte, wurde ganz warm von dessen Atem. Mit einem Lachen in der Stimme fuhr er fort: »Schlimmer als dein Bruder, der mich für einen schmarotzenden Widerling hält, kann es nicht werden.«

Mit einem wütenden Schnauben und einem Stoß gegen seine Brust, schob sich Izaak von ihm. »Das tut er nicht. Und jetzt überlege ich, was sich deine Schwester Schlimmes über mich ausdenken könnte.«

Seine Gesichtszüge waren so zerknirscht, dass Fabian nicht anders konnte, als zu lachen. Izaak schüttelte den Kopf und fing ebenfalls an zu grinsen. Sie standen sich wie zwei Narren gegenüber und die Spannung verflog wie Glitter, der in die Luft gepustet wurde. Doch genau wie Glitter verschwand sie nicht einfach, sondern setzte sich nur verteilt um sie herum nieder.

»Du bist da!« Eine strahlende Lena stand in der Küchentür und wippte leicht auf ihren Füßen hin und her. Fabian konnte ihre Aufregung aus den kleinen Bewegungen ablesen. Es war ein Wunder gewesen, dass sie in ihrem Zimmer gespielt hatte, angesichts der Vorfreude, die der erwartete Besuch mit sich brachte. Jedoch konnte er nicht vorhersagen, wie sie jetzt reagieren würde. Wenn sie Izaak nicht mochte, würde sie ihm das sagen. Falls nicht mit Worten, dann sicher durch eine deutlich ablehnende Haltung. Sollte sie ihn mögen, würde sie ihm das aber auch zeigen.

Izaak hatte sich umgedreht, sodass Fabian sein Gesicht nicht mehr sehen konnte. Aber seine Stimme war freundlich und ruhig. »Hallo, Lena. Ich bin Izaak. Ich besuche euch heute.«

»Das weiß ich doch. Hat mir Fabian schon erzählt. Wieso hast du so lange gebraucht?« Tänzelnd kam sie in die Küche und stellte sich zu Fabian, wobei sie Izaak weiter anstrahlte. Sie zog an Fabians Hand, was ihre Aufregung noch mal deutlicher machte. Aber es war eine gute Aufregung, da war sich Fabian sicher und ihm fiel merklich ein Stein vom Herzen.

»Ich musste noch ein paar Sachen besorgen. Tut mir leid, dass ich euch habe warten lassen.«

»Macht nix.« Sie ließ Fabians Hand los und ging auf Izaak zu, um an seinem Arm zu ziehen. Er beugte sich zu ihr hinab und ehe sich beide versahen, hatte sie ihre Arme um Izaak geschlungen und sie drückte ihm einen Kuss auf die Wange.

»Lena, wir haben darüber geredet, nicht jeder mag deine Küsse«, sagte Fabian, wobei er merkte, wie leichter Frust in ihm hochkam.

Seine Schwester war ein offenes Buch. Aber diese ungehemmte Art war für nahezu jeden außerhalb seiner Familie äußerst ungewohnt. Kaum jemand konnte mit einer derart direkten Zurschaustellung von Gefühlen umgehen. Er war es eigentlich leid, sie zu erklären. Denn für ihn war ihre Art nicht seltsam, sondern so wie er sich die Welt wünschte.

Daher war der Frust, den er spürte, eher gegen sich selbst gerichtet. Wieso hatte er immer noch das Gefühl, sich für sie entschuldigen zu wollen, obwohl es keinen Grund dafür gab? Sie war perfekt, so wie sie war. Er war der Wurm, der nicht mal gegenüber Izaak seine Schwester lassen konnte, wie sie war. Während diese Gedanken durch seine Gehirnwindungen schossen, hatte Izaak, immer noch in der Hocke, Lena in seine Arme gezogen und sie an sich gedrückt.

»Danke«, meinte er. »Aber mit was hab ich das verdient?«

Sie löste sich von ihm und drückte sich erneut an Fabian. »Fabian hat dich ganz lieb. Ich hab dich auch lieb.«

»Lena …« Fabian grummelte ihren Namen vor sich hin.

»Du hast gesagt, du hast ihn ganz fest lieb. Das hast du gesagt.«

Die Hitze stieg Fabian in die Wangen. Auch wenn es für Izaak nicht allzu überraschend sein dürfte, mit offiziellen Deklarationen dieser Art hatten sie sich zurückgehalten. Er wollte Izaak nicht in eine für diesen unangenehme Position bringen. Fast krampfhaft hielt er sich an seiner Schwester fest. Sie konnte nichts dafür. Sie hatte in allem recht, was sie sagte. Denn genau das hatte er ihr erzählt.

»Das ist gut. Denn ich habe deinen Bruder auch ganz fest lieb.«

Fabian hatte das Gefühl, durch eine Nebelwolke zu fallen. Wo oben und unten war, konnte er aufgrund eines leichten Schwindels nicht mehr sagen. Erst als er Izaaks festen Blick auf sich gerichtet fand, spürte er wieder den Boden unter seinen Füßen.

So hatte er dieses Gespräch nicht geplant. Aber es hätte in dem Moment nicht besser laufen können. Alles Weitere würde er aber auf einen anderen Zeitpunkt verlegen.

Er löste seinen Blick von Izaak und legte seine Hand auf Lenas Kopf. »Na komm, es gibt Kuchen.«

Als es Zeit war, seine Mutter abzuholen, bestand Lena darauf, mit Izaak daheim zu bleiben. Fabian begleitete ein unruhiges Gefühl. Er hatte keinerlei Zweifel, dass Izaak zuverlässig war. Aber die Stimmungsschwankungen seiner Schwester konnten legendär sein. Daher verlor er keine Zeit und fuhr so schnell wie möglich mit seiner Mutter auf dem Beifahrersitz wieder vom Krankenhaus zurück.

Seine Unruhe konnte er aber anscheinend nicht so gut verbergen, wie er dachte. Lächelnd gab seine Ma jedoch schließlich auf, nachzufragen, was denn sein Problem war.

Bis auf ein Poltern war das Haus still, als sie ankamen. Fabian eilte die Treppe hoch und sah sich um.

»Izaak? Lena?«

Ein Ersticktes »hier« leitete ihn in Lenas Zimmer.

Mit einer Unschuldsmiene stand Lena vor ihrem Schrank, aus dem ein Fuß ragte. Der Fuß wieherte.

»Mein Pony will ausbrechen.«

Fabian sog die Lippen ein, um sich das Lachen zu verkneifen. »Hast du so ein unartiges Pony?«

»Es ist sehr unartig.«

»Darf ich es mal sehen?«

Vorsichtig öffnete Lena die Schranktür, hinter der sich ein zerzauster Izaak fand.

»Wiiehhh … ich bin ein Pony.«

»Das seh ich.« Fabian lachte vor sich hin.

»Na komm, Lena. Das Pony muss jetzt an die frische Luft.«

Fabian reichte Izaak die Hand, die dieser mit Dankbarkeit in seinem Blick nahm und sich aus dem Schrank ziehen ließ. »Danke.« Er hauchte Fabian einen Kuss auf die Wange.

»Alles klar bei dir?«

Izaak schüttelte grinsend den Kopf. »Alles gut. Aber sie hat einen eisernen Willen, wenn sie sich was in den Kopf gesetzt hat.«

»Tut mir leid, ich hätte dich besser warnen sollen. Du musst nicht jeden Quatsch machen, den sie will.«

»Ist schon in Ordnung. Das Pony hat's überlebt.«

Erst jetzt bemerkte Fabian eine Schnur um Izaaks Bauch. Lena zog daran.

»Komm, Pferdchen. Meine Mama ist jetzt da.«

Mit Panik erfüllten Augen schoss Izaaks Kopf zu Fabian. »So kann ich deiner Mutter nicht begegnen. Kann ich … soll ich irgendwas, weil sie ja …«

»Nein, mach dir keinen Kopf. Sie sieht schlecht. Mehr nicht.«

»Okay!« Er fuhr sich durchs Haar, um sich die wilden schwarzen Strähnen zurecht zu schieben.

Die Wangen gerötet von seinem Abenteuer, die Haare verstrubbelt, die Augen glänzend, hatte Fabian das Bedürfnis, Izaak zu packen und in eine Höhle zu schleifen. Stattdessen wurde dieser von Lena ins Erdgeschoß gezogen, wo ihn seine Mutter schon begrüßte. Stumm beobachtete Fabian das Spektakel, während er ihnen hinterherging. Seine Mutter begrüßte Izaak herzlich und ohne jegliche Vorbehalte.

Fabian selbst fühlte sich überraschenderweise völlig entspannt. Die Anspannung vor diesem Treffen fiel von ihm ab. An deren Stelle trat ein Gefühl von Richtigkeit. Vielleicht war seine Sorge unbegründet und Izaak kam mit Fabians familiären Verpflichtungen klar. Er machte jedenfalls den Eindruck.

Als Lena schon im Bett lag und seine Mutter sich von den Anstrengungen im Krankenhaus erholte, saßen Fabian und Izaak in der Hollywoodschaukel. Aneinander gekuschelt schwangen sie leicht hin und her. Izaaks Kopf lag schwer auf Fabians Brust und dieser hatte seine Finger in Izaaks Haar vergraben. Langsam ließ er die Strähnen über seine Hand gleiten. Seidenweich.

»Deine Familie ist nett.«

»Ja, das ist sie. Und auch anstrengend.«

»Welche Familie ist das nicht?«

Fabian gab einen anerkennenden Laut von sich, während sich Izaak in seine Hand drückte.

»Wie war dein Vater?«

Nachdenklich sah Fabian über den Garten. Wie war sein Vater gewesen? Als kleines Kind schien er übermächtig. Nach seinem Tod verstärkte sich dieses Gefühl, das zwischenzeitlich im Laufe der Jahre abgenommen hatte. »Er war auch Bauarbeiter. Deshalb wollte ich das auch immer werden. Als kleiner Junge habe ich ihn vergöttert. Seine Prinzipien waren eisern. Aber er war nie ungerecht. Hm … Vermutlich war er altmodisch. Aber nicht alles, was altmodisch ist, ist schlecht. Seine Grundsätze haben mir sehr geholfen, nachdem er gestorben ist.«

Izaak strich über seinen Arm. »Du vermisst ihn sehr?«

»Ja. Wir alle. Manchmal denke ich, dass er mich unbewusst auf das hier vorbereitet hatte. Schon als ich ganz klein war, hat er immer, wenn er das Haus verlassen hat, zu mir gesagt: *Fabian, wenn ich nicht da bin, bist du der Mann im Haus. Pass gut auf deine Mama auf.* Dass das mal so real wird, hätte wohl niemand gedacht.«

»Hm … eine ganz schöne Verantwortung für ein Kind, oder?« Ganz vorsichtig führte Izaak weiter aus. »Ich meine, letztendlich ist es natürlich richtig, dass alle zusammenhelfen in einer Familie, aber alles einem kleinen Jungen aufzubürden? Und deine Mum scheint mir nicht hilflos.«

»Natürlich ist sie nicht hilflos. Aber einer muss doch die Verantwortung übernehmen.«

»Und das bist du? Kann das nicht besser verteilt werden?« Izaak blies in dasselbe Horn wie seine Mutter. Diese Argumentation machte Fabian nervös. Sie stellte seine ganzen Vorstellungen auf den Kopf. Die Vorstellungen seines Vaters. Von sich selbst. Wenn all das nicht gelten sollte, was galt dann? Solange er alles stemmen konnte, so lange würde sich die Frage nicht stellen. Nicht stellen müssen. Er wollte nicht länger darüber nachdenken. Ratlos zuckte er mit den Schultern.

Mit leicht nach hinten geneigtem Kopf beobachtete ihn Izaak. »Was hat er eigentlich dazu gesagt, dass du schwul bist? Deine Mutter scheint ja total entspannt zu sein.«

Tja. Was für eine interessante Frage. »Er wusste es nie. Ich hatte mich ihnen gegenüber nicht geoutet. Und dann … war es zu spät.« Zu spät war vielleicht nicht der richtige Ausdruck. Niemals hatte er seinem Vater den Tod gewünscht, aber in diesem Punkt hatte er Erleichterung verspürt. Er wusste nicht, wie sein Vater reagiert hätte.

Fabians Vorstellung reichte überhaupt nicht zu einem derartigen Gespräch mit seinem Vater. Jedes Szenario schien möglich. Aber es ließ sich nicht leugnen, dass Fabian Angst vor einer negativen Reaktion gehabt hatte. Nicht Angst vor seinem Vater an sich. Vielmehr Angst vor dem Verlust des Ansehens, das ihm sein Vater entgegengebracht hatte. Nun würde sich die Frage nie stellen, ob es seiner Position als *richtiger Mann* in den Augen seines Vaters einen Abbruch getan hätte. Auch wenn Fabian gehofft hatte, es hätte ihr Verhältnis nicht geändert, er musste eine negative Reaktion seines Vaters diesbezüglich nie erleben. Darüber war er … fast erleichtert.

»Wünschst du, du hättest es ihm sagen können?«

»Ich weiß nicht. Ja? Nein? So werde ich ihn immer in bester Erinnerung halten. Wir hatten ein ungetrübtes Verhältnis. Vielleicht hätte es aber nichts zwischen uns geändert. Ich denke, ich bin nicht traurig, es nie erfahren zu müssen.« Er verschränkte ihre Finger ineinander. »Und jetzt lass uns über was anderes sprechen.«

Izaak sah ihn zweifelnd an. Es war ihm anzusehen, dass er das Thema nicht beenden wollte, doch er unterwarf sich Fabians Wunsch.

»Okay. Reden wir von was anderem: Hast du dir schon überlegt, wohin du fahren willst?«

»Wohin?«

»Unser Wochenendausflug.«

Stimmt. Den hatte Fabian … nicht wirklich vergessen. Aber so richtig präsent war er auch nicht in seinem Bewusstsein. Wahrscheinlich verdrängte er das Ganze, um nicht darüber nachdenken zu müssen, wie teuer das sein würde. »Okay. Suchst du was raus und wir besprechen dann, was uns passt?«

Izaak drehte seinen Kopf, sodass er in Fabians Schoß rutschte.

»Wunderbar. Lass uns doch dann das Wochenende um den nächsten Monatsersten sagen. Das ist in fast vier Wochen und ich habe die Möglichkeit, eine Auswahl zusammenzustellen, falls viel ausgebucht ist.«

Fabian beugte sich vor und küsste seine Nasenspitze. »Das Organisatorische überlass ich dir.«

Wenn das die Aussicht auf sein Leben mit Izaak war, waren seine Befürchtungen völlig unbegründet gewesen.

# *Kapitel 17*

**Fabian**

Zwei Wochen später bewahrheitete sich, was Fabian eigentlich immer gewusst hatte: Sein Leben war kein Märchen. Seit Izaaks Besuch bei ihm zu Hause hatte er ihn nicht mehr gesehen.

Das MRT seiner Mutter hatte einen auffälligen Befund erbracht, der weiter abgeklärt werden musste. Sie war für zwei Tage stationär aufgenommen worden, damit sie umfassend untersucht werden konnte. Erst anhand der Ergebnisse würde entschieden werden, wie weiter vorgegangen werden musste. Die Ungewissheit, bis ein Ergebnis vorlag, kratzte an Fabians Nerven.

Dazu hatte er nicht mal mehr bei der Arbeit Ruhe. Dennis' ekelhafte Kommentare, wann immer sie sich begegneten, brachten ihn an den Rand seiner Belastbarkeit. Es war nur noch eine Frage der Zeit, bis er ausrasten würde. Es war ohnehin an der Zeit, Dennis in seine Schranken zu weisen.

Und als ob er nicht schon genügend Sorgen gehabt hätte, fiel wie jedes Jahr, absolut unpassend, auch Lenas jährliche Zahnkontrolle genau in diesen Zeitraum. Aber diese zu verlegen kam nicht in Frage. Es würde Wochen dauern, bis sie einen neuen Termin bekamen. Da sie auch dank ihrer Schmelzstörung extrem anfällig für Karies war, waren regelmäßige Kontrollen essenziell. Bisher hatte jede dieser Kontrollen eine Behandlung nach sich gezogen, die meist aufwändig war. Und nach gescheiterten Versuchen in der

Vergangenheit dies ambulant zu erledigen, blieb ihnen nichts anderes übrig, als die Behandlung in Vollnarkose vornehmen zu lassen. Damit wurde jede Kontrolle gleichzeitig wieder zu einem Vorgespräch für den Eingriff, der im Regelfall eine Woche später folgte.

Fabian hoffte immer noch auf den einen Termin, in dem ihnen gesagt wurde, dieses Jahr musste nichts gemacht werden. Aufgrund ihres Herzfehlers hatte Lena sich schon als Baby diversen Operationen unterziehen müssen. Glücklicherweise hatte sie nie Probleme mit der Vollnarkose gehabt. An diesem Punkt war Fabian für kleine Wunder dankbar. Dennoch hatte er das Gefühl, den ganzen Tag über nur noch auf seinen Backenzähnen zu kauen.

Während seine Mutter im Krankenhaus lag, saß er mit Lena im Wartezimmer des Universitätszahnklinikums zu den Voruntersuchungen.

Izaak hatte ihm geschrieben. Wieder. Zunächst hatte sich Fabian bemüht, gute Miene zum bösen – oder besser gestressten – Spiel zu machen. Langsam wusste er jedoch nicht mehr, was er ihm auf seine Fragen antworten sollte. So gern würde Fabian sich einmal schütteln und alles wäre in Ordnung. Ihm gingen aber die Ideen aus, wie diese beiden Leben vereinbar sein könnten.

Er hörte sich wie eine weinerliche Diva an. *Ich kann nicht. Ich kann nicht. Ich kann nicht … mehr?* Vor allem brachte es nichts, Izaak mit seinem Mist zu belasten. Dieser konnte es ja auch nicht ändern.

Fabian hatte den Nachrichtenstrang geöffnet und sah dem blinkenden Punkt zu. Unter Izaaks Name erschien plötzlich der Hinweis »online«. Erschrocken schloss Fabian die App. Er hatte keine Ahnung, was er Izaak sagen sollte.

Zum Glück wurden sie in dem Moment aufgerufen. Er hätte ohnehin keine Zeit, ihm zu schreiben. Am nächsten Tag würde er Izaak antworten; oder wenn er abends zurückkam. Nach dem Termin würden sie ihre Mutter besuchen. Ja. Er hatte wirklich mehr als genug zu tun.

Bereits auf der Fahrt zurück war Lena ungewöhnlich still. Nicht ungewöhnlich allerdings für den Fall, dass sich eine Erkrankung anbahnte.

Als sie zu Hause ankamen, hatte sie bereits glasige Augen. Und pünktlich wie die Maurer kam das Fieber nur wenige Stunden, nachdem sie schlafen gegangen war. Wie Fabian es schon oft zuvor getan hatte, versorgte er Lena mit allem, was sie brauchte. Er zwang sie zu trinken und achtete darauf, dass das Fieber keine bestimmte Höhe überschritt. Der Kinderarzt kannte Lena und sie waren sich einig, dass abzuwarten vorerst die richtige Lösung war. Damit Lena den Termin in der Zahnklinik wahrnehmen konnte, sollte sie innerhalb von wenigen Tagen gesund werden. Am Tag der Behandlung musste gesichert sein, dass sie gesund war. Ein gutes Zeichen wäre die Fieberfreiheit einige Tage zuvor. Da der Termin für die Behandlung in Narkose in einer Woche war, sollte die Grenze bei zwei Tagen sein. Vielleicht drei? Argh. Jetzt lag es an seiner Schwester, schnell gesund zu werden. Fabian saß im Sessel in Lenas Zimmer und wartete, bis sie schlief. Unruhig wälzte sie sich im Bett.

*Lena ist krank. Vermisse dich,* schrieb er Izaak.

Sofort erhielt er eine Antwort. *Die Arme. Gute Besserung. Willst du reden?*

Unfassbare Müdigkeit lähmte ihn. *Geht leider nicht. Ich sitz noch bei ihr.*

Fabian schaltete sein Handy aus und lehnte sich zurück. Er brauchte Abstand. Er musste nachdenken. Es wurde ihm alles zu viel. Wie sollte das alles nur weitergehen?

Als Fabian an seinem ersten Tag nach Lenas Infekt zurück in der Arbeit, nach seinem Schichtende im Container stand, um seine Sachen zu holen, trat Dennis durch die Tür. Fabian versuchte, ihn so weit wie möglich auszublenden.

Er schaute zum hundertsten Mal an diesem Tag auf sein Handy. Sobald seine Mutter ihre Ergebnisse hatte, konnte er sie abholen. Wenn sie sie nicht bald erhielt, mussten sie sich einen weiteren Tag gedulden. Oder könnten die Ergebnisse auch so aussehen, dass sie nicht nach Hause konnte? Verdammt! Arbeitete in dieser Radiologie eigentlich irgendjemand? Oder sie hatte die Ergebnisse schon und hatte es ihm nur nicht gesagt. Gott, dieser Nervenkrieg machte ihn wahnsinnig.

Hinter ihm schnaubte Dennis abfällig. Fabian atmete tief ein. Nicht reagieren! Doch sein Kollege grunzte weiter in abfälligem Ton vor sich hin.

Und Fabians Geduldsfaden riss.

»Was willst du?«, brüllte er Dennis an.

Dieser zog eine Augenbraue hoch und sah Fabian verächtlich an. »Ich verstehe Typen wie dich nicht.«

Darüber wollte Dennis jetzt reden? Jetzt? Fabians Nervenkostüm war aufgrund der Vorkommnisse der vergangenen Tage ohnehin zum Zerreißen gespannt. Das Letzte, was er brauchte, war ein Idiot wie Dennis, der glaubte, irgendetwas über Fabian zu wissen. *Beiß nicht an. Beiß nicht* … waren die letzten Gedanken, als der Teil in ihm für rationales Denken in Mittagspause ging und dieser andere Teil, der kämpfen wollte, kurzfristig übernahm. »Was, Dennis? Was kannst du Kleinhirn nicht verstehen?«

Dass dies das Falsche zu sagen war, wusste Fabian, bevor die Worte seinen Mund verließen. Dennis drückte die Brust raus und baute sich vor ihm auf. Sie waren sich von der Statur her sehr ähnlich. Nicht, dass Fabian es auf eine körperliche Auseinandersetzung hinauslaufen lassen wollte, aber er hatte vor Dennis keine Angst.

»Wieso müsst ihr es jedem vor die Nase halten, in wen ihr euren Schwanz steckt? Dass die Tunte, die du mit dir rumschleifst, niemand anderen findet, ist mir klar, aber für einen Kerl wie dich kann es doch nicht so schwierig sein, irgendeine Frau zu finden, der du es besorgst? Was soll das, mit derartigen Tucken rumzuflanieren? Das ist eine Schande für jeden Mann.«

Fabian hatte die Hände neben sich geballt. Er war gespannt wie ein Bogen. Noch nie hatte sich Dennis derart geäußert. Noch nie hatte er derart offen seinen Hass von sich gegeben. Durch Fabians Wut arbeiteten sich die Worte seines Kollegen.

Was für einen Müll beherbergte Dennis eigentlich in seinem Hirn? Natürlich vermutete er, dass Fabian ein Top – *ein richtiger Mann* – war. Jemanden wie Dennis käme es gar nicht in den Sinn, dass man als Mensch, der diesem Stereotyp nicht entsprach, nicht schwach war und dass Attraktion mehr ausmachte als »irgendein Loch«. Gerade als er einen Schritt auf Dennis zugehen wollte, um ihm deutlich zu sagen, wo er sich seinen Dreck hinstecken konnte, wurde er an der Schulter zurückgerissen. Er stolperte einen Schritt zur Seite und sah zwischen Mark und Dennis hin und her.

»Es reicht!« Marks Stimme donnerte durch den Baucontainer, dass sie von den Seiten zurückhallte. »Ich hab alles gehört. Dennis, pack deine Sachen und verschwinde.«

Unter einem lauten Aufschrei ging Dennis auf Fabian los und schob ihn gegen die Wand. Der Atem, der Fabian im Gesicht traf, roch nach Alkohol. Nichts, was Dennis' Aktionen rechtfertigte, aber vermutlich war es das, was seine Zunge gelockert hatte. »Wegen Typen wie euch, wegen Typen wie euch …! Wieso könnt ihr nicht einfach …? Wieso müsst ihr allen Leuten unter die Nase halten …« Dennis schrie seinen halbgaren Unfug wie von Sinnen, dass Spuckefetzen in Fabians Gesicht landeten.

Bevor er Dennis von sich schubsen konnte, traf ihn dessen Faust an der Schulter. Ein heftiger Schmerz durchfuhr Fabian und Dennis flog durch den Raum. Mark hatte ihn von ihm gerissen und stand drohend vor Dennis, dessen Gesicht wie schmerzverzerrt verzogen war.

Heftig atmend trat Fabian von der Wand weg. Er zitterte am ganzen Körper.

Marks autoritäre Stimme drang durch den ganzen Baucontainer: »Raus. Sofort. Lass dich hier nicht mehr blicken.«

Dennis schlug die Augen nieder. »Bin froh, wenn ich das hier nicht mehr sehen muss«, murmelte er und schlug die Tür laut hinter sich zu.

»Was war das bitte?« Das Zittern seines Körpers schlug sich auf Fabians Stimme. Er räusperte sich und versuchte, seine Fassung wiederzuerlangen.

Kopfschüttelnd wandte sich Mark an ihn. »Lass ihn. Der kommt nicht wieder.«

Fabian schüttelte den Kopf. »Was willst du denn machen? Glaubst du, jemand unternimmt was gegen ihn?«

»Er hat gekündigt. Schon vor einer Woche. Ich bin sicher, das ist der Grund, wieso er sich getraut hat, dich so anzugehen. Ich werde veranlassen, dass er mit sofortiger Wirkung raus ist. Es reicht. Was brauchst du? Willst du Anzeige erstatten?«

Ungläubig schnaubte Fabian. »Wegen was? Beleidigung? Einem blauen Fleck? Und du bist mein Zeuge oder wie?«

Mark hob die Hände in einer beruhigenden Geste. »Überleg es dir. Du musst nichts entscheiden. Aber nur, weil vielleicht nichts dabei rauskommt, sollten wir uns das nicht gefallen lassen.«

In Fabian stieg eine andere Art von Wut hoch. Hilflosigkeit gegenüber dieser Art von Aggressionen, die er und Mark und so viele, die er kannte, gezwungen waren, hinzunehmen. »Für was soll ich meine Energie verwenden? Damit mir zuletzt gesagt wird, ich soll mich nicht so haben und nicht aus jedem Streit zwischen Kollegen einen Aufruhr veranstalten?«

»Ich sage dir nicht, was du tun sollst. Ich sage nur, dass ich da bin, falls du dagegen vorgehen willst.«

Jeder Kampfgeist verließ Fabian. Sein Handy vibrierte in seiner Hosentasche und er zog es heraus. Ein Blick darauf bestätigte ihm, dass er genügend andere Sorgen hatte als diesen Idioten. »Von mir aus. Ich überleg's mir. Ich muss jetzt erst mal meine Mutter abholen.«

Sie wartete bereits beim Rondell am Krankenhauseingang auf Fabian und stieg in sein Auto, bevor er einen Parkplatz suchen konnte.

»Und?« Panik kroch in ihn. Seine Mutter sah nicht gut aus.

Sie seufzte. Ihre Stimme zitterte. Egal, wie sehr sie sich bemühte, Fabian konnte ihre Erschütterung erkennen. »Sie machen eine Biopsie.«

»Also war es doch keine Sehnerventzündung oder ein Augeninfarkt? Haben die einen Tumor übersehen? Ist das der Grund für die Blindheit?«

»Nein. Oder sie wissen es nicht. Nein, wenn die Wucherung vorher da war, war sie vielleicht so klein, dass man sie nicht gesehen hat. Und es war doch eine Entzündung. Oder auch nicht. Ich weiß es doch auch nicht.« Sie wirkte völlig kraftlos neben ihm.

Kurz legte Fabian seine Hand auf ihre. »Entschuldige. Ich will dich nicht aufregen. Ich versteh nur nicht, was jetzt eigentlich los ist. Du kannst ja jetzt heim, dann ist es nicht so schlimm, oder?«

»Ich glaube, die Ärzte wissen es selbst nicht so genau. Ich bin nur ein paar Tage raus, bis zum OP-Termin. Tasche packen und so. Ich bin kein Notfall. Die Biopsie wird vorsorglich gemacht … aber sie ist zwingend. Sonst tappen sie weiter im Dunkeln. So habe ich das verstanden, was sie erklärt haben.«

Wie von selbst fuhren seine Zähne über seine Unterlippe. Er ließ sie los. Holte sie mit den Zähnen zurück und rieb darüber. Ein metallischer Geschmack breitete sich in seinem Mund aus. Schnell ließ er seine Zunge über die Lippe fahren. Und nagte dann weiter an ihr.

Als seine Mutter vor Jahren plötzlich nichts mehr hatte sehen können, waren unzählige Tests gemacht worden. Eine Beteiligung des Gehirns in Form einer Blutung oder eines Tumors war explizit ausgeschlossen worden. Warum? Warum jetzt? Wie konnte jetzt ein Tumor sichtbar sein? Sein Blick, der auf den Verkehr vor ihnen gerichtet war, schoss schnell zu ihr. »Wie wird das gemacht?«

Sie richtete sich leicht auf und redete betont ruhig: »Kleine Trepanation. Es wird ein Loch gebohrt und die Probe entnommen.«

Magensäure stieg über Fabians Hals in seinen Mund. Bitterkeit hüllte seine Zunge ein. Heftig schluckte er dagegen an. »Ich will mit dem Arzt reden.«

»Nein.«

»Ich muss wissen, was das bedeutet.«

»Warum, Fabian? Warte doch erst ab, was passiert.«

»Ich will aber nicht abwarten, ich muss etwas tun.«

»Dann tu was anderes. Lena …?«

»Lena kann ich zu Frau Berger bringen.« Ihre Nachbarin war nicht Lenas Lieblingsperson. Aber sie hatte drei Katzen, mit denen sie spielte, so oft sie konnte. Als Notlösung würde das für ein paar Nachmittage gehen.

»Dann triff dich mit Izaak, lass dir die Füße massieren.«

War das ein Test, wollte ihn seine Mutter verarschen? »Ich treffe mich ganz sicher nicht mit Izaak!«

Mit gekräuselter Stirn sah ihn seine Mutter an. »Warum? War was?«

»War was? Du sitzt hier und sagst mir, ich soll mich vergnügen? Bist du eigentlich noch ganz bei Trost?«

Das Kopfschütteln seiner Mutter war langsam und wirkte erschöpft. »Wie oft muss ich dir noch sagen, dass du auf dich achten sollst?«

Sie hatten diese Diskussion so oft geführt. Wieso wollte seine Mutter nicht verstehen, dass ihm das wichtig war. »Du weißt, was Papa immer gesagt hat, dass ich …«

Unwirsch unterbrach sie ihn: »Ich weiß, was dein Vater gesagt hat. Und Gott steh mir bei, ich habe den Mann geliebt, aber ich hätte diesen Unsinn von Anfang an unterbinden sollen. Du bist unser Sohn, Fabian. Kein Platzhalter für einen Mann, der die Geschicke dieser Familie lenkt. Ich brauche keinen Mann, der sich um mich kümmert. Und ich glaube, ich habe das alles viel zu lange schleifen lassen. Es muss sich was ändern.« Sie atmete heftig. »Was für mich romantische Worte deines Vaters waren – diese Gewissheit, dass Anton für uns da sein würde – hätte er niemals zu dir sagen sollen. *Wenn ich nicht da bin, bist du der Mann im Haus. Du musst auf deine Mama aufpassen.* Das ist eine viel zu große Last für ein Kind. Und du nimmst dir alles so zu Herzen. Auch wenn es vielleicht zu spät kommt: Du bist nicht der Mann im Haus. Du musst nicht der sprichwörtliche Mann im Haus sein. Du bist mein Sohn, der sich und sein Leben für mich opfert und das bringt mich um. Nicht, dass ich immer schlechter sehe oder die Sorge um Lena. Mein schlechtes Gewissen dir gegenüber, das ist es, was mich belastet. Nach dieser Operation unterhalten wir uns. So geht es nicht weiter.«

Trotz der Worte seiner Mutter, sah er ihren verkniffenen Mund, ihre müden Augen, die Erschöpfung, die aus der Ungewissheit kam. Aber es hatte keinen Sinn, zu widersprechen.

»Lass uns von was anderem reden. Du könntest noch bei Tanjas Eltern anrufen. Wegen des Theaterwochenendes.« Seine Mutter war offensichtlich mit dem Thema fertig und suchte ein neues. Unverbindlicheres.

»Wieso denn? Es ist doch erst in ein paar Wochen.«

»Na ja, in zwei Wochen. Sie wollten wissen, ob ihr mit ihnen fahrt oder ob du selbst fahren willst.«

Heiß und kalt fuhr es durch Fabian. Das Theaterwochenende. Er war als Begleitperson eingeteilt. Lena freute sich wie eine Schneekönigin darauf. Das war in zwei Wochen? Das war doch das Wochenende, an dem er mit Izaak wegfahren wollte. Fuck! Fuck! Er hätte diesen Trip ohnehin längst absagen sollen. Mit allem, was so los war, konnte er ohnehin nicht weg.

Erschöpft fiel er an diesem Tag mit seinem Telefon ins Bett. Schnell rief er die Nummer auf, die er dringend anrufen musste.

Nach nur zweimal Klingeln hob Mark ab. »Was ist los? Alles klar?«

Nichts war klar. Aber er musste erst mal organisieren. »Ah. Ich muss die nächsten paar Tage freinehmen. Meine Mutter wird operiert – vielleicht ein Gehirntumor – und …«, er schluckte schwer, »ich hab ein bisschen gegoogelt, wie die OP aussieht. Ich, ähm, will vorsichtshalber frei haben, falls … ich meine …«

Mark schwieg am anderen Ende des Telefons.

»Also geht das? So kurzfristig frei? Ich weiß, du bist eh am Ende, da Dennis weg ist …«

»Das geht schon.« Wieder schwieg Mark.

»Okay?« Es kam eher als Frage denn als Bestätigung aus Fabian.

»Okay. Aber zwei Sachen.«

Innerlich grummelte Fabian. Mark war ein ruhiger Kerl, der die Leute um sich herum gewähren ließ, solange sie keinen Schaden anrichteten. Aber wenn er etwas zu sagen hatte, tat man gut daran zuzuhören. Ob man wollte oder nicht. Und Fabian wollte so ganz und gar nicht mitkriegen, was er zu sagen hatte.

»Erstens: Google keine medizinischen Fragen.«

Fabian entwich ein Lachen. »Alles klar. Und zweitens?«

»Was brauchst du?«

»Ich?« Ungläubig schüttelte Fabian den Kopf. »Ich brauche nichts. Zwei Tage frei, ansonsten …« Er hörte Mark am anderen Ende schwer ausatmen.

»Hat Izaak Zeit für dich?«

Ein zitterndes Lachen drang aus Fabian. »Was? Izaak? Nein. Was hat das mit ihm zu tun? Ich werde ihn mit Sicherheit nicht mit etwas Derartigem belasten.«

»Fabian, ich hab dir noch nie in deinen privaten Kram reingeredet. Aber …«

*Aber, aber, aber.* Wieso glaubte eigentlich jeder besser zu wissen, was für ihn gut war?

»Aber du gehst auf dem letzten Zahnfleisch. Du gönnst dir keine Pausen. Du hast sogar in der Arbeit Stress.«

Empört fiel ihm Fabian ins Wort: »Das ist nicht meine Schuld. Willst du mir sagen, ich hab mir Dennis' Mist auf meine Fahne zu schreiben?«

»Nein, natürlich nicht. Hör mir zu. Ich spreche doch nicht von Schuld. Ich sage, dass du nicht mehr abschalten kannst. Du bist wie ein Hamster in einem Laufrad. Und du nimmst von niemandem Hilfe an.«

»Das stimmt nicht. Frau Berger wird Lena die nächsten beiden Nachmittage übernehmen.«

»Mhm …« Marks Brummen hörte sich in keiner Weise nach Zustimmung an. »Weil du sie nicht mit ins Krankenhaus nehmen kannst. Ich bitte dich als Freund, suche dir Entlastung. Du musst nicht alles selbst tragen.«

Widerwillig brummte Fabian eine Art Zustimmung, die Mark auslegen konnte, wie er wollte, die ihm aber diesen erst mal vom Hals halten würde.

Sie beendeten das Gespräch. Und der Zweifel, der bereits in Fabian festgesessen hatte, hatte Futter erhalten. Er hatte sich zu viel aufgehalst. So sehr es schmerzen würde, er musste sich Luft verschaffen.

Voller Zweifel öffnete er Izaaks Nachricht.

Dieser hatte ihm einen Link zu dem Hotel geschickt, das er für sie beide gebucht hatte.

Anbei eine Nachricht, die vor Energie nur so sprühte: »Schau dir alles an. Ich freu mich so. Gib Bescheid, wann du an dem Freitag wegfahren kannst. Ich hab mir freigenommen.«

Er vermisste ihn so sehr. Wie gern wäre er jetzt bei ihm. Alle Sorgen hinter sich lassen und vergessen. Aber es sollte nun mal nicht sein. Die Nachricht zeigte deutlich, wie sehr ihre Leben einfach nicht zusammenpassen.

Egal, wie sehr er es wollte, er schaffte es nicht, neben seinen Verpflichtungen eine Beziehung aufrecht zu erhalten. Wie sollte er der Mann sein, den seine Familie brauchte, wenn er sich mit irgendwelchem Firlefanz abgab? Er war es seinem Vater schuldig. Seit er denken konnte, hatte dieser alles für seine Familie getan, was notwendig war.

Und nun war Fabians Zeit, sich zu beweisen. Die Erkenntnis schnürte ihm schier die Luft ab. Die Vorstellung, Izaak nicht mehr zu haben, setzte alles in ihm in einen Panikmodus. Jedoch konnte er von ihm nicht verlangen, dies zu verstehen oder mitzutragen. Er konnte jetzt nicht darüber nachdenken. Morgen war erst mal seine Mutter dran. Dann Lenas Zahnbehandlung. Dann würde er sich um einen klaren Schnitt mit Izaak kümmern. Über die Scheiße mit Dennis weigerte er sich nachzudenken. Aber er konnte nicht mehr so tun, als wäre alles in Ordnung. Nach einer kurzen Überlegung riss er sich zusammen und tat, was nötig war.

*Es tut mir leid! Ich kann an dem Wochenende nicht. Es ist alles zu viel. Wir müssen reden.*

# Kapitel 18

**Izaak**

Zum wiederholten – er wusste nicht wievielten – Mal las Izaak Fabians Nachricht. Hatte der Arsch per Textnachricht mit ihm Schluss gemacht?

»Lass mich mal lesen.« Nick nahm ihm das Telefon aus der Hand. »Hm …«

*Hm?* Gottverdammt!

»Hast du ihn angerufen?«

»Er geht nicht ran.«

»Er war sicher arbeiten.«

Izaak ließ seine Augenbrauen unter die Haare, die in seine Stirn fielen, wandern. »Durchgehend? Seit fast zwei Tagen? Und jetzt ist es schon nach 19:00 Uhr. Er könnte langsam Gelegenheit gehabt haben, zurück zu rufen.«

»Hm …«

»Warum verteidigst du ihn eigentlich?«, herrschte Izaak Nick an. So sehr er sich freuen wollte, dass sein Bruder endlich seine feindselige Art abgelegt hatte, hätte Izaak in dem Moment nichts dagegen gehabt, gemeinsam gegen Fabian zu sticheln. Zumindest ein kleines bisschen.

»Ich verteidige ihn gar nicht.«

»Hört sich aber danach an.«

»Weil ich *hm* sage?«

»Ja!«

»Izaak!«

»Ich hätte dir gar nichts sagen sollen.«

»Na los, wir müssen jetzt eh zum Essen.«

Izaak knurrte vor sich hin. Niemals würde er eine entsprechende Fassade aufrechterhalten können. Es würde keine fünf Minuten dauern, bis ihn seine Mutter zum Verhör bitten würde. »Ich will nicht. Sag, ich bin krank.«

»Liebeskrank.«

»Leck mich!«

»Hm … nein, danke.«

Izaak schloss die Augen. Dahinter brannte es nun wieder verdächtig. Er würde nicht heulen. Nicht vor Nick. Nicht, wenn er per Textnachricht abserviert wurde.

»Izaak.« Die warme Hand Nicks auf seiner Schulter sollte tröstend wirken, aber die Emotionen, die sie hervorrief, waren komplexer. Frust, Angst, Trauer. »Zieh keine voreiligen Schlüsse. Ich glaube nicht, dass er mit dir Schluss machen will. Das ist eher ein … Hilferuf. Er kann nicht … mehr. Aber er lässt so viel ungesagt. Ich glaube nicht, dass es ihm gut geht.«

»Woher willst du das wissen? Du kennst ihn gar nicht.«

»Wilde Vermutung. Kerle wie er haben oftmals das Problem, ähm … zu kommunizieren.«

Izaak schlug die Augen auf und musterte seinen Bruder. »Kerle wie du?«

Schnell wich Nick seinen Blick aus. Er räusperte sich. »Es könnte sein, dass er mit diesen unbeholfenen Worten was anderes sagen will.«

»Nick, ich glaube nicht, dass ich von dir auf ihn schließen kann. Wir haben darüber gesprochen, dass er immer mit mir reden kann. Dass Beziehungen nur so laufen.«

»Vielleicht reichen ihm Worte aber nicht. Beziehungen sind so schwierig.«

Mit beiden Händen fuhr sich Izaak über das Gesicht, in der Hoffnung, sich dahinter verstecken zu können und den Frust von sich zu reiben. Bevor er jedoch etwas sagen konnte, fiel im Nick schon ins Wort.

»Ich möchte jetzt nicht über mich reden. Aber ich wünsche mir für dich, dass du nicht wegen eines dummen Fehlers deines Freundes eine gute Sache wegwirfst. Und das habt ihr. Eine gute Sache. Du warst in letzter Zeit so … entspannt und glücklich.«

»Ja, das dachte ich auch.« Der Frust drohte ihm ohnehin den Appetit zu verderben. Es ergab keinen Sinn, zum Essen zu seinen Eltern zu fahren. Aber Nick würde nicht lockerlassen. Und dort gab es Alkohol. Und wenn er genug hatte, konnte er flüchten. Besser als hier festzusitzen. »Du fährst. Ich bin gar nicht sicher, wo ich mein Auto geparkt habe. Ich trinke.«

Nick verzog das Gesicht, als ob er auf etwas Saures gebissen hätte. »Das ist keine gute Idee.«

»Mir egal. Wo stehst du?«

»Tatsächlich direkt vor der Tür.« Nick seufzte.

Gerade als Izaak sein Telefon in seine Hosentasche schob, begann es zu vibrieren. Sein Gehirn schaffte es zunächst nicht zu verstehen, was auf dem Display stand. Seine Hand schien durch sein rasendes Herz – wie sein ganzer Körper – zum Zittern gebracht worden zu sein und er konnte nicht mehr klar denken.

»Ist er es?«

Nicks Frage schien aus dem Nichts zu kommen.

»Ja.«

»Geh ran.«

Schnell fuhr er mit dem Finger über das Display. »Fabian?« Ein Laut, der noch am ehesten einem Schluchzen glich, war das Einzige, was er hörte. »Ist alles in Ordnung? Ist was mit Lena? Fabian?« Panik erfasste Izaak.

»Ich brauche dich.« Fabians Stimme hörte sich unwirklich weit weg an.

»Okay. Ich bin auf dem Weg. Wo bist du? Ich komme sofort!«

Nick war schon an der Tür und wartete auf ihn, als er mit dem Telefon am Ohr auf ihn zulief.

Fabian nannte ihm das Krankenhaus und die Abteilung, die Izaak laut wiederholte, damit sein Bruder sich sofort darauf einstellen konnte, wohin er ihn fahren musste.

Manchmal waren fünfzehn Minuten einfach länger als fünfzehn Mal sechzig Sekunden. Manchmal waren fünfzehn Minuten gefühlte siebzig Stunden, die einfach nicht vergehen wollten. Zumindest empfand Izaak es genau so, als sie an der Krankenhausauffahrt ankamen. Er schickte Nick weiter zu seinen Eltern. Dass Fabian ihn angerufen hatte, war das eine. Er war sich aber sicher, dass er kein weiteres Publikum in Form seines Bruders wollte.

Izaak lief die schier endlosen Gänge entlang auf dem Weg zur Neurochirurgie. Die bunten Pfeile und Striche auf dem Boden wiesen ihm den Weg durch den Dschungel der einzelnen Fachrichtungen. Ärzte, Pflegekräfte kamen ihm entgegen, um die er herumnavigierte.

Neuro, Neuro, Neuro? War er falsch abgebogen? Fabian wartete auf ihn und er irrte hier herum wie Hänsel und Gretel durch den Wald auf der Suche nach den Brotkrumen, die ihnen den Weg wiesen. Orange, rote, gelbe, dunkelorange Markierungen. Er war falsch abgebogen. Eine Krankenpflegerin lenkte ihn wieder auf den richtigen Pfad und ehe er sich versah, stand er vor einer der verschlossenen Doppeltüren. Die Schleusen zur Chirurgie waren nur mit einer Zugangskarte passierbar. Daneben war eine Klingel.

»Izaak?« Sein Blick schnellte herum. Auf einer der langen Bänke, die in einen Gang hineinliefen, saß Fabian. Er sah aus wie ein Häufchen Elend. Die Wangen eingefallen, seine Haut war grau. Die Augenringe waren so eindrucksvoll, dass er auf Izaak wirkte, als hätte er wochenlang nicht geschlafen. Was war nur passiert?

Seine Fragen bezüglich der Nachricht, die er von Fabian erhalten hatte, mussten zunächst warten. Fabian sah ihn mit einem derart ängstlichen Gesichtsausdruck an, dass Izaak ihm nur zur Seite eilen wollte. Egal, was zwischen ihnen passierte, Fabian brauchte ihn.

Als Izaak bei ihm ankam, schloss er Fabian in seine Arme. Schwer ließ sich Fabian in die Umarmung sinken. Er war ganz leise. Die Stelle an Izaaks Shirt, an der Fabians Gesicht lag, wurde langsam nass. Weitere Gefühlsregungen zeigte Fabian ihm nicht. Izaak rieb Fabians Rücken und drückte ihn eng an sich. So sehr er sich darum sorgte, was passiert sein könnte, zumindest schien Fabian körperlich unversehrt zu sein.

Als Izaak das Gefühl hatte, Fabians Tränen versiegten, änderte er ihre Position und schob Fabian etwas von sich weg. »Willst du mir erzählen, was passiert ist?«

Mit einem tiefen Seufzer richtete sich Fabian auf und drückte sich die Handballen gegen die Augen.

»Oh, Mann.«

»Können wir hierbleiben?«

So als ob ihn eine tiefe Erschöpfung niederdrücken würde, nickte Fabian ganz langsam. »Ja. Ich warte noch darauf, von meiner Mutter zu hören.«

Das versetzte Izaak in Alarmbereitschaft. Er wusste nicht genau, was Fabians Mutter hatte. Aber dass ihr Gesundheitszustand angeschlagen war, war offensichtlich.

»Sie haben was gefunden in den Bildern und eine Biopsie aus dem Gehirn genommen. Sie hat eine Blutung erlitten und wacht nicht auf.«

Izaaks Herz sprang wie verrückt. Er wusste, dass Fabians Familie für ihn von ungemeiner Bedeutung war. Fabians Erklärungen waren etwas wirr, aber die Essenz war klar.

»Ein Arzt war da und hat mir nur das gesagt. Die nächsten paar Stunden entscheiden. Er meinte, sie haben das Gerinnsel sofort bemerkt und es sieht gut aus, aber Izaak, wieso wacht sie dann nicht auf?«

Darauf hatte Izaak auch keine Antwort. Er war sich auch nicht sicher, ob es das war, was Fabian brauchte. »Ich weiß nicht. Solange jedoch nicht weiter was passiert, müssen wir den Ärzten erst mal glauben?«

Fabian nickte und kaute auf seiner geschundenen Lippe herum. Er sah aus, als hätte ein Vampir darauf sein Abendessen eingenommen. Kleine blutige Stellen reihten sich aneinander, die unterschiedlich alt aussahen.

»Was ist eigentlich mit Lena?«

In jeder Bewegung, die Fabian unternahm, war ihm die Erschöpfung anzusehen. Sein Kopf wackelte wieder leicht hin und her.

»Oh, Gott, ich muss den Zahnarzttermin absagen. Der ist morgen. Das hatte ich komplett vergessen. Das pack ich nicht.«

Kopfschüttelnd sah ihn Izaak an. »Jetzt? Der Zahnarzttermin? Fabian vergiss das doch für einen Moment. Was ist jetzt mit Lena?«

Ein weiteres Seufzen leitete Fabians Worte ein. »Unsere Nachbarin ist bei ihr. Aber … Lena mag sie nicht sonderlich. Frau Berger hat schon angerufen, Lena führt sich furchtbar auf und will nicht ins Bett. Ich kann aber hier nicht weg. Wenn die Ärzte rauskommen, weil …« Dieses herzzerreißende Geräusch drang wieder aus Fabian. Als er sich wieder so weit im Griff hatte, redete er weiter: »Ich kann es jetzt nicht ändern. Da müssen beide jetzt eben durch.«

»Willst du sie mal anrufen? Falls sie mag, kann ich vorbeifahren und sie ins Bett bringen. Wenn eure Nachbarin dann bei ihr bleibt, komm ich wieder zu dir.«

Fabian sah ihn an, als ob ihm ein zweiter oder dritter Kopf gewachsen wäre. »Das würdest du tun? Du musst nicht … nicht nachdem … was ich …«

Sein Gestammel schien kein wirkliches Ziel zu haben und Izaak nahm zur Beruhigung seine Hand. »Eins nach dem anderen. Zuerst Lena. Deine Mutter. Dann du. Danach wir.«

Eine Mischung aus Finalität, Dankbarkeit und Unschlüssigkeit schien gleichzeitig Fabians Mimik zu bestimmen.

Er rief Lena an, die zwar forderte, Fabian solle mit Izaak zu ihr kommen, jedoch Izaak gegenüber Frau Berger noch bevorzugte.

Izaak unterließ es, Fabian zu sagen, dass Nick ihn hergefahren hatte. Auf dem Weg zum Ausgang rief er sich ein Taxi, das tatsächlich bereits am Rondell stand, als er durch die automatischen Türen trat. Die Uhrzeit erlaubte ihnen eine schnelle Fahrt und tatsächlich war Lena noch hellwach, als er schließlich ankam.

Sie war nicht glücklich über den ganzen Verlauf, ließ aber zu, dass Izaak ihr vorlas und schlief schließlich unter mildem Protest ein. Frau Berger hatte zwischenzeitlich ihre Katzen versorgt und machte es sich im Wohnzimmer bequem. Izaak versprach ihr, in der Nacht wieder zurückzukommen, damit sie heim konnte.

Eine erneute Taxifahrt brachte ihn zurück zu Fabian.

Dieser stand mittlerweile neben den metallischen Wartebänken und lehnte an der Wand. Sein Gesichtsausdruck erhellte sich sofort, als er Izaak bemerkte.

Izaak konnte nicht anders. Er ging auf Fabian zu, nahm auf den Fußballen stehend dessen Gesicht in seine Hände und zog ihn zu sich. Der kurze Kuss konnte ebenso freundschaftlich ausgelegt werden, falls Fabian seine romantischen Gefühle ihm gegenüber tatsächlich beerdigt hatte.

Den Eindruck machte er jedoch nicht. Er drückte seine Lippen gegen Izaaks, bis ihm schließlich wieder ein markerschütterndes Seufzen entwich. »Danke. Izaak, ich habe das überhaupt nicht verdient, dass du hier bist. Es tut mir so leid.«

Izaak ließ seine Hände zu Fabians Hüften gleiten. »Punkt zwei: Hast du schon was Neues gehört?«

»Nein. Ein Arzt war kurz da und meinte, ich soll heim gehen. Sie melden sich schon, falls sich was ändert. Aber ich könnte nicht … Weißt du, wie ich meine? Du musst aber nicht hierbleiben.«

»Ich weiß. Und ich habe Lena auch versprochen, ich werde morgen früh da sein. Frau Berger will heute auch noch in ihr eigenes Bett. Aber jetzt bin ich erst mal für dich da.«

»Wie soll das gehen? Du musst doch morgen auch arbeiten.«

»Lass das meine Sorge sein. Was brauchst du jetzt?«

Mit einer schnellen Bewegung zog Fabian Izaak eng an sich. Er steckte seine Nase in Izaaks Haar und atmete tief ein. »Nur dich.«

»Ich bin hier.«

Die Minuten vergingen, ohne dass sie ihre Umarmung lösten. Schließlich hielt es Izaak nicht mehr aus. Er musste die Frage loswerden: »Willst du mir erklären, was das für eine Textnachricht war?«

Fabians Umarmung wurde noch inniger. Seine Arme legten sich noch enger um Izaak. »Kannst du dich noch an unser Gespräch auf der Hollywoodschaukel bei mir im Garten, erinnern?«

»Natürlich«, wisperte Izaak zurück.

»Ich habe so oft gehört, dass es meine Aufgabe ist, der Mann in meiner Familie zu sein, dass ich es nicht mehr hinterfragt habe. Als Kind, als mein Vater, das zu mir gesagt hat, hat mich das wahnsinnig stolz gemacht. Ich wollte immer wie mein Vater sein. Stark. Er war für mich immer wie ein Fels in der Brandung. Unumstößlich in seinen Zusagen. Dieses Mantra hat mir in so vielen Situationen in meinem Leben geholfen. Und gerade als ich anfing, selbständiger zu werden, als ich ausgezogen bin, mich testen wollte, da starb mein Vater. Wir waren alle so haltlos. Meine Mutter fast blind, Lena mit ihren ganzen Terminen und plötzlich ganz allein. Kein Einkommen mehr, keine Hilfe. Meine Mutter hat tatsächlich versucht, Sozialhilfe zu beantragen, also halt Unterstützung. Du weißt das sicher, aber sie hat nichts erhalten. Sie hätte zuerst das Haus verkaufen müssen und dann hätte ich ohnehin einstehen müssen. Und da wurde mir klar, dass das, was mein Vater mir ein Leben lang gesagt hat, keine leeren Worte waren. So war die Welt. Wenn einer ausfällt, muss der nächste einstehen. Versteh mich nicht falsch, ich habe das gerne gemacht. Und der Satz meines Vaters: *Wenn ich nicht da bin, bist du der Mann im Haus,* hat mir in dem Moment Halt gegeben.«

Schließlich ließ Fabian Izaak los und rieb sich über die Augen. Aber offensichtlich war er mit seiner Geschichte noch nicht fertig. So, als ob er nach Worten ringen würde, sah er Izaak an.

»Ich habe versucht, diese Rolle auszufüllen. Aber sie hat mir zu viel abverlangt. Ich kann ihr nicht gerecht werden.«

Aus einem unwiderstehlichen Drang heraus musste Izaak die Verbindung zwischen ihnen wiederherstellen und griff nach Fabians Hand. »Was meinst du damit? Du bist ein unglaublicher Bruder und eine riesige Hilfe für deine Mutter.«

Mit abwägendem Blick sah ihn Fabian an. Er schluckte schwer und setzte erneut zum Reden an, so als müsste er eine Todsünde gestehen. »Ich hab es nicht geschafft, alles unter einen Hut zu bringen. Deshalb hab ich dir diese Nachricht geschrieben. Die Arbeit – das Drama mit Dennis hab ich dir noch gar nicht erzählt –, meine Mutter, alles, es wurde mir zu viel. Ich dachte, ich müsste eine Verantwortung, die ich habe, loswerden. Und da bliebst nur du übrig.«

So sehr er sich bemühte, neutral zu bleiben, es fühlte sich wie ein Schlag ins Gesicht an. »Ich hatte doch gehofft, mehr zu sein als eine Verantwortung.«

»Das bist du, oh, Gott, das bist du. Du bedeutest mir so viel, das kann ich dir alles gar nicht sagen. Das ist ja das Problem. Diese Rolle, *der Mann zu sein*, die hat mir anfangs so viel Kraft gegeben. Mit der Zeit hat sich das aber ins Gegenteil gekehrt. Ich kann das nicht beschreiben. Und ich verstehe es auch nicht. Etwas, was so lange mein Rückgrat war, hat sich zu einer Fessel entwickelt. Es zieht mich nieder. Es macht mich einsam. Ich fühle mich so allein, wenn ich doch stark sein will. Ich kann und will dich nicht damit belasten.«

»Fabian, ich *will* damit *belastet* werden. Du bist mein Freund, mein Partner, mein ein und alles, verstehst du denn nicht, dass ich für dich da sein will? Dass es das ist, was eine Partnerschaft ausmacht? Das ist keine Belastung für mich, das ist ein Vertrauensbeweis. Du musst nicht einen starken Kerl mimen. Sei du! Sei schwach, lass mich für dich da sein. Und ich glaube, deine Ma sieht das doch genauso. Du musst keine Rolle spielen, sie liebt dich genauso wie jetzt, wenn du Hilfe suchst. Und Lena auch.«

Fabian nickte und eine Träne rollte über seine Wange. »Sie hat gesagt, nach der OP müssen wir uns unterhalten. Ich halse mir zu viel auf. Wir haben das Thema nicht zum ersten Mal, nur diesmal glaube ich, verstehe ich, was sie meint.«

Er wirkte so hilflos. Völlig überfordert mit der Situation. Izaak zog ihn wieder zu sich. Das Gesicht an Izaaks Hals vergraben, sprach Fabian leise weiter: »Weißt du, es war nicht nur, dass ihr vielleicht was passiert ist, während der Operation.« Er klammerte sich nun an Izaak und dieser hatte Probleme, ihn zu verstehen. »Ich schäme mich auch dafür, aber gleich mein zweiter Gedanke nach dem Schreck, als mir der Arzt mitteilte, dass sie eine Blutung hatte, war: *Nicht auch das noch! Wie soll ich das stemmen?* Verstehst du? Nicht Empathie, sondern ich hab an mich gedacht, was das für mich bedeutet. Das ist schrecklich.«

»Das ist es nicht. Das ist menschlich. Aber vielleicht ist es auch ein Zeichen dafür, dass es jetzt wirklich zu viel ist. Du liebst deine Familie doch. Ich bin mir sicher, du willst mehr sein als ein Krisenmanager.« Eng an Izaak gepresst, nickte Fabian an dessen Brust. »Es ist sehr nobel, alles allein tragen zu wollen. Aber wenn du mich willst, lass mich doch für dich da sein. Leg dieses Korsett, das dich einsam und hilflos macht, ab und lass mich für dich da sein. Und dich lieben. Ganz ohne die Vorstellung, wie du als Mann sein sollst, sondern einfach so, wie du bist.«

Fabian sog die Luft scharf ein. »Du liebst mich?«

Mit beiden Händen hielt ihn Izaak fest und schob ihn etwas von sich, um ihm ins Gesicht sehen zu können. »Natürlich liebe ich dich. Das weißt du. Auch wenn ich es noch nicht gesagt habe.«

»Ich hab dich gar nicht verdient – nicht nach der Aktion mit der Textnachricht.«

Tief in Gedanken wiegte Izaak den Kopf hin und her und sagte mit zu Schlitzen zusammengekniffenen Augen: »Da hast du wohl recht. Aber *ich* habe es verdient, zu kriegen, was ich will.«

Trotz seiner verweinten Augen und der Sorgen, die sein Gesicht zeichneten, lachte Fabian. So wie Izaak es gehofft hatte.

»Danke.« Fabian schaute ihn an, so als könnte er die Bedeutung seiner Worte mit seinem Blick in ihn hineintransportieren. »Danke. Ich wüsste nicht, was ich jetzt ohne dich machen würde.«

»Darüber musst du dir keine Gedanken machen. Und jetzt küss mich. Denn das hab ich mir auch …«

Was immer er sagen wollte, ging unter Fabians Mund auf seinem unter. Salzig, verzweifelt, süß, hoffnungsvoll. Der Kuss fühlte sich wie ein erster Kuss an. Das vertraute Haut an Haut, aber mit einer Prise Neuanfangszauber versehen. Gerade als Izaak den Kuss vertiefen wollte, räusperte sich eine Stimme hinter ihnen.

»Herr Maier?«

Fabian drehte sich ruckartig um und strich sich übers T-Shirt. »Ja, bitte? Haben Sie Neuigkeiten?«

»Sie ist aufgewacht.« Hastig trat Fabian an den Arzt heran, der eine dünne Akte hochhielt. »Bitte, Sie können kurz zu ihr, aber wir müssen weitermachen. Wir … «

»Was?«

»Wir würden gerne sehen, ob Sie sie erkennt.«

Izaak stellte sich neben Fabian, der zusammengezuckt war, als hätte der Arzt ihn mit der Akte geschlagen.

»Ist das …?«

»Kommen Sie. Danach ist es wohl besser, Sie fahren nach Hause.« Der Arzt hatte seinen Ausweis schon vor das Lesegerät gehalten und die Doppeltür ging auf.

Schnell ging Fabian dem Arzt hinterher.

# *Kapitel 19*

**Fabian**

Fabian stellte ihre Taschen in dem äußerst spärlich eingerichteten Zimmer ab und sah sich zweifelnd um. Die beiden Spanbrettbetten standen an gegenüberliegenden Seiten an die Wände gedrückt. Dazwischen gab ein Fenster den Blick auf den Klostergarten frei.

Seufzend drehte er sich einmal im Kreis. Direkt hinter ihm hing ein Holzkreuz. Izaak stand in dem kleinen Flur, in dem ein massiver Einbauschrank nahezu den kompletten Raum einnahm. Es roch nach altem Linoleum. Wie zum Beweis, dass er den Bodenbelag korrekt erschnuppert hatte, streifte er mit seinem Turnschuh einmal darüber. Jaaa …

»Ist doch nett.« Izaak strahlte ihn an.

Und Fabian sah ihn ungläubig an. »Red keinen Blödsinn. So hast du dir unser Wochenende sicher nicht vorgestellt. In einem alten Kloster. Beim Theaterwochenende meiner kleinen Schwester. Mit zwei Betten, die gefühlt hundert Meter auseinander sind.«

Mit unverrücktem Lachen auf dem Gesicht wand Izaak seine Arme um Fabian und küsste ihn sanft. Er löste die Umarmung und deutete um sich. »Bisher ist alles wunderbar. Du, ich und es ist Freitag.«

Fabian verzog den Mund. Es gab keinen Grund, dass Izaak ihre Situation schönredete. »Das mein ich nicht und das weißt du. Wenn du wieder fahren willst, ich wäre dir nicht böse. Ich würde dich nicht aufhalten.«

Mit leicht geneigtem Kopf ging Izaak wieder auf ihn zu und fuhr mit beiden Händen über Fabians Gesicht, um schließlich seine Finger in dessen Nacken zu verschränken. »Du würdest mich einfach gehen lassen?«

Unter einem Knurren jagte Fabian den Mund des Mannes in seinen Armen. Doch Izaak versuchte ihm auszuweichen, ohne dass es ihm gelang. Nach einem langen Kuss, der die alberne Frage eigentlich pulverisieren sollte, setzte er nochmals an. »Du willst mich missverstehen, oder?«

»Ich weiß nicht, was du meinst.« Izaak klimperte mit den Wimpern.

Fabian zog ihn mit sich auf eines der Betten. »Wir können dein Wochenende nachholen, okay?«

»Nicht *mein* Wochenende. *Unser* Wochenende. Es ging mir nie darum, dich zu entführen oder dich unter Druck zu setzen.«

»Nein, das hast du doch nicht. Ich hatte ja zugestimmt.« Fabian setzte sich auf und Izaak rollte sich ganz auf seinen Rücken, um nach oben zu ihm zu sehen.

»Das schon. Aber ich habe langsam das Gefühl, ich hätte dich mit dieser ganzen Idee vor eine weitere Hürde gestellt, die dich erneut unter Stress setzte. Das sollte mein Vorschlag nie sein. Eigentlich hatte ich gehofft, es wäre etwas, auf das du dich freuen kannst. Aber das war es nie, oder?«

Mit einem langen Ausatmen kratzte sich Fabian die Kopfhaut. »Nein.« Und er fuhr sich danach über das Gesicht. »Ich wollte kein Spielverderber sein. Aber …«

»Ja …?«

»Mit allem, was los war, und dann wusste ich nicht, wie teuer es wird …« Seine Finger fanden wieder ihren Weg zurück in Izaaks Haar und schon ging es ihm wieder besser.

Izaak zog Fabians Hand zu seinem Mund und presste einen Kuss darauf. »Versprich mir, dass du mit mir in Zukunft über so was redest, ja? Ich hab nicht wirklich darüber nachgedacht, was das für dich bedeutet.«

»Bitte, nicht entschuldigen. Du hast nichts falsch gemacht. Ich muss lernen, nicht alles in mich reinzufressen.« Mit einer Hand streichelte er über Izaaks Wange.

Izaaks Handy begann zu klingeln und umständlich fummelte er es aus seiner hinteren Gesäßtasche. Nach einem Blick darauf legte er es zur Seite.

»Gehst du nicht ran?«, wollte Fabian wissen.

Doch Izaak schüttelte nur den Kopf. »Ich hab nur nachgesehen, ob es die Arbeit ist. War aber nur meine Mum.«

»Willst du nicht …?«

»Nein, ich weiß, was sie will. Ist nicht so wichtig.«

Fabian sah fragend in sein Gesicht hinab. Gedankenverloren strich er weiter durch Izaaks Haar und hörte ihm weiter zu.

»Sie hat sich nach deiner Ma und Lena erkundigt. Sie will, dass wir sie besuchen, sobald wir zurück sind. Das muss aber nicht sein.«

»Können wir schon machen.« So easy, wie er es sagte, meinte Fabian es ganz und gar nicht. Izaaks Eltern kennen zu lernen, war eine große Sache, die er nicht auf die leichte Schulter nahm. Aber er beanspruchte Izaak ohnehin schon zur Genüge für sich. Er konnte verstehen, dass sie ihn kennenlernen wollten.

»Sie will helfen – weiß nur grade nicht wie«, fuhr Izaak fort. »Sie war schon immer so. Das ist tief in ihr und das hat nichts mit Sozialprojekten zu tun, sie kann nicht anders, als zu sehen, wo sie helfen kann.«

»Da seid ihr euch sehr ähnlich. Das erklärt, woher du diese fürsorgliche Art hast.« Er beugte sich vor und hob Izaaks Kopf gleichzeitig an. Sanft tupfte er ihm einen Kuss auf die Lippen. »Tut mir leid, dass ich dir vorgeworfen habe, du sähest in mir nur ein Projekt.«

Izaak erwiderte den Kuss mit sachtem Druck. »Längst vergessen.« Er rieb seine Unterlippe mit seinen Zähnen. Eine Unsicherheit blitzte aus seinen Augen, sodass Fabian sich nicht sicher war, sich den Ausdruck eingebildet zu haben.

»Was ist? Du wolltest was sagen.«

Izaaks Brustkorb hob und senkte sich mit seinem schweren Atem. »Ich hab nur gedacht, dass wenn Andi sie um Geld gebeten hätte, sie ihm sicher alles gegeben hätte, was er wollte. So hätte er die Beziehung mit mir aufrechterhalten können. Dieser Gedanke kam ihm aber offensichtlich nie. Es kam ihm nie darauf an. Ich war so blind.«

Die Worte hinterließen einen Stich in Fabians Herz. Nicht wegen Eifersucht auf einen vergangenen Liebhaber. Und das war Andi. Komplette Vergangenheit. Sondern was diese Erfahrung für Izaak bedeutet hatte. Seinem geliebten Izaak, der strahlte wie die Sonne, wenn er anderen eine Freude bereiten konnte, war das Herz von einem derart skrupellosen Charakter gebrochen worden. »Aber du bist nicht daran kaputt gegangen. Du hast dich hochgerappelt und bist nun wieder für andere da.« Schmunzelnd fügte er ein »Mein Retter!« hinzu.

Schnell setzte sich Izaak auf. Die Beine rechts und links neben Fabian ließ er sich auf seinen Schoß gleiten. »Du musstest nicht gerettet werden. Einen Freund zu brauchen, heißt nicht, dass du dich nicht selbst retten kannst.«

»Dann warst du halt da, als ich selbst für meine Aufgabe nicht mehr genügte. Und meinen Führerschein hast du wirklich gerettet.«

Kopfschüttelnd presste Izaak seinen Mund auf Fabians.

»Du genügst. Sich Hilfe zu holen, heißt nicht, aufzugeben. Du bist nicht selbstsüchtig, wenn du dir Hilfe holst, du bist verantwortungsbewusst. Nur wenn du Kraft hast, kannst du für Lena und Sigrid da sein. Fachkräfte von außen hinzuzuziehen, heißt nicht, dass du sie abschiebst, sondern dass du optimal für sie sorgst. Ich könnte auch ...«

»Du weißt, dass das alles, was du gesagt hast, auch für dich gilt. Die Tatsache, dass du da bist, reicht mir, du musst nichts kaufen oder veranlassen. Dass du mir zuhörst und ich mich nicht sorgen muss, dass du mich für schwach hältst, ist mehr wert als alles Geld der Welt.«

Izaak ließ seine Hand unter Fabians Shirt kriechen. »Das hier«, sanft strich er über Fabians Seiten, »zusammen mit dir«, eine Gänsehaut zog sich über Fabians gesamten Körper und erschaudernd schloss er die Augen, »ist alles, was ich will.«

Die Überzeugung in Izaaks Worten war offensichtlich. Wohlbehagen in Izaaks Armen war alles, was Fabian umgab. Und obwohl er so geschützt in dieser Umarmung lag, fühlte er sich nicht klein. Er fühlte sich so stark wie noch nie.

Und erneut rückte ein Partikelchen in ihm zurecht. So wie Izaak ihm den Kopf zurechtgerückt hatte, so zurechtgerückt fühlte er sich in sich selbst. Er hatte seinen Platz gefunden. Mit Izaak an seiner Seite schien nun viel mehr möglich – auch wenn das Leben nicht leichter geworden war.

Lenas Bedürfnisse stiegen mit jedem Lebensjahr. Und dass der status quo, den sie gerade hatten, fragil war, hatte die Verschlechterung des Gesundheitszustandes seiner Mutter gezeigt. Nein, sein Leben war nicht leichter geworden. Er fühlte Izaaks Atem an seinem Hals. Anstelle des Gewichts, das ihn so lange gedroht hatte zu erdrücken, war ein Hauch von Liebe getreten. Sein Leben war definitiv nicht leichter geworden, aber machbarer.

Tags darauf saß Fabian allein im Publikum, während Lena und Izaak hinter den Kulissen waren.

Da ein Kulissenbaum das zeitliche gesegnet hatte, hatte sich auf der Suche nach einer menschlichen Stütze Izaak angeboten, dies zu übernehmen, damit die Angehörigen ihre Schützlinge beobachten konnten. So gern Fabian ihn neben sich gehabt hätte, so stolz war er auch, dass sein Freund sich derart selbstverständlich in sein Leben einbrachte.

In den Tagen nach der dramatischen Operation seiner Mutter hatte Izaak Fabian dort aufgefangen, wo er es brauchte. Ohne ihn zu überrollen, aber mit einer Achtsamkeit hatte er Fabian Telefonate abgenommen, war für Lena da gewesen, doch hatte er Fabian nie das Gefühl gegeben, unfähig zu sein. Durch seine ruhige und bestimmte Art fand Fabian einen Weg, von seinen Sorgen abzugeben. Izaak nahm ihm nichts weg. Er lieh ihm seine Kraft und machte es ihm leicht, sich zu öffnen.

Die Ruhe, die ihn jetzt umgab, war fast ungewöhnlich. Es hatte zu viel zu organisieren gegeben, dass ihm teilweise der Kopf geschwirrt hatte.

Richtig konnte er sich nicht auf das Theater konzentrieren.

Die Prinzessinnen kämpften gegen irgendwelche Kobolde und die Prinzen versuchten, ihnen den Rücken freizuhalten oder so. Nein, sie kämpften auch. Die aktuelle Darstellerin jedenfalls schlug aber eine eher falsche Richtung ein … und knallte mit ihrem Roller gegen den Baum. Den Izaak-Baum. Der Baum schnappte hörbar nach Luft und Fabian konnte sich ein Lachen kaum verkneifen. Armer Izaak. Das war sein Dank. Doch er stand. Unverwüstlich.

Fabian lehnte sich zurück und beobachtete, was um ihn herum passierte. Es war ein ungewohntes Gefühl. Immer noch. Aber sein Baum auf der Bühne bewies ihm jeden Tag, er konnte das jetzt.

Nervös zupfte Fabian an Lenas Haar herum.

»Lass mich.«

»Ich will nur …«

Izaak trat zwischen sie und griff nach Fabians Hand. »Wenn du sie noch mehr zurecht machst, wird meine Mutter sie behalten.« Herausfordernd grinste er ihn an.

Fabian seufzte. »Ist ja gut. Ich bin nur aufgeregt.«

Mit einem sanften Druck seiner Hand versicherte Izaak, dass Fabian nicht allein war. »Wir hätten nicht heute kommen müssen. Lena ist sicher müde vom Wochenende und wir haben nicht mal ausgepackt …«

»Nein, nein! Das ist es nicht. Egal, wann wir hierher kämen, ich wäre immer ein Nervenbündel.«

»Es gibt keinen Grund.«

»Sagst du.«

Sanft lehnte sich Izaak gegen ihn. »Ich verstehe dich. Mir gings genauso, als ich bei dir war.«

Den letzten Schritt vor der Haustür sprang Lena darauf zu. »Ich klingel!«

»Zumindest ist eine von uns entspannt«, bemerkte Fabian trocken und Izaak lachte.

Es verstrichen nur wenige Sekunden, bis eine zierliche Frau mit halblangen, dunklen Haaren die Tür aufriss. »Da seid ihr ja.«

Bevor sich Fabian für ein mögliches Zuspätkommen entschuldigen konnte, begrüßte Izaak seine Mutter auf seine Art. »Weil wir nämlich exakt pünktlich sind?«

»Du weißt, was ich meine!«

»Weiß ich das?«

»Ach, hör auf.« Frau Galea wandte sich von Izaak ab und bückte sich leicht, bis sie auf Lenas Augenhöhe war. »Und du bist Lena?«

So wie Fabian es von ihr gefordert hatte, streckte sie Izaaks Mutter ihre Hand hin, nur um sie dann doch zu umarmen.

Fabian zwang sich, nichts zu sagen, dennoch beobachtete er die beiden angestrengt. Doch die Herzlichkeit seiner Schwester wurde begeistert aufgenommen.

»Ich danke dir für diese Begrüßung! Ich bin übrigens Emily!« Bei ihren letzten Worten warf sie Fabian einen kurzen freundlichen Blick zu, so als wollte sie ihn in ihr Angebot, sie beim Vornamen zu nennen, miteinschließen.

»Das ist mein Bruder Fabian!« Lena deutete auf ihn, nachdem sie Emily losgelassen hatte.

Jetzt da er ihre Aufmerksamkeit hatte, wusste Fabian nicht mehr so recht, wohin mit sich selbst und wollte gerade anfangen auf der Stelle zu treten, als ihn Emily auch kurz umarmte. »Es freut mich so sehr, dich kennenzulernen!«

»Ich mich auch!« Fabian wusste nicht, was er erwartet hatte, aber eine derartige Herzlichkeit nicht. Nicht unbedingt Skepsis. Aber eine gewisse Zurückhaltung.

»Jetzt aber los. Das Essen ist schon fertig.«

Viel zu aufgeregt, was ihn bei Tisch erwarten würde, nahm Fabian auf dem Weg dahin nichts wahr außer Izaak, der seine Hand nicht losließ. Als sie durch einen weiten Durchgang in einen hellen, großzügigen Raum schritten, fiel sein Blick sofort auf die beiden Männer, die dort standen.

So ähnlich sich Izaak und seine Mutter sahen, so wiesen Nick und sein Vater eindeutige äußere Merkmale von Vater und Sohn auf. Nicht nur, dass sie beide größer als die beiden anderen Familienmitglieder waren. Die dunklen Augen, die sie teilten, hatten nichts von der Magie von Izaaks Augen. Ihre Gesichtszüge entsprachen sich fast.

Aus dieser gegenseitigen Beobachtung löste sich Nick als Erster. »Fabian! Wie schön, dass ihr da seid!« Die Begrüßung Lenas fiel nicht kalt, aber deutlich zurückhaltender als bei seiner Mutter aus, was Lena nicht sonderlich zu bedauern schien.

»Ich bin Bobby. Freut mich Fabian«, begrüßte auch Izaaks Vater zunächst ihn und danach erst seine Schwester. Diese war aber bereits mit Emily beschäftigt, die sie für irgendwelche Aufgaben in der Küche einspannte. Nick ging ihnen hinterher. Und plötzlich hatte Fabian das Gefühl, unter einem Mikroskop zu stehen. An seinem Rücken fühlte er Izaaks Hand und er wusste, er musste das nicht allein durchstehen.

»Es freut mich auch, Sie kennenzulernen.«

»Du!«

»Was?«

»Wir duzen uns, ja?«

»Ach so. Ja.« Izaaks Finger strichen kleine Kreise auf seinem unteren Rücken.

»Willst du was trinken? Ein Glas Wein vielleicht?«

»Okay. Nur eins zum Essen. Ich muss noch fahren.«

»Dann machen wir das sofort.«

Bobby ging zum Tisch und schenkte aus der bereits geöffneten Flasche in ein Glas ein.

»Komm, wir setzen uns.« Izaak schob ihn leicht seinem Vater hinterher und sie ließen sich nieder.

In dem Moment kam Emily mit Lena im Schlepptau zurück. »Was ist eigentlich mit dir? Humpelst du? Das habe ich mir doch soeben nicht eingebildet, oder?«

»Ah. Da ist gar nichts mehr. Nur das Anlaufen … Ein Bühnenunfall.«

Fabian lachte, ohne es aufhalten zu können. »Entschuldige. Das war einfach irgendwie komisch. Hätte man wohl aus dem Publikum sehen müssen.«

Izaak grinste ihn schief an. »Ich freu mich, dass ich einen wertvollen Beitrag zur Vorstellung leisten konnte.«

»Bevor du uns von deinen Leistungen erzählst, sag doch mal Fabian, wie geht es deiner Mutter? Izaak hat erzählt, sie hatte einen schweren Eingriff.«

»Na ja, der Eingriff hätte gar nicht so dramatisch sein sollen. Die Komplikationen waren nur schlimm. Es geht ihr jetzt … gut, glaube ich, kann man sagen? Den

Umständen entsprechend. Wenn die nächsten Tage zufriedenstellend laufen, wird sie in dieser Woche noch in die Früh-Reha entlassen.«

Nick war hinzugekommen und hörte aufmerksam zu.

»Wenn ihr irgendwas braucht, Fabian, gib uns Bescheid, ja?« Emily sah ihn erwartungsvoll an. Am liebsten wollte sich Fabian winden wie ein Fisch. Die Frage irgendwie ungeschehen machen. Keinen Anlass geben, dass sie überhaupt gestellt werden musste.

Wahrscheinlich hatte Izaak aber genug erzählt, dass sich seine Familie ein eigenes Bild von seiner Lage machen konnte. Sie hatten ziemlich genau abgesprochen, was Izaak erzählen würde, da er seit dem Abend im Krankenhaus Fabian quasi nicht mehr von der Seite gewichen war. Außer für die Arbeit. Und wenn er auf Lena aufpasste, wenn Fabian allein etwas zu erledigen hatte.

Fabian schluckte einmal. Einzugestehen, dass er sich in diesen knapp zwei Wochen vollständig auf Izaak verlassen hatte, um über die Runden zu kommen, fiel ihm immer noch schwer. Aber er wusste, dass Izaak ihn deshalb nicht anders sah als zuvor. Und das war das Wichtigste.

»Danke, Emily. Vielleicht werde ich darauf zurückkommen müssen. Aber bisher hält mich Izaak über Wasser. Wofür ich ihm sehr dankbar bin.« Er wagte weder Nick noch Bobby ins Gesicht zu blicken und sah somit Emily direkt an.

»Du bist Izaak wichtig, also bist du auch uns wichtig!«, statuierte Emily, als wäre es ein Naturgesetz.

Izaak fuhr mit seiner Hand über Fabians Oberschenkel und drückte ihn kurz. Dankbar schaute Fabian zu ihm. Als er wieder aufsah, streifte sein Blick Nicks, der ihn nachdenklich ansah, und Bobbys, der einmal entschieden nickte. Für Fabian war das mehr als genug. Worte konnten ohnehin nicht erfassen, was er in dem Moment fühlte: Sicherheit und die klare Hoffnung, dass alles irgendwie gut werden würde.

# Kapitel 20

**Fabian**

»Endlich daheim!« Die Stimme seiner Mutter war immer noch leicht verwaschen. Für jemanden, der sie nicht kannte, vielleicht gar nicht erkennbar. Aber genauso wie die Feinmotorik ihrer linken Hand nicht so war wie zuvor, fehlte es auch ihrer Stimme an Schärfe.

Als sie durch die Tür gingen, flog Lena ihnen regelrecht entgegen. »Mama!«

Hinter ihr im Türrahmen sah Fabian Izaak lehnen. Jedes Mal, wenn er ihn erblickte, wurde sein Herz leichter. Izaak zog ihn mit jedem erheiternden Lächeln, mit jedem beruhigenden Blick, mit jedem zusichernden Nicken in seinen Bann.

Obwohl Izaak immer behauptete, er mache gar nichts, war sein Effekt gewaltig. Die Gewissheit, dass Izaak *da war, da war für ihn,* reichte Fabian. Niemals hätte er erwartet, dass ein derartig kleiner Umstand ein Gefühl der Sicherheit und Zuversicht in ihn setzen könnte. Jeden Tag, den sie gemeinsam verbrachten, Izaaks sichere Worte, seine Bestimmtheit halfen Fabian, bei sich selbst anzukommen.

Während er zu den Gesprächen mit Ärzten bei seiner Mutter im Krankenhaus war, stand Izaak bei ihm, um seine Hand zu halten, wenn Fabian das brauchte. Oder er war bei Lena, da er keinen Babysitter organisieren konnte. Oder er half ihm, den Reha-Antrag bei der Krankenkasse auszufüllen, statt bei dem geplanten Abendessen zu sein.

»Wir sind zusammen. Was will ich mehr?«, hatte Izaak gesagt und Fabian hatte wieder die Tränen nicht zurückhalten können. In diesen wenigen Wochen hatte er mehr geweint als in seinem gesamten Leben zuvor. Und es waren keine Tränen der Verzweiflung oder der Trauer gewesen. Die Fürsorge, die ihm Izaak, Mark und auch Tobi, Nadine und Nick entgegengebracht hatten, war zu überwältigend gewesen.

So dramatisch der Tag der Operation abgelaufen war, seine Mutter hatte seitdem nahezu stündlich Fortschritte gemacht. Ganz die Alte würde sie nicht mehr werden. Auch war noch nicht klar, wie weiter vorgegangen werden sollte. Während sie sich noch von den Folgen der Blutung erholte, war nicht entschieden, wie aufgrund des Ergebnisses der eigentlichen Histologie vorgegangen werden sollte. Der Tumor war gutartig. Das sagte der Pathologiebefund aus. Aber die Größe machte den Ärzten Sorgen. Was dies alles für die Zukunft bedeuten würde, stand in den Sternen. Doch statt Hoffnungslosigkeit war Fabian von Mut erfüllt. Sein Blick ging zurück zu Izaak.

Es wäre zu einfach zu sagen, es lag an Izaak. Natürlich war er die Ursache, die all das in Bewegung gesetzt hatte. Jedoch würde er Izaak nicht die Last aufbürden, für sein Glück verantwortlich zu sein.

Izaak hatte ihm gezeigt, dass er auch bei ihm bleiben würde, wenn er nicht der starke Fabian war, den er nach außen so gern präsentierte. Sein Meermann hatte ihm gezeigt, dass er von Menschen umgeben war, die ihm gern zur Seite standen und für ihn da waren. Die ihn in seinen Entscheidungen unterstützten, ohne dass er sich klein und schwach vorkam. Meistens jedenfalls. Aber wenn die alten

Zweifel wieder hochkrochen, war es seine Aufgabe, daran zu arbeiten.

Und wenn er manchmal wie festgefroren dastand, schritt Izaak ein. Auf seine Art und Weise.

»Sigrid, lass mich das tragen, willst du dich hinlegen?«

Seine Mutter tätschelte strahlend Izaaks Wange. »Oh, nein. Ich bin lange genug gelegen. Ich werde jetzt in den Garten gehen und sehen, was ihr alles verderben habt lassen.«

»Undank ist der Welten Lohn«, grummelte Fabian vor sich hin und seine Mutter zwinkerte ihm zu. Sie zwinkerte. Obwohl sie einen weiteren Teil des Rests ihrer Sehschärfe während der Operation eingebüßt hatte, bewegte sie sich gekonnt in ihrer vertrauten Umgebung. Während sie im Krankenhaus deutlich unsicherer gewesen war, schien sie hier gefestigter.

»Komm, Lena, begleite mich, erzähl mir, wie es auf dem Theaterwochenende war.«

»Mama, es war so toll. Hat Fabian nicht erzählt, dass ich die Prinzessin war? Martin war zwar auch die Prinzessin, aber ich glaube, ich war besser. Luisa war der Prinz und auch sie war besser als Thomas, der andere Prinz. Aber dann ist sie mit dem Pferd gegen Izaak gefahren.«

Mit gekräuselter Stirn sah ihre Mutter sie an. »Wie kam denn Izaak auf die Bühne? Flunkerst du mich an?«

Unter aufgeregtem Gelächter erzählte Lena weiter: »Er war doch ein Baum. Also der Baum, den Herr Bucher gebastelt hat, ist immer umgefallen und dann musste ihn Izaak halten und als Luisa durch den Wald geritten ist, ist sie gegen ihn gefahren.«

»Mit was ist sie denn bitte gefahren? Du musst mir das genauer erzählen.«

Bevor die beiden in den Garten verschwanden, hielt Fabian seine Mutter auf. »Soll ich was zu essen machen?«

»Das wäre fantastisch, mein Schatz. Dieser Krankenhausfraß ist wirklich was für Kranke.«

»Ich helf dir«, versicherte ihm Izaak und folgte Fabian in die Küche.

Während Izaak alles, was sie brauchten, zusammensuchte, las Fabian eine Nachricht auf seinem Handy. Sein Magen zog sich dabei wieder leicht zusammen. Auch Wochen nach dem Vorfall mit Dennis wusste er nicht, was er machen sollte. Eine Berührung an der Hand riss ihn aus den Gedanken.

»Schlechte Nachrichten?« Izaak sah ihn mit Sorge in den Augen an.

Fabian ergriff seine Hand. »Nein, nur Mark. Er hat erzählt, wie es mit Dennis weiterging. Eintrag in die Personalakte, fristlose Kündigung – trotz seiner Kündigung – und so weiter. Er fragt, ob ich weiter vorgehen will.« Fabian legte das Telefon auf die Küchenarbeitsplatte und zog Izaak an sich heran. »Was rät mir denn mein Anwalt?«

Ein geräuschvolles Ausatmen begleitete Izaaks Hochziehen seiner Augenbrauen. »Puh. Das ist so 'ne Sache. Natürlich kannst du ihn anzeigen, wegen Beleidigung. Natürlich gründet das alles auf einer Hasskriminalität. Aber …«

»Aber? Mark scheint so davon überzeugt, eine Anzeige sei das Richtige.«

»Also, wenn du mich als Anwalt mit seinem Mandanten befragst, sag ich, natürlich werde ich dich in der Nebenklage vertreten und mit dir die Anzeige bei der Polizei aufgeben. So Typen wie Dennis müssen auch spüren, dass sie mit ihren Hasstiraden nicht immer durchkommen. Vielleicht würde es sogar helfen, jemand anderen vor ihm zu schützen. Vielleicht auch nicht. Wer weiß das. Als Anwalt, der sich mit seinem Freund unterhält, sage ich dir, dass du wissen musst, auf was du dich einlässt. Auch wenn Mark sich als Zeuge anbietet, ist das keine Garantie dafür, dass die Sache nicht doch wegen irgendeinem Mist eingestellt wird. Vor allem, falls Dennis zuvor noch nicht straffällig geworden ist.«

Fabian zuckte mit den Schultern und sah Izaak ratlos an. »Keine Ahnung, was mit dem ist oder nicht ist.« Er genoss ihre ineinander verschränkten Hände. Der leichte Druck, mit dem ihn Izaak festhielt, der ihm so viel Sicherheit gab, fühlte sich manchmal wie eine Rettungsleine an. Und auch wenn er manchmal einen emotionalen Rückzieher machen wollte, um stark und kompetent zu wirken, richteten ihn Situationen wie diese wieder aus.

»So gerne ich dir sagen würde, wir machen den fertig, so sehr will ich keine falschen Hoffnungen schüren. Wenn so ein Kerl wegen Mangel an Beweisen freigesprochen wird, ist so was auch niederschmetternd.«

»Dann lieber den Kopf einziehen und gar nichts machen?«

»Nein. Natürlich nicht. Es ist wahnsinnig toll, finde ich, dass sich Mark so eingesetzt hat und euer Arbeitgeber ohne zu zögern die fristlose Kündigung hinterhergesetzt hat. Das ist ein eindeutiges Zeichen und vielleicht mindestens genauso eindrucksvoll wie ein Urteil im Namen des Volkes.«

Seufzend ließ Fabian seine Stirn gegen Izaaks sinken. Mit gereckten Lippen küsste er ihn leicht auf die Nasenspitze. »Weißt du, ich sage nicht, dass es in Ordnung ist, zu schnell zu fahren. Aber ein paar Mal ein paar km/h nachts in der dreißiger Zone zu schnell zu fahren, hat mir einen Haufen Ärger und einen Verhandlungstermin mit der Richterin eingebracht. Irgendwie will ich nicht einsehen, dass Dennis so ganz ohne davonkommen soll.«

»Dann zeig ihn an.«

»Um dann seine selbstgefällige Fresse zu sehen, wenn das Verfahren eingestellt wird, wegen irgendwas?

»Dann lass es.«

»Du bist mir keine Hilfe.«

Izaaks Lachen flirrte wie die Sommerhitze um sie beide. »Tut mir leid. Es gibt leider keinen Hassmesser, der die Kriminalität von Arschlöchern anzeigt wie bei den Geschwindigkeitskontrollen.« Er legte seine Wange an Fabians Hals und die Vibrationen seines Lachens kribbelten diesen entlang.

»Ich werde es mir überlegen.«

»Egal, wie du dich entscheidest, ich werde dich unterstützen.«

Fabian schluckte heftig gegen den Kloß im Hals an. Da war sie wieder. Diese Gewissheit, dass Izaak für ihn da war. Auch wenn seine Entscheidung vielleicht nicht richtig sein würde, Izaak würde an seiner Seite stehen und ihn unterstützen.

»Danke. Ich glaube, genau das war es, was ich hören musste.« Er zog sein Kinn an und sah in die strahlend blauen Augen, die zu ihm aufsahen.

»Ich könnte dich auch immer umsonst vertreten.«

Mit zusammengekniffenen Augen packte er Izaak an den Hüften und hob ihn hoch. »Du!«, drohte er spielerisch und biss Izaak, der ungehemmt auflachte, leicht in den Hals.

»Ein Scherz. Jetzt lass mich wieder los. Langsam krieg ich auch Hunger.«

Nach einem weiteren liebevollen Biss, diesmal in das Ohrläppchen, ließ er Izaak auf den Boden gleiten.

Gemeinsam schnitten sie die Zutaten für einen einfachen Eintopf zusammen, der schließlich vor sich hinköchelte.

»Soll ich mal nach ihr sehen?«, fragte Izaak. »Überanstrengen sollte sie sich doch auch nicht, oder?«

»Ich glaube, es passt schon.« Fabian überlegte kurz. »Wir essen ohnehin gleich.« Er drehte sich zum Fenster und beobachtete seine Mutter und Lena, wie sie die Hochbeete inspizierten.

Izaak presste seinen Körper von hinten gegen ihn. Wie eine Decke über seinen Schultern, die ihn schützte. Das beste Gefühl! »Wie geht's dir?«, wollte Izaak wissen.

Gedankenfetzen flitterten durch seine Überlegungen. Zum ersten Mal seit Ewigkeiten konnte er mit absoluter Überzeugung sagen: »Es geht mir gut.«

# Epilog

## Fabian

Fabian schob die Tür ins Schloss und verriegelte sie mit dem Schlüssel. Als er sich umdrehte, suchte sein Blick nur Izaak auf dem Bett. Die Fenster waren offen und die salzige Seeluft drang bis in das Schlafzimmer.

Obwohl die Reste der Mittagshitze noch in der Luft schwirrten, hatten sie die Fensterläden des Steinhauses einen Spalt aufgedrückt. Die Lichtstrahlen der tieferstehenden Sonne verliehen dem Raum einen goldenen Schimmer.

Sein erster Besuch auf Malta fühlte sich an, als wäre er im Paradies gelandet. Diese Erfahrung konnte nur getoppt werden, wenn er jetzt endlich Izaak unter sich hätte.

Dieser lag bereits auf dem Bett und sah ihn unter seinen schwarzen Wimpern an. Seine Haut war durch die Sonne dunkler geworden, während Fabian sich selbst nach wie vor im rosa Farbspektrum einordnete. Die silbernen Piercings glitzerten auf Izaaks Haut und hoben sich leicht mit seinem Atem. Entlang seiner Schulter und diagonal davon über seine Hüfte spitzten die Reste des Meermann-Tattoos hervor. Izaak war ein Kunstwerk.

Er trug nur noch hautenge Unterwäsche. Darunter zeichnete sich deutlich seine Erektion ab. Fabian lief das Wasser im Mund zusammen.

»Bist du dir sicher?«

Ein Lächeln umspielte Izaaks Lippen. »Gran und Lena sind mindestens noch eine Stunde am Strand. Selbst wenn jetzt jemand an die Tür trommelt, werde ich alles und jeden ignorieren.«

Langsam ließ sich Fabian auf das Bett sinken. Im Gegensatz zur allgegenwärtigen Hitze erschienen die Laken fast kühl. Er strich Izaaks Bein entlang, bis zum Beginn des Tattoos. »Das meine ich nicht. Ist es für dich wirklich in Ordnung, Bottom zu sein?«

»Nun, und was ist mit dir? Du willst doch heute aktiv sein?«

Fabian beugte sich nach vorne und leckte über eines der Brustwarzenpiercings. »Ja. Aber …«

»Na komm. Kein aber, nur noch Sex.«

Sex hörte sich gut an. Letztendlich war es fast egal, in welcher Position. Seit er mit Izaak zusammen war, war er nur noch Bottom. Nach wie vor fühlte es sich seltsam an, über seine Bedürfnisse im Bett zu sprechen. Er war es gewohnt gewesen, zu erfüllen, was von ihm erwartet wurde.

Die Kommunikation, die Izaak von ihm forderte, war ein neues Erlebnis für ihn. Zwischenzeitlich hatte er sich die Frage gestellt, ob er vielleicht ausschließlich Bottom war. Jedoch ließ sein Bedürfnis, in Izaak zu sein, ihn unter sich zu spüren, dafür zu sorgen, dass dieser sich mit Fabian in sich fallen lassen konnte, nicht darauf schließen.

Mit gezielten Griffen entledigte Izaak ihn seiner Klamotten.

Es fühlte sich an, als wären Izaaks Hände überall gleichzeitig. Auf Fabians Bauch, an seinen Seiten, auf seinem Rücken, an seinem Po. Warm und gezielt schienen sie auf einer Mission, ihn um den Verstand zu bringen. Er wand sich unter der Berührung, die sich wie eine Markierung über seine Haut zog. Begleitet wurde sie von Izaaks wachem Blick, der hungrig und voller Verlangen auf Fabian ruhte.

Dieses Verlangen schien Fabians eigene Begierde zu rufen. Seine Küsse Izaaks Hals, Arme und Oberkörper entlang schmeckten nach mehr als der ihm so vertrauten Haut. Nach Sonne, Zitronen, Steinstränden und Meer. Nach Frische und Wärme und doch einzigartig nach Izaak selbst. An dessen Nabel angekommen, lockte ihn Izaaks Eichel, die am Bund seiner Unterwäsche hervorblitzte. Ein Strich mit seiner Zunge darüber mischte noch Salz unter den Mix an verschiedenen Noten in Fabians Mund. Eine perfekte Komposition, die aber seinen Hunger nicht stillte.

Über Izaak gebeugt zog er ihm die Boxerbriefs vom Körper. Fabian nahm den Ständer, der sich ihm entgegenreckte, in die Hand. Mit jedem Strich darüber hob sich Izaaks Oberkörper unter dessen geräuschvoller Atmung vom Bett. Die Bewegung erinnerte an Wellen, die durch das Meer trieben. Anmutig und kraftvoll gleichzeitig. Im Einklang damit führte sich Fabian Izaaks Spitze zum Mund und umschloss sie zu einem genießerischen Saugen. Unter seinen Händen schwang Izaaks Körper weiter und stieß aus seiner Mitte in Fabians Mund.

Mit jeder Bewegung rieb sein eigener Schwanz gegen irgendetwas und schickte ein Gefühl elektrischer Spannung durch seinen Körper. Er fühlte sich, als stünde er von Kopf bis Fuß unter Strom.

Vorsichtig ließ er Izaak aus seinem Mund gleiten. Er hatte mehr vor als einen Blowjob. Izaaks Protest ignorierte er, als er ihn auf den Bauch drehte. Da lag er ausgestreckt vor ihm. Ein Meermann, der nur auf ihn wartete. An Perfektion nicht zu übertreffen.

Noch während Fabian bedächtig die Konturen des Tattoos entlang strich, fing Izaak an, sein Becken gegen die Matratze zu drücken. Vom Anblick nahezu überwältigt, griff sich Fabian selbst an seiner Wurzel, um die Sache nicht zu einem zu schnellen Ende zu bringen.

Entschlossen zog er Izaak an den Hüften auf die Knie hoch. »Dazu kommen wir gleich. Erst mal brauchen wir Gleitgel und …« *Ach, nur Gleitmittel.* Das Gefühl, Izaak ohne Barriere in sich zu haben, war eines der Highlights ihrer Beziehung. Jetzt würde er am anderen Ende dieser Erfahrung stehen und konnte es kaum erwarten.

Ungeduldig fingerte er das Fläschchen aus der Tasche am Fußende des Bettes, eine Hand auf Izaaks Fuß. Dieser ließ sich auf seine Unterarme sinken, was seinen Po noch prominenter in die Luft hob – ein atemberaubender Anblick.

Fabians ganze Aufmerksamkeit war auf die Attraktion vor sich gerichtet. Links ein Kuss. Rechts ein Kuss. Und er teilte die beiden Pobacken vorsichtig. Izaak ächzte ins Kissen, als Fabian seine Öffnung küsste. Eine weiche, erdige Sensation auf seinen Lippen. Fabian ließ eine Seite los, um nach Izaaks Piercings zu tasten. Vorsichtig spielte er mit den Ringen, während sich Izaak mit jedem Zungenschlag über seinem Eingang mehr entspannte. Diese Hingabe schickte einen Rausch durch Fabian.

Mit einer Hand ließ er den Verschluss des Gleitmittels aufschnappen. Um etwas von dem Gel auf seine Finger zu drücken, nahm er seine zweite Hand zur Hilfe und rutschte etwas von Izaak weg. Als dieser nach seiner Erektion griff, kam ihm aber Fabian zuvor. Er zog Izaaks Ständer zwischen dessen Oberschenkel zu sich nach hinten. »Ts ts ts …«, murmelte Fabian vor sich hin.

Ein hilfloses Lachen drang aus Izaak.

Obwohl Izaak ihn nicht sehen konnte, lächelte Fabian und drückte ein Küsschen auf dessen Oberschenkel. Den Finger mit Gleitmittel benetzt streifte Fabian Izaaks Pofalte entlang. Um die Öffnung kreiste er so lange, bis der Widerstand nachließ und er vorsichtig hineingleiten konnte.

Beständig rieb er Izaaks Erektion in der Hoffnung, ihn dadurch von jedem Unwohlsein durch den ungewohnten Druck abzulenken. Doch seine Sorge schien unbegründet.

»Mehr«, forderte Izaak rau.

Schnell presste Fabian mehr Gleitmittel in seine Hand und durchdrang mit zwei Fingern den Muskelring. Izaak stöhnte genussvoll auf und begann, sich rhythmisch zu bewegen. Seine Rückenmuskeln spannten sich und der Meermann darauf schien zum Leben zu erwachen. Jeder Bewegung nach hinten folgte eine Bewegung nach vorne, was Izaaks Schwanz durch den Tunnel, den Fabians Hand bildete, trieb. Izaaks Fluss folgend, passte Fabian seinen Druck um dessen Ständer und die Energie, mit der er seine Finger in Izaak stieß, an.

Als er einen dritten Finger einführte, schob sich Izaak heftig zurück und jammerte leise auf. Mit überraschter Aufregung rieb Fabian über den schwammig rauen Bereich, den er soeben entdeckt hatte, fasziniert davon, wie Izaak darauf reagierte. Fabian krümmte die Finger leicht und erreichte die Prostata nun mit jedem Strich.

»Ah! Da ist sie. Genau hinter deinen Piercings. Die sind wie ein Wegweiser.«

»Fabian, was soll das jetzt? Ich will dich jetzt. Nicht reden … «

Sofort ließ Fabian von Izaak ab und massierte das Gleitgel großzügig über seinen Schwanz, doch Izaak drängte ihn. »Komm jetzt …«

Die Finger am Laken abgewischt, positionierte er sich hinter Izaak, dessen Knie er leicht auseinanderdrückte, bis er auf perfekter Höhe für ihn war. Er ließ seinen Schaft Izaaks Ritze entlanggleiten. Der Meermann bäumte sich vor ihm auf. Er schien aus dem Meer aufzusteigen. Kratzig kam es aus Izaak, während er mit seiner Hand nach Fabians Oberschenkel griff: »Bitte …«

Fabian brachte seine Spitze an Izaaks Öffnung und schob sich leicht vorwärts. Seine Aufmerksamkeit lag ganz auf Izaak, um ihn nicht zu überrumpeln.

Doch mit dem Passieren des ersten Muskelrings begann sich dieser zu bewegen, ihm entgegenzukommen. Die Wärme, die Fabian in Empfang nahm, kam mit einer unerwarteten Enge einher. Diese Kombination fühlte sich neu, aufregend und besonders an. Ihr gegenseitiges Drängen wurde von ihren Geräuschen begleitet. Ihrem Atem, dem Aufeinandertreffen ihrer Haut, dem wohligen Stöhnen. Das Blau von Izaaks Tattoo vor ihm verschwamm zu einem Meer von Impressionen und Fabian verlor sich in dem Gefühl der intensiven Nähe. Durch ihre immer heftigeren Bewegungen wurde diese Sensation immer stärker, sodass sich Fabians Orgasmus über seinen unteren Rücken in seinen Leisten bemerkbar machte.

Erleichtert beobachtete er, wie Izaak unter lautem Stöhnen eine Hand hob und zwischen seine Beine griff. Sie waren beide kurz davor zu kommen. Der Aufschrei Izaaks wurde begleitet vom Engerwerden seines Kanals um Fabians Schwanz. Fest umschlossen wie in einem samtigen, sicheren Griff und bis zu den Eiern tief in ihm, wurde Fabian über den Rand gepresst. Er hielt Izaak an den Hüften und drückte sich gegen ihn, als er pulsierend tief in ihm kam.

Unter einem erschöpften Seufzen sanken sie beide auf das Bett. Weiter wollte sich Fabian nicht bewegen. Er wollte, so lange es möglich war, in Izaak bleiben. Schließlich rutschte er von Izaaks Rücken und glitt dabei aus ihm.

Izaak lag auf seiner Wange, das Gesicht Fabian zugewandt. »Mhm …«, brummte er vor sich hin.

Fabians Atmung beruhigte sich langsam. Er rutschte an Izaak heran und küsste sein Gesicht. Über die stopplige Wange zu seinem Mundwinkel. Über den Amorbogen und die Nase, die Augenbrauen entlang. Allmählich kam sein Atem deutlich entspannter und das Heben und Senken von Izaaks Oberkörper verlangsamte sich. Er schlängelte einen Fuß zwischen Fabians Unterschenkel und gab ein zufriedenes Geräusch von sich.

»Und? Frage beantwortet?«

»Welche Frage?« Fabian stützte sich auf seinen Ellbogen und beobachtete Izaaks Grinsen. Trotz seiner geschlossenen Augen hatte er den Kopf weiter in Fabians Richtung gedreht.

»Na, ob du lieber Top bist.«

Fabian drückte ihm einen Kuss auf die geschlossenen Augenlider. »Wieso fragst du mich das jetzt und nicht vorher? Ich will nicht, dass du etwas über dich ergehen lässt, bei meinen Versuchen der Selbstfindung.«

Izaak öffnete die Augen und türkisblau sahen sie Fabian an. »Ich lasse überhaupt nichts über mich ergehen. Das war fantastisch. Ich bereue keine Sekunde.«

»Hm, gut. Es war aber nicht nur das. Ich bin definitiv nicht der Top, für den mich die meisten halten. Grundsätzlich finde ich unsere Rollenverteilung im Bett optimal. Nur manchmal …«

Ein Bein um Fabian gelegt, knabberte Izaak an seinem Ohrläppchen. »Nein, wirklich. Wir können immer switchen, wenn du willst. Abwechslung ist alles.«

»Nicht Abwechslung ist alles. Du bist alles.«

Fabian schloss die Augen. Was er fühlte, waren Izaaks Hände auf sich. In seinem Nacken, seine Wirbelsäule entlang, zu seinen Pobacken. Die Fingerspitzen fuhren die Pofalte entlang. Das hier war alles für ihn.

## Izaak

Endlich wieder auf Malta zu sein, war fast unwirklich. Nach dem Debakel mit Andi hatte er auch nie damit gerechnet, einen Mann mit zu seinen Großeltern zu bringen.

Seine Gran hatte ihn empfangen wie einen verlorenen Sohn. Etwas übertrieben, aber es fiel ihm nicht schwer, sich von ihr verwöhnen zu lassen.

Und sie war überglücklich gewesen, dass er Fabian und Lena mitgebracht hatte. Sigrid war in der Reha. Sie hatte mit Engelszungen auf Fabian eingeredet, sich selbst einen Urlaub zu gönnen. Im ersten Moment hatte es Izaak nicht fassen können, dass Fabian Malta vorgeschlagen hatte. Die Heimat seiner Kindheit mit ihm teilen zu können, bedeutete Izaak mehr, als ihm bewusst gewesen war.

Trotz seines Optimismus hatte Izaak schon lange nicht mehr an eine so tiefe Liebe geglaubt, die ihn mit Fabian verband. Sie ergänzten sich in vielerlei Hinsicht.

Nach ihrem nachmittäglichen Intermezzo zwischen den Laken, waren auch sie an den Strand zu Lena und seiner Großmutter gegangen. Die beiden ließen die Füße im Wasser baumeln, da die Felsen nicht wirklich zum Liegen einluden. Lena fischte mit einem Kescher durch die Wellen. Hin und wieder inspizierte seine Gran, was sich darin fand, und beide schienen völlig zufrieden.

Vom Wasser aus konnte er Fabian am Ufer liegen sehen. Ihn schien der harte Untergrund nicht zu stören. Izaak tauchte durch das klare Wasser. Um ihn herum tobten kleine, bunte Fische. Schnorchelnd könnte er noch viel mehr sehen. Vielleicht würde er am nächsten Tag seine

Sachen mitnehmen und ein bisschen weiter rausschwimmen. Wie hatte er dieses Leben vermisst. Im Alltag bemerkte er gar nicht, wie gefangen er im Hamsterrad war. Natürlich hatte er Nadines Yoga, Tobi, seine Familie und vor allem Fabian. Aber hier durch das Wasser zu jagen wie ein kleines Kind, diese Freiheit fehlte ihm.

Sein Kopf durchbrach die Wasseroberfläche und er schnappte nach Luft.

Sein Großvater war unterwegs zurück zum Haus und ging langsam den Weg entlang, ihnen den Rücken zugewandt.

Nachdenklich sah ihm Izaak hinterher. Er war nicht naiv. Das Leben seiner Großeltern, seiner ganzen Familie, hatte sich seit einigen Jahren verändert.

Die Sorgen, die die Boote von Geflüchteten aus Afrika mit sich brachten, verstand er. Er würde während seines Aufenthalts einen Kollegen in Valletta besuchen, der auf Asylrecht spezialisiert war. Die Nöte der Neuankömmlinge auf der Insel und der alten Malteser waren allgegenwärtig spürbar. Er war weder auf EU-Recht noch auf Asylrecht spezialisiert, aber vielleicht konnte er sein Wissen über UN-Programme für Rückkehrer oder die Möglichkeiten der Weiterreise in andere EU-Staaten austauschen. Gegebenenfalls würde er sich nur über die aktuelle Lage informieren und im schlechtesten Fall nur spenden. Allein würde Malta diese Kraftanstrengung jedenfalls nicht leisten können. Auch er würde nicht viel ändern können. Aber er wollte zumindest den Beitrag leisten, der ihm möglich war.

Mit kräftigen Zügen strich er durchs Wasser. Die Reflexionen glitzerten auf der Oberfläche hell und in den Farben des Regenbogens.

Er war überhaupt nicht mehr in Form. Seine Arme fingen bereits an zu brennen. Obwohl es ein angenehmes Gefühl war, sich zu verausgaben, schwamm er schließlich zu Fabian zurück. Eine kleine Dosis Wohlfühlmoment war wieder dringend nötig. Sie hatten sich sicher seit zwanzig Minuten nicht mehr berührt.

Er kletterte über den kleinen Felsvorsprung auf die Ebene. Fabian beobachtet ihn unter seiner Schirmmütze. Trotzdem konnte er ihn überraschen, als er sich vor ihm schüttelte und kleine Wassertropfen auf ihn flogen.

»Bah.« Fabian wischte sich übers Gesicht. Oh, er hatte ihn wohl gut getroffen.

»Babe, ich brauch 'ne Streicheleinheit.« Er ließ sich triefend auf Fabian nieder, der ihn unter ächzendem Protest in Empfang nahm.

»Du brauchst den Hintern voll, keine Streicheleinheiten.«

»Oh, und wie sieht das aus? Vielleicht könntest du mich dafür begeistern«, flüsterte er Fabian ins Ohr. Dieser schüttelte sich leicht. Izaak küsste seinen Hals und strich über Fabians Arme. Eine Gänsehaut lief trotz der Hitze über diesen. Hm … es tat gut zu sehen, welchen Effekt er auf ihn hatte. Apropos. Er wackelte leicht mit seinem Po auf Fabians Schoß hin und her. Dieser packte ihn und schob ihn von sich.

»Schluss damit. Du bringst mich vor deiner Verwandtschaft in Verlegenheit.«

»Spielverderber«, raunte Izaak ihm noch zu, bevor er sich auf dem Handtuch neben Fabian auf diesen viel zu harten Felsen ausstreckte.

Fabian kramte neben ihm herum und warf schließlich einen Schatten auf ihn. Ein warmer Finger fuhr seine Wange entlang und Izaak atmete beherrscht aus.

»Du erinnerst mich an eines dieser Fischlein hier.«

Izaak blinzelte Fabian aus zusammengekniffenen Augen an. Obwohl er sich über Izaak beugte, blendete die Sonne. »Ja? Wie das denn?«

»Als ich dir soeben zugesehen habe … Du bewegst dich so schnell und so elegant wie diese bunten Dinger. Mit deinem Tattoo auf dem Rücken bist du fast eins mit diesem türkisfarbenen Wasser und doch stichst du daraus hervor.« Fabian fuhr ihm durch die nassen Haare. »Deine schwarzen Haare. Du bist so einzigartig. Und wenn ich dich hier sehe, dann macht es den Eindruck, als würdest du nochmals aufblühen. Du bist immer ein Sonnenschein, aber hier, da strahlst du noch mehr als sonst.«

Izaak schluckte heftig. Er liebte sein Leben in Deutschland. Er wusste auch, dass es dort für seine Familie einfacher war, aber seine Wurzeln lagen hier. Auf dieser Insel. Sie hatte ihn in früher Kindheit geprägt. Mit ihren steinharten Stränden, den wunderschönen, kühlen Steinhäusern und bitterer Limonade. Aber seit einiger Zeit gab es da noch etwas.

»Weißt du … manchmal, wenn alles zu viel wird, Stress in der Arbeit, jeder, der was von mir will, dann fühle ich mich in München wie ein Fisch an Land. So wie ich mich als Kind gefühlt habe, als wir von Malta weg sind. Ich war irgendwie fehlplatziert mitten in dieser großen Stadt, unter Menschen, die ich nicht verstand. Dann fehlt mir etwas. Ich wusste es nicht. Aber seit du bei mir bist, weiß ich, was es ist. Du bist für mich wie Sauerstoff für einen Fisch an

Land. Du dringst durch meine Kiemen und füllst meine Lungen. Und es geht weiter für mich. Mit dir.«

Er setzte sich leicht auf, um besser gegen die Sonne sehen und Fabian beobachten zu können. In dessen Augen schwammen Tränen, doch er lächelte ihn an. »Ich liebe dich auch so sehr«, flüsterte er.

Mit einem Arm schob er sich hoch und nahm etwas von der einen in die andere Hand. »Ich, ähm, wollte dir eine Kleinigkeit schenken. Ich hab das gestern in der Stadt gesehen und … ich dachte, du müsstest es haben.«

Fabian hielt ihm eine kleine Schmuckschatulle hin. Nicht winzig, aber zu klein für beispielsweise eine Uhr. Ein Ring hingegen hätte dort Platz.

Izaaks Blick schnellte zu Fabian. War das, wonach es aussah? Sein Herz schlug so heftig, dass er Sorge hatte, es bliebe ihm im Halse stecken. War er bereit, sein Leben mit Fabian zu verbringen? Sie waren erst so kurze Zeit zusammen, doch er wusste, dieser Mann bot seinem Herzen das Zuhause, nach dem es sich immer gesehnt hatte.

Mit zittrigen Händen nahm er die Schachtel entgegen und hatte Mühe, sie zu öffnen. An einer Kette hing ein Anhänger. Ein Meermann mit einer schimmernden Flosse. Blau, mit wehenden schwarzen Haaren. Es hätte eine Vorlage seines Tattoos sein können.

Vorsichtig zog er an der Kette und ein Ring kam zum Vorschein. Ein geteilter metallischer Ring eines Schlüsselanhängers.

Er nahm ihn in die Hand. »Ein Schlüsselanhänger.« In seiner Stimme schwang Erstaunen mit. »Er ist wunderschön. Wie mein Tattoo.«

»Das dachte ich auch!«, stimmte Fabian begeistert zu. »Gefällt er dir? Ich hab mir auch gleich einen besorgt. Dann hab ich dich immer bei mir.«

Hatte er Izaaks kleinen Irrweg der Gedanken gar nicht bemerkt? Vielleicht auch besser so. Obwohl den Schlüsselanhänger in dieser Schmuckschatulle zu übergeben zweideutig war. So empfand es zumindest Izaak. Doch der Anhänger war wunderschön. Und ein typisches Fabian-Geschenk.

»Ja, er gefällt mir sehr.« Er beugte sich auf seinen Knien zu Fabian und küsste ihn kurz. Dieser sah ihn mit zweifelndem Blick an.

»Du dachtest, da ist was anderes drin.«

»Nein, nein, gar nicht. Ich hab gar nichts gedacht.«

»Bist du sicher?«

»Absolut. Was sollte auch sonst …?«

»Du dachtest, ich mach dir einen Antrag!« Fabian grinste über beide Wangen.

»Ich dachte gar nichts.«

»Du warst dir sicher, ich bitte dich, mich zu heiraten. Und du hättest ja gesagt. Oder?«

»Was? Das ist doch völlig egal, da du mich nicht gefragt hast.«

Fabian fuhr mit einer Hand in Izaaks Nacken. »Hättest du ja gesagt?«

Izaak suchte Fabians Gesicht ab. Hier stimmte doch etwas nicht. Was verheimlichte er ihm? »Du …! War das eine Probe?«

Fabians Augenbrauen schossen nach oben und er riss seine Augen auf.

»Ertappt! Du wolltest sehen, wie ich reagiere. Du, du …« Izaak rang einen lachenden Fabian auf den Boden und setzte sich auf seinen Brustkorb. »Du bist ein Feigling und ich bin dein Versuchskaninchen.«

»Babe, bitte … « Unter seinem Lachen war es Fabian nicht möglich, ein vernünftiges Wort hervorzubringen. Izaak hatte ohnehin genug gehört. Er griff hinter sich und kniff Fabian in den Po oder den Oberschenkel, wo auch immer er hinkam.

»Das ist deine gerechte Strafe, weil du mit meinen Gefühlen gespielt hast.«

Fabians Lachen verstummte und er sah Izaak ernst, aber noch lächelnd an. »Tut mir leid. Es sollte kein Spiel sein.«

Izaak strich über Fabians Hals. »Ich weiß nicht, ob ich dir glaube.« Langsam kletterte er von Fabian.

Dieser setzte sich auf und zog Izaak zu sich. Nach einem Kuss auf Izaaks Nase strich er über seine Wange. »Es ist zu früh, oder?«

»Was fragst du mich? Ich weiß nur, dass du es für mich bist.«

Das Lachen, das sich darauf über Fabians Gesicht zog, übertraf das Strahlen der mediterranen Sonne. »Also würdest du ja sagen?«

Izaak lehnte sich an ihn, ihre Münder nur einen Hauch voneinander entfernt, und ließ seine Zunge über den Saum von Fabians Lippen streichen. Sofort kam ihm Fabian entgegen und versuchte, den Kuss zu vertiefen. Doch Izaak hatte ihn, wo er ihn wollte. Er sprang auf, eine Hand in der Hüfte und das Kinn hochgereckt. »Das wirst du dann herausfinden, wenn du mich wirklich fragst.«

Schnell drehte er sich um und sprintete zum Wasser. Mit einem großen Satz sprang er hinein. Neben ihm erfolgte ein Aufprall und die Wellen schwappten über ihn. Fabians Arme schlangen sich um ihn. »Hab dich!«, flüsterte Fabian ihm ins Ohr.

Izaak legte seinen Kopf zurück auf Fabians Schulter. »Du hast mich!«

ENDE

Leseprobe:
Neo Lichtenberg
**Nur ein Zeichen**

Die Luft schmeckt nach Sommer. Weich und warm füllt sie meinen Mundraum. Mit der Zungenspitze bewege ich sie an meinem Gaumen, bevor ich sie schließlich hinunterschlucke. Sie hinterlässt Durst nach mehr. Ich strecke mein Gesicht der Sonne entgegen und öffne während der Fahrt immer wieder meinen Mund. Weit, als könne ich nicht genug davon bekommen; vom Sauerstoff, vom Leben.

Zwischen meinen Zähnen knirscht es und ein erdiges Aroma legt sich auf meine Zunge. Die Traktoren, die nahezu pausenlos die Felder bearbeiten, verletzen die Haut der Erde und wirbeln Fetzen auf. Fetzen, die langsam herabschweben und sich auf mir niederlassen.

Die Trockenheit auf der Zunge und der kratzende Hals machen mir jedoch nichts aus, da sich in meiner Tasche zwei Flaschen Wasser befinden. Der Komfort einer guten Versorgung lässt mich die Durststrecke aushalten. Bei nächster Gelegenheit werde ich das staubige Gefühl wegspülen.

Vor mir fährt Michael. Meine Wangen schieben die Sonnenbrille hoch, so sehr grinse ich beim Anblick seiner flatternden Locken. Die dunklen Strähnen wirbeln um seinen Kopf und von der korrekten Frisur, mit der er vor etwa einer Stunde von der Arbeit kam, ist nichts mehr übrig. Ein Umstand, der mir gut gefällt. Es ist lebendiger und weniger geschäftlich. Michael privat. Michael mein.

Mein Freund genießt offensichtlich den Luftzug auf der Haut und im Haar. Leise summt er vor sich hin. Normalerweise trägt er auf unseren Touren einen Fahrradhelm, aber da auch er sich über den Sonnenschein freut, hat er eine Ausnahme gemacht und gegen seine Prinzipien verstoßen. Auf meine stichelnde Bemerkung »Leben am Limit!« hat er lediglich mit einem verächtlichen Schnauben reagiert. Klug, wie ich bin, bin ich nicht weiter auf dem Thema herumgeritten.

Endlich sind die Tage wieder länger. Nach monatelangen Abenden vor dem Kamin und einem zaghaften Frühling zieht es uns nach draußen, woraus die Idee einer spontanen Radtour entsprang.

»Sollen wir am See eine Pause machen?«, fragt Michael und wendet seinen Kopf zur Seite, um zu schauen, wo ich bleibe. »Daniel? Erde an Daniel! Pause am See?«

In Gedanken versunken habe ich getrödelt und schrecke nun auf. Ich trete fester in die Pedale, um aufzuschließen.

»Von mir aus gern!«, rufe ich zurück. »Vielleicht bekommen wir noch einen Rest Sonne ab.«

So schön und hell es zum jetzigen Zeitpunkt auch ist, in einer halben Stunde und im Schatten wird es rasch kühler. Ich schiebe mir meine Sonnenbrille hoch ins Haar. Sie ist ziemlich schmierig, da immer wieder kleine Tiere gegen die Gläser fliegen.

Schweigend fahren wir den Weg entlang. Mein Blick schweift über die weiten Felder. Kurz vor dem See befindet sich ein Parkplatz. Michael wird merklich langsamer. Offensichtlich haben gerade einige Hundehalter ihre Spazierrunde beendet, denn auf dem Platz herrscht ein lebhaftes Treiben von Menschen und Tieren.

»Pass doch auf!«, motzt Michael ungehalten, als ein Auto plötzlich vor ihm ausschert. In letzter Sekunde bremst er ab und verhindert einen Zusammenstoß. Dafür fahre ich ihm beinahe auf. Wir wirbeln einigen Staub auf. Ich huste und reibe mir die Augen, mache es damit jedoch nur schlimmer.

»Hast du das gesehen?« Empört fuchtelt Michael mit der Hand dem davonfahrenden Wagen hinterher.

»Habe ich«, bestätige ich. »Aber ist ja nix passiert. Scheint gerade eine ungünstige Zeit zu sein.«

»Offensichtlich«, sagt Michael. »Schnell weg hier!«

»Wäre doch toll, wenn unsere Bank frei wäre«, sage ich zu Michael, der grinsend nickt. *Unsere Bank*. Das ist die Bank, auf der wir häufig rasten, wenn wir mit den Rädern unterwegs sind. Die Bank, auf der Michael mich vor einigen Jahren gefragt hat, ob ich bei ihm bleiben und wohnen wollte. Und ich wollte.

»Ich glaube, wir haben Glück.« Michael wird langsamer und biegt über einen kurzen schmalen Pfad zu unserem Lieblingsplatz ein. Ich steige ab und folge ihm durch die Büsche, während ich mein Rad schiebe. Die Stelle mit der Bank ist nicht direkt versteckt, aber doch genügend abseits des Weges, dass nicht jeder sie auf Anhieb sieht.

»Auch ein Wasser?«, frage ich, nachdem wir die Fahrräder abgestellt haben, und öffne die Tasche, die am Gepäckträger befestigt ist. Ob Michael ebenfalls an Getränke gedacht hat, weiß ich nicht. Ich jedenfalls bin ausgerüstet.

»Gern.« Michael setzt ein verschmitztes Lächeln auf. »Allerdings habe ich auch noch etwas Feines eingepackt.«

**Unser Programm auf www.deadsoft.de**